KB092626

天才小毒妃

천재소독비 17

초판1쇄 인쇄 2019년 11월 8일
초판2쇄 발행 2020년 12월 8일

지은이 지에모 芥沫
옮긴이 전정은 · 홍지연

펴낸이 박대일
편집 이문영 · 박지해 · 임유리 · 신지연 · 이지영
마케팅 임유미 · 손태석
디자인 박현주
일러스트레이션 우나영

펴낸곳 파란미디어
출판등록 2004년 9월 14일 제313-2004-00214호

주소 03992 서울시 마포구 동교로23길 14 국제빌딩 6층
전화 02.3141.5589 영업부 070.4616.2012 편집부
팩스 02.3141.5590
전자우편 paranbook@gmail.com
카페 http://cafe.naver.com/paranmedia
페이스북 http://www.facebook.com/paranbook

ISBN 978-89-6371-704-3(04820)
978-89-6371-656-5(전28권)

천재소독비

17

天才小毒妃

지에모 芥沫 지음 ─ 전정은 · 홍지연 옮김

파란

차례

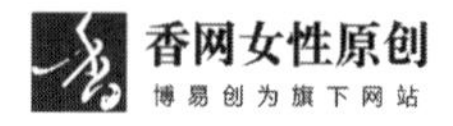
香网女性原创
博易创为旗下网站

충성, 짓밟을 수 없어

외상은 사절?

이 독을 해결하지 못하면 그는 불구가 될 터였다.

분명히 초조할 텐데도 영승은 소리 없이 입꼬리로 보기 좋은 호를 그리며 고개를 끄덕였다.

"알겠습니다. 벌을 받겠습니다."

영승은 견디기 힘들 만큼 지독한 다리 통증을 무시한 채 바닥에 앉았다. 그는 벌써 밤새도록 감격에 겨워했고 지금도 눈동자에서 기쁨을 숨기지 못하고 있었다. 그가 말했다.

"공주, 소신은 줄곧 공주를 찾아다녔습니다. 그해……."

미처 끝나기도 전에 한운석이 그의 말을 잘랐다.

"내가 미리 말해 주지 않았다고 원망하지 마라. 그 독이 뼈에 스미면 망가지는 건 다리뿐만이 아니다. 독은 네 다리뼈에서 온몸의 뼈로 점점 퍼져 나갈 것이다."

영승은 처음에는 움찔했지만 곧 껄껄 웃음을 터트렸다.

"공주께서 이렇게 말씀해 주시는 것을 보니 필시 소신을 용서할 뜻이 있으시군요. 감히 여쭙겠습니다. 어떻게 해야 소신의 목숨을 살려 주시겠습니까?"

한운석은 눈을 찡그리며 차갑게 말했다.

"영승, 난 장난을 하자는 게 아니다!"

"공주, 만약 소신이 죽으면 그 누가 공주를 대신해 복수해 주고 나라를 일으키고 천하를 가져다주겠습니까?"

영승은 잠시 웃은 다음 진지하게 말했다.

"외상이 안 된다면 처벌 방법을 바꾸는 것은 어떻겠습니까?"

옆에 있던 시녀들도 이 모습을 똑똑히 보았다. 직접 보지 않았다면 영왕이 이렇게 즐겁게 웃을 수 있다는 사실을 절대로 믿지 못했을 것이다.

알다시피 영왕은 여태 제아무리 어마어마한 경사가 있어도 쉽게 웃지 않았다.

서진의 공주를 찾은 것은 적족의 남녀노소 누구나 몹시 기뻐할 일이지만, 영왕의 성격이 이렇게 확 달라질 정도는 아니지 않을까?

영왕은 대체 뭐가 저렇게 즐거울까?

"본 왕비를 풀어 다오! 본 왕비를 의학원으로 돌려보내 주기만 하면 당장 해약을 주겠다."

한운석은 진지했다.

"그 외에 타협은 없어. 죽는 수밖에!"

한운석의 말은 얼음물을 끼얹은 것처럼 영승의 열정과 흥분을 깡그리 꺼뜨렸다.

밤새 올라가 있던 그의 입꼬리가 순식간에 뻣뻣해졌다. 한운석의 태도가 무척 뜻밖인 것이 분명했다.

이 여자가 장난치는 게 아니라는 것은 확실했다.

그렇지만 이건 무슨 뜻일까?

그녀는 당연히 서진 황족의 유일한 공주로서 자부심을 느껴야 했다.

당연히 용비야를 뼈에 사무치게 미워해야 했다.

당연히 원수를 갚고 나라를 부흥시키는 일에 영승 자신보다 더 안달해야 했다.

그런데 의학원으로 돌아가고 싶다고?

설마 아직도 남녀 간의 정을 못 잊고 서진의 원수, 용비야를 그리워하는 것일까?

알다시피 서진의 공주가 동진 태자의 비가 되었다는 사실은 서진에 있어 지독한 치욕이었다!

"영승, 네 발에 들어간 독은 기다려 주지 않는다. 시간이 많지 않아."

한운석은 차갑게 말했다.

"공주의 신분이 무엇을 의미하는지 알기나 하십니까? 그 어깨에 얼마나 무거운 책임이 얹혀 있는지 알기나 하십니까?"

영승이 마침내 노성을 터트렸다.

"아니, 몰라. 알고 싶지도 않고! 내가 아는 건 네가 무례한 짓을 하고 날 납치했다는 것뿐이다!"

한운석은 한 치도 물러서지 않고 더욱 다그쳤다.

"날 돌려보내. 그렇지 않으면 무슨 일이 벌어질지 모른다!"

"용비야는 서진 황족의 제일가는 원수입니다. 공주께서는 그 자의 왕비였다는 사실을 수치스러워해야 마땅합니다. 지금까지는 모르고 하신 말씀이겠지만 앞으로 다시는 '왕비'라고 칭하지 마십시오."

영승이 화난 목소리로 한 자 한 자 뱉어 냈다.

"소신이 저지른 무례는 당장 사죄드리겠습니다!"

말을 마친 그가 느닷없이 검을 휘둘러 제 발을 내리찍었다. 이 발을 자르면 사죄도 하고 목숨도 구할 수 있었다. 발이 잘리면 독이 퍼질 수 없으니 목숨을 구하는 것은 당연했다.

한운석은 다소 의외였지만 막지 않았다. 영승이 정말로 제 발을 자를 거라곤 믿지 않았기 때문이었다.

그런데 웬걸, 영승은 진심이었다. 한운석은 심장이 철렁했지만 그래도 막지 않았다.

발 하나 자르는 게 대수일까? 어젯밤에는 아예 죽여 버릴 생각까지 했던 사람이었다.

그런데 위기일발의 순간, 갑자기 누군가 문을 힘껏 걷어차 열었다!

줄곧 문밖에서 엿듣고 있던 영정이 뛰어들어 영승이 든 날카로운 검을 발로 쳐 냈다.

"오라버니, 미쳤어요?"

한운석은 영정이 이곳에 나타난 것이 무척 의외였다. 당리와 이 여자는 내내 바늘과 실처럼 딱 붙어 있었잖아? 그럼 당리는 어디 갔지?

"너완 상관없는 일이다, 썩 나가라!"

영승이 차갑게 꾸짖었다.

비록 평소 영승에게 불만이 많은 영정이었지만 원칙적인 문제에서는 누가 뭐래도 오라버니 편이었다. 썩어 가는 영승의 발을 보자 그녀도 마음이 찢어질 것 같았다.

크나큰 자랑이던 오라버니가, 적족에서 누구보다 존귀한 족장이, 어째서 일개 여자에게 이런 치욕을 당해야 하는 걸까?

필사적이 된 그녀는 물러서기는커녕 도리어 영승의 손을 피해 한운석을 확 밀쳤다.

전혀 예상치 못한 공격에 한운석은 넘어질 것처럼 몇 걸음이나 뒷걸음질 쳤다.

그녀도 화가 났다.

"연기는 그만하면 충분해! 천자를 끼고 천하를 호령하는 연기는 이미 유족이 실컷 보여 줬는데 똑같은 연기라니 지겹지도 않아? 원수를 갚든 나라를 일으키든 다 내 문제야. 너희가 이래라저래라 할 필요도 없고, 강요할 필요는 더더욱 없어! 영승, 나를 핑계로 적족을 도와서 용비야와 천하를 놓고 싸울 무리를 불러들일 생각이라면 꿈 깨는 게 좋아! 난 그럴 생각은 진작 버렸어!"

영승이 들고 있던 검이 별안간 쨍그랑하고 바닥에 떨어졌다. 그의 준수한 미간은 바짝 일그러져, 당겨진 활시위처럼 당장이라도 끊어질 것 같았다.

영정이 버럭 화를 냈다.

"한운석, 오라버니는 열세 살에 적족의 중책을 이어받아 운공상인협회를 관장하고 영씨 집안 군대까지 보살펴야 했어. 그러느라 얼마나 고생했는지 알아? 영씨 집안 군대를 만들고 천녕국 서북 지방 병권을 손에 넣기까지 몇 번이나 북려국 철기군의 쇠 발굽에 짓밟혀 늑골이 부러져야 했는지 몰라! 우리 언니 영안은 어린 시절부터 함께 자란 사랑하던 사람을 버리고 열다섯 살에 입궁해 천휘 그 늙은 황제 손에 제멋대로 유린당해야 했어! 그동안 얼마나 많은 적족의 사람들이 견디기 힘들어도 견딜 수밖에 없는 대가를 치렀는지 몰라! 그 모든 게 다 널 위해서, 서진 황족을 위해서였다는 걸 알기나 해? 우리 적족에게 사심이 있다면 왜 지금까지 기다렸겠어? 우리 오라버니의 권력에, 영씨 집안 군대의 힘에, 운공상인협회의 재력이면, 벌써 몇 년 전에 천녕국을 집어삼키고 운공대륙 일부를 제패했을 거야! 천녕국에 내란이 일어날 때까지 기다릴 필요도, 네 행방을 찾으려고 초씨 집안과 얽힐 일도 없었어!"

분노한 영정은 계속 말을 이었다.

"한운석, 어떻게 네가……, 어떻게 네가 우리를 초씨 집안과 똑같이 취급할 수 있어? 어떻게 이렇게 우릴 모욕할 수 있어?"

영정은 우는 일이 손에 꼽을 만큼 적었지만 지금은 얼굴이 온통 눈물에 젖어 있었다.

"한운석, 수호와 충성은 우리 적족의 지고무상한 사명이자 영광이야. 설령 네가 서진의 공주라 해도 함부로 짓밟을 수 없어! 절대!"

한운석은 당황했다. 마치 손쓸 틈도 없이 뭔가에 가슴을 호되게 두드려 맞는 것 같았다.

"그리고 영족이 어떻게 되었는지 알기나 해? 동진과 서진이 벌인 5년간의 전란이 끝난 뒤 유족과 적족, 흑족, 백족, 풍족, 리족은 힘을 보존했지만 영족은 한 사람밖에 남지 않았어! 무엇 때문인지 알아?"

영족…….

고북월의 따스하고 차분한 얼굴이 다시 한번 한운석의 머릿속에 떠올랐다. 그녀가 중얼거렸다.

"무엇 때문이지?"

"영족은 목숨을 걸고 너희 서진 황족을 수호했기 때문이야. 당시 가장 먼저 멸망한 건 사실 적족이 아니라 영족이었어! 동진의 대군은 서진의 황궁에 쳐들어와 사흘 밤낮이나 황족을 도륙했어. 본래 영족은 안전하게 퇴각할 수 있었지만 단 한 사람도 떠나지 않았어. 동진의 군대는 서진 황족 한 사람을 죽일 때마다 반드시 그를 수호하는 비밀 시위부터 죽여야 했지. 당시 영족을 통틀어 살아남은 한 사람은 바로 네 할머니를 안고 떠난 비밀 시위였어. 그 사람만 살아남았던 거야. 한운석, 네가 서진 황족의 후예인 이상 반드시 네가 마땅히 짊어져야 할 중책을 받아들여야 해. 설령 모두를 저버린다 해도 영족은 저버려선 안 돼!"

이 말을 마쳤을 때 영정의 얼굴에는 울분까지 드러나 있었다.

본래는 영승도 일단 한운석을 데려온 후 천천히 과거의 은원을 이야기해 줄 생각이었다. 한운석이 이렇게 아무 상관없다는 식으로 나올 거라곤 생각도 못 했다.

그도 더는 영정을 쫓아내려 하지 않았다. 한운석을 바라보는 눈은 평소의 차갑고 근엄한 빛으로 돌아와 있었다.

방 안은 조용해졌고 영씨 남매는 모두 한운석을 응시했다. 한운석은 무표정했지만 아무래도 마음은 편치 못했다.

그녀는 '진짜' 한운석이 아니었고 서진에 대해 요만큼의 감정도 없었다. 그녀로선 서진 황족의 원한을 이해할 수도 있고 동진 황족의 원한도 이해할 수 있었다. 하지만 가슴으로 느낄 수는 없었다.

하지만 영정의 말을 듣자 저도 모르게 심장이 조여들었다.

그녀가 본 것은 단순히 두 나라의 지난 원한만이 아니라 양쪽 진영이 오랫동안 지켜 온 집념과 그들이 치른 참혹한 대가였다!

그들이 갚으려는 원한은 단순히 동진과 서진 황족이 서로에게 가진 원한이 아니라 양 진영이 가진 원한, 나라와 일족과 집안이 무너지면서 생겨난 원한이었다.

초서풍이 그녀를 증오하고, 서진 황족에 충성하는 모든 세력을 증오하는 것처럼.

그들이 나라를 일으킨다는 것은 단순히 동진과 서진 황족의 나라를 다시 일으킨다는 뜻이 아니었다. 그것은 양 진영이 그동안 지켜 온 신념이자 신앙이자 희망이었다.

이것은 이미 두 황족만의 일이 아니었다.

영정의 말이 옳았다. 그녀는 적족의 충성과 영광을 짓밟을 자격이 없었다.

다른 사람의 신앙을 얕잡아 볼 자격은 그 누구에게도 없었다. 서진 황족은 곧 적족의 신앙이었다.

그녀가 진짜 공주는 아니지만 그 신분을 갖고 있었다. 이 유일무이한 신분은 반드시 그 책임을 져야 한다는 의미를 포함하고 있었다.

오랜 세월 온갖 고생을 하며 이 신분을 수호해 온 사람들을 실망시키고 절망시켜도 좋을 이기적인 권리 같은 건 그녀에게도 없었다.

하지만 그녀는 서진의 공주인 동시에 그녀 자신이기도 했다!

그녀도 한때 용비야와 손을 맞잡고 운공대륙의 천하를 얻어 두 사람만의 새로운 나라와 제도를 만드는 꿈을 꿨다. 온갖 불공평한 것들을 없애고 진정으로 무고한 백성들을 위한 복지를 제공할 수 있는 그런 나라를 만들고 싶었다.

하지만 자신을 희생시켜 아무 감정도 없고 전혀 알지도 못하는 서진을 부흥하라고 하면, 그럴 수는 없었다. 그녀는 자신이 그렇게 위대한 사람이라고 생각하지 않았다.

하물며 아직은 용비야와 철저하게 갈라설 생각이 없었다!

그는 아직 그녀에게 설명할 일이 남아 있었다.

그리고 그녀는 아직 그에게 묻고 싶은 말이 있었다. 천산에서 헤어진 후 전쟁터에서 적으로 다시 만나고 싶지는 않았다.

설사 용비야가 그녀를 이용했더라도, 설사 용비야가 그녀를 숙적으로 여긴다 하더라도, 그 질문만큼은 꼭 해야 했다!

방 안은 조용했다. 한운석은 한 번도 겪어 보지 못한 진퇴양난에 빠져 바닥에 주저앉았다.

무엇 때문인지 몰라도 고북월의 온화하고 차분한 얼굴이 또 다시 떠올랐다. 4월 봄바람같이 부드럽던 그 얼굴은 늘 모든 고민과 불안을 씻어 주었다.

고북월, 당신은 대체 진실을 얼마나 알고 있었을까? 당신도…… 원수를 갚고 나라를 부흥할 마음이 있었을까?

한운석이 태도를 밝히지 않자 초조해진 영정이 화를 냈다.

"한운석, 이 지경이 되었는데도 아직 용비야를 생각하는 건 아니겠지? 말해 주는데, 풍족도 이미 나타났어. 풍족 족장은 지금 전쟁터로 달려가는 중이야. 풍족은 기문 둔갑술과 용병술, 진법에 능숙해. 풍족이 돕는다면 용비야는 최소한 반년 안에는 천녕국 남부를 손에 넣지 못할 거야."

영정은 차갑게 웃으며 목소리를 낮췄다.

"그리고 북려국 철기군은 풍족 손아귀에 있어. 반년 후에 북려국 철기군이 원기를 회복하고 대거 남하하면 용비야는 끝장이야!"

"풍족……."

순간 한운석은 가슴이 철렁했다.

사실 그녀가 마음속에서 고북월 기습 용의자로 생각하는 사람은 바로 풍족 사람이었다!

한운석의 강력한 이성

풍족! 북려국의 철기군!

이 두 단어에 한운석은 어쩔 줄 몰라 하던 절망에서 삽시간에 깨어났고, 하마터면 의자에서 펄쩍 뛰어오를 뻔했다. 얼마나 놀랐는지 충격받은 표정을 숨길 수도 없었다.

영승과 영정은 그녀가 이 소식에 충격을 받았고 그들에게 용비야와 맞설 힘이 충분하다는 것을 받아들였다고 오해했다.

하지만 사실상 한운석은 충격을 넘어 우습기까지 했다. 고개를 젖히고 깔깔 웃어 버리고 싶은 심정이었다!

풍족!

이 중요한 순간에 풍족이 모습을 드러내 영승과 결탁했을 줄이야!

신발이 닳도록 찾아다녀도 찾아내지 못했던 것이 이렇게 나타날 줄이야!

풍족은 천문 지리에 능하고 기문 둔갑술에 통달했으며 바람을 다스리는 능력까지 있다고, 용비야가 말해 준 적이 있었다.

그녀가 어풍술을 처음 본 곳은 어주도였다.

당시 노기충천한 용비야는 백리 장군의 수군에게 어주도를 포위하라고 명령했고, 군역사를 어주도에 가둬 죽이려고 했다. 그런데 어주도에 갑작스레 안개가 일어나 수군이 혼란에 빠진 사이 누군가 군역사를 구해 갔다.

그녀와 용비야가 즉시 현장으로 달려갔지만 때를 맞추지 못했다.

어주도는 연중 내내 바람이 부는 곳이어서 쉽게 안개가 모이지 않았고 모인 안개가 밤새 남아 있기는 더욱 어려웠다. 따라서 안개에 독을 뿌릴 가능성은 거의 없었다. 군역사가 독술에 능통한데도 그들이 안심하고 그를 어주도에 가둔 이유도 그 때문이었다.

당시 그녀는 아무리 생각해도 상황을 이해할 수가 없었으나 나중에 용비야가 바람을 다스리는 기술에 관해 이야기해 주자 군역사를 구해 간 사람이 풍족 사람일 가능성이 아주 농후하다고 생각하게 되었다.

더구나 아주 중요한 단서가 또 있었다. 그렇게 넓게 퍼진 안개 속에 독을 쓰는 것은 그녀 자신도 쉽게 해낼 수 없는 일이었다. 그래서 그녀와 용비야는, 군역사를 구해 간 사람의 독술 실력이 군역사와 그녀보다 높을 것으로 생각했다. 그렇다면 독술계를 통틀어 의심스러운 사람은 단 한 명, 백독문의 전임 문주이자 군역사의 사부뿐이었다.

그 일이 있기 전, 군역사는 용천묵이 당한 고를 풀어내는 바람에 의성에게 찍혔다. 의성은 백독문을 조사하기 시작했지만 애석하게도 얻은 것이 없었다.

용비야와 약성 왕공 역시 계속 백독문에 첩자를 보냈지만 역시 아무것도 알아내지 못했다.

대체 누가 용천묵에게 고를 써서 또다시 그 배를 불룩하게 만들었는지 한운석은 아직도 알지 못했다. 하지만 당시 고칠소는 한눈에 용천묵이 고에 당한 것을 알아보았고 일부러 낙취산을 시켜 일을 크게 만들었다.

나중에 고칠소에게 물어봤더니 고운천이 지하 밀실에 숨겨 둔 경전에서 배운 것이라고 했다.

독고술은 독종의 비술이었다! 그러니 의학원이 숨겨 놓은 경전에서 배운 것이 아니라면 독종의 핏줄로서 구전 받았을 가능성이 아주 컸다.

군역사는 어디서 독고술을 배웠을까? 십중팔구 사부에게서 배웠을 것이다! 그렇다면 그의 사부와 독종의 핏줄은 아주 밀접한 관계인 게 분명했다.

이 단서를 종합해 볼 때 군역사의 사부는 풍족은 물론이고 독종의 핏줄과도 관련이 있을 수 있었다.

게다가 미도에서 벌어진 일도 있었다. 한운석은 미도의 안개에 독을 뿌렸는데 그녀와 독술을 겨루던 신비한 독술사는 어마어마한 능력으로 거의 눈 깜빡할 사이에 그녀가 쓴 독을 해독했다. 새로 만든 독을 뿌려도 순식간에 없애 버렸다.

한운석도 처음에는 이해가 가지 않았지만 자꾸만 생각하다가 알게 되었다. 그자는 그녀가 쓴 독을 해독한 게 아니라 거둬들인 것이었다!

독 저장 공간 2단계는 자신에게 위협을 가하는 독을 순식간에 공간 속으로 흡수해 자신의 것으로 만들 수 있었다. 독 저장 공간을 가진 사람이라면 필시 독종의 직계 자손이었다!

그 신비한 독술사와 여아성 냉월 부인이 어떤 관계인지는 모르지만, 확실한 것은 그들이 의태비를 노렸다는 것, 다시 말해 용비야의 출신을 알아내려고 했다는 것이었다.

얼마 전에 고북월을 습격한 그 적흑색 옷의 자객 역시 순식간에 어깨에 들어간 독을 없애 버렸다. 다른 것도 아니고 독 연못 물에서 기른 독이었는데도! 아무리 대단한 실력이 있다 해도 순식간에 해독할 수는 없었다. 그 일로 한운석은 그 자객이 독 저장 공간을 가지고 있는 독종의 직계 자손이 분명하다고 확신했다.

적흑색 옷의 자객은 일부러 천산검종의 검법을 펼치며 용비야를 흉내 냈다. 그의 진짜 목적은 고북월을 해치는 게 아니라 그녀가 용비야를 오해하게 만들어 두 사람 사이를 이간질하는 것이었다.

군역사의 사부는 풍족과 관계가 있고 독종의 핏줄과도 관계가 있었다.

미도공호의 신비한 독술사는 독 저장 공간을 가지고 있으니 독종의 직계 자손이 분명했다.

적흑색 옷의 자객도 똑같이 독 저장 공간을 가지고 있으니 역시 독종의 직계 자손이었다.

꼬맹이의 성격으로 보아 감히 고북월을 해친 사람이라면 그 어떤 대가를 치르더라도 죽어라 물고 늘어졌을 텐데, 녀석은 한 번 물러난 후 다시는 공격하지 않았다. 한운석이 잘못 보지 않았다면 꼬맹이는 그 사람을 두려워하고 있었다.

꼬맹이를 두렵게 만들 수 있는 사람이 독종의 직계 자손 말고 또 있을까?

이 세 가지를 종합해 볼 때 군역사의 사부와 신비한 독술사, 적흑색 옷의 자객은 십중팔구 같은 사람이었다! 독종의 직계 자손이자 풍족의 후예, 그리고…… 그녀의 친족.

한운석이 독종의 직계 자손이라는 것은 이미 알려진 사실이었다. 그런데 적흑색 옷의 자객은 어째서 그녀를 아는 척하지 않았을까? 어째서 고북월을 해치려 했을까?

풍족은 지금껏 서진 황족에 충성해 왔으니 영족의 동맹이 분명했다.

그런데 적흑색 옷의 자객은 고북월이 영술을 쓰는 것을 보고도 공격을 멈추긴커녕 도리어 한술 더 떠 철저하게 고북월을 사지로 몰아넣었다!

어째서일까?

이유는 한 가지뿐이었다. 풍족도 유족과 마찬가지로 이미 서진 황족을 배신했다는 것.

용비야의 출신을 조사하고, 그녀를 친족으로 인정하지 않고, 서진 황족을 배신하고, 스스로 적족에 들러붙은 자. 그자가 노리는 것은 무엇일까?

한운석이 며칠 동안 냉정하게 고민한 것은 이것뿐만이 아니었다. 훨씬 더 오래전부터 궁금하던 문제도 함께 고민하고 있었다.

바로 자신의 친아버지가 누구인가 하는 문제였다.

천심 부인이 서진 황족의 후예라면 그녀의 아버지는 독종의 직계 자손이었다! 천심 부인이 난산으로 죽은 것은 사고일까, 아니면 계획된 살인일까?

서진 황족의 딸에게는 반드시 봉황 깃 모반이 있었다.

그녀의 아버지와 천심 부인은 가까운 사이였으니 아버지도 분명히 천심 부인의 등에 있는 봉황 깃 모반을 보았을 것이다.

만약 그가 봉황 깃 모반의 의미를 알고 있었다면 천심 부인의 신분도, 그리고 한운석의 신분도 알았을 것이다.

며칠 전 그녀의 출신을 천하에 알린 사람은 그녀의 출신뿐만 아니라 봉황 깃 모반 이야기도 언급했다. 심지어 천심 부인이 목씨 집안의 목심이라는 것도 알고 있었다.

그렇게 많은 것을 아는 사람은 그녀의 아버지일 가능성이 농후했다.

한운석은 한참을 고민한 끝에 무시무시한 결론을 얻었다. 그녀의 아버지는 독종의 직계 자손일 뿐만 아니라 풍족의 후예였다.

그는 용비야의 출신을 알아내고 영족을 죽이고 그녀를 아는 척하지 않은 채 출신을 폭로하고, 심지어 진심으로 서진 황족에 충성을 바치는 적족에 거짓으로 투항했다.

그 목적은 더할 나위 없이 분명했다. 그는 용비야와 그녀를 이간질해 두 사람이 대립하게 만드는 동시에 적족을 속이려는 것이었다.

한운석은 오래지 않아 한 번도 보지 못했던 아버지가 나타나 눈물 없이는 볼 수 없는 부녀 상봉 장면을 만들고, 아버지 연기를 펼칠 것을 내다볼 수 있었다.

그녀는 서진의 공주이고 그녀의 아버지는 풍족의 수장이니 정정당당하게 서진 황족을 장악할 수 있었다.

비록 모든 것이 추측이고 가설일 뿐이지만, 한운석은 이 직감을 절대적으로 믿었다.

여자 중에 한운석처럼 이성적인 사람은 드물었다.

그녀는 구 할의 이성과 일 할의 직감을 가지고 있었다.

그녀는 언제나 자신의 이성을 확신했다. 그리고 자신의 직감을, 이번 한 번은 믿어 보기로 했다. 그녀는 이 추측이 틀리지 않았다고 굳게 믿었다!

이 모든 일의 배후에는 거대한 음모가 숨어 있었다. 앉아서 어부지리를 노리려는 음모!

그 적흑색 옷의 자객은 자신의 어깨가 마각을 드러냈으리라고는 생각조차 하지 못한 게 틀림없었다! 상황이 급박해서 그 독이 파효견혈인지 파효봉후인지 알아볼 틈도 없이 곧바로 독 저장 공간으로 흡수했을 테니까.

해독시스템이 없었다면 한운석도 그의 어깨에 들어간 독이 사라졌다는 것을 곧바로 알아내지 못했을 터였다! 그녀가 시공을 초월해 온 사람이고, 독 저장 공간뿐 아니라 독을 검사할 수 있는 해독시스템을 가지고 있다는 것을 그 자객이 무슨 수로 알 수 있을까?

한운석은 복잡한 표정으로 영승과 영정을 바라보았다. 이 남매에게 이 일을 어떻게 설명해야 믿어 줄까?

서진 황족과 동진 황족 간의 얽히고설킨 은원은, 원수를 갚는 일이건 나라를 부흥시키는 일이건 광명정대하게 겨뤄야 마땅했다.

혹시…… 두 나라의 원한을 잠시 내려놓고 풍족이라는 커다란 여우의 속셈부터 밝혀낼 수는 없을까?

"한운석, 잘 생각해 봐. 네가 승낙하든 말든 선택의 여지가 없어!"

영정이 차갑게 말했다.

"좋아, 생각해 보지!"

한운석은 마침내 타협했다. 확실히 그녀에겐 생각할 시간이 필요했다. 어떻게 적족을 설득할 것인지, 어떻게 풍족의 계략을 역이용할 것인지 생각해 봐야 했다.

그녀가 이렇게 대답하자 영정도 속으로 안도의 숨을 쉬었다. 그녀는 영승을 흘낏 살핀 후 쭈뼛거리며 물러났다. 규칙을 어겼다는 것을 잘 알고 있어서였다.

영정이 떠날 때까지도 영승은 싸늘한 눈길로 한운석을 응시하고 있었다.

한운석은 뚝심이 아주 좋아서 태산이 무너져도 태연자약하고 아무 일 없는 듯 행동할 수 있는 사람이었지만, 지금은 영승의 이 눈빛에 심장이 뜨끔했다.

그녀는 진료 주머니에서 해약을 꺼냈다.

"받아라. 무례를 저지른 죄는 달아 두도록 하지. 이자를 붙여서!"

영승은 해약을 받더니 아무 표정 없는 얼굴로 한마디도 하지 않고 돌아서서 나갔다.

하지만 문 앞에 이르자 다시 고개를 돌렸다. 그 눈빛은 아직도 싸늘했다.

한운석은 그가 무슨 말이라도 할 줄 알았지만, 뜻밖에도 그는 아무 말도 하지 않고 가만히 그녀를 쳐다보다가 돌아서서 나갔다.

영정이 진심을 쏟아 내지 않았더라면 한운석도 이렇게 쉽게 적족의 충성을 믿어 주지 않았을 것이다. 특히 저 나쁜 놈의 충성은! 처음 만났을 때 한운석이 저자에게 받았던 인상은 아주…… 나빴다!

영승은 두 손을 뒷짐 지고 한 발 한 발 밖으로 나갔다. 그가 손에서 금침 하나를 뱅글뱅글 돌리고 있는 것을 본 사람은 아무도 없었다. 바로 한운석이 그의 발을 찔렀던 금침이었다.

풍족의 출현으로 더는 냉정해질 수 없었던 한운석이 다시 한 번 냉정함을 되찾게 되었다. 덕분에 그녀는 동진과 서진 간의 풀 수 없는 은원을 잠시 잊고, 진퇴양난에 처한 상황도 잠시 내려놓을 수 있었다.

어쨌든 간에 고북월의 복수를 하고 풍족의 음모를 파헤치는 것이 먼저라고 자신에게 다짐했다!

용비야는 고북월이 습격당한 일을 어떻게 생각할까? 그 속에서 음모를 발견해 냈을까?

지금 그는 뭘 하고 있을까?

그때 용비야는 막 의성에 도착해서 의학원에 있는 한운석의 방으로 달려가고 있었다. 진작 서동림에게서 밀서를 받아 한운석이 납치된 것을 알고 있었다.

초서풍과 서동림, 그리고 비밀 시위들은 모두 문 앞에 무릎을 꿇고 있었다. 보라색 면사 옷을 받쳐 든 서동림은 차마 용비야에게 다가가지 못하고 머뭇거렸다.

이미 같은 결론에 도달하다

원락 안에 정적이 내려앉았다. 비밀 시위들은 바닥에 꿇어앉았고 서동림도 그들과 함께였다. 초서풍이 제일 앞에 꿇어앉아 그들을 이끌었다.

본디 용비야는 아무리 빨라도 오늘 저녁나절에나 도착할 수 있었지만 거의 하루 가까이 시간을 앞당겨 도착했다.

온몸이 먼지투성이에다 얼굴에는 지친 기색이 가득했고 수염이 덥수룩했지만, 하늘을 찌르는 분노를 숨길 수는 없었다.

평소 감정을 드러내지 않는 그도 이번에는 한 치도 남기지 않고 얼굴 가득 분노를 드러냈다.

그는 꼭 닫힌 방문을 뚫어지게 노려보며 침묵했다.

침묵은 마음이 어지러운 탓이었다. 그래도 이곳에 도착하기 전까지는 한 줄기 희망을 품고 있었다. 그녀를 다시 찾아냈고, 그녀가 방 안에서 자신을 기다리고 있으리라는 희망.

천산에서 헤어진 후로 매일 밤 매일 낮 그녀를 다시 만나고 다시 꼭 끌어안을 수 있기를 손꼽아 기다렸다.

그녀가 옆에 없는 나날이 이렇게 익숙지 않을 줄은 그 누구도 알지 못했다.

이미 그녀를 한 번 잃어버린 적이 있는 그는 몹시 두려웠다!

더욱이 이번에는 그녀의 처지가 상당히 위험했다. 그녀의 출신이 드러났으니 동진 황족 진영에 그녀의 목숨을 노리는 이들이 얼마나 많을까? 서진 황족 진영에서 그녀를 꼭두각시로 세우려는 자들은 또 얼마나 많을까?

대체 어느 진영 사람이 그녀를 납치했는지도 판단할 수가 없었다.

"초서풍, 그녀를 되찾아 왔겠지."

마침내 용비야가 입을 열었다. 그 목소리는 설산 얼음 호수의 물처럼 뼛속까지 얼려 버릴 듯이 차가웠다.

초서풍도 원망스럽고 화가 났지만, 주인을 보는 순간 분노의 불길은 두려움과 존경심에 짓눌려 꺼지고 심장이 부르르 떨렸다.

"보……, 보고 드립니다, 전하. 아직……, 아직 왕비마마를 찾지 못했습니다."

마지막 희망의 날개마저 꺾이자 용비야의 깊고 검은 눈동자에는 분노만 남았다. 그는 한 발 한 발 초서풍에게 다가가 바로 코앞에 섰다.

용비야의 신발 끝이 거의 초서풍의 손가락에 닿을 정도였다. 초서풍은 무의식적으로 손을 움츠렸다. 그 자신조차 자신이 얼마나 두려워하고 있는지 알 수가 없었다.

"본 태자가 이미 그녀의 신분을 알고 있었다고 네가 말했느냐?"

용비야의 목소리는 몹시도 차분해서 그 어떤 감정도 느낄 수가 없었다.

초서풍은 주인을 너무 잘 알고 있었다. 주인이 차분하면 차분할수록 속에서 분노가 들끓고 있다는 뜻이었다.

서동림이 진왕 전하에게 보낸 서신은 그도 읽었다. 서동림은 있었던 일을 처음부터 끝까지 세세하게 기록했고, 초서풍이 제멋대로 하극상을 저질러 왕비마마를 연금했다고 보고했다.

"그렇습니다."

그는 솔직하게 인정했다. 고개를 들려는 순간 뜻밖에도 진왕이 느닷없이 발을 휘둘러 그의 턱을 걷어찼다. 그는 곧바로 벌렁 뒤집히며 날아갔다.

'퍽' 하는 소리와 함께 초서풍의 몸이 방문에 부딪혔고 그대로 방 안으로 뚫고 들어가 나동그라졌다.

비밀 시위들은 더욱더 두려워하며 머리를 푹 숙였다. 서동림은 보라색 옷을 꼭꼭 숨긴 채 감히 찍소리도 내지 못했다. 서동림은 서신에 모든 이야기를 썼지만 유일하게 이 옷에 대해서는 언급하지 못했다.

비밀 시위들은 아무도 뒤를 돌아보지 못한 채 알아서 길을 비켰다. 용비야는 한 발 한 발 방 안으로 들어가 또다시 초서풍의 코앞에 멈춰 섰다.

초서풍은 바닥에 엎어져 있었고 입가에서는 피가 끊임없이 흘렀다. 그래도 그는 결연하게 몸을 일으켜 용비야 앞에 공손하게 꿇어앉았다.

그렇지만 그가 똑바로 앉기 무섭게 용비야가 또다시 발로 그의 턱을 거칠게 걷어차 날려 버렸다!

"본 태자가 그녀의 신분을 알고 있었다고 누가 그러더냐?"

초서풍은 뒤에 있던 차 탁자에 쾅 하고 부딪혔다가 아래로 미끄러져 산산이 조각난 다기들 위로 쓰러졌다. 계속 입가로 흘러내리는 새빨간 피는 멈출 기미가 없었다.

용비야의 차가운 눈동자는 누가 봐도 겁이 날 만큼 차가웠고, 일언반구도 없는 모습은 세상에서 가장 냉혹 무정한 신 같았다. 그는 중상을 입고 쓰러진 초서풍이 피투성이가 된 이를 악물며 또다시 고집스레 일어나는 모습을 차가운 눈으로 바라보았다.

하지만 이번에는 똑바로 일어날 기회조차 주지 않고 직접 초서풍의 멱살을 잡아 들어 올렸다.

분노가 이글거리는 눈이 초서풍의 눈동자를 직시했지만, 초서풍은 눈을 내리뜬 채 감히 쳐다보지도 못했다.

마침내 용비야가 말했다.

"본 태자에게 대답하라!"

용비야가 멱살을 바짝 누르려는 순간, 서동림이 나머지 비밀 시위들을 이끌고 달려와 입을 모아 애원했다.

"전하, 부디 길을 열어 주십시오. 부디 초 통령께 공을 세워 죄를 씻을 기회를 주십시오!"

애원과 함께 모두가 바닥에 쿵쿵쿵 머리를 찧었다.

하지만 분노한 용비야는 들은 체 만 체하며 움직임을 멈추지 않았다. 그는 그토록 오랫동안 심혈을 쏟아붓고 심지어 한운석을 속이는 것도 마다하지 않으면서 이 일을 숨겨 왔다.

그런데 초서풍이 제멋대로 지껄여 모든 것을 망쳐 놓은 것이었다!

그로서는 차마 상상할 수도 없었다. 고북월이 해를 입은 후 초서풍의 말을 들은 한운석이 그가 그녀를 이용했다고 생각하지 않는다면 그게 더 이상했다!

세상 사람들의 증오는 견뎌도 그녀의 증오만은 견뎌 낼 재간이 없었다.

초서풍이 질식해 죽을 지경인 것을 보자 서동림은 도저히 참을 수가 없어 달려들어 주인의 팔을 부둥켜안았다.

"전하, 왕비마마를 잃어버린 것은 저희 모두의 잘못입니다! 초 통령을 죽이시려면 저희도 함께 죽이셔야 합니다!"

별안간 용비야가 큰 소리로 웃음을 터트렸다.

"본 태자를 위협하는 것이냐?"

"제가 어찌 감히!"

서동림은 화들짝 놀랐다.

"좋다, 이자를 죽인 다음 너희들도 처리해 주마!"

용비야가 차갑게 말했다.

이 말을 듣자 마침내 초서풍도 참지 못하고 고개를 들어 용비야의 얼음 같은 눈을 마주 보았다. 용비야는 그를 바닥에 집어 던지며 화난 소리로 물었다.

"그래, 이제 잘못을 인정하겠느냐?"

그가 이곳에 도착해서 지금까지 초서풍을 몇 번이나 걷어찼는데도, 초서풍은 '잘못'이란 말도 하지 않았고 '용서'를 청하지도 않았다.

그야말로 불난 집에 기름을 끼얹는 행위였다! 죽어 마땅한 행위였다!

"전하, 저는 죽이든 살리든 마음대로 하셔도 원망하지 않겠습니다. 하지만 다른 형제들은 괴롭히지 마십시오. 저들은 아무 죄도 없습니다!"

초서풍이 고집스레 말했다.

"죽어도 잘못을 인정하지 않겠느냐?"

용비야가 분노에 차 물었다.

"능력이 부족해 서진의 잔당을 똑바로 감시하지 못했으니 저는 죽어 마땅합니다!"

초서풍이 소리 죽여 잘못을 시인했다.

그 말이 떨어지는 순간 용비야는 분노를 참지 못하고 검을 뽑았다!

마침내 초서풍이 고개를 들고 진지하게 말했다.

"그 여자는 우리 동진의 원수입니다. 제 주인도 아니고, 전하의 왕비는 더욱더 아닙니다!"

진왕 전하가 그더러 인정하라는 것은 바로 하극상을 저질러 왕비를 연금한 죄였다. 하지만 그 죄는 인정할 수 없었다. 죽어도 인정할 수 없었다!

"오냐, 좋다! 초서풍, 한운석이 서진 황족의 후예가 틀림없다고 누가 그러더냐? 그 정보가 어디서 나왔는지 제대로 조사하지도 않고 무슨 근거로 그렇게 믿느냐?"

용비야가 질책했다.

초서풍은 눈을 휘둥그레 떴다. 원한에 정신이 나가고 고북월이 기습당한 일로 판단력이 흐려지는 바람에 그 소문이 사실인지 아닌지는 생각해 보지도 않았다.

"네가 언제부터 본 태자를 대신해 결정할 자격을 얻었느냐? 언제부터 본 태자를 대신해 왕비를 폐할 수 있게 되었느냐? 또 언제부터 본 태자가 한운석의 신분을 미리 알고 있었다고 확신했느냐? 네 마음대로 결정하고 행동하는 그 담력은 어디서 났느냐?"

용비야는 노기충천했다.

"초서풍, 차라리 네가 진왕을 하는 게 어떠냐?"

초서풍은 당황했고, 마침내 자신의 잘못이 무엇인지 깨달았다! 무슨 일이 벌어지든 그에게는 분명 제멋대로 판단하고 행동할 자격이 없었다.

이는 부하로서 가장 경계해야 할 일이었다! 비밀 시위라면 특히 더 그랬다!

비밀 시위에게는 명확한 규칙이 있었다. 명령을 거역하고 제멋대로 행동하는 자는 가차 없이 죽는다!

"전하, 저는……."

마침내 초서풍의 태도가 누그러졌다.

애석하게도 용비야의 눈동자는 더욱더 차갑게 얼어붙었다. 그는 검을 검집에 넣었지만, 대신 검집째로 초서풍의 단전을 찔렀다. 그 속도가 너무 빠르고 힘도 너무 강해서 초서풍은 용서를 빌 틈조차 없었다.

그 일격으로 초서풍이 10여 년간 힘들게 수련한 무공은 모두 사라져 버렸다. 초서풍은 입에서 새빨간 피를 내뿜으며 어려서부터 충성을 바친 주인을 멍하니 바라보았다.

그 순간, 그는 주인이 자신의 무공을 없앤 까닭이 목숨만은 살려 주기 위함인지, 아니면 죽느니만 못하게 살아가도록 하기 위함인지 판단할 수가 없었다.

무공이 없으면 평생 다시는 비밀 시위가 될 수 없었다!

초서풍은 똑똑히 물어보고 싶었지만, 곧 눈앞이 흐릿해지다가 깜깜하게 변했다.

결국, 그는 중상을 이기지 못하고 혼절하고 말았다.

용비야는 그에게 눈길조차 주지 않고 차갑게 말했다.

"이자를 천산으로 돌려보내라. 잘 들어라. 비밀 시위든 군의 병사든 당문이든, 그 누구라도 제멋대로 행동하고 겉으로는 따르는 척하면서 속으로는 거역하는 자가 있으면 용서치 않을 것이다!"

모두가 당겨진 활시위처럼 긴장한 가운데 서동림은 속으로 안도의 숨을 쉬었다. 비밀 시위의 규칙에 따르면 초서풍은 죽어 마땅했다. 전하가 비록 초서풍의 무공을 폐하긴 했지만 적어도……, 적어도 죽이지는 않고 무공을 익힐 수 있는 곳으로 보내 주었다.

"오늘부터 서동림이 비밀 시위 통령을 맡는다."

용비야가 차갑게 말했다.

서동림은 당황했지만 주인의 힐문하는 눈빛을 보자 허둥지둥 나아가 명령을 받고 감사 인사를 올렸다.

"서동림, 본 태자가 사흘 말미를 줄 테니 왕비를 납치한 자를 찾아내라. 그렇지 않으면 뒷일은 알아서 해야 할 것이다. 그리고 당문에 연락해 대체 누가 그런 유언비어를 퍼트려 왕비를 모함했는지 조사하게 해라!"

용비야가 또 말했다.

어쩌면 이게 그의 마지막 남은 냉정함과 이성이 아닐까?

사실은 억지로 짜낸 이성이었다. 한운석이 실종되었다는 것을 안 순간부터 그는 이미 미치기 일보 직전이었다.

미치광이처럼 곧장 이곳으로 달려왔지만 여기서는 부득불 냉정해질 수밖에 없었다.

그가 냉정해지지 않으면 한운석의 처지가 더욱 위험해졌고, 그렇게 되면 그의 처지 또한 좋을 수가 없었다! 초서풍도 원한이 이렇게 깊은데 백리 장군부와 당문은 말할 것도 없었다.

당연히 그는 초서풍이 서진에 품은 원한을 잘 알고 있었다. 그의 휘하에 있는 무수한 사람들이 서진 황족을 불구대천의 원수로 여기는 것도 알고 있었다. 그는 한운석뿐만 아니라 그의 곁에 있는 모든 사람을 속였다. 당리까지도!

영원히 서로 화해할 수 없다면, 영원히 용서할 수 없다면 차라리 영원히 모르는 편이 나았다.

그러기 위해서 일찍부터 모든 것을 철저히 준비해 두었는데, 한운석의 출신을 아는 사람이 또 있을 줄은 상상조차 하지 못했다. 그자는 너무나 철저하게 알고 있었고 그가 알지 못했던 봉황 깃 모반까지 알고 있었다. 게다가 그 비밀을 모두에게 폭로하기까지 했다!

그자는 대체 누구일까?

고북월을 습격한 적흑색 옷을 입은 자객은 또 누구일까?

사실 그는 확실히 고북월을 이용할 마음이 있었고 그래서 자신이 동진 황족이라는 신분을 숨겼다. 하지만 절대로 고북월을 습격해 죽일 생각은 없었다. 한운석의 출신 문제에 있어, 두 사람은 일찍부터 같은 결론에 도달해 있었다.

천산정에서 서정력을 사용하고 나서야 알았지만 놀랍게도 고북월은 천산에도 첩자를 두고 있었고, 서정력이 동진 황족의 보물이라는 것도 알고 있었다.

고북월은 그를 위협했다. 한운석을 놓아주지 않으면 반드시 의성의 힘으로 중남도독부를 멸망시키겠다고.

그제야 그는 고북월이 한운석의 출신을 알고 있다는 것을 깨달았다.

그는 자신이 일찍부터 한운석의 출신을 알고 있었다고 순순히 인정한 다음 고북월에게 한운석이 누군지 알면서도 지금껏 숨긴 목적이 무엇이냐고 따졌다.

고북월은 그 질문에 대답하지 않고, 여자의 감정을 이용하는 것은 대장부가 할 일이 아니라며 분노에 차서 질책했다.

그는 모든 것을 설명했고, 고북월도 자신과 마찬가지로 한운석이 선대로부터 이어진 원한과 무거운 책임을 영원히 모른 채 지금처럼 그저 한운석 자신으로서 살아가기를 바란다는 것을 알게 되었다.

동진의 태자인 그가 영족 후예의 말을 믿는 것이 가능할까? 영족의 후예로서 동진 태자와 의견이 일치하기가 쉬울까?

하지만 똑같은 남자로서, 똑같이 한운석을 아끼는 남자로서, 그들은 다시 한번 서로의 고충을 이해했다.

이해했기 때문에 굳게 믿었다!

"어서 가서 찾지 않고 뭘 하느냐?"

용비야가 차갑게 물었다.

서동림은 머뭇거리며 몇 번이나 심호흡을 한 다음 비로소 허리띠에 숨겨 놨던 보라색 면사 옷을 꺼냈다.

"전하……."

그의 세상이 무너진다

그랬다!

서동림도 사심이 있었다! 그가 고집스레 진왕 전하에게 서신을 보내 모든 것을 보고한 것은 부하로서 마땅한 책임을 다한 것이었다.

하지만 어려서부터 초서풍에게 보살핌 받고 그의 발탁으로 여기까지 온 서동림은 그가 진왕 전하의 분노 아래 죽음을 맞이하는 것을 도저히 볼 수가 없었다. 초서풍은 조상들의 원한 때문에 잘못을 저질렀으니 정상 참작을 받을 만했다.

하지만 왕비마마가 납치되었을 뿐 아니라 모욕을 당했다는 사실을 진왕 전하가 알았다면 초서풍은 죽는 것은 물론이고 아마도 아주 참혹한 최후를 맞이하게 되었을 것이다. 그래서 그는 초서풍이 실려 나간 다음에야 전전긍긍하며 보라색 옷을 내밀었다.

"전하, 이건……."

말이 끝나기도 전에 용비야가 옷을 낚아챘다. 한운석에게는 옷이 많지만 자주 입는 것은 몇 벌뿐이고 모두 그가 아는 것들이었다. 특히 그가 제일 좋아하는 이 보라색 옷은 거의 보자마자 알아볼 수 있었다.

보라색 면사 옷은 너덜너덜하게 찢어져 이미 옷이라고 할 수도 없었다. 이 옷이 어떻게 찢어졌는지 상상할 수가 없었다. 벗긴 다음 찢어발긴 것일까, 아니면 입은 상태로 찢어 낸 것일까.

무엇보다 이 옷의 주인이 뭘 겪었는지는 더욱더 상상할 수가 없었다.

피로에 물든 용비야의 얼굴은 순식간에 핏기 하나 없이 창백해졌다. 그의 손이 눈에 띄게 떨렸고 입술 역시 떨리고 있었다.

"어떻게……, 어떻게 된 일이냐?"

당황한 서동림은 머뭇거리며 대답하지 못했다.

진왕 전하를 오래 따랐지만 이런 모습은 처음이었다.

그는 진왕 전하가 노기충천해서 초서풍에게 그랬듯이 자신을 걷어찰 것으로 생각했다. 심지어 비밀 시위 모두에게 죄를 물을 것으로 생각했다. 진왕 전하가 이렇게…… 두려워할 줄은 상상조차 하지 못한 일이었다!

운공대륙이 혼란에 빠져도 하늘이 무너지고 땅이 꺼져도, 제아무리 커다란 사건이 벌어져도 진왕 전하는 두려워하지 않았다!

그런데 지금 이 순간에는 놀랍게도 온몸을 덜덜 떨고 있었다. 숨을 내쉬는 것조차 곤란해져 숨소리가 눈에 띄게 거칠어졌다.

"대체 어떻게 된 일이냐!"

용비야가 느닷없이 분노에 차서 부르짖었다. 서동림은 펄쩍 뛸 듯이 놀랐다.

"전하……. 와, 왕비마마께서는……, 그분은……."

너무 놀란 나머지 말까지 더듬거렸다.

"대체 어떻게 된 일이냐? 말해라!"

분노에 찬 용비야의 부르짖음이 원락 안을 쩌렁쩌렁 울렸다. 아무도 출입하지 못하게 봉쇄하지 않았더라면 벌써 구경꾼들이 모여들었을 것이다.

동진 진영의 단결을 위해서라면, 그녀의 안전을 위해서라면, 그도 분노를 억누르고 냉정함을 유지한 채 초서풍을 대면할 수 있었다.

용비야는 일을 더없이 깔끔하게 처리했다. 첫째로 이목을 현혹해 당문과 백리 장군부가 소문을 의심하게 함으로써 제멋대로 한운석에게 손대지 못하게 했다.

둘째로 소문을 퍼트린 자를 조사하게 함으로써 세상 사람들이 소문의 진실성을 의심하게 하고, 한운석에게는 초서풍이 말한 것처럼 그가 미리 그녀의 출신을 알았던 게 아님을 알려 주었다. 비록 속임수이기는 하지만 적어도 한운석이 이 중요한 순간에 그를 증오하고 오해하지 않게 만들 수는 있었다.

셋째로 그는 초서풍의 원한을 이해했다. 초서풍이 서진 황족에게 가진 원한은 그와 다를 바 없었다. 그래서 그는 초서풍을 죽이지 않고 무공만 없애 천산으로 돌려보냈다. 동진 진영에서 준동하는 세력들에게 경고는 주면서도 부하에게 인정사정없다는 오명을 쓰지 않을 정도의 처벌이었다.

그는 냉정함을 유지하기 위해 최대한 노력했다.

하지만 이제 그 마지막 남은 냉정함과 이성도 갈기갈기 찢어진 보라색 옷과 함께 완전히 산산조각이 나고 말았다.

그랬다. 조금 전에 그가 이 옷을 봤다면 초서풍은 필시 분노에 찬 그의 손에 죽었을 것이다!

하늘이 무너진 것도 아니고 땅이 꺼진 것도 아니고 운공대륙도 아직 멀쩡했다. 하지만 그 혼자만의 세상은 무너져 버렸다.

한운석, 대체 어떻게 된 것이냐? 대체 무슨 일을 당했느냐? 지금 어디 있느냐?

한운석, 두려우냐?

한운석, 본 태자도 두렵다는 것을 알고는 있느냐!

마침내 진왕 전하의 정신이 나갔다는 것을 알아차린 서동림은 후회했다. 이 보라색 옷을 꺼낸 것이 몹시도 후회스러웠다. 진왕 전하가 정신이 나가면 당면한 이 사태는 누가 이끌어 갈 것인가?

"전하, 왕비마마는 무사하십니다!"

서동림은 눈을 감고 소리 질렀다.

"전하, 정신 차리십시오. 왕비마마는 괜찮으십니다!"

이렇게 하면 억지로나마 위로가 될지도 몰랐다.

그래도 진왕 전하의 목소리를 들을 수가 없자 서동림은 조심조심 눈을 떴다. 하지만 핏발이 잔뜩 서고 집착이 가득한 진왕 전하의 눈을 보는 순간 갑자기 가슴이 덜컥 내려앉고 가슴이 찢어지는 듯이 아팠다.

이 사람이 정말 진왕 전하일까?

이 사람은 고집스럽게도 한 조각의 희망을, 손톱만 한 희망을 기다리고 있었다.

서동림 역시 어려서부터 진왕 전하를 따랐다. 그가 아는 진왕 전하는 언제나 높디높은 자리에 앉아 장막 안에서 전략을 세우며 위기에 처해도 당황하지 않는 분이었다. 신과 같은 이 남자에게 이렇게 연약한 부분이 있다고는 단 한 번도 생각해 본 적이 없었다.

서동림은 진왕 전하를 구해 낼 힘조차 없는 자신이 미워 죽을 지경이었다. 입을 열었지만 뭐라고 설명해야 할지, 뭐라고 설득해야 할지 알 수가 없었다.

그 자신도 왕비마마가 무사하다고 믿을 수가 없는데 무슨 수로 진왕 전하를 설득할까?

여자가 납치되었고 입고 있던 옷은 갈기갈기 찢어져 이 모양이 되었으니, 다른 것은 차치하더라도 납치한 사람이 좋은 사람이 못 된다는 것은 분명했다. 옷까지 다 찢어 놓고 거기서 끝냈을 리 있을까? 설사 끝냈다 하더라도 납치해 버렸으니 더욱 큰일이었다…….

진왕 전하도 거기까지 생각했을 테니 그가 위로한다고 해서 속아 넘어갈 리 없었다.

이런 모습의 진왕 전하를 보자 서동림은 더욱더 두려워졌다. 정신이 아득해지고 어떻게 해야 좋을지 몰라 울음이 나올 것 같았다.

바로 그때 갑자기 그림자 하나가 휙 날아와 용비야 앞에 내려섰다.

"형, 드디어 왔구나!"

나타난 사람은 당리였다.

그는 몇 번이나 다녀갔고 이곳에서 무슨 일이 벌어졌는지도 알고 있었다. 하지만 뾰족한 방법이 없는 데다 용비야 대신 결정을 내릴 자격도 없었다. 이건 보통 일이 아니라 아주 심각한 일이었다. 용비야가 제대로 처리하지 못하면 동진 진영은 스스로 혼란에 빠질 것이 자명했다.

다른 사람은 말할 것도 없고, 당문의 어른들만 해도 밤낮없이 달려와 용비야에게 따지고 들 터였다.

"형, 초조해 미치는 줄 알았어. 대체 어떻게 된 거야?"

당리는 흥분해서 말했지만 용비야는 그를 쳐다보지도 않고 고집스럽게 서동림을 응시하며 대답을 기다렸다. 그의 깊은 눈동자에는 얼음 같은 차가움과 흉포한 기운이 담겨 있었다. 그리고 누구나 알아볼 수 있는 기대도 담겨 있었다.

마침내 서동림도 무너졌다.

"전하, 저도……, 저도 무슨 일이 있었는지 모릅니다. 왕비마마께서는 귀한 분이시니 분명히 무사하실 겁니다!"

용비야의 눈동자가 차갑게 얼어붙었다. 당리도 그제야 그가 한운석이 입었던 보라색 면사 옷을 꽉 움켜쥐고 있는 것을 발견하고 곧바로 상황을 파악했다.

그는 고개를 갸웃했다. 설마 한운석이 서진 황족의 후예가 아닌 걸까? 그간 운공대륙을 뒤흔들었던 소식은 단순한 유언비어였을까? 그래서 용비야가 이렇게 초조해하는 거구나! 만약 한운석이 서진의 후예라면 용비야가 그녀를 증오하지 않는 건 말이 되지 않았다.

하지만 유각에 갇혔던 벙어리 노파와 고북월을 생각하자 당리는 또 흔들렸다. 어쩌면 용비야는 일찍부터 한운석의 출신을 알고 있었지만 줄곧 모두를 속여 왔을지도 몰랐다. 사촌 아우인 그 자신까지도.

당리는 요 며칠 영정에게는 전혀 신경 쓰지 않았다. 이번 일로 머리가 복잡해 죽을 지경인 탓이었다.

서동림은 바닥에 주저앉아 감히 꼼짝도 하지 못했다.

용비야도 더는 그를 괴롭히지 않고 낯익은 면사 옷을 바라보다가 별안간 몸을 휙 돌려 원락 밖으로 걸어갔다.

"형!"

다급해진 당리가 쫓아갔지만 용비야는 갑자기 지붕 위로 훌쩍 뛰어올라 미친 듯이 달리기 시작했다.

"형, 기다려. 어딜 가는 거야!"

당리는 허둥지둥 뒤쫓았다. 혹여 놓칠세라 용비야의 뒤에서 이리 뛰고 저리 뛰며 온 힘을 다했다.

어려서부터 지금까지 완비가 죽었을 때를 제외하면 용비야는 한 번도 이렇게 정신이 나간 적이 없었다. 완비가 자결했을 때에도 그저 입을 꾹 다물기만 했지, 평소 안 하던 행동을 하지는 않았다.

하지만 지금의 용비야는 누가 봐도 정신이 나간 게 분명했다. 당리는 그가 충동적으로 일을 벌여, 원수를 갚고 나라를 부흥하기 위해 지금껏 해 온 모든 노력을 물거품으로 만들까 걱정스러웠다.

용비야는 대체 뭘 하려는 걸까?

그는 한운석을 찾고 있었다!

그 밖에 그가 무엇을 할 수 있을까?

그녀를 찾아내는 것이야말로 그에게 있어 단 하나뿐인 구원이었다!

이렇게 해서 벌써 며칠째 자지도 쉬지도 못한 그는 온종일 미친 듯이 의성을 뒤졌다. 찾을 수 있는 곳을 거의 다 찾아본 다음 이튿날 새벽이 되자 그는 지쳐서 움직이기도 힘든 몸을 이끌고 고북월이 떨어진 독종 금지의 절벽으로 갔다.

뒤따르던 당리는 용비야가 절벽 가장자리에서 걸음을 멈추자 비로소 안도의 숨을 내쉬었다.

당리는 숨을 고르며 책상다리를 하고 앉으려다가 갑자기 무슨 생각이 났는지 화들짝 놀라며 진땀을 주르륵 흘렸다. 그는 용비야 곁으로 쪼르르 달려가 그의 손을 붙잡았다.

"형, 이상한 생각하지 마! 형이 뛰어내렸다는 걸 알면 형수는 틀림없이 울다가 죽을 거야."

용비야가 그렇게 단순한 생각을 할 리 있을까?

그도 자신이 왜 이곳에 왔는지 알 수가 없었다. 어쩌면 고북월을 찾기 위해서일지도 몰랐다. 고북월에게 이제 어떻게 해야 하는지 물어보고 싶었다.

그는 도저히 냉정해질 수가 없었고 뭔가를 생각할 수도 없었다.

"당리, 그녀를 찾아 다오. 날 도와서 의성 밖까지 뒤져서라도 그녀를 찾아."

용비야가 마침내 당리를 바라보았다.

"어떻게 찾아? 그날 비밀 시위와 의성의 시위들이 성안을 몇 번이나 뒤졌고 성 밖까지 수색했어. 더 어딜 찾아 봐? 산과 들판까지 뒤져?"

당리가 진지하게 물었다.

"세상을 다 뒤져서라도 찾아야 한다!"

용비야는 차갑게 말했다.

"형, 제발 정신 좀 차릴 수 없어!"

당리가 화를 냈다.

"그럴 수 없다!"

용비야의 대답은 사실이었다.

"형, 누가 형수를 납치했는지는 내가 알려 줄 수 있어. 하지만 그 전에 내 질문에 대답해야 해!"

당리가 용비야의 눈을 들여다보며 전에 없이 진지하게 말했다.

용비야 역시 그를 바라보면서 당리가 묻기도 전에 먼저 대답했다.

"맞다. 한운석은 서진의 후예다! 날 도와주겠느냐?"

당리는 멍해졌지만 곧 잡았던 용비야의 손을 힘껏 뿌리쳤다.

"날 이용했구나! 지금까지 날 이용한 거야! 내가 아니라 당문이 도와주길 바라겠지!"

지금까지 그는 용비야가 자신을 당문 문주로 삼은 이유가 순전히 아버지와 여 이모가 한운석에게 가진 편견이 싫어서라고 생각했다. 자신에게 대권을 쥐여줌으로써 두 사람의 실권을 빼앗으려는 것인 줄 알았다.

그런데 뜻밖에도 용비야는 언젠가 한운석의 출신이 밝혀졌을 때 당문이 자신의 통제에서 벗어날까 봐 두려워했던 것이다!

그가 이런 방식을 취한 것은 서진의 공주와 함께하기로 마음을 굳혔기 때문이었다!

당리는 믿을 수 없는 얼굴로 고개를 저었다.

"형, 미쳤구나! 그 여자는 서진의 공주야. 서진의 공주라고! 백리 장군부와 당문, 비밀 시위대에 똑똑히 설명하지 않으면 계속해서 형에게 충성을 바칠 사람은 아무도 없어!"

용비야는 당리의 분노에도 동요하지 않았다. 벙어리 노파를 납치했을 때부터 이미 굳게 결심을 내린 그였다.

무슨 일이 있어도 그에게는 한운석이 필요했다!

어려서부터 지금까지 그 스스로 진심으로 원했던 것은 아무것도 없었다. 오로지 그녀뿐이었다!

"당리, 한 번만 더 묻겠다. 날 도와주겠느냐?"

용비야는 단호하게 물었다.

허탕, 발각된 영정

용비야의 단호한 질문에 당리는 비로소 방금 용비야가 처음으로 자신에게 부탁했다는 것을 깨달았다.

정확히 말하면 부탁이라고 할 수는 없었다. 용비야가 아니었다면 그는 당문 문주가 되지 못했을 것이고, 오늘 이렇게 용비야의 부탁을 받을 자격도 없었을 테니까.

어려서부터 함께 자란 덕분에 당리는 누구보다 더 용비야를 잘 알았다.

사실 당리도 전부터 어렴풋이 진실을 짐작하고 있었지만 믿고 싶지 않았고 받아들일 수 없었던 것뿐이었다. 용비야와 마주 선 지금도 그는 승낙할 수도 없고 거절할 수도 없었다.

"형, 그냥 여자일 뿐이야."

이렇게 말하는 그 자신도 이 말이 마음과는 다르다는 것을 느꼈다. 용비야가 한운석에게 얼마나 많은 예외를 두었는지 직접 봤고, 심각한 결벽증에다 보수적인 그가 사람들 앞에서 그 여자를 안고 깊이 입 맞추는 것도 직접 봤다.

그녀를 뼛속 깊이 아끼다 못해 핏속에마저 사랑이 흐르고 있다 해도 과언이 아니었다.

그렇게 4년 동안 소중히 해 온 사람을, 무슨 수로 말처럼 쉽게 내칠 수 있을까?

"형, 설사 형이 괜찮다고 한들, 우리 동진의 모두가 그 여자의 신분을 신경 쓰지 않는다고 한들, 그녀도 그럴까?"

당리는 진지하게 물었다.

"그 여자는 형을 미워할 거야. 형이 다시 자신을 이용하려 한다고 생각할 거야!"

애초에 용비야가 한운석의 신분을 숨긴 것도 바로 그녀가 그를 증오하게 될까 봐 걱정해서였다. 서진 공주로서 동진 태자에게 가진 증오!

서로 사랑하는 두 사람은 언제까지나 대등한 관계였다. 누구도 자신이 치른 대가 때문에 상대방도 대가를 치러야 한다고 고집을 피울 자격은 없었고, 상대방 또한 그런 대가를 치를 것으로 믿을 이유도 없었다.

그가 그녀의 출신을 무시할 수 있다고 해서 그녀도 그래야 한다고 바랄 수 없는 것처럼.

당리의 말에 용비야의 심장은 깊숙이 내려앉았다.

당리는 한숨을 푹 쉬었다.

"형, 사실은 나도 영정을 아주 좋아해. 하지만……."

그는 쓴웃음을 지었다.

"하지만 영정이 날 정말로 좋아할 수 있겠어? 나하고 아이를 낳고 싶겠어? 우리 둘 다 자신을 속이지 말자."

혼례를 올린 후 지금까지 그는 밤마다 영정에게 몹시 귀찮게 굴었고, 함께 여행을 다니던 한 달 동안은 특히 더 그랬다. 하지만 그녀의 배에서는 아직도 소식이 없었다. 그녀가 약을 먹고 있다는 것은 너무나도 분명했다.

확실히 당리가 영정에게 느끼는 감정은 용비야에게도 의외였다.

하지만 깊이 생각할 겨를이 없었다. 그는 차갑게 물었다.

"누가 그녀를 납치했는지 아느냐?"

용비야가 더는 도와 달라고 하지 않자 당리는 속으로 안도했다. 이제 그가 몇 마디만 하면 용비야도 알아들을 터였다.

"며칠 동안 영정과 냉전 중이었어. 방을 나온 후에 두 번 정도 일부러 돌아가 봤는데 그때마다 영정은 방에 없었어. 밤에도 한참을 기다려야 돌아오곤 했지. 내가 있는 것을 보면 깜짝 놀라더군."

지난번 행림 대회에 왔던 천녕국 군관은 이미 떠났고, 운공상인협회와 의성과의 거래는 일찌감치 영락이 맡게 되었으니 영정과는 아무 상관이 없었다.

이 의성에서, 영정이 한밤중까지 바쁘게 돌아다녀야만 하는 일은 어떤 것일까? 더욱이 그녀는 분명 당리 몰래 그 일을 하고 있었다.

"형, 영승이 의성에 있을지도 몰라. 어젯밤에 전쟁터 소식을 알아보라고 사람을 보냈어. 만약 영승이 그곳에 없다면 틀림없이 의성에 있을 거야! 분명히 그자가 한운석을 납치한 거야."

당리는 용비야가 손에 쥔 보라색 옷을 흘끔 바라보며 진지하게 말했다.

"형, 이 중요한 순간에 한운석을 납치할 자는 두 부류밖에 없어. 하나는 우리 동진 사람이고 다른 하나는 서진 사람이지."

"영승!"

용비야가 두 눈을 가늘게 떴다.

동진 사람이 한운석을 납치하려 했다면 구태여 이렇게 힘들 일 필요 없이 초서풍을 찾아가 그녀를 달라고 하면 그만이었다. 그러니 납치범은 분명 서진 사람이었다.

납치범이 한운석의 옷을 찢은 것은 그녀의 몸에 봉황 깃 모반이 있는지 확인하기 위해서일 가능성이 컸다.

유족의 초천은도 서진 사람인데 요 며칠 끊임없이 고북월에게 서신을 보내 한운석의 출신을 묻고 있으니 의심할 수 없었다. 리족과 흑족은 여태 아무 단서도 없었고, 풍족이라면 이럴 때 나타나서 그녀를 납치할 리 없다고 절대 확신했다. 풍족이 납치할 생각이었다면 벌써 납치했을 테니까!

용비야의 위험스러운 얼굴을 보자 당리는 그가 정신을 차린 것을 알 수 있었다.

"영정을 미행하게 했느냐?"

용비야가 차갑게 물었다.

"내가 하는 일인데 걱정할 게 뭐 있어? 벌써 준비해 놨지. 영정이 어젯밤에는 외출하지 않았지만 오늘은 아침 일찍부터 나갔어. 벌써 사람을 보내 감시하게 했어."

당리가 대답했다.

용비야는 고개를 끄덕이더니 싸늘한 눈길로 당리의 눈동자를 들여다보았다.

당리는 처음에는 알아차리지 못했으나 곧 깨닫고 그 시선을 피했다.

"형, 내가 도와주지 않으려는 게 아니라……. 어쨌든 난 그런 건 감당 못 해!"

"윗대의 은원을 어째서 그녀 혼자 짊어져야 하느냐? 그녀가 뭘 잘못했지?"

용비야가 물었다.

"형, 형도 윗대의 은원을 짊어지고 있잖아? 그 여자도 형과 똑같아. 둘 다 자기 마음대로 할 수 없다고! 두 사람은 서로 적이 될 운명이야. 매일매일 적과 함께 있으면 마음이 매번 철렁하지 않겠어?"

당리가 진지하게 물었다.

용비야는 한참 침묵한 끝에 마침내 담담하게 말했다.

"최소한 그녀에게 직접 물어볼 것이다."

당리는 한참 동안 고민하다가 결국 시간 끌기를 택했다.

"알았어. 그렇게 할게. 한운석이 형을 미워하지도 않고 원망하지도 않는다면 나도 형을 돕겠어! 하지만 형을 원망한다면…… 우리 당문이 너무 모질게 나간다고 탓하지 마!"

이렇게 말한 다음 당리는 또 한마디 덧붙였다.

"그리고, 한운석은 예외야. 그 밖에는 유족이든 적족이든, 우리 당문도 절대로 사정 봐주지 않을 테니까!"

"당연한 말이다!"

용비야의 눈에서 번쩍이는 살기는 당리보다 더 짙었다.

두 형제는 의성으로 돌아가 첩자의 소식을 기다렸다. 용비야는 찢어진 옷을 팔에 둘둘 말아 단단히 묶은 후 폭 넓은 소매로 덮었다.

이를 본 당리는 까닭 없이 마음이 아팠다.

솔직히 그는 한운석이 용비야를 원망하기를 몹시 바랐다. 그래야만 용비야가 시원시원하게 서진과 싸움을 치를 수 있기 때문이었다. 그런데도 이 장면을 보자 마음이 아파 견딜 수가 없었다.

한운석이 정말 용비야를 원망한다면 용비야는 얼마나 마음 아파할까?

사랑에 있어서는, 더 많이 사랑하는 쪽이 여지없이 패배하는 법이었다.

문득 당리는 자신이 용비야보다 더 모진 사람이라는 생각을 했다. 아니면 영정을 그저 조금 좋아하는 것일 뿐 사랑하지 않는 것일지도 몰랐다.

냉정해진 용비야에게는 할 일이 아주 많았다. 영승과 영정이 의심스럽다면 영승이 아직 의성에 있다는 뜻이었다.

그는 심 부원장을 찾아가 사방 성문을 지키는 병사를 더욱 늘리게 했다. 그때쯤 한운석이 불러들인 독 시위와 여자 용병들이 도착했다.

다행스럽게도 그들은 용비야의 명령에 복종했다. 용비야는 신중하게 그들을 배치한 다음 영정의 뒤를 밝은 첩자가 보낼 소식을 기다렸다.

그리고 당문과 백리 장군에게 답신을 보냈다.

그들의 서신은 의성에 도착하기 전에 받은 것으로, 모두 한운석의 출신을 따져 묻고 있었다. 그는 '근거 없는 유언비어'라는 한 줄만 쓰고 해명 같은 것은 하지 않았다.

처리해야 할 일을 끝내고 나자 당리가 달려왔다.

"형, 행림이야! 행림에 있어!"

당리가 채 방에 들어오기도 전에 용비야가 나는 듯이 뛰쳐나갔다. 하마터면 그에게 부딪힐 뻔했던 당리가 허둥지둥 쫓아왔다.

"형, 영정은 성안을 몇 바퀴나 돌다가 마지막으로 몰래 행림에 들어갔어."

의학원의 대회가 열릴 때를 제외하면 행림은 외부에 개방하지 않았다. 영정이 성을 빙빙 돌며 이목을 피한 후 행림으로 들어갔다면 목적은 더욱 명확했다.

서동림이 따라왔지만 용비야가 말했다.

"각자 맡은 곳을 지켜라. 따라올 필요 없다."

조호이산계調虎離山計(호랑이를 산에서 끌어낸다는 말로, 적을 유리한 곳에서 끌어내 약할 때 공격하는 계략)일지도 모르니 방비해야 했다.

그들이 그곳에 있는 것만 확인한다면 지금 그의 무공으로는 영승 하나는 물론 셋도 거뜬히 붙잡을 수 있었다!

첩자가 비밀리에 알려 준 길을 따라가 보니 저 멀리 버려진 집이 하나 보였다. 당리는 의심을 피하고자 다가가지 않고 그늘에 몸을 숨겼다.

"전하, 영정이 저 집으로 들어가는 것을 똑똑히 봤습니다. 너무 가까이 접근할 수 없어 여기서 지키고 있었는데 영정은 물론이고 아무도 밖으로 나오지 않았습니다."

첩자가 소리 죽여 보고했다.

"좋다!"

용비야는 그렇게 말하고는 곧바로 몸을 날렸다. 너무 빨라서 그 움직임을 똑똑히 볼 수 없을 정도였다.

이 순간은 그 어떤 걱정도, 두려움도, 생각도 중요하지 않았다. 오로지 그녀가 보고 싶을 뿐이었다!

하지만 용비야가 뛰어 들어가서 목격한 것은 영정 혼자 울고 있는 모습이었다.

"당신은……, 진왕?"

영정은 깜짝 놀라 벌떡 일어났다.

용비야는 이상한 점을 느끼고 그녀를 무시한 채 곧장 방 안으로 들어갔다. 하지만 방 몇 곳을 샅샅이 뒤져도 다른 사람의 모습은 전혀 보이지 않았다.

그가 정원으로 돌아왔을 때 영정은 여전히 눈물투성이 얼굴로 멍하니 서 있었다. 당연히 연기였다.

용비야는 한시도 더 머물지 않고 즉시 돌아서서 나갔다.

버려진 집이라지만 그중 어떤 방에 있는 침상과 탁자는 무척 깨끗해서 누군가 묵었던 게 분명했다. 그 사람이 영정은 절대 아니었다.

예상대로 조호이산계였다!

용비야는 그곳을 벗어나자마자 몸소 성문으로 달려갔다. 다행히 사방 성문은 아직 조용했고, 강제로 뚫고 나간 사람은 없었다.

"서동림, 당리는 어디 있느냐?"

용비야가 나지막이 물었다.

"아직 행림에 계십니다."

서동림이 대답했다.

"더는 위장할 필요 없다고 전해라. 영정은 이미 당문을 의심하고 있다."

용비야가 차갑게 말했다.

영정은 필시 당리를 의심해서 영승을 미리 떠나게 한 것이 분명했다. 그래서 그들은 허탕을 쳤다. 상황이 이렇게 되었으니 당리도 더는 아닌 척할 필요가 없었다.

운공상인협회의 무기상은 없어도 그만이었다. 당문의 암기는 곧 동진 군대의 가장 큰 힘이었다!

서동림이 당리를 찾아가기도 전에 당리가 알아서 돌아왔다.

"형, 형이 동문을 지키면 내가 서문을 지킬게. 비밀 통로 몇 군데는 봉쇄했어. 설마 영승에게 날개가 솟아나 날아서 달아나진 못하겠지!"

"영정은?"

용비야가 차갑게 물었다.

"단단히 묶어 놨어. 목숨이냐 무기상이냐 둘 중 하나를 택하라고 했지."

당리는 소탈하게 말했다.

"형, 그 여자가 무기상을 택하더라도 무기상의 장부와 입고 명세는 다 찾아낼 수 있으니 어쨌든 임무는 완수할 수 있어!"

평소라면 용비야는 두말없이 당리를 보내 줬겠지만 이번에는 달랐다.

그는 다소 이상한 눈빛으로 당리를 바라보았다.

당리는 그의 시선을 피하며 큰 소리로 웃었다.

"이 문주께서는 이날만을 손꼽아 기다렸다고! 형, 영승을 찾지 못하면 내일 그 여자를 성문에 내걸고 사흘 동안 햇볕을 쬐게 해 주자. 설마하니 영승이 그래도 안 나오겠어?"

용비야는 차갑게 말했다.

"네가 정식으로 혼례를 올린 아내니 알아서 해라."

"그렇게 하자고!"

당리는 눈동자 깊숙이 실망을 꼭꼭 숨긴 채 아주 즐거운 얼굴로 떠났다.

용비야는 계속 성문을 지키면서 한운석을 찾았지만, 영승은 이미 한운석을 데리고 의성에서 멀리 떠난 후였다.

그들은 어젯밤에 의성을 벗어났고 누구의 눈에도 띄지 않았다.

그들은 어떻게 의성을 떠났던 걸까?

사랑이 아니면 무엇으로 원한을 풀까

의성의 경계가 이토록 삼엄한데 영승은 어떻게 한운석을 데리고 소리 없이 빠져나갔을까?

사실 한운석이 깨어나던 날, 이미 영승은 그녀를 데리고 의성을 떠났다. 영정이 한밤중에 외출한 것도 일부러 당리를 떠보려는 계획에 불과했다.

지금 영승과 한운석은 천녕국으로 달려가는 중이었다.

한운석은 마차를 탔고 영승은 직접 마차를 몰았다. 주위로 시종 몇몇이 따르며 그들을 보호했다.

한운석은 죽을 만큼 피곤했지만 아무래도 잠이 오지 않아서 밖으로 머리를 내밀고 물었다.

"이봐, 대체 어떻게 빠져나온 거지?"

의성에서 나올 때 그녀는 안대를 써야 했다. 영승이 그녀를 완전히 믿지 않는 게 분명했다.

영승은 빠르게 마차를 몰면서 앞만 보며 반문했다.

"잘 생각해 봤느냐?"

생각해 보라는 것은 당연히 서진 공주라는 신분을 인정하고 서진의 복수와 부흥이라는 중임을 짊어지는 일이었다.

한운석은 냉소했다.

"내게 생각해 볼 권리나 있을까?"

마침내 영승이 고개를 돌리고 화난 눈으로 그녀를 노려보았다. 그녀가 적족을 유족과 나란히 칭했을 때부터 영승은 다시는 그녀에게 공손하게 굴지 않았다. 도리어 한운석에게는 이런 그가 훨씬 진실해 보였다.

"왜 그런 눈으로 보지? 애초에 내겐 생각해 볼 권리조차 없었는데 왜 쓸데없이 생각해 보라는 거냐? 어쨌든 설사 내가 원치 않는다고 해도 이렇게 널 따라갈 수밖에 없지. 그렇지 않느냐?"

한운석이 말을 하면 할수록 영승의 눈빛은 점점 차가워졌다. 하지만 한운석은 조금도 겁먹지 않았다.

"설마 내가 싫다고 하면 당장 날 놔줄 생각인 건 아니겠지?"

결국, 영승의 눈동자에 실망과 경멸이 떠올랐다.

"거부할 수도 있다. 하지만 놓아주지는 않을 것이다……."

"내 말이……."

한운석의 말이 끝나기도 전에 영승이 계속 말했다.

"강요하지는 않겠다. 대신 죽여 주마! 네가 죽으면 적족은 다시는 사명을 따르지 않아도 되고, 앞으로는 속 시원하게 자신만을 위해 살 수 있겠지!"

한운석은 당황했다. 생각해 보니 확실히 좋은 방법이었다!

영승이 살기등등한 눈빛으로 바짝 다가오자 깜짝 놀란 한운석은 다급히 뒤로 물러났다. 영승은 일부러 한 자 한 자 잔인하게 내뱉었다.

"공주, 마지막으로 묻겠습니다. 잘 생각해 보셨습니까?"

한운석은 입꼬리를 올리고 웃으면서 몹시 시원시원하게 대답했다.

"잘 생각해 보았다. 받아들이지……."

비록 아직은 영승에게 어떤 식으로 풍족의 음모를 알려 줄 것인지 생각해 내지 못했지만, 일단은 그들을 받아들일 필요가 있었다. 받아들이지 않으면 그녀에겐 기회조차 없었다.

한운석은 예쁘게 웃었지만 영승은 웃기는커녕 더욱 엄숙해졌다.

"한번 내뱉은 말은 돌이킬 수 없는 법입니다. 부디 진지해지십시오."

한운석은 웃음을 거두고 진지하게 말했다.

"안심해라. 나는 한다면 하는 사람이다."

뜻밖에 영승은 그래도 불만인지 또 말했다.

"맹세하십시오."

"좋아, 맹세하지. 만약 이 한운석이……."

한운석이 무엇을 걸고 맹세해야 할지 미처 결정하지 못한 사이 영승이 차갑게 끼어들었다.

"공주께서 오늘의 약속을 어기면 용비야는 처절한 죽음을 맞이하게 될 것입니다!"

순간, 한운석의 눈에 싸늘한 빛이 번뜩였다. 다만 잘 숨긴 덕에 아주 가까이 다가온 영승도 알아차리지 못했다.

한운석은 웃음을 터트렸다.

"영승, 내가 용비야를 좋아하기 때문에 너희를 거절한다고 생각하느냐?"

"다른 이유가 또 있습니까?"

영승이 반문했다. 심장이 서늘해지는 이유였지만 그래도 그는 똑바로 마주했다.

이 이유 외에 한운석이 복수와 나라의 부흥 앞에서 이렇게 망설일 만한 다른 이유는 생각할 수가 없었다.

설령 그녀가 자신의 출신을 몰랐다 해도 그 몸에는 서진 황족의 피가 흐르고 있었다.

그 모든 것을 알게 된 다음에도 어떻게 증오가 생기지 않을 수 있을까?

조국은 유일한 귀착점이었다. 사람으로서 어떻게 자신의 가족을 사랑하지 않을 수 있으며, 어떻게 자신의 모국을 사랑하지 않을 수 있을까? 어떻게 가족과 조국의 원한에도 흔들리지 않을 수 있을까?

영승은 한운석이 미래에서 왔고, 그녀의 영혼은 서진 황족과 전혀 관계없다는 사실을 알지 못했다.

그러니 이해할 수가 없었다.

그러니 그 모든 것을 사랑 탓으로 결론지을 수밖에 없었다.

사랑 말고, 원한을 풀 수 있는 것이 또 있을까?

한운석은 천천히 영승을 밀어냈다.

"영승, 내 선택은 용비야와는 무관하고 내가 누굴 사랑하느냐와도 무관하다. 나는 나 자신으로서 살고 싶고, 그래서 망설이는 것이다."

영승은 마치 뭔가가 심장을 물어뜯는 것 같은 느낌을 받았다. 아프지는 않지만 뭐라고 설명하기 힘든 기분이었다.

한운석이 다시 물었다.

"영승, 네게 선택의 여지가 있다면 너는 서진의 종복이 아니라 너 자신으로서 하고 싶은 일을 하며 살지 않겠느냐?"

영승은 즉시 한운석의 시선을 피하며 말했다.

"공주마마와 저는 둘 다 선택의 여지가 없습니다. 어서 맹세하십시오."

"좋아."

한운석은 손을 들고 큰 소리로 말했다.

"나, 서진 공주는 맹세한다. 만약 내가 오늘 한 약속을 저버리면 용비야는 처절한 죽음을 맞을 것이다!"

그녀는 언제까지나 한운석일 뿐이고 맹세한 사람은 서진 공주였다.

한운석은 이렇게 자신을 위로했다.

"이제 우리가 어떻게 의성에서 달아날 수 있었는지 말해 주겠지?"

한운석이 진지하게 물었다.

"독종의 독초 창고에 곧장 의성 밖으로 통하는 비밀 통로가 하나 있습니다."

영승은 사실대로 말했다.

"그걸 어떻게 알았지?"

한운석은 깜짝 놀랐다.

"백독문 문주가 보내온 소식입니다."

영승은 풍족이 보낸 서신을 받은 뒤 다시 백독문 문주가 보낸 서신을 받았다. 그렇지 않았다면 정말 의성에서 빠져나오지 못했을 것이다.

"군역사?"

한운석이 의아해하며 물었다. 그녀가 알기로 군역사는 아직 동오족 땅에 있었다.

"아닙니다. 군역사의 사매입니다. 백옥교라고 하는 여자지요."

영승은 진지하게 설명했다.

"백독문은 본래 독종의 한 갈래입니다. 공주께서 독종이라는 것을 안 후 충성을 바치려고 했으나 계속 공주와 연락이 닿지 않았고, 그 후 공주의 신분이 폭로되자 소신을 찾아왔습니다."

한운석은 냉소를 감추지 못했다.

"스스로 몸을 굽혀 주인을 섬기는 건 백독문의 방식이 아닌데!"

영승은 약간 거북한 얼굴이 되었다. 어쨌든 그도 스스로 몸을 굽혀 주인을 섬기려는 사람 중 하나였다. 한운석은 그가 거북해하는 걸 알면서도 차갑게 그를 바라보았다.

그녀는 본래 선량한 사람이 아니었다. 오히려 원한을 반드시 기억하는 사람이었고, 영승이 옷을 찢은 일도 똑똑히 기억하고 있었다. 그를 죽일 수는 없지만 마음 편히 살도록 놔둘 수도 없었다!

영승이 그녀의 등에 봉황 깃 모반이 있는지 확인하고 싶었다면 차라리 그녀를 납치한 다음 영정이나 시녀에게 시킬 수도 있었다. 대체 왜 그가 직접 그런 일을 해야 했는지 아무리 생각해도 알 수가 없었다. 이자는 정말 비열한이었다!

영승은 거북해하면서도 화를 내지 않았다.

"풍족이 북려국 철기군을 장악했다고 말씀드린 것을 기억하십니까?"

"설마 군역사가 풍족의 후예냐?"

한운석이 다급히 물었다.

"그렇습니다!"

영승은 자신이 알고 있는 것은 하나도 속이지 않았다.

"군역사……."

한운석은 그렇게 혼잣말한 뒤 속으로 사기꾼이라고 덧붙였다.

군역사가 풍족의 후예라면 지난날 어주도에서 그렇게 고생하지도 않았을 것이고 사부의 도움을 받을 필요도 없었다!

군역사가 풍족이 아니라 그의 사부가 풍족이었다. 영승이 속은 것이었다! 역시 풍족은 나쁜 마음을 품고 있었다!

"비록 백독문이 독종의 한 갈래라고는 하지만 수백 년 전의 일이다. 그런데 군역사가 어떻게 독초 창고의 비밀 통로를 알고 있지?"

한운석이 떠보았다.

독초 창고의 비밀 통로를 아는 사람은 필시 군역사의 사부일 것이다. 독종의 직계 자손이자 어쩌면……, 어쩌면 그녀의 아버지일 수도 있는.

"그것까지는 자세히 묻지 않았습니다. 백독문 사람은 이미 독종 금지에 출입하고 있었으니 그곳을 잘 아는 것은 정상적인 일입니다."

영승이 설명했다.

한운석은 영승을 한참 동안 바라보다가 비로소 물었다.

"영승, 군역사는 아직 멀리 동오족 땅에 있다. 네게 서신을 쓴 사람은 백옥교란 말이지?"

"그렇습니다."

영승은 사실대로 대답했다.

"용비야가 동진의 군기를 내걸었을 때 백옥교는 곧장 전쟁터로 달려갔습니다. 그 전에 서신을 먼저 보냈는데 군영에서 다시 제게 보냈습니다. 지금쯤 그녀는 전쟁터에 있을 겁니다."

"백옥교가 군역사의 전권을 대신하고 있는 것이냐?"

한운석이 또 물었다.

영승은 여전히 고개를 끄덕였다.

한운석은 이해할 수가 없었다. 영승도 신중한 사람인데 어째서 이렇게 쉽게 풍족을 믿는 걸까?

그녀는 계속 떠보았다.

"고작 서신 한 장만 보고 어떻게 군역사가 풍족의 후예라고 확신하지? 더구나…… 풍족이 제2의 유족이 되지 않을 거라고 어떻게 확신하느냐?"

영승은 시종을 불러 마차를 몰게 한 다음 한운석이 있는 마차 안으로 들어갔다. 그는 소매에서 백옥교의 친필 서신을 꺼냈다. 한운석은 그 서신을 꼼꼼하게 살폈지만 특별한 점은 찾을 수가 없었다.

이 서신에는 풍족이 서진 황족에 바치는 충성과 백독문 및 북려국 철기군에 관한 언급은 있었지만, 군역사의 신분을 증명할 만한 증거는 없었다.

"공주마마, 뒷면을 보십시오."

영승이 나지막이 일깨워 주었다.

한운석이 서신을 뒤집어 보자 뒷면에 인장이 찍혀 있었다. 인장 가운데는 '서진'이라는 두 글자가 쓰여 있었고 그 주위를 어떤 문양이 둘러싸고 있었다. 얼핏 보면 무척 복잡하고 아무 규칙도 없는 것 같지만, 자세히 보면 그 문양이 바로 똬리를 튼 용이라는 것을 알 수 있었다.

"이는 서진 황족의 국새國璽 문양입니다. 지난날 천하제일 명장이 3년에 걸쳐 조각한 것이지요. 이 용 문양을 모방해 낼 수 있는 사람은 없습니다!"

영승은 진지하게 설명했다.

"당시 난전 중에 황족은 국새를 풍족에게 주어 보관하게 했습니다. 그동안 적족과 유족은 마마의 행방뿐만 아니라 이 국새의 행방도 사방으로 찾아다녔습니다."

이런 물건까지 있다는 게 뜻밖이었지만 한운석이 묻고자 하는 것은 이게 아니었다.

그녀는 소리를 낮춰 한 번 더 떠보았다.

"영승, 풍족이 제2의 유족이 아니라는 것은 어떻게 확신하지?"

영승은 영리한 사람이니, 만약 풍족이 유족처럼 사심을 품는다면 적족은 애초에 풍족의 상대가 되지 못한다는 것을 잘 알터였다.

이유는 두 가지였다. 첫째는 풍족이 용병술과 진법에 능하기 때문이고, 둘째는 풍족이 북려국 철기군을 장악하고 있기 때문이었다.

적족이 전선에서 용비야와 양패구상兩敗俱傷(양쪽이 싸워 모두 손해를 입음)했을 때 풍족의 철기군이 당도하면 적족부터 전멸시킬 수도 있었다.

“그러니 군영에 도착하면 공주께서 국새를 돌려받으셔야 합니다. 운공상인협회는 북려국 철기군의 군량과 마초를 장악하고 있습니다. 설사 풍족이 배신할 생각을 품더라도 그럴 힘이 없습니다.”

영승도 경계하는 마음이 없지는 않았지만 지금은 풍족의 도움이 필요했다. 그렇지 않으면 동진 대군의 강력한 공세를 당해 낼 수가 없었다.

영승의 이런 경계심에 한운석도 얼마간 마음이 놓였다. 영승이 풍족을 경계하는 마음만 있다면, 영승을 설득해서 풍족이 음모를 꾸민다는 것을 믿게 만들 기회가 생길 것이다.

한운석도 당장은 설득력 있는 증거가 많지 않았다. 우선 숨죽이고 있다가 전쟁터에 도착해서 백옥교를 만나 본 후 다시 결정하는 것이 좋겠다 싶었다.

“공주, 시간이 늦었으니 쉬십시오. 앞으로 사흘만 더 있으면 천녕국 도성에 도착할 겁니다. 그곳에서 한 사람을 만나게 해

드리겠습니다. 그 여자는 영족의 소식을 알고 있습니다.”

영승이 말을 끝내고 나가려는데 한운석은 심장이 쿵쿵 뛰는 것을 느끼며 다급히 그를 붙잡았다.

“뭐라고?”

굳은 믿음, 미인의 재앙

한운석의 평소답지 않은 태도에 영승은 무척 의아해했다. 그는 서둘러 대답하지 않고 고개를 숙여 그녀의 손을 응시했다.

그녀의 손은 그의 옷자락을 단단히 움켜쥐고 있었다.

한운석의 심장은 거의 튀어나올 것처럼 쿵쿵거리고 있었다. 그녀는 영승의 이상한 눈빛에 신경 쓸 겨를도 없이 다급히 물었다.

"방금 뭐라고 했지? 누가 영족의 소식을 알고 있다고? 그 사람은 어디 있느냐?"

영승은 그래도 말없이 그녀의 손만 바라보았다.

한운석이 즉시 손을 놓았다.

"어서 말해!"

그녀는 공주였고 그의 주인이었다. 그녀가 맹세한 후로 그는 다시 마땅히 갖춰야 할 공손한 태도로 돌아갔다. 하지만 이 순간에는 자신의 신분을 잊어버릴 뻔했다.

그는 그녀가 초조해하건 말건 느긋하게 다시 자리에 앉았다.

"공주, 영족의 행방에 왜 이렇게 긴장하십니까? 왜, 양심이 되살아나기라도 하셨습니까?"

지난번 영정이 울면서 영족의 희생을 이야기했을 때도 이 여자는 이런 반응이 아니었다.

한운석은 그제야 자신이 오해할 만한 반응을 보였다는 것을 깨달았다.

비록 당리는 고북월의 신분도 알고 고북월이 절벽에서 떨어진 것도 알지만, 영정은 그 사실을 모른다는 것을 깜빡 잊고 있었다. 당연히 영승도 모를 터였다.

영승이 방금 말한 영족의 소식이란, 고북월의 행방이 아니라 영족의 후예가 누구인지에 관한 실마리였다.

용비야의 사람 말고 또 누가 고북월의 출신을 알고 있을까? 한운석은 곧 초천은을 떠올렸다.

설마하니 유족 초씨 집안이 벌써 용비야와 갈라섰나?

한운석은 답답한 숨을 토해 내며 일부러 불쾌한 척했다.

"비웃는 것은 그만하면 됐다. 이제 어떻게 된 일인지 말해 줄 때가 되었을 텐데? 영족의 행방을 아는 자가 누구지? 영족의 후예는 어디 있느냐?"

"적족과 영족은 한마음입니다. 편견을 가져서는 안 됩니다."

영승이 재미난 듯이 말했다.

한운석은 어서 답을 알고 싶어 마음이 달았지만 영승의 술수에 넘어가지 않고 콧방귀를 뀌며 단도직입적으로 말했다.

"영승, 영족은 너처럼 무례하지는 않을 것이다! 그 빚은 본……."

하마터면 또 왕비라고 지칭할 뻔했지만 그녀는 재빨리 말을 바꿨다.

"내가 언젠가 꼭 갚아 줄 것이다!"

또다시 '왕비'라고 칭하면 영승이 다시는 그녀의 말을 믿지 않을지도 몰랐다. 하지만 '공주'라는 말은 도저히 견딜 수가 없어서 '나'라고 부를 수밖에 없었다.

영승은 대답할 말이 없어 씩씩거리다가 한운석이 캐묻기 전에 알아서 대답했다.

"한때 누군가 영족의 행방과 공주마마의 목숨을 맞바꾸자고 한 적이 있습니다. 공주께서 영족의 행방을 알고 싶으시면 친히 만나 보십시오."

초청가?

한운석도 마침내 그 여자를 떠올리고 더는 묻지 않았다. 영승이 자신을 천녕국 도성으로 데려가는 까닭이 영족의 행방을 찾기 위해서만은 아니라는 것을 그녀도 알고 있었다. 천녕국 도성에서 정변이 일어나기 전에 서진의 깃발을 내걸려는 목적이었다.

그때가 되면 용비야는 그녀의 행방을 알게 될 것이다. 그때가 되면 그는 그녀를 어떻게 대할까?

어떻게 해야 용비야에게 그 질문을 할 수 있을까? 어떻게 해야 용비야에게 대답을 들을 수 있을까?

한운석은 낙담했다. 그녀에겐 시간도 없었고 달아날 길도 없었다. 오직 상황을 보고 움직이는 방법뿐이었다.

사실 영승은 얼마 전에 소식을 들었다. 용비야는 한운석이 서진 공주라는 것을 인정하지 않고 보란 듯이 소문의 발원지를 조사하라는 명령을 내렸다고 했다.

그와 동시에 이미 군영에 도착한 백언청도 그 소식을 들었다. 그의 생각도 영승과 똑같았다.

"얘야, 이게 바로 미인의 재앙이니라. 알겠느냐?"

백언청이 웃으며 말했다.

백옥교는 고개를 저었다.

"그저 군심을 위로하기 위해 한 행동이겠지요. 진왕이 어쩌자고 서진의 공주에게 정을 주겠어요?"

"내기할까? 어떠냐?"

백언청은 무척 기분이 좋았다.

"좋아요!"

백옥교는 곧바로 대답했다.

"저는 진왕이 한운석에게 정이 없다는 데 걸겠어요."

"하하하, 기다려 보아라. 이 사부가 옳았다는 것을 서정력이 증명해 줄 테니!"

백언청이 말했다.

"사부님, 서정력이 뭔가요?"

백옥교는 알 수가 없었다.

백언청이 백옥교에게 '서정력'을 언급한 것은 이번이 처음이었다. 그가 아주 자세히 설명해 주자 이야기를 들은 백옥교는 넋이 쏙 빠졌다.

그제야 그녀도 사부의 심기가 얼마나 깊은지, 사부가 사형에게 얼마나 많은 것을 숨기고 있는지 알 수 있었다.

"사부님, 저는 그래도 모르겠어요. 숙적이 어떻게 서로 사랑할 수 있죠? 사부님이라면 원수를 사랑하실 수 있겠어요?"

백옥교가 진지하게 물었다.

원기 왕성하게 빛나던 백언청의 두 눈동자가 별안간 어둑어둑해졌다. 그는 백옥교의 질문에 한참 동안 머뭇거리며 대답하지 못했다.

백옥교는 사부의 기분이 상할까 재빨리 화제를 돌렸다.

"사부님, 이런 식으로 영승을 속이면 그가 믿을까요? 영승은 호락호락한 자가 아니에요!"

"믿을 것이다. 적어도 몇 달 동안은 믿겠지!"

백언청은 확신했다.

그는 이미 백옥교에게 잘 말해 놓았다. 영승과 한운석을 만날 때 그 자신은 군역사의 하인으로 위장하고 군역사에게서 풍족의 용병술과 진법을 배웠다고 말할 참이었다. 군역사를 풍족의 신분으로 영승과 협력하게 하고 흑족의 신분은 잠깐 숨길 계획이었다.

"사부님, 어째서 사형의 신분을 숨겨야 하나요?"

백옥교가 떠보듯 물었다.

그녀가 알기로 비록 흑족은 지난날 동진 황족에게 충성하기는 했지만, 서진 황족이 무너진 후 동진에게 등을 돌리고 적족, 풍족과 함께 동진을 멸망시켰다.

"네 사형을 위해서다. 너는 모르겠지만 네 사형은 알 것이다!"

백언청의 말투는 확실히 미심쩍었지만 백옥교는 차마 캐물을 용기가 나지 않았다.

"미접몽의 행방은 아직 조사 중이냐?"

백언청이 물었다.

"그 밥통들은 하나같이 쓸모가 없다니까요. 벌써 사람을 시켜 비밀리에 소소옥을 데려오게 했으니 제가 직접 가서 심문하겠어요! 안심하세요, 사부님."

백옥교는 사실대로 보고했다.

"조심하거라. 우리가 누군지 발각되면 안 된다!"

백언청은 엄숙하게 주의를 주었다.

그는 모든 계획이 빈틈없다고 자부했지만, 한운석이 이미 자신을 꿰뚫어 보고 있다는 것도 몰랐고 용비야 역시 의심을 품고 있다는 것은 더욱더 몰랐다.

"전하, 만약 고북월이…… 죽었다면 저희는…… 왕비마마께 뭐라고 말씀드려야 할지요?"

서동림이 쭈뼛거리며 물었다.

행림에서 한운석을 찾지 못하자 그는 벌써 하루 밤낮 동안 진왕 전하와 함께 성문을 지키고 있었다. 그간 진왕 전하는 한마디도 하지 않아서 뭐라도 화제를 찾아 말을 걸어야겠다는 생각이 들었다.

"늙은 여우를 끌어내면 그녀도 믿을 것이다."

뜻밖에도 용비야가 정말 대답을 했다.

당시 천산에서 만났던 혁역련의 검술은 사람들의 예상을 훌쩍 뛰어넘었다. 남몰래 누군가에게 가르침을 받은 것이 분명한

데, 그 사람이 늙은 여우일 수밖에 없었다.

설령 고북월을 습격한 자가 늙은 여우 자신이 아니었다 해도 관계는 있을 터였다. 당시 창구자와 사검문의 결탁도 혁역련이 맡고 있었으니 이로 미루어 볼 때 사검문은 늙은 여우 손안에 있었다.

"전하, 늙은 여우는……."

서동림의 말이 끝나기도 전에 별안간 강력한 기운이 닥쳐왔다. 용비야가 서동림을 밀어냈기에 망정이지 그렇지 않았으면 서동림은 분명히 성문 아래로 떨어졌을 것이다.

용비야는 허공에서 와락 손을 움켜쥐어 씨앗 하나를 붙잡았다. 방금 그 강력한 기운은 바로 이 씨앗이 몰고 온 것이었다.

가시덩굴 씨앗이었다.

"용비야, 이 어르신이 혼내 주마!"

언제 왔는지 고칠소가 성문 위 다른 쪽에 서 있었다. 화려하고 요사한 빨간 옷이 바람을 맞아 커다랗게 부풀어 올랐고, 검으로 용비야를 똑바로 겨눈 절세 미모의 얼굴에는 노기가 잔뜩 서려 있었다!

그는 방금 심연에서 올라와 곧바로 낙취산에게서 그날 일어난 일을 모두 들었다.

놀랍게도 한운석은 서진 황족의 후예였고 지금은 실종되었다고 했다! 낙취산이 이야기를 끝내기도 전에 그는 용비야를 응징하러 달려갔다.

아무리 멍청해도 고칠소는 바로 벙어리 노파의 일을 떠올릴 수 있었다!

"용비야, 네가 벙어리 노파를 죽인 건 한운석의 출신을 숨기기 위해서였구나! 이 비열한 놈!"

고칠소는 화가 나서 비난을 퍼부었다.

"나는 그 노파를 죽이지 않았다!"

용비야가 차갑게 말했다.

"네가 납치했고 네 근거지에서 죽었는데 너 때문이 아니면 누구 때문에 죽었겠어? 이 어르신이 바본 줄 알아?"

고칠소는 노기충천했다.

용비야가 한운석을 속이는 것까진 참을 수 있지만, 이런 식으로 그녀를 이용하는 것은 도저히 참을 수 없었다!

용비야는 한운석이 서진 공주라는 것을 진작 알고 있었다. 그러니 그가 한운석에게 보여 준 그 모든 사랑은 다 그녀를 이용하기 위해서였다! 누군가 진실을 폭로하지 않았다면 용비야는 자신의 신분을 밝힌 후 한운석을 이용해 서진의 세력을 억누르려 했을 것이다!

고칠소의 주장에 용비야는 입을 다물었다.

비록 직접 죽이지는 않았지만 벙어리 노파가 그 때문에 죽은 게 아니라고는 할 수 없었다. 벙어리 노파는 영리한 사람이었고 당시 그가 한 말을 제대로 이해했다.

한운석의 비밀은, 벙어리 노파가 땅속에 묻혀야만 완벽하게 지킬 수 있었다.

"고북월도 네가 죽인 거지?"

고칠소는 분노에 활활 타올랐고 그 불길에 견딜 수 없을 정도로 고통스러웠다!

그는 그렇게도, 정말이지 그렇게도 독누이를 좋아했지만 진정으로 용비야와 싸워 그녀를 차지하려고 한 적은 없었다. 그게 다 독누이가 용비야를 얼마나 좋아하는지 알기 때문이었다.

독누이는 지금 어디 있을까? 그 고집 세고 털털한 여자가 울고 있지는 않을까? 너무 상심해서 쓰러져 있지는 않을까?

"내가 아니라고 한다면 믿겠느냐?"

용비야가 물었다.

"아니!"

고칠소는 추호도 망설이지 않고 대답했다.

용비야는 본래 변명하는 걸 좋아하지 않는 사람이었고 변명에 능하지도 못했다. 그는 들고 있던 씨앗을 집어던지며 차갑게 말했다.

"방금 들은 소식이다. 한운석은 영승에게 납치되어 천녕국 도성으로 끌려갔다."

이 말이 떨어지는 순간 고칠소는 즉시 검을 거두고 휑하니 사라졌다. 그는 너무나도 초조했다. 초조함은 심지어 분노조차 집어삼켰다.

"전하……. 거……, 거짓말을……?"

서동림이 중얼거렸다.

용비야는 눈을 내리뜬 채 계속해서 성문 위에 앉아 있었다.

벌써 하루 밤낮이 지났다. 그는 의성의 네 성문과 비밀 통로를 엄히 지키는 한편 인마 세 갈래를 보내 성안을 샅샅이 뒤졌다. 당장은 영승이 달아났다는 증거가 없었지만, 혹시 모를 상황에 대비해야 했다. 영승이 달아났다면 반드시 한운석을 데리고 제일 먼저 천녕국 도성으로 갔을 것이다.

그는 어젯밤 천산검종에 서신을 보내, 계율원 고수 몇 사람을 천녕국 도성으로 보내 지키라고 도움을 청했다.

그렇지만 그들은 고칠소만큼 안심이 되지 않았다.

이 세상에서 그와 고북월을 제외하면, 미친 사람처럼 한운석을 찾아 헤맬 사람이 또 누가 있을까?

하루 더 지켜도 영승을 찾아내지 못하면 그는 이곳을 시위에게 맡기고 몸소 천녕국 도성으로 달려갈 생각이었다.

전하의 안색을 본 서동림은 차마 조금 전에 꺼냈던 화제를 이어 가지 못하고 옆에 있는 하인에게 소리 죽여 말했다.

“가서 당문 문주 쪽 상황을 살펴봐라.”

당리는 어젯밤 영정이 자백하지 않으면 성문에 매달겠다고 했는데, 지금쯤 심문 결과가 나왔는지 어떤지 몰랐다.

영정은 한운석이 납치되었던 그 방에 갇혀 있었다. 지키던 사람들은 당리가 모두 내보냈기에 방 안에는 그들 부부 두 사람밖에 없었다.

하룻밤 부부로 살아도 만리장성을 쌓는 법. 당리는 제법 군자다운 사람이기 때문에 고문을 가하지는 않았다. 다만…….

아리, 나 임신했어

당리가 고문을 한 건 아니었지만, 그의 행동 하나하나는 고문보다 더…… 무시무시했다!

적어도 영정에게는 공포 그 자체였다. 당리가 꺼낸 공격 방법은 간지럼 태우기였다.

영정과 오랫동안 부부로 지내 오면서 몇 번이나 그녀를 삼킬 듯이 잡아먹었던 당리는 이 여자의 약점을 너무도 잘 알았다.

영정은 간지럼을 잘 탔다. 그것도 건드리기만 하면 넘어갈 정도로.

그래서 당리가 아직 손도 대기 전, 그냥 두 손을 들고 경고만 하는데도 영정은 얼굴이 흙빛이 되어 뒤로 물러섰다.

영정의 허리를 휘감은 쇠사슬의 한쪽 끝은 대들보에 걸려 있고, 그녀의 두 손은 뒤로 묶여 발만 움직일 수 있어서 활동 범위가 제한되었다.

그녀는 한 걸음씩 뒤로 물러섰다. 숨고 싶어도 쇠사슬 때문에 숨을 수 없었다.

영정이 더는 뒤로 물러설 수 없게 되자 당리가 하하 소리 내 웃으며 말했다.

"정정, 생각해 봤어? 말할 거야, 아니면 안 할 거야?"

물론 영정은 영승이 어디서 도망쳐 나와 어느 경로를 통해 천녕국 도성으로 갔는지 알고 있었다. 하지만 일부러 함정을 파서 당리를 행림으로 유인했을 때부터, 그녀는 어떤 벌을 받더라도 절대 영승을 배신하지 않겠다고 굳게 결심했다.

자신을 위한 삶을 살고픈 마음이 컸던 적도 있었다. 하지만 그녀는 자신이 그러지 못할 것이고 영승을 배신할 수도 없음을 잘 알았다.

영승을 배신한다는 것은 서진 재건 대업을 위해 희생한 수많은 적족 사람들을 저버린다는 뜻이었다. 사실 이제 와서 서진 황족에 대한 충성은 그리 중요하지 않았다.

적어도 그녀는, 절대 자신의 가문을 배신할 수 없었다!

영정은 차갑게 당리를 바라보았다. 예전에는 두 사람이 싸우기만 하면 그는 늘 히죽거리며 웃었고 그녀는 늘 불쾌한 표정을 지었다.

평소 그는 늘 농담과 장난을 좋아했고, 그녀는 늘 그에게 찬물을 끼얹었다. 특히 간지럼에 있어서 그녀는 아주 엄격했기 때문에 당리는 몇 번 정도 간지럽히다가 멈춰야 했다. 그 엄격함에 겁을 먹어서인지, 아니면 그녀를 봐준 것인지는 알 수 없었다.

고요한 방 안에서 그의 얼굴에는 웃음기가 가득했고, 그녀는 굳은 표정이었다. 문득, 두 사람은 아직도 추국화로 가득 찼던 당문의 그 작은 원락에 머물러 있는 것 같았고, 의성에서의 모든 일이 일어난 적 없는 듯했다.

두 사람 모두 약속이라도 한 듯 과거를 떠올리고 있는 것일까. 당리는 주저하며 손대지 않았고, 영정 역시 한마디도 하지 않았다.

어쩌겠는가. 과거가 아무리 아름답다 한들 모두 거짓인 것을. 그는 연극을 했고, 그녀는 거짓을 꾸몄다는 사실을 서로 뻔히 알고 있었다.

만약 이번에 의성에서 이 모든 일이 일어나지 않았다면, 두 사람은 승부를 낼 수 있었을까? 누가 먼저 진짜가 되어 진심을 바쳤을까?

안타깝게도, 이제 다시는 승부를 낼 수 없었다.

1년의 기한이 끝나기도 전에, 연극은 막을 내렸다.

결국 영정이 먼저 입을 뗐다. 그녀는 무표정한 얼굴로 차갑게 말했다.

"날 죽여도 소용없어. 난 아무것도 모르니까."

순간 당리의 웃는 얼굴이 굳었고, 입가에 그렸던 호도 천천히 사라졌다. 그는 아주 차분하게 한 걸음씩 영정을 향해 다가왔다.

영정은 눈 한 번 깜빡이지 않고 그를 바라보았다. 지금 당리는 그녀가 홀딱 반할 모습이었다. 하얀 옷을 입고 속세에서 벗어난 듯한 분위기에 조용한 그의 모습은 마치 초연한 신선 같았다.

영정은 당리가 운공상인협회로 신부를 맞으러 왔던 모습이 절로 생각났다.

그는 입구에 서서 돌아보며 애정 넘치는 목소리로 말했었다.

'정아, 내가 신부로 맞으러 올 때까지 잘 기다리고 있어.'

검게 물든 먼 산 풍경 속에 새겨졌던 그의 모습, 그의 상냥함은 늘 그녀의 마음속에 깊이 남아 있었다.

마침내 당리가 그녀의 몸 쪽으로 손을 뻗자 영정의 생각은 끊어졌다. 그가 허리를 몇 번이나 간지럽혀도 그녀는 꿈쩍도 하지 않고 참아 냈다.

그러나 영정을 너무 잘 알았던 당리는 곧 두 손으로 그녀의 겨드랑이를 살짝 간지럽혔다. 간지럼을 억지로 참아 내던 영정은 그가 겨드랑이를 건드리자 결국 참지 못하고 몸을 움직이며 피했다.

"용서를 구할 테냐?"

당리가 차갑게 물었다.

"내가 너한테 용서 구하는 거 봤어?"

영정이 반문했다.

그랬다. 예전에는 아무리 난리가 나도 결국 용서를 구하는 쪽은 늘 당리였다. 설사 영정이 분명 잘못했어도 당리는 굽신거리면서 용서를 구했다.

당리는 무표정한 얼굴로 말했다.

"오늘부터는 네가 용서를 구해도 절대 봐주지 않아. 영승이 어디에 있는지 말하면 견딜 만하게 해 주지. 말하지 않으면 후회하게 될 거다!"

영정이 웃었다.

"당리, 너에 대해 내가 언제 후회한 적이 있어?"

순간, 당리의 마음이 철렁했다. 무슨 이유 때문인지 마음이 너무 아팠다.

하지만 그는 곧 그 마음을 무시하고는 망설임 없이 영정의 겨드랑이를 간지럽혔다. 영정은 더 이상 피하지 않았고, 하하 소리 내 웃기 시작했다. 웃음소리는 점점 커졌고 나중에는 눈물이 나올 정도로 웃었다. 하지만 당리는 내내 엄숙한 표정이었다.

두 사람은 이렇게 평소와 완전히 상반된 분위기로 소란을 피웠다. 그는 엄숙했고, 그녀는 웃었다.

예전에는 그녀를 웃게 만드는 일이 하늘의 별을 따고 물속에서 달을 건지는 것보다 어려웠다.

밖에 있는 시종은 방 안에서 들려오는 소리가 이해되지 않았다. 당 문주는 대체 뭘 하고 계시는 걸까? 지금 이 중요한 시기에 영정을 즐겁게 해 주고 있는 건 아니겠지?

그랬다. 듣기에 영정의 웃음소리는 정말 즐거워 보였다. 당문에 시집간 이후, 그녀는 이렇게 자신을 구속하지 않고 크게 웃어 본 적이 없었다.

서동림도 도착 후 방 안에서 나오는 소리를 들었다.

그는 화가 나서 바로 진왕 전하에게 달려가 보고했다. 그런데 진왕 전하는 여전히 똑같은 입장이었다.

"당리와 정식으로 혼례를 올린 아내니 그가 알아서 처리하게 해라."

문득 서동림은 깨달았다. 입장을 바꿔서 왕비마마였다면, 전하 역시 고문할 수 없었겠지?

여자란, 정말 무서운 존재구나!

영정은 마침내 더는 견딜 수 없을 지경이 되었지만, 타협하거나 용서를 구하지 않았다. 그녀는 숨이 넘어갈 정도로 웃으며 말했다.

"아리……, 아리, 나 임신했어!"

그녀는 엉겁결에 자신이 '아리'라고 불렀음을 의식하지 못했고, 당리 역시 그 호칭에 주의를 기울이지 않았다.

오랫동안 그렇게 부르고, 그렇게 듣다 보면, 당연히 익숙해지지 않을까?

그녀의 말, 임신했다는 그 말에 당리는 갑자기 두 손을 멈췄다. 당리는 멍해졌고, 어안이 벙벙해졌다.

하지만 영정은 아직도 웃고 있었다. 방금처럼 제멋대로 웃는 게 아니었다. 그녀는 정말 아름답게, 아주 행복한 미소를 살짝 지으며 말했다.

"당리, 너 이제 아버지가 된다고."

그녀는 또 말했다.

"당리, 계속 간지럽히다가 잘못되기라도 하면 우리 아이가 위험해."

명백한 위협이었다!

진짜일까, 거짓일까?

당리는 돌연 뒤로 물러서 영정과 거리를 두고 침착해지려 했다. 그는 영정의 도발적인 눈빛을 피했다.

"여봐라, 의원을 데려와!"

당리가 소리쳤다.

영정은 갑자기 큰 소리로 웃기 시작했다.

"당리, 이 일에 신경 쓰고 있었구나!"

그녀는 비웃고 있었다.

그의 여린 마음을, 그의 패배를 비웃고 있었다.

그 말에 당리는 순간 냉정함을 되찾고 차갑게 말했다.

"쓸데없는 생각이다. 의원을 데려와서 없애려는 것뿐이야. 너는 우리 당문의 아이를 가질 자격이 없어."

"계속 아이를 갖지 않았던 게 천만다행이네."

영정이 냉소를 머금고 상관없다는 표정을 지었다.

의원이 문 앞에 와서 말없이 문을 두드리자, 영정이 말했다.

"됐어. 거짓말이야."

그 말에 당리의 눈빛이 흔들렸지만 순간일 뿐이었다. 그는 의원의 목소리를 듣고 심하게 화를 냈다.

"꺼져!"

영정은 몰래 한숨을 돌렸지만, 당리는 그 모습을 보지 못하고 차갑게 말을 뱉었다.

"마지막으로 하룻밤 생각할 시간을 주겠다. 내일도 말하지 않으면 성문 앞에서 죽을 준비를 해라!"

그는 말을 마친 후 성큼성큼 떠나 버렸다.

영정은 눈을 내리뜨고 고개도 떨군 채, 아주 잠잠해졌다. 마치 시들어 버린 꽃이 가지 끝에서 떨어진 듯, 다시는 피어나지 않을 것만 같았다.

당리는 용비야 쪽으로 와서 한마디도 하지 않고 자리에 앉았다.

용비야는 그를 흘끗 본 후 아무것도 묻지 않고 할 말을 했다.

"내일도 찾지 못하면, 네가 이곳을 좀 지켜라. 나는 천녕국 도성에 가 봐야겠다. 이곳 일은 네가 다 결정해라. 고북월은……."

용비야는 아주 오랫동안 망설인 후에야 낮은 목소리로 말했다.

"죽었다면 시신이라도 찾아내라."

당리는 꾸물대며 대답하지 않았다. 넋이 나간 듯했다.

용비야가 어쩔 수 없이 한 번 더 당부하자 그제야 고개를 끄덕였다.

"알겠어, 안심해."

밤새도록 수색했지만 한운석을 찾아내지 못했다. 용비야는 단호하게 천녕국 도성으로 떠났고, 백리명향 일행은 막 의성에 도착해 용비야와 엇갈렸다.

"아저씨, 우리 먼저 돌아가는 게 낫겠어요. 전하께서는 결국 군대로 돌아오실 테니까요."

백리명향이 말했다.

"명향 낭자, 따로 마차를 구해서 타고 가세요. 이 늙은이는 뒤따라가겠습니다. 이번에 오는 동안 너무 고생했지 않습니까."

고 씨는 그동안 함께 지내면서 백리명향 때문에 마음이 아팠다. 진왕 전하가 있든 없든 백리명향은 마차 바깥에 앉아 있을 수밖에 없었다. 깔끔한 성격의 전하는 본인 아니면 왕비마마만 마차에 태웠다.

고 씨는 감히 마음대로 백리명향을 마차 안에 태울 수 없었고, 백리명향도 감히 법도를 어길 수 없었다.

"아니에요. 익숙해졌어요."

백리명향은 목소리를 낮추며 놀리듯 말했다.

"무예를 익히고 나서 제 몸은 전처럼 연약하지 않답니다."

"그렇지만……."

"괜찮아요, 아저씨, 어서 돌아가요."

백리명향은 아버지의 성질을 잘 알았다. 도울 수 있을지 없을지는 모르지만, 그래도 서둘러 돌아가야 했다.

두 사람은 당리에게 작별 인사를 한 후 왔던 길로 되돌아갔다. 사람이 없는 곳에 이르자 고 씨는 비밀 시위를 피해 낮은 목소리로 물었다.

"명향 낭자, 왕비마마의 시중을 든 적이 있지요? 솔직히 말해봐요, 왕비마마의 등에 진짜 봉황 깃 모양의 모반이 있습니까?"

"없어요!"

백리명향은 망설이지 않고 대답하며 무심코 내뱉듯이 말했다.

"아저씨, 전하도 헛소문을 퍼뜨린 사람을 찾고 계신 마당에 어떻게 의심할 수 있어요? 게다가 봉황 깃 모양의 모반이 있는 사람이 곧 서진 황족의 후예라고 누가 증명할 수 있어요?"

고 씨는 생각에 잠긴 듯 있다가 고개를 끄덕였다. 백리명향은 그가 믿지 않을까 봐 말을 덧붙였다.

"헛소문을 낸 사람은 이간질하려는 게 틀림없어요. 아저씨, 당문에 대해 잘 아시죠? 당문 사람은 왕비마마를 제일 싫어하잖아요. 이번에 아저씨는 꼭 왕비마마 편이 되어 주세요!"

고 씨는 고개를 끄덕였다.

"당연하지요!"

백리명향은 그제야 한숨을 돌렸다.

그녀는 봉황 깃 모양의 모반을 보았고, 진상이 무엇인지도 이미 다 알고 있었다.

전하는 왕비마마를 지키시려는 것이었다!

인어족의 후예인 그녀가 서진 황족과 그 진영에 어찌 원한이 없겠는가? 하지만 한운석은 서진 황족의 후예일 뿐 아니라, 그녀의 목숨을 구해 준 은인이기도 했다.

원한은 천하를 다투는 이들에게 남겨 두자.

백리명향은 자신이 지금까지 삶을 더 이어갈 수 있는 것은, 다 한운석이 무수히 자신을 지켜 주고 함께 하며 격려해 주었기 때문이라는 사실만 알 뿐이었다.

백리명향은 그녀가 했던 말을 영원히 잊을 수 없었다.

'미인혈이 완성되는 날, 난 반드시 낭자 곁에 있을 거예요.'

누군가는 만약 한운석이 자기 신분을 알았다면 백리명향을 구하지 않았을 거라고 말할지도 몰랐다.

하지만 백리명향은 만약이라는 말로 다른 사람이 한 일에 대해 왈가왈부하는 것이 싫었다. 한운석이 서진 황족의 공주가 아니었다고 해도, 백리명향을 구해 줄 의무는 없었다. 선의에는 그에 따른 보답이 있는 법이었다.

하지만 저 멀리 천녕국에 있는 한운석은 백리명향이 지금까지도 이렇게 은혜에 고마워하고 있는 줄 몰랐다.

지금 한운석은 초청가를 주시하고 있었다.

사랑하니까

사실 한운석은 그녀의 목숨과 영족의 소식을 맞바꾸려 한다던 천녕국 도성에 있는 사람이 초청가일 거라고 이미 짐작하고 있었다.

초씨 집안에서 그녀를 가장 미워하는 사람은 바로 이 사람, 천녕국 역사상 가장 나이 어린 태후였다.

초청가는 한운석을 미워하는 것을 자기 인생에서 가장 중요하게 여기는 듯했다. 막상 한운석은 그녀를 전혀 신경도 안 쓴다는 사실을 알게 되면, 초청가는 완전히 무너지지 않을까?

사실 그녀는 지금 처참히 무너진 상태였다. 진상을 알게 되었으니까!

그녀는 다른 모든 면에서 한운석보다 못했지만, 오직 '출신'만은 한운석보다 좋았고, '혈통'만은 한운석보다 존귀했다.

그런데 한운석이, 그녀가 영원히 넘어설 수도, 무시할 수도, 가벼이 여길 수도 없는 서진 황족의 혈통을 이어받았다니!

한운석은 한씨 집안의 직계 자손이 아니었다. 이 세상에서 가장 존귀한 공주, 서진 황족의 공주였다!

나라와 집안의 원수라는 사실은 차치하고, 혈통과 신분의 존귀함만 놓고 보더라도 한운석만이 동진 황족의 태자 용비야에게 어울리는 상대임을 인정해야만 했다.

초청가는 처절한 패배감을 느꼈다. 시종일관 '출신'을 내세워 스스로를 위로하고 속여 왔으나 이제는 자신을 기만하고 남을 속일 자격조차 없었다.

유족의 후예는 서진 황족의 종이었으니, 그녀 역시 한운석의 종이었다!

지금껏 원수처럼 생각하며 업신여겼던 여자가 자신의 주인이었다니, 이보다 더 모순적인 일이 어디 있을까?

한운석은 나른하게 앉아서 초청가를 훑어보고 있었다. 한운석의 앞에 선 초청가는 어안이 벙벙했고, 그녀의 혼백은 한바탕 대성통곡이 나올 정도로 고통에 허덕였다.

어째서?

그녀가 어째서 이렇게 되었는지 누가 말해 줄 수 있을까? 악몽을 꾸는 것 같았다!

한운석과 초청가는 서로 말이 없었다. 사실 용비야의 사매였던 단목요에 비해, 한운석은 초청가를 별로 크게 신경 쓰지 않았다.

"원하는 사람을 데려왔다. 이제 영족의 행방에 대해 알려 줄 수 있겠지?"

영승이 차갑게 입을 열었다.

초청가는 꽤 오래 영승을 보지 못했다. 심지어 영승의 이 얼음장 같은 목소리가 그리울 정도였다. 이 목소리는 그녀에게 환상을 심어 주었고, 그리움으로 미칠 것 같은 마음을 위로해 줄 수 있었다.

그녀는 영승을 바라보았다. 한참 동안 보고 있던 그녀가 갑자기 큰 소리로 웃기 시작했다.

"저 여자를 죽이면 알려 주겠다! 영족은 한 사람만 남았다. 난 누군지 알아, 만난 적도 있어! 직접 만났다고!"

"죽고 싶구나!"

영승이 순간 살의를 번뜩이며 한 손으로 초청가의 멱살을 잡았다.

"뻔뻔하게 굴지 마라."

초청가는 여전히 웃고 있었다. 그녀는 한운석을 흘기며 역시 한참 동안 쳐다보더니 하하 소리 내 웃으면서 물었다.

"한운석, 네 신분이 자랑스러우냐?"

한운석은 영승에게 손을 놓으라고 지시했다. 영족의 행방을 이미 알고 있는 그녀가 초청가를 만나러 온 것은 위세를 과시하며 초청가를 모욕하기 위해서가 아니었다.

그저 초청가에게서 정보를 캐내고 싶었을 뿐이었다. 어쨌든 지금 그녀는 고북월이 영족 사람이라는 사실만 알고 있으니, 전에 어떤 일을 겪었는지 확실히 알고 싶었다. 어쩌면 초청가는 그녀가 모르는 정보를 알고 있을지도 몰랐다.

영승 앞에서 한운석은 잠시 마음에 없는 말을 할 수밖에 없었다. 그렇지 않으면 영승의 꼭두각시로 전락해 다시는 발언권이 없어질 가능성이 컸다.

만약 영승이 '한운석이 자기 신분을 인정하는' 것처럼 느끼면, 그의 충성심으로 보아 적어도 예의 바르고 공손하게 한운석을 대해 줄 것이었다.

한운석이 초청가에게 대답했다.

"당연하지. 서진 황족의 혈통은 가장 존귀하다."

"퉤!"

초청가는 침을 뱉었다. 다행히 한운석은 재빨리 피했지만, 적잖이 놀랐다. 기억 속의 초청가는 차갑고 도도하며 교양 있는 여자였다. 지금 이런 행동은 미친 여자나 다름없잖아?

"무엄하다!"

분노한 영승은 초청가를 붙잡고 옆으로 끌어내 한운석에게서 멀리 떨어뜨렸다. 초청가는 순간 제대로 서 있지 못하고 바닥에 쓰러졌다.

그녀는 바닥에 주저앉아 미친 사람처럼 큰 소리로 웃었다.

"한운석, 잘 들어라. 난 내 출신을 증오한다! 차라리 천민의 딸로 태어났으면 하고 바란다. 왜인 줄 아느냐?"

완전히 무너진 초청가를 바라보며, 한운석은 문득 이 여자가 가엾게 느껴졌다.

비록 계략에 휘말려 사람들 앞에서 재주를 뽐내다가 천휘황제의 눈에 들어 화친을 맺게 되었지만, 따지고 보면 결국 다 초청가가 유족의 후예였기 때문에 벌어진 일이었다.

초청가가 화친을 위해 천휘황제에게 시집간 것은 다 그녀의 아버지와 오라버니가 강요했기 때문이 아니던가? 그렇지 않았다면, 당시 서주국 초씨 집안의 권세를 생각할 때 충분히 초청가를 곤경에서 구해 낼 수 있었다.

갑자기 한운석의 머리에 눈물로 뒤범벅되었던 영정의 얼굴이 떠올랐다. 영정은 울면서 말했었다.

'한운석, 우리 언니 영안은 어린 시절부터 함께 자란 사랑하던 사람을 버리고 열다섯 살에 입궁해 천휘, 그 늙은 황제 손에 제멋대로 유린당해야 했어!'

동진과 서진 양쪽 모두 억울하고 원통했고, 모두 다 원망하고 증오할 자격이 있었다.

그러나 이렇게 서로 복수를 이어가다가는 언제 끝이 날까? 또 얼마나 많은 무고한 여자들이 희생물로 전락하여 어쩔 수 없는 고통에 시달려야 할까?

한운석은 동진과 서진 황족 간의 원한이 풀릴 수 있기를 바랐다. 하지만 이 원한을 풀 방법이 없다는 것을, 그녀는 너무도 잘 알았다. 이 원한 속에는 단순한 미움만이 아니라 운공대륙의 패권이 달려 있기 때문이었다!

묵은 원한이 없는 사람조차도 모두 머리 터지게 싸울 판인데, 동진과 서진은 오죽하랴? 그 누가 천하를 놓고 순순히 양보하려 할까?

"천민의 딸이었다면, 천휘에게 시집갈 필요가 없었을 테니까."

한운석은 마침내 진지한 태도로 초청가에게 진심을 담아 말했다.

그런데 초청가는 미친 사람처럼 계속 웃었다.

"한운석, 그럴 줄 알았다! 네가 모를 줄 알았어! 너 같은 사람이 어찌 알겠어!"

설마, 틀렸다고?

한운석은 정말 몰라서 물었다.

"그럼 어째서냐?"

"사랑하니까. 그를 너무나 사랑하니까! 태어날 때부터 그의 적이 되는 게 싫으니까!"

초청가는 울부짖듯이 말했다.

"한운석, 잘 들어라! 난 용비야를 사랑한다! 내가 유족의 후예라고 해도, 용비야를 원망하지 않아! 그 사람을 사랑하니까! 한운석, 난 너보다 더 그 사람을 사랑해, 하하하."

초청가는 정말 정신이 나간 것처럼, 계속해서 미친 듯이 웃었다. 마침내 한운석보다 나은 점을 찾아냈다. 그녀는 한운석보다 용비야를 더 사랑했다!

한운석은 서진 황족 공주의 신분을, 용비야와 대적해야 하는 신분을 자랑스러워했다. 자기 출신을 알게 된 후 분명 용비야를 몹시 원망했겠지?

"하하하, 한운석, 네가 졌다! 네가 졌어! 넌 그를 사랑할 자격조차 없다. 하하하!"

초청가는 분명 웃고 있었으나, 언제부터인지 얼굴은 온통 눈물범벅이었다.

"한운석, 난 그를 사랑할 수 있고, 그 사랑을 말할 수도 있어. 넌 할 수 있을까? 넌 못 할 거다. 넌 못 해……. 하하하……."

한운석의 마음속에 있던 연민은 이미 사라졌다. 그녀는 무표정한 얼굴로 초청가를 바라보며, 한마디도 대답하지 않았다.

초청가의 말을 들을수록 화가 치밀어 오른 영승은 불쑥 검을 뽑아 들며 그녀의 광분을 끊어 냈다.

"그만! 영족의 후손은 대체 누구냐, 말하지 않으면 이 검으로 죽여 버리겠다!"

한운석이 말리려 했지만 이미 늦었다. 영승이 검으로 찌른 게 아니라, 초청가가 영승의 검을 향해 제 몸을 던졌다.

뜻밖의 상황에 영승은 멍해졌다.

"당장 손을 떼라!"

한운석이 바로 달려들어 영승을 꾸짖자, 영승은 그제야 손을 놓았다. 한운석은 초청가를 안고서도 감히 검을 뽑아낼 엄두가 나지 않아 다급하게 명령했다.

"의원을 불러라. 지혈약이 많이 필요하다, 어서!"

아직 영족의 후예에 대해 알아내지 못한 상황에서 영승이 초청가를 진짜 죽일 리 없었다. 하지만 그는 초청가 같은 여자가 죽음을 두려워하지 않을 줄은 몰랐다.

영승이 서둘러 사람을 부르러 갔고, 한운석은 초청가를 안은 채 차갑게 경고했다.

"초청가, 잘 들어라. 용비야를 좋아한다면, 살아남아서 직접 그에게 말해! 단목요도 제 입으로 직접 말했는데 너는 포기할 테냐? 나에게 많은 말을 해 봤자 소용없다! 그에게 직접 말해라!"

한운석은 갑자기 그런 말이 떠올랐다.

'진정한 사랑에 연적은 없다.'

초청가의 사랑은 단목요와 완전히 달랐다.

"난 이미 더럽혀진 몸……, 그에게 말할 자격이 없다."

갑자기 초청가의 입에서 피가 솟구쳤다. 그녀는 한운석의 손을 꽉 움켜쥐며 마지막 기력을 다해 말했다.

"한운석……, 너는…… 계속 그를 사랑할 수 있겠느냐? 부……, 부탁이다. 한운석, 계속 그 사람을 사랑하고, 영승을 죽여 다오. 한운석……, 네가 나에게 질 수 있겠느냐!"

여기까지 말했을 때 초청가는 이미 더 버틸 수 없었다. 그녀는 필사적으로 한운석을 바라보다가 한운석의 품 안에서 죽음을 맞이했다.

한운석은 지금껏 초청가가 이렇게 자기 품 안에서 죽을 거라고는 생각하지 못했다. 초청가도 아마 자신의 마지막 순간이 이럴 줄은 몰랐을 것이다.

한운석의 마음은 호되게 물어뜯긴 것처럼, 너무너무 아팠다!

사랑이란, 어쩜 이리도 어려울까?

그녀는 읊조리듯 말했다.

"초청가, 난 용비야에게 하나 묻고 싶은 게 있어. 만약……, 만약 내가 서진 황족의 공주가 아니라면 여전히 날 좋아해 줄 거냐고. 만약, 만약 그렇다면, 난 너보다 더 용감해질 거야."

한운석은 이 말을 마친 후, 부드럽게 초청가의 눈을 감겨 주었다.

입구에 서 있던 영승은 한운석과 초청가가 작게 중얼거리는 것만 알았을 뿐, 뭐라고 하는지는 몰랐다. 의원이 서둘러 도착했을 때, 한운석이 말했다.

"됐다. 그녀는 이미 족쇄에서 벗어났으니까."

"뭐라고 했습니까? 영족의 행방에 대해 말했습니까?"

영승은 빠르게 달려오다가 하마터면 한운석과 부딪힐 뻔했다.

한운석이 빤히 쳐다보자, 영승은 그제야 뒤로 물러섰다.

"공주, 소신의 무례를 용서하십시오."

"네 죄는 내가 하나도 빠짐없이 기억하고 있다!"

한운석이 언짢게 말했다.

"공주, 저 여자가 뭐라고 말했습니까?"

영승은 초조했다. 지난 몇 년 동안 황족 다음으로 가장 다급하게 행방을 찾았던 것이 영족이었다.

"영족의 후예는 고북월이라고 했다!"

한운석은 적흑색 옷을 입은 자객에 대한 일은 숨기고 탄식하는 척했다.

"생각도 못 했다. 정말 생각지도 못한 일이야!"

너무 의외의 사실에 영승은 갑자기 제 뺨을 후려쳤다. 그때 고북월을 가두었던 사람은 바로 자신이었다!

영승이 고북월과 용비야의 협력 관계를 어찌 알까. 초천은이 서주국에 돌아가 전쟁에 나선 것도 다 고북월과 용비야의 지시를 받았기 때문이라는 사실은 더더욱 몰랐다.

그는 지금껏 고북월을 한낱 의원으로만 생각했다.

"그러고 보니 생각나는 일이 있다!"

한운석은 놀란 척하며 말했다.

"예전에 갱에서 영술을 할 줄 아는 백의 공자가 나를 납치했었다. 설마 그 사람이 바로 고북월? 그때 군역사도 그곳에 있었는데."

"군역사……."

영승이 생각에 잠긴 듯이 말했다.

"그래, 그 자리에 있었어! 게다가……."

한운석은 분노하며 당시 군역사가 그녀에게 무례를 범한 일과 백의 공자가 그녀를 구한 일을 말해 주었다.

영승의 눈동자에 비친 복잡한 기색은 더욱 짙어졌다. 그 모습에, 한운석은 어떻게 영승을 설득할지 깨달았다!

똑똑한 영승, 늑대 같은 남자

한운석으로부터 군역사가 그녀에게 무례를 범한 일을 들은 후, 영승은 그곳에 앉아 한참 동안 말이 없었다.

'살짝' 언급하기는 아주 심오한 작전이었다. 제대로 사용하면 작은 힘으로 큰 성과를 거둘 수 있으나, 잘못 쓰면 모든 게 무너졌다.

한운석은 '살짝'만 언급하고 영승이 침묵하게 내버려 둔 채 먼저 나서서 더 말하지 않았다. 물론, 영승이 자발적으로 물어본다면 당연히 대답해 줄 요량이었다.

마침내 영승이 진지하게 말했다.

"이런 엄청난 일을 군역사는 제게 말하지 않았습니다! 어째서일까요?"

한운석이 냉소를 지었다.

"내게 무례를 범한 행동이야 인정할 수 없었다 치겠으나, 적어도 지금 네가 급히 영족의 행방을 찾는 걸 알고 있다면 말해줘야 하는 게 아니냐? 난 그때 고북월이 독짐승 때문에 날 보호하는 줄 알았는데, 이제 생각해 보니 정말 말도 안 되는 일이구나. 영족의 후예가 독짐승을 가지고 뭘 하겠느냐? 군역사처럼 독술에 뛰어난 것도 아닌데 독짐승과 싸우기라도 하겠느냐."

영승은 고개를 끄덕인 후 불쑥 질문을 던졌다.

"또 있습니까?"

한운석은 대답을 못 할 뻔했다.

"뭐?"

"공주께서는 군역사를 의심하고 계시지요? 이 일 외에 또 공주의 의심을 산 일이 있습니까?"

영승이 진지하게 물었다.

한운석은 뜻밖이었다. 그제야 영승이 생각보다 훨씬 똑똑함을 깨달았다.

그도 그럴 것이, 영승은 운공상인협회 배후의 우두머리이자 영씨 집안 군대의 수장이요, 천녕국의 섭정왕이었다. 사업을 하고 군대를 이끌고 정치까지 도모하니, 그야말로 다방면에 뛰어난 인재였다! 똑똑하지 않다면 어찌 오늘에 이를 수 있었을까? 돌아보면 그는 유족 초씨 집안을 함정에 빠뜨리면서 용비야까지 공격해 천녕국의 주도권을 뺏었다. 당시 용비야는 그 원한을 마음 깊이 새겼었다.

요 며칠 영승이 온순한 양처럼 공손하게 굴어서, 한운석은 그가 흉악한 늑대였다는 사실을 잊고 있었다!

한운석은 원래 고북월을 습격한 자객 이야기를 숨기고 영승이 직접 알아내게 할 생각이었다.

하지만 지금은 생각이 바뀌었다. 이렇게 똑똑한 사람 앞에서는 빙빙 돌려 말하는 것보다 차라리 시원스럽게 다 말해 주는 편이 나았다. 게다가 지금 그는 아주 솔직한 태도를 보이지 않는가.

한운석이 더 숨겼다가는 도리어 그녀가 딴마음을 먹은 사실이 드러날 수 있었다.

그녀가 말했다.

"영승, 나는 의심이 아니라, 그자가 나쁜 마음을 가졌다고 확신한다! 군역사가 말하지 않은 건 네가 영족을 찾아내길 원치 않기 때문이었겠지. 다들 알다시피 당시 영족은 대부분 몰살당하면서 씨가 말랐다. 게다가 영족은 황족 가까이서 지켜 주는 비밀 시위였을 뿐, 큰 세력도 아니었다. 서진을 다시 일으키기 위해 군사적, 재정적인 뒷받침도 해 줄 수 없어. 그렇다면 군역사가 고북월의 무엇이 두렵겠느냐?"

영승이 진지하게 생각하는 모습을 보며 한운석은 말을 계속했다.

"영승, 영족의 존재는 오로지 내 안전과 관계가 있다. 네가 영족을 찾아내길 원치 않은 것은, 분명 나 한운석이 살아 있기를 바라지 않기 때문일 것이다!"

"감히!"

영승이 차가운 목소리를 내뱉었다.

한운석은 그와 뜻을 같이하며 말했다.

"물론, 다른 가능성도 있다. 군역사가 고북월에게 어떤 약점을 잡혀서 감히 말하지 못했을 수도 있겠지."

영승은 고개를 끄덕였지만, 한운석의 말을 다 믿지는 않았다. 어쨌든 한운석은 그에게 명확한 결론을 내 주지 않았고, 그저 두 가지 의문만 던져 놓았다.

진실이 무엇인지는 고북월을 찾아내야만 알 수 있었다! 영족과 풍족 중 영승은 영족을 절대적으로 신뢰했다!

"공주, 고북월은 의성 어디에서 폐관 수련 중입니까?"

영승이 정색하고 물었다.

한운석은 쓴웃음을 지으며 바라볼 뿐, 말이 없었다.

"공주……."

영승은 불안해졌다.

"용비야가 군사를 일으키던 날 밤, 고북월은 자객의 공격을 받아 독종 금지의 가장 깊은 심연 속으로 떨어졌다. 내려가서 오랫동안 찾아다녔지만, 찾아내지 못했다."

한운석은 담담하게 말했다.

영승은 넋이 나간 듯했다. 한운석은 그날 밤의 상황을 영승에게 모두 말해 주었다.

하지만 그 자객이 천산검법을 썼다는 사실은 말하지 않았다. 이 일은 죽어도 말할 수 없었다. 말했다간 영승이 그녀의 이야기는 물론 그녀의 입장까지 의심할 수 있었다!

영승은 용비야에게 절대적인 적의를 드러냈다. 다른 사람은 다 믿어도 용비야는 절대 믿지 않았다!

"그렇다면 자객이 독종 사람이라고 의심하십니까?"

영승이 물었다.

"독종 사람이 분명하다. 더구나 독종의 직계 자손이지. 그렇지 않았다면 내가 쓴 독을 바로 풀어낼 수 없었을 것이다."

한운석이 확신에 찬 얼굴로 말했다.

영승의 미간이 더 심하게 찌푸려졌다. 한운석은 무심코 그 모습을 보았다가, 순간 용비야가 잘생긴 미간을 찌푸리는 모습을 본 것만 같아 황급히 눈을 돌렸다.

그녀는 속으로 눈썰미 없는 제 눈을 비웃었다. 하지만 이게 다 그 남자가 너무 보고 싶었기 때문임을 알고 있었다.

"독종의 직계 자손이라면, 공주의……."

영승은 믿을 수 없다는 듯이 말했다.

"내 아버지가 아니면 집안의 어른이겠지. 왜 날 아는 체하지 않을까? 어째서 고북월을 죽이려는 거지? 정말 배은망덕한 짓이다. 독종이 누명을 벗을 수 있었던 것은 다 고북월 덕분인데!"

한운석이 분개하며 말했다.

"왜 어른이라고 생각하십니까?"

영승이 반문했다.

"동년배일 수도 있습니다."

"이 사람이 균역사의 사부일 가능성이 가장 크기 때문이다!"

한운석은 바로 결정적인 이야기를 꺼냈다.

"어주도에 균역사가 갇혔던 일은 영락이 가장 잘 알 것이다."

한운석은 어주도의 독 안개와 미도에서 독으로 싸운 일까지 모조리 말해 주며 풍족을 겨냥했다.

덜커덩!

소리와 함께 영승이 벌떡 일어섰고, 그 눈은 분노의 불꽃으로 이글거렸다. 이 사실들을 알고도 상황을 이해하지 못한다면 말이 되지 않았다.

군역사는 풍족 사람이 아니라 대변인에 불과했다!

한운석은 상황이 생각대로 잘 돌아가자 얼른 계속 말을 이었다.

"영승, 당시 유족 초씨 집안이 서진의 재건이라는 기치를 내걸었을 때, 너희 적족은 유족이 다른 마음을 먹고 있다는 사실을 알았다. 설마 풍족도 알고 바로 나타나지 않은 걸까? 왜 용비야가 군사를 일으킬 때까지 기다렸을까? 그리고 용비야가 군사를 일으키자마자 내 신분이 알려졌다. 내 신분을 폭로한 자는 또 누굴까?"

한운석이 다시 물었다.

"군역사의 사부가 당신의 아버지라서 그가 당신의 출신을 알고……."

영승은 바로 말을 바꾸었다.

"그자는 천심 부인의 출신을 알기 때문에 당신의 출신도 알았던 겁니다! 당신이 태어났을 때부터, 서진 황족의 공주란 걸 알고 있었습니다!"

한운석은 지금껏 이토록 영승에게 호감을 느낀 적이 없었다. 그녀는 흥분하여 고개를 연신 끄덕였다.

"이렇게 오랜 세월 숨기고 있다가 이제 와서 사람들 앞에 발표해 놓고 또 당신을 아는 체하지 않는다니. 그 저의는……."

가늘게 뜬 영승의 잘생긴 두 눈에는 위험한 기운이 가득했고, 언뜻언뜻 잔혹함까지 드러났다.

한운석은 다시금 눈앞에 보이는 이 남자가 절대 온순한 양이 아니라, 한입에 사람을 죽여 버릴 수 있는 늑대임을 깨달았다.

한운석은 처음으로 서진 황족에 대한 영승의 충성심과 그녀를 향한 믿음을 다행으로 여겼다.

그렇지 않았다면, 풍족의 거짓말을 폭로하기 위해 갖은 애를 쓰고 수많은 시간을 들여야 했을 것이다.

애를 쓰는 거야 괜찮았다. 가장 큰 난관은 그녀에게 꾸물댈 시간이 없다는 사실이었다.

바닥에 쓰러져 있는, 병든 사람처럼 여윈 초청가의 시신을 바라보며, 그녀는 속으로 이 여자가 영승을 설득할 방법을 찾아준 것에 감사했다.

영승은 방 안을 거닐다가 결국 과감하게 결정을 내렸다.

"공주, 천녕국은 이미 소신의 통제하에 있습니다. 소신이 내일 서진 깃발을 걸겠으니 백옥교에게 군대로 돌아가지 말고 궁중에 머물면서 인사를 드리러 오라고 하겠습니다."

무슨 일이 있어도 백옥교를 더는 군대에 머무르게 할 수 없었다. 그녀가 대체 어떤 꿍꿍이인지는 하늘만 알 일이었다.

"우선 국새를 손에 넣은 후에 깃발을 걸자."

한운석이 담담하게 말했다.

"공주께서 계시기만 하면, 큰 영향은 없습니다."

영승이 말했다.

그는 몰랐다. 이 일은 한운석에게는 정말 '하늘만큼 큰' 영향을 주었다. 일단 깃발을 내걸어 정식으로 그녀를 서진 황족의 공주로 받들면, 그녀의 이름으로 적족, 풍족을 이끌고 나가 용비야와 대적하게 되었다. 그럼 용비야가 그녀를 어떻게 생각할까?

한운석은 용비야가 그녀에게 했던 질문을 선명하게 기억했다. 그녀가 서진 황족의 공주라면, 동진에 원한을 품고 나라를 재건할 마음을 먹을 것이냐고 물었었다. 당시 그녀는 그럴 것이라고 대답했었다.

양측이 정식으로 맞서게 되면, 그녀에게 질문을 할 기회나 있을까? 한운석은 무슨 일이 있어도 영승이 깃발을 거는 일을 막아야 했다.

용비야를 만나는 일은 불가능했다. 그렇다면 되도록 빨리 믿을 수 있는 사람을 찾아서 용비야에게 질문을 전해야 했다.

한운석은 긴장한 상태로 고민하기 시작했다. 대체 무슨 이유를 내세워 영승을 설득하지?

마침내 그녀는 절묘한 방법을 생각해 냈다. 그녀는 영승을 자리에 앉힌 후 목소리를 낮추어 말했다. 영승은 진지하게 듣다가 결국 그녀를 향해 엄지손가락을 치켜세우며 말했다.

"훌륭합니다! 정말 훌륭합니다, 소신은 탄복했습니다!"

한운석은 겨우 한숨을 돌릴 수 있었다. 자신이 생각해도 뛰어난 한 수였다. 어쩔 수 없이 절박한 상황에 몰리지 않았다면, 그녀도 이런 방법을 떠올리지 못했을 것이다. 그녀는 이제 곧 '한운석'의 친아버지를 만날 수 있을 거라 생각했다!

이날, 한운석은 영승에게 초청가를 위해 후한 장례를 치러 주고, 세 살도 못 된 어린 황제를 의학원으로 보내라고 요청했다.

"공주마마, 의학원은 용비야가 통제하고 있으니 적절치 못한 처사입니다."

영승은 한운석에게 그 사실을 말하지 않았었다.

"이 일이 그자와 무슨 상관이냐? 의성이 성 전체를 봉쇄하고 사람을 찾는 것은 바로 의학원 장로이자 독종의 수장인 내가 실종되었기 때문이다. 용비야가 아직 심 부원장을 좌지우지할 수 있는 것은 아마도 내 신분을 인정하지 않고 심 부원장을 그릇된 길로 인도하고 있기 때문일 것이다."

한운석은 말하면서 냉소를 짓는 척했다.

"조만간 내가 신분을 인정하면, 의성은 용비야의 체면을 봐주지 않을 것이다."

영승은 한운석을 바라보며 그녀가 전에 말했던 맹세를 떠올렸고, 결국 그녀의 말을 믿었다.

"네 이름으로 보낼 필요 없다. 천녕국 황실 이름으로 보내라."

한운석은 한숨을 쉬며 담담하게 말했다.

"의성은 그 아이에게 책임이 있으니 거절하지 않을 것이다. 결국 불쌍한 건 아이일 뿐이지. 장례에는 참석하지 못하게 해라."

"예."

영승은 시원스럽게 대답했다.

한운석은 궁녀로 변장하여 초청가의 장례에 참석했다.

장례가 끝나자 영승은 백옥교에게 밀서를 보냈다. 그는 한운석을 이미 납치했다는 말은 하지 않고, 백옥교에게 국새를 도성으로 가져오라고만 했다.

한운석은 방 안에서 안절부절못하다가 결국 위험을 무릅쓰기로 했다.

그녀가 밖으로 나가자 곁에서 시중들던 시종이 공손하게 예를 차렸다.

"공주마마, 어디로 가십니까?"

의성에 있을 때보다 영승의 경계는 꽤 느슨해졌다. 이게 다 한운석의 그 독한 맹세 덕분이었다. 곁에 남은 시위들은 대부분 그녀를 감시하는 것이 아니라 지키기 위해 있었다.

도망칠 기회도 있었지만, 한운석은 그럴 필요가 없었다. 영승이 있는 곳보다 안전한 곳은 없었기 때문이었다.

그녀는 용비야가 어떤 입장인지 전혀 몰랐다. 용비야 곁으로 도망치는 선택이 오히려 죽음으로 향하는 길일지도 몰랐다.

그런 생각이 들자 그녀는 쓴웃음이 나왔다. 그에게 묻고 싶어도, 직접 그의 앞에서 눈을 보며 물어볼 수 없었다.

"어린 황제를 보러 가려 하니, 안내할 사람을 보내 다오."

한운석이 말했다.

"영 태비 처소에 계십니다. 소신이 안내해 드리겠습니다."

시종이 공손하게 말했다.

한운석의 눈동자에 교활한 눈빛이 스쳤다. 그녀는 전혀 신경 쓰지 않는 듯 무심하게 물었다.

"내일 아침이면 떠나보내야 하는데, 짐은 다 꾸렸느냐?"

교활하게 영안 설득하기

한운석이 영안의 궁에 도착하자 영안은 깜짝 놀랐다. 영안이 예를 갖춰 인사하려 했으나 한운석이 막았다.

영안은 한운석의 상상보다 훨씬 어렸다. 영정의 언니였지만, 기껏해야 한두 살 정도 많아 보였다.

한운석은 그녀에게서 1년 내내 재계하고 염불하는 여자의 평온함은 전혀 발견하지 못했고, 도리어 노련하고 기가 세다는 느낌을 받았다. 그 모습에 한운석은 자기 앞에서 펑펑 울던 영정을 떠올렸다.

그러고 보니 당리와 그녀는 어떻게 되었을까.

눈물을 흘려도 그 어깨에 짊어진 중책은 남자 못지않은 여자들이 있다. 그런 여자들의 뼛속까지 스며든 강인함은 더욱 남자 못지않았다.

영정과 당리 두 사람 간에 벌어진 무기상과 암기 싸움은 이제 서진 황족과 동진 황족 사이에 천하를 두고 벌이는 나라 간의 싸움이 되었다. 당문은 용비야가 가진 가장 은밀한 세력이었다. 용비야의 동진 황족 신분이 밝혀졌고, 백리 장군부의 백족 신분 역시 드러났지만, 한운석이 알기로 지금까지도 당문 세력에 대해 아는 사람은 없었다.

영정은 또 얼마나 알고 있을까?

"공주마마, 용존龍尊은 후원에 있습니다. 제가 모시고 가겠습니다."

영안의 말에 한운석은 생각을 멈췄다.

어린 황제의 이름은 용존. 천휘황제가 직접 내린 이름으로, 제위에 오른 후 제호는 광영光永이었다.

황제라고는 하나 실제 조정에 나간 횟수는 손에 꼽았다. 궁 밖에서는 누구도 그를 황제로 생각하지 않았고, 궁 안에서는 더더욱 안중에도 두지 않으며 다들 대놓고 이름을 불렀다.

어머니는 자식 덕에 존귀해진다는데, 이 경우는 자식이 어머니를 따라 신세가 비천해졌다.

한운석이 방을 가로질러 나오니 탁자 위에 놓인 작은 보따리가 보였다. 아마도 용존의 짐 꾸러미인 듯했다. 그녀는 특별히 걸음을 늦추고 방 안의 모든 것을 관찰했다. 이 방은 용존과 유모가 머물 수 있게 임시로 만든 공간이 분명했다. 영안의 침소는 다른 편에 있었다.

초청가가 죽기 전, 용존은 계속 초청가와 함께 지냈다.

"짐이 이것뿐이냐? 충분한 것이냐?"

한운석이 지나는 말로 물었다.

"이것뿐입니다. 초청가가 살아 있을 때 이 아이를 전혀 돌보지 않아 따로 마련해 준 것이 없습니다. 다 옷가지입니다."

영안은 한운석의 표정이 별로 좋지 않은 것을 보고 말없이 생각에 잠겼다.

한운석과 초청가는 그토록 오래 적대적인 관계였는데, 어떻게 초청가의 아이를 염려할 수 있을까?

한운석은 떠나지 않고 느긋하게 자리에 앉아 짐을 풀어 보면서 언짢은 듯이 물었다.

"후궁은 네 소관일 텐데, 천녕국 황족 재산이 적지 않고 너희 운공상인협회도 많은 재력을 자랑하면서 이 어린아이의 옷 몇 벌이 없단 말이냐?"

"공주마마, 억울합니다!"

영안이 다급하게 해명했다.

"후궁의 용돈은 소인 쪽에서 나누어 줍니다. 지금껏 결코 적게 준 적이 없고, 모두 태후의 수준에 맞게 주었습니다. 어미인 초청가가 자기 아이를 제대로 돌보지 않는데, 외부인이 어찌 관여할 수 있겠습니까?"

"그도 그렇구나!"

한운석이 차갑게 웃었다.

그녀는 짐 속에서 옷 몇 가지를 골라내며 재미있다는 듯 보기만 할 뿐 말이 없었다.

영안은 한운석이 뭘 하려는 건지 몰랐지만, 그녀의 눈동자는 한운석의 손에서 잠시도 떠나지 않았다.

한운석은 어떻게 해야 자신의 질문을 용존을 통해 전할 수 있을지 머리를 쥐어짜며 고민 중이었다.

첫째, 영안에게 발각되어서는 안 되었다.

둘째, 이 짐은 용존과 함께 천녕국 도성에서 출발해 의성에 이르기까지 많은 사람의 손을 거칠 것이었다. 그렇다면 어떻게 해야 안전할 수 있을까?

셋째, 의성에 도착한 후에는 어떻게 해야 그녀가 신뢰하는 사람에게 전해질 수 있을까?

아주 위험을 무릅쓴 행동이었다. 한 부분이라도 잘못되면, 영승이 진상을 알게 되고 한운석은 끝장났다. 그녀는 양의 탈을 쓴 늑대인 영승이 자신에게 무슨 짓을 벌일지 상상도 할 수 없었다.

하지만, 이것은 그녀에게 유일한 기회였다!

"공주마마, 이 옷에…… 무슨 문제가 있습니까?"

영안이 더는 참지 못하고 물었다.

한운석은 눈썹을 치키며 쳐다봤다.

"네 생각은 어떠냐?"

"소인 생각에……."

영안은 한참 생각한 후에 답했다.

"이것들은 모두 저 아이가 평소 입던 옷이라 아무 문제가 없습니다."

한운석은 바로 손에 쥔 옷을 내던지고, 탁자 위에 있는 것들도 바닥으로 쓸어 버린 후 분노에 찬 목소리로 말했다.

"의학원 사람들에게 이런 물건을 보여 주면 우리 서진 황족이 무정하여 어린아이 하나조차 잘 대접하지 못한다고 욕하지 않겠느냐? 초청가는 이미 죽었고, 이 아이는 영씨 집안 손에 있으니, 영씨 집안에서 이 아이를 책임져야 마땅하다. 어린아이 하나 제대로 돌보지 못하면서, 너희 영씨 집안이 어찌 본 공주를 위해 천하를 차지하고, 천하 백성을 잘 다스리겠다는 것이냐?"

한운석은 벌떡 일어나 낮은 목소리로 말했다.

"영안, 영씨 집안의 체면이 깎이는 것은 작은 일이나, 의성의 마음을 잃는 것은 큰일이다! 고북월이 행방불명이고, 나도 성안에 없으니 의학원은 지금 부원장과 장로회가 함께 주관하고 있다. 부원장 중 심결명과 장로회의 낙취산이 하는 말에 모든 것이 결정되는데, 이 두 사람은 아동 학대를 가장 증오하는 사람들이다. 당시 분만 촉진 사건이 일어났을 때도 고운천이 능고역을 보호하려 했지만 이 두 사람이 끝까지 반대하며 능고역을 의성에서 쫓아냈다."

한운석이 여기까지 말하자 영안도 바로 알아들었다.

용비야보다 한운석이 의성을 장악할 능력은 더 뛰어났지만, 영씨 집안도 의성에 미움을 살 수는 없었다.

일단 서진 황족의 깃발을 내걸고 동진 황족과 천하를 둘러싼 싸움을 정식으로 시작하면, 무엇보다도 의성의 지원이 중요했다. 의학적 지원이든 민심을 얻는 부분에서든, 그 어느 쪽으로나 모두 엄청난 영향을 줄 수 있었다.

영씨 집안은 의성에 미움을 살 수 없을 뿐 아니라, 반드시 잘 보여서 좋은 인상을 남겨야 했다.

다시 말해, 한운석은 용존을 보내는 지금이 바로 의성에 잘 보일 좋은 기회라고 알려 주는 것이었다.

"공주마마, 알려 주셔서 감사합니다!"

영안이 크게 기뻐했다.

한운석은 교활한 눈빛을 번뜩이며 짐짓 엄숙하게 말했다.

"고마워할 필요는 없다. 일만 잘 처리하면 그뿐, 모든 것은 다 서진 황족의 대업을 위해서다!"

영안은 그 자리에서 명령을 내려 용존을 위해 각종 옷, 신발, 모자 등 많은 물건을 준비하라고 시켰다.

한운석은 묵묵히 듣고만 있다가 마지막에 한마디 덧붙였다.

"유모 하나로 되겠느냐? 그래도 일 잘하는 행랑어멈에 시녀와 태감 몇을 붙이고 경호할 시위도 있어야지. 함께 공부할 서동도 있으면 가장 좋겠구나."

영안은 한운석을 바라보았다. 이해할 수 없다는 눈빛 속에는 의심이 묻어났다.

"많느냐?"

한운석이 물었다.

"공주마마, 이렇게 하면…… 너무 지나쳐서 도리어 일을 망치지 않을까요?"

영안이 물었다.

한운석은 짜증스럽게 눈을 흘겼다.

"이렇게 하지 않으면, 이 아이에 대한 너희의 연민을 어찌 표현하겠느냐? 저 아이는 다른 아이와 달리 많은 관심이 필요하다. 지나치다 해도 이해할 수 있다."

"공주마마, 이 아이는 이미 고아입니다. 의성에 간 후에는, 더 이상 남의 시중을 받으며 풍족하게 지내던 황제로 살 수 없지 않습니까? 사람들을 보내더라도 의성에서 되돌려 보낼 겁니다."

영안이 말했다.

"바로 의성에서 돌려보내게 만들어야지! 사람이 되돌아오면, 너는 다시 몇 명을 보내 성의를 표시해라. 반드시 네 본명으로 보내야 한다. 이렇게 빈번히 오고 가다 보면 너와 심 부원장이 서로 친숙해지지 않겠느냐?"

한운석은 어쩔 수 없다는 듯 탄식했다.

"영안, 장사에 있어서 너는 확실히 네 여동생만큼 대단치 못하구나."

영안은 순간 한운석의 말에 반박할 수 없었다.

그녀의 말대로 이 방법으로 의성의 마음을 얻고 장래를 위한 포석을 깔 수 있을 것 같았다. 영안은 그 말을 덥석 받아서, 바로 사람을 불러 한운석의 말대로 행하라고 시켰다.

"명심해라. 반드시 믿을 만한 사람을 찾아야 한다."

영안이 진지하게 분부했다.

한운석은 차를 마시면서 교활한 눈동자를 깜빡였다. 무슨 꿍꿍이인지 알 수 없었다.

원래 오늘 당장 용존을 보내려던 계획은 한운석의 방해로 이틀 정도 늦출 수밖에 없었다.

한운석이 생각에 깊이 빠져 있는데, 갑자기 후원에서 아이 울음소리가 들려왔다.

서둘러 가 보니 용존이 유모의 품에서 죽기 살기로 발버둥을 치며 큰 소리로 울부짖고 있었다. 계속 뭐라고 소리치는데, 무슨 말인지 알아들을 수 없었다.

"무슨 일이냐?"

한운석이 물었다.

"이곳에 온 후부터 계속 이 상태입니다. 잘 놀다가 갑자기 울며 난리를 피우고, 아무리 달래도 듣지 않습니다. 뭘 하려는 건지도 모르겠습니다."

영안이 대답했다.

"아직 말도 못 하는 것이냐?"

한운석이 깜짝 놀라며 물었다.

"어머니도 부를 줄 모릅니다. 유모 말로는 같은 나이 아이들보다 배우는 속도가 느려, 벌써 두 살이 넘었는데 이제야 말을 배우기 시작했답니다. 제대로 걷지도 못합니다."

영안이 사실대로 대답했다.

"분만 촉진 때문에 그렇게 된 듯하구나."

한운석은 마음이 갑갑해지면서 고칠소가 절로 생각났다.

이때 용존이 다시 소리치기 시작하더니, 손을 내밀어 문밖을 가리켰다.

"어머니를 찾지 못해서 그런 것이 아니냐?"

한운석이 물었다.

유모는 울며 보채는 용존을 얼른 궁녀에게 맡기고 빠르게 달려왔다.

"공주마마, 이 아이는 어머니를 찾을 줄 모릅니다. 초 태후가 생전에 아이를 안아 준 적은 다섯 번도 안 됩니다. 평소 궁 안에서 초 태후가 앞에 앉아 있어도 이 아이는 전혀 신경 쓰지 않았습니다."

"이 아이는 어머니가 무엇인지도 모릅니다. 아마 이곳이 낯설어서 놀란 듯합니다. 공주마마를 방해하지 말고, 어서 아이를 안고 나가거라."

영안이 불쾌해하며 꾸짖었다.

오랜 세월 아이를 낳지 못한 그녀는 어린아이만 보면 늘 마음이 복잡해졌다.

유모는 서둘러 용존을 안아 데려왔다. 용존은 한운석을 보자 갑자기 조용해졌다. 잠시 그녀를 보았다가 작은 손으로 다시 문밖을 가리키며 갑자기 소리쳤다.

"엄마……."

어머니를 찾고 있었다! 어머니는 아이를 찾지 않아도, 아이는 어머니가 필요했다!

순간 모든 사람이 조용해졌고, 오직 아이의 울음소리만 울려 퍼졌다.

이 아이의 세상에는 선악, 신분, 이익 같은 것은 존재하지 않았다. 오로지 의지할 존재, 피로 이어져 의지할 사람만 필요했다.

이 아이는 초청가가 어떤 사람인지, 자신이 지금 누구의 손안에 있는지 몰랐고, 운공대륙이 어떤 상황인지는 더더욱 몰랐다. 다만 자신에게 어머니가 있다는 사실만 알 뿐이었다.

누가 이 아이는 어머니를 찾을 줄 모른다고 했는가?

어머니를 찾을 줄 모른다고?

이렇게 나이 어린 아이마저 상처 받는 이 세상에 그 많은 이

익 다툼이 무슨 의미가 있을까?

어린아이의 바람마저 만족시키지 못하는 자들이, 무슨 낯으로 '강대함'을 들먹일까?

동진과 서진은 서로를 증오하기 전에, 수많은 무고한 백성이 그들을 증오할 거라고는 생각해 본 적 없을까?

"어서 데리고 돌아가지 않고 뭘 하느냐!"

영안이 갑자기 노성을 질렀다. 놀람과 두려움, 불안한 마음이 뒤섞여 자제가 안 되었다.

천휘황제를 그토록 오래 모셔 왔으니 어찌 아이가 생긴 적이 없었겠는가? 하지만 그녀는 자신이 아이를 가지는 것을 허락할 수 없었다!

울음소리가 점점 멀어지자 한운석과 영안은 한숨을 돌렸다.

"영안, 동진과 서진 두 황족은 원래 각자 다투지 않고 평화롭게 지냈는데, 당시 내전은 대체 누가 일으킨 것이냐?"

한운석이 진지하게 물었다.

용비야에게서 들은 이야기는 이러했다. 당시 남부 지역 홍수 피해가 심각해 역병이 돌고 기근이 심각했다. 이에 동진과 서진 양측에서는 재해에 대처하고 치수治水 공사를 위해 관리를 파견했다.

하지만 서진 황족이 이재민 사이에 동진 태자가 액운을 달고 태어나 운공대륙에 끊임없이 재난이 닥칠 것이라는 헛소문을 퍼뜨렸다.

당시 동진 황제는 병약하여 곧 태자가 제위에 오를 예정이었는데, 헛소문이 퍼지자 동진의 황자들이 이를 이용하여 황제가 붕어하자마자 바로 황위 쟁탈전을 벌였고, 조정이 불안정해졌다. 그리고 서진 황족은 이 기회를 놓치지 않고 전쟁을 일으켰다…….

두 가지 비밀

양측이 원수가 되어 내전을 일으켰으니, 분명 각자의 주장이 있을 것이었다.

한운석은 영안의 설명이 용비야와 다를 거라고 생각은 했으나, 이 정도로 다를 줄은 몰랐다.

영안은 그해 치수 공사에서 동진과 서진 황족 간 심각한 갈등이 있었고, 이것이 서진 황족이 전쟁을 일으킨 결정적인 이유였다고 했다.

"공주마마, 당시 사강 중류에 있는 큰 둑이 홍수를 막아 하류에 있는 군이며 수많은 마을과 논밭을 지켰습니다. 그해에 연이어 폭우가 쏟아진 데다가 사강의 상류 근처에 있는 산에도 홍수가 나는 바람에 사강 중류가 넘쳐 많은 마을이 물에 잠겼고, 철광 하나가 위험에 처했습니다. 동진 태자가 소유한 철광이었지요. 동진은 철광을 보호하기 위해 둑을 무너뜨려 하류로 물을 흘려 보내 그곳 백성을 희생시키자고 주장했습니다. 당시 동진의 황제는 병으로 세상을 떠났고, 황자들은 황위를 다투고 있었습니다. 태자는 빨리 무기를 만들어야 한다는 생각에, 둑을 무너뜨릴 군대를 동원했고, 서진은 어쩔 수 없이 군대를 출동시켜 둑을 보호했습니다. 그런데 동진은 우리 군대가 철광을 뺏으려는 음모를 꾸몄다며 군사를 대거 동원했고, 흑족 대군이 우리 서진 황족을 멸망시켰습니다. 유족이 거짓으로 반란을 일으키지 않았다면 공주께서는 이미…….”

영안의 목소리는 아주 평온했으나 눈빛에는 속내가 고스란히 드러났다.

한운석은 그녀의 분노와 불만을 알 수 있었다. 이 분노와 불만은 용비야가 그녀에게 이 역사를 이야기할 때 보여 주었던 것과 아주 비슷했고, 매우 진실하였으며 거짓으로 꾸밀 수 없었다.

각자 자기 의견을 주장하는 것은 당연했다.

하지만 하나의 사건에 대해 다른 사실을 주장하는 것은 문제였다.

용비야는 그녀에게 당시 남부 지역의 수해가 심각했다고 말했다. 하지만 왜 그녀에게 둑과 철광에 대한 이야기는 꺼내지 않았을까?

동진 주장에 따르면, 전쟁은 서진의 음모였다. 서진이 동진의 내란을 충동질한 후 그 틈에 공격했던 것이었다.

서진 주장에 따르면, 전쟁은 둑을 지키고 무너뜨리는 문제 때문에 일어났다.

진실은 대체 무엇일까?

한운석은 잠시 망설이다가 떠보듯 말했다.

“고북월은 전에 전쟁에 관해 이야기하면서, 재해 지역에 헛소문이 돌았다고 했다. 동진의 태자가 액운을 타고났다는 소문이라던데? 정말 이런 일이 있었느냐?”

한운석은 속으로 고북월에게 사과했다.

만약 용비야가 한 말이라고 하면, 영안은 화를 낼 게 분명했다. 고북월의 이름을 빌려야만 제대로 대화할 수 있었다!

영안은 냉소를 지었다.

"그것은 당시 동진의 황자들이 황위를 뺏기 위해 만들어 낸 거짓말일 뿐입니다. 지금 생각하면, 그 동진 태자는 정말로 액운덩어리였습니다! 그자가 철광만 지키려 하지 않았다면, 서진도 경솔히 군대를 움직이지 않았을 겁니다."

한운석은 생각에 잠긴 듯 있다가 고개를 끄덕였다. 그녀는 문득 무서운 생각이 들었다. 그해 일어난 일들 가운데 오해가 있는 게 아닐까?

하지만 곧 자기 생각을 부인했다.

용비야가 해 준 설명을 어찌 믿을 수 있을까?

용비야는 그녀가 서진의 공주라는 걸 일찌감치 알고 있었는데, 어떻게 그녀에게 당시 전쟁의 진실을 말해 주었겠는가? 오히려 영안이라면 그녀를 속일 이유가 없었다.

한운석은 잠시 앉아 있다가 돌아갔다. 그녀는 용존이 떠나기 전에 서신을 써야 했다. 이미 어떻게 서신을 쓸지도 생각해 놨다. 불쌍한 용존에게는 차마 손을 댈 수 없으니, 다른 사람을 괴롭힐 수밖에 없었다.

한운석이 떠난 지 얼마 되지 않아 영승이 찾아왔다. 그는 한운석이 방금 떠났다는 사실을 알고 바로 돌아서 나가려 했다.

그런데 영안이 그를 불렀다.

"오자마자 가십니까? 날 보러 온 게 아니었군요."

영안이 담담하게 물었다.

그런데 영승이 차갑게 '음.'이라는 한마디만 하고 나가는 게 아닌가. 그러자 영안이 손을 뻗어 그를 막았다.

"족장님, 자신의 신분을 잊지 마세요!"

전에 영안은 궁중 규율에 따라 그를 영왕이라고 불렀다. 그리고 지금은 그를 족장이라고 불렀다.

영안은 이렇게 영승에게 그의 신분, 책임, 그리고 해야 할 일과 하지 말아야 할 일을 일깨워 주고 있었다.

"비켜라."

영승의 목소리에는 어떤 감정도 섞여 있지 않고 아주 차가웠다. 천 리 밖에 멀리 떨어져 있는 얼음산처럼, 영원히 그 속을 볼 수 없을 것 같았다.

오직 한운석 앞에서만 그는 기뻐하고, 분노하고, 초조해했다.

다들 아무리 고고한 영승도 존귀한 공주 앞에서는 그 거만한 태도를 버릴 수밖에 없다며 감탄했다.

하지만 영안은 영승이 공손한 태도로 복종하는 게 아니라 혼란스러움에 헤매고 있음을 알았다.

어쩌면 바로 이 때문에 한운석은 초청가와 달리 영승과 용비야가 비슷하다고 느끼지 않는 걸지도 몰랐다.

주인을 찾았다는 기쁨은 일찌감치 잠잠해졌다. 그는 한결같았던 신중함, 진중함, 냉정함을 되찾아야 했다.

적족의 모든 것은 여전히 그의 통제하에 있었고, 반드시 그가 다스려야 했다. 서진 황족의 공주는 단순히 믿고 따를 존재일 뿐, 아무것도 다스릴 수 없었다. 그는 무엇보다도 자신을 통제하지 못하면 안 되었다.

이곳으로 돌아온 이후 지금까지 영승이 보여 준 모습 하나하나를 영안은 눈에 새겼고 걱정했기 때문에 그를 일깨웠다.

영승은 냉혹한 얼굴로 한참 침묵하고 있다가 차갑게 물었다.

"다른 용무가 있느냐?"

영안은 용존의 일을 말해 주었다. 그는 한운석의 의견에 아주 찬성하며 낮은 목소리로 말했다.

"첩자 둘을 준비해라. 영정이 벌써 오랫동안 서신을 보내지 않고 있다. 그쪽 정보가 필요하다."

"알겠습니다."

영안도 같은 생각이었다.

"정아에게…… 무슨 일이 생긴 건 아니겠지요?"

"내가 떠날 때 당리와 소란을 피우고 있었으니 아무 일 없을 거다."

영승은 영안과 영락보다 영정 쪽이 더 안심이었다.

"군량에 대해서는 영락을 재촉해서 결정적인 순간에 실수하지 말라고 해라!"

중남도독부가 운공대륙의 주요 곡창지대를 장악하고 있지만, 운공상인협회도 만만치 않아서 얼마간은 양식을 사들일 수 있었다.

이 세상에서 양심을 속이고 전쟁으로 한몫 벌려는 사람은 많았다.

게다가 운공상인협회가 적족의 후예라는 비밀이 이미 밝혀졌으니, 더 많은 양곡 거상이 이들과 협력하려 했다.

영안은 생각해 보았다. 속세를 피해 사는 당문 세력은 늘 세상 싸움에 끼어들지 않았다. 하물며 두 황족 간에 벌어진 거대한 싸움이었다. 영정의 적족 신분을 알게 된 당문의 장로들은 무기상과의 협력을 더 허락하지 않을 것 같았다.

1년 안에 임무를 완수하지 못하면, 영승은 기회를 주지 않고 그녀를 운공상인협회로 돌아오게 할 것이다.

영승과 영안, 이 두 사람 모두 영씨 집안의 막내딸이자 운공상인협회에서 가장 영리한 회장이 지금 고통에 시달리고 있음을 모르고 있었다.

당리는 그녀에게 하룻밤의 시간을 준다고 했지만 실제로는 이틀을 주었다. 이 이틀 동안 물 외에는 먹을 것 하나 주지 않았다.

영정은 매달린 상태라 앉을 수도 없었다. 다행히 탁자 하나가 있어 이틀 동안 탁자에나마 앉아 있을 수 있었다.

앉을 곳마저 없었다면 반나절도 버틸 수 없었을 것이다.

그녀는 소란을 피우지 않고 아주 조용히 있었다. 어두운 표정에 분위기까지 엄숙해진 그녀는 아주 사나웠고 조금도 귀엽지 않았다.

이 이틀간 당리는 대체 뭘 하러 갔기에 그녀를 잊어버린 걸까.

이곳에 갇혀 있느라 밖에서 무슨 일이 벌어졌는지 그녀는 하나도 알지 못했다. 설마 영승의 행적이 들킨 걸까?

용비야와 당리는 영승을 추격하느라 이곳에 갇힌 그녀를 잊은 걸까?

그런 생각이 들자 영정은 절로 이맛살이 찌푸려졌고 다급해졌다. 그러나 곧 침착함을 되찾았다. 많은 일을 통제할 수 없을 때는 차라리 내버려 두는 편이 나았다.

지금 그녀는 자기 자신만 통제하며 이곳에서 조용히 죽음을 맞을 수밖에 없었다. 당리가 이곳에 있는 그녀의 존재를 잊고 있는 것도 좋았다.

그녀는 용비야가 진작 떠났고, 이틀 동안 당리에게 의성 수색 작업이 맡겨졌으나 그가 아무 데도 가지 않고 문 앞에서 멍하니 있었다는 것을 몰랐다.

지난 이틀 밤낮 동안 그녀는 물이라도 마셨지만, 그는 물 한 방울 입에 대지 않았다.

상심하여 초췌해진 얼굴에 조용한 그의 모습은 더는 신선 같지 않았다. 기다리고 기다리다 한 줌 재로 변할 것 같은, 사랑에 미친 남자의 모습이었다.

갑자기 당리가 벌떡 일어나더니 분노에 가득 차 문을 열고 들어갔다.

영정은 깜짝 놀랐지만 내색하지 않았다. 그녀에게 가장 익숙한 모습이 나타나자 심장이 빠르게 뛰기 시작했다.

"하하, 이틀 동안 너무 바빠서 널 신경 쓸 틈이 없었다. 운 좋은 줄 알아!"

당리는 가까이 다가오지 않고 입구에 선 채 말했다.

"이제 답을 줘야지?"

영정은 그를 바라보기만 할 뿐, 말이 없었다.

그러자 당리는 그녀 앞으로 가까이 다가올 수밖에 없었다.

"대답해!"

"죽이든지 능지처참하든지, 마음대로 해!"

영정이 차갑게 말했다.

"여봐라!"

당리는 더 이상 망설이지 않았다. 시위가 바로 뛰어 들어오자, 당리는 직접 대들보에 걸어 둔 쇠사슬을 시위의 손에 넘겼다.

"남쪽 성문에 매달아라. 봐주지 말고, 천천히 고통스럽게 만들어라."

영정은 아무 반응 없이, 그렇게 시위와 함께 문 앞으로 걸어갔다.

"정정, 두려워할 필요 없어. 네 착한 오라버니가 반드시 널 구하러 올 테니까."

당리는 차갑게 웃었다. 이것이 자신을 향한 위로인지, 영정을 떠보는 것인지 알 수 없었다.

결국 영정이 걸음을 멈추었다.

"당리, 날 봐주면 다른 소식을 알려 줄게. 어때?"

"무슨 소식이지?"

당리는 거의 생각도 하지 않고 물으면서 시위를 밖으로 물렸다.

"당문에게 아주 유리한 소식이지. 한운석의 행방 못지않아."

영정은 협상에 나선 장사꾼처럼 전문가다운 미소를 지었다.

"널 봐 달라니? 어떻게 봐달라는 거지?"

당리가 반문했다. 그는 영정을 봐줄 리 없었다.

"편히 죽게 해 줘."

영정이 노골적으로 말했다.

그 순간, 당리의 눈동자는 당장에라도 비바람이 쏟아질 것 같은 하늘처럼, 무서울 정도로 어두침침하게 변했다.

다만 영정은 문 앞에 서 있어 그 모습을 알아채지 못했다. 마치 당리가 방금 입구에 섰을 때, 방 안에 있는 그녀의 얼굴에 스치는 기쁨의 표정을 보지 못한 것과 같았다.

"좋아. 말해 봐."

당리는 그래도 허락했다.

"영승은 아직 너와 용비야의 관계를 몰라. 이 일은 나만 알고 있어."

영정이 진지하게 말했다.

당리는 순간 놀랐지만, 곧 의심이 솟아났다.

"누굴 속여!"

"너를 행림으로 유인한 건 시험해 보려고 했던 것뿐이었어. 역시, 넌 용비야를 데리고 왔지."

지금의 영정은 그녀의 이름 정靜 자에 걸맞게 차분했다.

그녀는 계속 의심하고 있었다. 행림 대회에서 당리가 한운석을 돕기 시작했을 때부터 의심했다. 그리고 이후의 냉전은 허울에 불과했다. 그녀는 영승을 몇 번 만났음에도 계속 이 이상한 점을 말해 주지 않았다.

그녀는 확실한 답이 필요했다. 그래서 영승이 떠난 직후, 일부러 계략을 꾸며 당리를 행림으로 유인했다. 그녀는 당리만 자신을 따라오기를 바랐다. 그러나 모습을 드러낸 것은 용비야였다.

의심할 것도 없이 당리가 용비야를 데리고 온 것이었다.

"날 시험했다……, 영승은 나와 용비야의 관계를 모른다……."

당리는 중얼거리다가 문득 깨달았다.

"그러니까, 영승은 벌써 의성을 떠났군! 그자는 네가 우리를 행림으로 유인한 사실을 몰라!"

영승이 아직 의학원에 있다면 어디선가 몰래 영정의 상황을 주시하고 있었을 것이다.

그러나 영정은 그와 용비야의 관계를 알아낸 후, 영승에게 말해 줄 기회가 없었다.

영정은 웃었다. 지금껏 당리가 이렇게 똑똑하다고 느낀 적이 없었다.

"당리, 내가 두 가지 비밀을 알려 주었으니, 단칼에 날 죽여."

당리는 살짝 멍하니 있다가 곧 밖으로 뛰쳐나갔다.

"서동림! 서동림, 모든 방어를 해제하고, 네 주인에게 알려라. 한운석은 천녕국에 있다!"

당리는 밖으로 뛰쳐나간 직후, 다시 방으로 돌아오지 않았다. 사람을 시켜 영정을 풀어 주고는 그녀를 방 안에 가둔 채 죽이지도, 만나지도 않았다.

용비야는 당리의 소식을 듣자마자 구출 계획을 세웠다. 그리고 고북월에 대한 내용이 담긴 백리원륭의 밀서를 받았다.

공주, 행방불명

백리원릉의 밀서에는 고북월의 소식이 언급되어 있었다. 하지만 구체적인 상황 설명은 없고, 용비야에게 서둘러 군으로 돌아와 대국을 주관해 달라고 요청하고 있었다!

고북월의 소식이 있다니, 그렇다면 고북월이 아직 죽지 않았다는 뜻이었다. 하지만 서신을 다 본 후에도 용비야는 전혀 기쁘지 않았고, 심오한 눈빛은 도리어 복잡해졌다.

백리원릉은 저 멀리 전쟁터에 있었고, 고북월은 독종 금지의 심연으로 떨어졌다. 수많은 사람을 보내 고북월을 찾았으나 아무 소식도 얻지 못했다. 그런데 백리원릉이 어떻게 고북월의 행방을 알 수 있을까?

이 소식은 진짜일까, 가짜일까?

게다가 이 서신에는 구체적인 상황이 하나도 언급되지 않았다. 백리원릉은 또 무슨 뜻인가? 이게 어디 상황 보고처럼 보인단 말인가? 명백한 위협이었다!

서진 황족에게 가진 인어족의 원한이 얼마나 큰지, 용비야는 아주 잘 알았다.

당시 남부 지역 수해로 계속되는 강물의 범람을 막기 위해 얼마나 많은 백족이 희생되었던가? 희생한 백족 사람들은 이름조차 남길 수 없었다. 심지어 백성을 위해 선한 일을 했으나 지금까지도 사람들에게 알려지지 못했다.

백족은 인어족의 비밀을 지켜야 했기 때문이었다.

인어족 사람은 물에 들어가 목숨을 걸고 갑자기 불어나는 강물을 계속해서 막아 냈지만, 육지에 있는 사람은 전혀 그 사실을 몰랐다. 그들의 시신은 모두 조용히 사강 바닥에 가라앉았다.

백족의 그 많은 헌신에도 불구하고, 서진 황족은 강이 범람한 틈을 타 전쟁을 일으켰다. 심지어 수해 복구를 위해 나선 군대까지 동원해 동진의 수해 복구 군대를 공격했다.

이런 일을 어찌 참아 낼 수 있단 말인가?

어쩌면 서진 황족에 대한 원한은 인어족이 동진 황족보다 더 깊을지도 몰랐다.

그래서 이번 강 전투에서 백리원륭은 감히 가훈을 어기고 백족이 인어족이란 비밀을 공개하며 더는 정체를 숨기지 않았다.

한운석의 신분이 폭로된 후, 용비야가 가장 경계하는 대상은 당문도, 비밀 시위들도 아닌 바로 백리원륭, 백리 집안의 인어족 군대였다.

대군을 거느린 백리원륭이 진상을 알게 된다면, 그 결과가 얼마나 끔찍할지 용비야는 상상하기도 힘들었다.

용비야는 여러 번 망설이다가 사람을 시켜 고칠소에게 서신을 보낸 후, 의연하게 방향을 바꾸어 바로 전장으로 달려갔다!

용비야의 서신을 받았을 때 고칠소는 막 천녕국 도성에 도착한 참이었다. 지금 그는 밤에 움직이는 한 마리 표범처럼, 황궁 근처에 매복한 채 눈을 가늘게 뜨고 언제든 사냥감을 덮칠 기세였다.

"칠 오라버니, 한운석이 궁 안에 있다고 확신하는 거예요?"

목령아가 초조한 기색으로 말했다.

황궁은 경비가 가장 삼엄하고 함정이 가장 많은 곳이었다. 만약 제대로 알아보지 않고 경솔하게 행동하면 얻는 것보다 잃는 게 더 많았다! 영승이 얼마나 많은 함정을 파 놓고 이들을 기다리는지는 하늘만이 알 것이었다.

"시끄럽게 굴지 말고 저리 가 있어. 방해되니까. 널 구해 줄 여유는 없어."

고칠소는 짜증난다는 듯이 손을 내저었다. 걸리적거리는 목령아를 치워 놓으려는 게 분명했다.

목령아는 본래 낯이 두꺼웠고, 심장도 단단해졌다. 그가 아무리 싫어해도 개의치 않았다.

"칠 오라버니, 이 일에 관해서 이야기 좀 해요!"

목령아는 고칠소의 손을 당기며 그를 벽 아래로 끌어 내렸다. 독종 심연에서 나와 한운석에게 문제가 생겼다는 이야기를 들은 후, 칠 오라버니는 자세히 생각해 보지도 않고 바로 미친 듯이 이곳으로 달려왔다.

고칠소의 눈빛이 갑자기 싸늘해졌다. 예전 같았다면 목령아는 겁을 먹었겠지만, 지금은 그가 진짜 그녀를 죽이려고 한다 해도 두렵지 않았다.

"꺼져!"

그가 차갑게 말했다.

"한운석을 찾아서 어쩌려고요? 서진 황족의 공주잖아요. 영승이 납치했다고 해서 뭘 어쩌기라도 하겠어요? 부처님 모시듯 잘해 주겠죠!"

목령아는 입을 삐죽이며 말했다.

"칠 오라버니, 용비야가 서진 황족의 공주를 납치하도록 도우려는 건 아니겠죠?"

그 말에 고칠소는 냉정함을 되찾았다. 문득 자기도 독누이를 찾아서 뭘 어쩌려는 건지 알 수 없었다. 그녀는 서진 황족의 공주이니, 영승은 용비야의 손에서 그녀를 구출해 낸 것이지 납치한 게 아니었다.

그렇다면 그는?

그가 그녀와 함께 세상을 떠돌아다닐 수 있을까? 그는 벙어리 노파 일로 그녀를 속였다. 그는 용비야와 공범이었다!

"칠 오라버니, 진왕이 사람을 보내 오라버니를 감시하고 있을지도 몰라요!"

목령아가 다시 말했다.

고칠소의 얼굴이 창백해졌다. 목령아가 입을 떼려고 하자 고칠소가 갑자기 화난 목소리로 말했다.

"입 다물어!"

말을 마친 후 그는 몸을 훽 날려 황궁 벽을 훌쩍 뛰어넘고 안으로 숨어들어 갔다.

벙어리 노파 일에 대해, 그는 한운석에게 잘못을 인정하러 가야 했다!

"칠 오라버니, 정신 차려요!"

목령아도 그를 쫓아 들어갔다.

밤은 깊고 인적도 드문 이때, 백옥교와 백언청이 막 도성에 도착했다. 영안이 직접 이들을 맞으러 나와 궁 안에 처소를 마련해 주었다.

백언청은 신분을 숨기고 군역사 수하에 있는 백 숙부로 위장했다.

영안이 처소에서 나가자 백언청이 목소리를 낮추며 말했다.

"정리되면 바로 공주께 인사를 드리러 가지."

"사부……."

백옥교가 입을 떼자마자 백언청이 눈을 부라렸다. 그녀는 그제야 남이 들을까 경계하며 얼른 말을 바꾸었다.

"백 숙부, 공주마마는 이미 주무실 텐데, 이렇게 늦은 시간에 찾아가는 것은 적절치 못해요."

"이 늙은이는 도성에 도착하면 반드시 국새를 공주께 전하라는 주인의 부탁을 받았다. 공주께서도 주인의 충심을 알아보시고 탓하지 않으실 거다."

백언청이 말했다.

백옥교는 사부가 충성심을 드러내 보이려고 이렇게 행동한다는 사실을 알았다. 그녀는 정리를 마친 후 사람을 보내 영안에게 알렸다.

이런 때에 한운석이 어찌 잠을 잘 수 있을까?

그녀는 다실 뒤에 있는 밀실에서 영승이 백옥교와 백 숙부를 만나길 기다리고 있었다. 그녀는 저녁 내내 기다렸다. 며칠 동안 밖에 나가지도 못하고 이 밀실에서 지내야 했다.

원래는 독 저장 공간의 세 번째 단계를 수행할 생각이었으나, 도저히 마음의 안정을 찾을 수 없었다.

곧 영승이 백옥교 일행을 만났다.

"영 족장, 인사가 늦었습니다!"

백옥교는 아주 열정적인 태도를 보였고, 백언청은 한마디도 하지 않았다. 영승은 백옥교에게만 고개를 끄덕인 후, 백언청을 훑어보았다.

"이쪽이 백 숙부?"

"그렇습니다. 영 족장님을 뵙습니다."

백언청은 차분하게 두 손을 모으고 읍을 했다.

"군역사는 언제쯤 올 수 있소?"

영승이 물었다.

"주인께서는 이미 동오족 족장과 협상을 마치셨습니다. 지금쯤 이미 귀국길에 오르셨을 텐데, 이번에 끌고 오는 군마 규모는 영 족장님이 분명 만족하실 겁니다."

백언청의 말에 영승이 물었다.

"몇 마리요?"

"세 번에 나누어 받는데, 한 번에 삼만 마리 이상입니다."

백언청은 태연하고 차분한 척하려 했으나, 이 숫자를 언급할 때는 의기양양함을 숨길 수 없었다.

영승은 마음이 쿵 하고 내려앉으며, 한운석이 했던 충고가 떠올랐다. 과연, 북려국의 철기병은 결코 무시할 수 없었다!

이 세 번에 나누어 받는 군마에 북려국의 기존 철기병까지 더해지면, 족히 십만에 달했다!

영씨 집안 군대와 용비야가 죽기 살기로 싸워 봤자 결국 군역사에게 어부지리를 안겨 주는 셈이었다!

영승이 가장 먼저 한 생각은 바로 전쟁을 멈추는 것이었다!

잠시 동진과의 전쟁을 멈춰야, 힘을 아낄 수 있었다. 반드시 풍족의 음모부터 밝히고 위협 요소를 제거해야 했다. 그렇지 않으면 천하는 풍족의 손에 들어가고, 모든 사람이 풍족을 위해 애쓰는 꼴이 되었다.

적어도 북려국 철기병이 영씨 집안 군대와 함께 싸울 수 있을 때까지 시간을 끌어야 했다. 그렇게 되면 풍족을 이용하면서 동시에 견제할 수 있었다.

결국 용비야의 군대에 의지해서 풍족을 상대해야 할 줄이야. 영승의 입에서 자신도 모르게 자조적인 웃음이 나왔다.

충성은 운명運命이요, 나라 재건은 사명使命이었다. 두 글자 모두 '목숨 명命'이 들어 있었지만, 그는 목숨에 대해서 지금껏 생각해 본 적 없었고, 생각할 엄두도 내지 못했다.

이 충성이라는 이름의 길을, 그는 너무도 고독하게 걸어 왔다.

"잘됐소!"

영승은 억지로 웃음을 지어 보였다.

"첫 번째 군마는 얼마 후에나 전쟁에 투입될 수 있소?"

"동오에서 북려국으로 이동 후 다시 북려국에서 남쪽으로 내려가면, 전쟁 전에 말이 쉬는 기간을 고려해 한 달 반 정도 걸립니다."

백언청이 대답했다.

"말 조련은 필요 없소?"

영승이 이해할 수 없다는 듯 물었다.

"필요 없습니다. 주인께서 동오국 말 조련사를 설득해 놨습니다. 조련사 한 명이면 말 만 마리를 호령할 수 있습니다."

백언청은 득의양양함을 감출 수 없었다. 군역사는 이번에 정말 그의 예상을 뛰어넘는 결과를 보여 주었다.

"허허, 군역사의 능력이 대단하군!"

영승이 다시 물었다.

"두 번째와 세 번째는? 언제쯤 도착할 수 있소?"

제대로 대답을 들어 놔야 백언청이 두 번째와 세 번째 군마를 남겨 뒀다가 자신과 맞서는 일을 경계할 수 있었다.

"그건 말하기 어렵습니다. 한 달 후면 북쪽에 눈이 내리기 때문에 길 상황을 봐야 합니다."

백언청이 합리적인 대답을 내놓았다.

영승은 속으로 더욱 경계했다. 한운석이 풍족의 꿍꿍이를 일깨워 줘서 얼마나 다행인가.

그는 의견은 말하지 않고 화제를 바꾸었다.

"국새는?"

"물론 가져왔습니다. 다만……."

백언청은 예의를 차리며 말했다.

"이렇게 밤이 늦었으니 공주마마를 뵐 수 있을지 모르겠습니다."

그 말은 곧 한운석을 만나지 못하면 국새를 내놓지 않겠다는 뜻이었다.

영승은 한숨을 내쉰 후 담담하게 말했다.

"공주는 우리 쪽에 없소."

"예?"

백언청은 몹시 놀랐고, 백옥교는 너무도 뜻밖이었다.

"어찌 그런……."

이들은 의성이 여러 날 동안 성을 봉쇄하고 있다는 소식을 들었다. 한운석이 납치된 게 분명했다. 영승은 분명 의성에 있었는데, 그가 아니면 누가 납치했단 말인가?

"한운석은 정말 의성에 없었소. 용비야뿐만 아니라 나도 찾고 있지. 혹시……."

영승이 말을 하려다가 멈추었다. 한참 지나도 말이 없자 백옥교가 참지 못하고 물었다.

"누구를 의심하십니까?"

"한 사람……."

영승이 계속 머뭇거리자, 백언청마저 초조해졌다.

"누굽니까?"

"영족!"

영승이 차갑게 말했다.

"초청가가 죽기 전 고북월이 영족의 후예라고 털어놨소. 의학원에서는 고북월이 폐관 수련 중이라고 했는데 혹시…… 그가?"
"그럴 리 없습니다!"
백옥교가 바로 부인했다. 백언청이 언짢은 표정으로 그녀에게 눈짓했다. 그는 영승이 초씨 집안 사람에게서 고북월의 신분을 알아낼 거라고 짐작했지만, 한운석이 영승 쪽에 없을 줄은 몰랐다. 이번 천녕국행은 잘한 것일까, 아니면 잘못 한 것일까?
"어째서 그렇게 확신하오?"
영승이 바로 캐물었다.
그러자 백옥교가 기지를 발휘하며 대답했다.
"고북월은 공주가 실종되기 전에 폐관 수련에 들어갔는데, 공주의 신분을 어떻게 알겠습니까? 게다가 진실을 알았다고 해도 공주를 왜 납치하겠습니까? 공주를 데리고 영왕 전하를 찾아왔겠지요."
영승은 속으로 냉소를 지었다. 그는 말끔한 턱을 쓰다듬으며 생각에 잠긴 듯한 얼굴로 말했다.
"지금 상황에서는 전력을 다해 공주를 찾을 수밖에 없소. 아무래도 전장 쪽은 백 숙부가 직접 지켜 줘야 할 것 같소."
"공주마마를 찾는 일이 중요합니다. 다만……."
백언청은 진지한 표정으로 말했다.
"다만 전장 쪽은 이 늙은이가 마음은 있어도 능력이 따라 주지 못합니다. 이 늙은이만이 아니라, 우리 주인께서 오셔도 기문둔갑술 하나만으로는 동진의 군대를 격퇴할 수 있을지 확실치 않습니다."

물론 백언청은 영승이 자신을 전장으로 보내고 백옥교를 남겨 둘까 염려하고 있었다. 또 풍족의 기문둔갑술로 군대를 포진하려면 병력이 충분해야 하는데, 지금 영승의 병력과 풍족 진영만으로는 동진 군대와 비길 수 있을 뿐, 반격은 절대 불가능했다.

한운석이 실종되었다면 당연히 사람부터 먼저 찾아야 했다. 그는 성급하게 전쟁에 나설 생각이 없었다. 어쨌든 시간을 끌면 끌수록 영씨 집안 군대가 가장 큰 손해였다.

군역사의 첫 번째 군마가 도착한 후 북려국 기병이 남하했을 때, 영승의 수중에 군사가 없으면 대권을 장악할 수 없을 것이었다.

백언청이 스스로 이유가 충분하다고 생각할 때, 갑자기 영승이 말했다.

"허허, 백 숙부는 정말 농담도 잘하는구려. 어찌 숙부 혼자 힘으로 적군을 상대하라고 하겠소? 우리 영씨 집안 군대를 도와 전쟁을 잠시 멈춰 주기만 바랄 뿐이오. 공주를 찾은 후, 다시 사기를 떨쳐도 늦지 않소!"

바로 이때, 문밖에서 갑자기 시위가 보고했다.

"족장님, 자객이 나타났습니다!"

음모를 밝히는 첫걸음

자객?

영승은 복잡한 눈빛을 드러내며 차갑게 물었다.

"어찌 된 일이냐?"

"보고드립니다. 연령궁延齡宮 쪽에 자객이 나타났습니다. 한 명인데, 무예 실력이 아주 뛰어납니다!"

시위가 사실대로 보고했다.

영승은 백언청을 봤고, 그도 자신을 보고 있음을 발견하고는 냉소를 지으며 말했다.

"또 용비야가 공주를 납치하러 사람을 보냈군? 왜 그리도 공주가 이곳에 있다고 믿는 걸까?"

'또' 라는 단어에 영안은 백언청에게 들으라고 일부러 하는 말임을 깨달았다.

영승이 공주를 데려온 이후 오늘 처음 자객이 침입했다. 공주를 노리고 온 것인지도 조사를 해야 했다.

영안이 다급하게 말했다.

"족장님, 공주는 분명 우리 궁에 없지 않습니까. 차라리 사실을 공개하는 게 어떨까요? 나중에 용비야가 소문을 내서 우리를 중상모략하면, 사정 모르는 천하 사람들은 정말 우리가 공주를 납치한 줄 알겠습니다!"

백언청이 웃었다.

“그 말은 틀렸습니다. 공주가 영씨 집안에 있다고 해도, 영씨 집안이 구출한 것이지 어찌 납치했다 하겠습니까? 용비야는 영씨 집안을 중상모략할 수 없습니다.”

영안이 쓴웃음을 지었다.

“백 숙부, 소문은 무섭답니다! 게다가 용비야는 민심을 휘어잡는 데 일가견이 있지요! 세상 사람들이 용비야를 믿는 상황에서 우리가 꾸물대다가 서진 황족 군기를 내걸지 못하면, 천하 사람 모두 우리 영씨 집안이 공주를 가둬 놓고 나쁜 마음을 먹었다고 욕할 겁니다!”

백언청이 웃으며 말했다.

“쓸데없는 걱정입니다. 그럼 우선 깃발부터 걸지요. 깃발에 국새가 찍혀 있으면 납득시킬 수 있을 겁니다.”

영승은 바로 거절하며 냉엄한 얼굴로 말했다.

“깃발을 걸고 국새를 찍는 것은 황족의 권한이자 황족의 임무요. 적족과 풍족 모두 그럴 자격이 없소! 백 숙부, 그 말은 본 족장이 못 들은 것으로 할 테니 다시는 허튼소리 마시오!”

백언청은 반박할 수 없었다. 만약 반박했다가는 서진 황족에게 불경죄를 짓는 셈이었다. 그는 속으로 냉소를 지으며, 영승이 녀석은 결국 언젠가 ‘맹목적인 충성’ 때문에 망할 것이라 생각했다.

한운석은 어두운 방 안에 숨어서 이 대화를 똑똑히 듣고 있었다.

역시 그녀가 제대로 보았다. 영승은 그냥 늑대가 아니라, 여우처럼 교활한 늑대였다!

예상치 못한 자객 일조차 그와 영안에게 이렇게 이용되다니, 그들의 말에 백언청은 더더욱 이 서진의 공주가 영승 쪽에 없다고 확신할 게 분명했다.

백언청을 믿게 만드는 것, 이것이 바로 백언청의 음모를 밝히는 첫걸음이었다!

영승은 누구보다 서진 황족의 군기를 걸고 싶어 안달이었다. 백언청은 영승이 이번 일에 이토록 감정을 억누르고 있을 줄은 생각도 못 했을 것이다.

영승은 이번에 어떤 대가를 치르더라도 이리를 잡아낼 생각이었다!

한운석이 겨우 한숨을 돌렸을 때, 밖에서 들려오는 겁에 질린 목소리에 그녀의 심장이 멎을 뻔했다.

"족장님, 자객은 의성의 소칠입니다. 그가 쳐들어왔습니다!"

고칠소!

한운석의 머리에 가장 먼저 떠오른 생각은, 달려 나가 고칠소와 함께 이곳을 떠나고, 그에게 부탁해 용비야를 만나러 가는 것이었다.

그녀의 몸이 머리보다 먼저 반응했다. 한운석은 어느새 돌문 앞까지 달려가고 있었다.

하지만 밖에서 들린 영승의 한마디에 그녀는 걸음을 멈추고 냉정함을 되찾았다.

"마침 잘 왔군. 뒤져 보라고 해라. 찾고 싶은 대로 찾으라고 해! 의성 쪽에서 우리 적족이 공주에게 무례를 저질렀다고 오해하지 않도록!"

그녀 앞에서는 여러 차례 경솔하게 굴었던 영승이 모든 돌발 상황에 이렇게 냉정하게 대처할 수 있다니.

한운석은 소리 없이 문에 기댄 채 눈을 감으며 스스로에게 다짐했다.

"침착해!"

그녀가 나가면, 백언청은 영승이 방금 한 거짓말을 간파할 게 분명했다. 그럼 그들이 애쓴 모든 노력은 헛고생이 되었고, 그 결과 역시 끔찍할 것이었다.

백언청은 방금 군역사가 약 십만 마리의 군마를 끌고 온다고 했다. 다시 말해 백언청의 수중에 병력이 들어오면, 영승과 용비야를 충분히 무너뜨릴 수 있다는 뜻이었다!

지금은 서진 황족의 공주가 되었든 한운석 자신이 되었든 반드시 냉정해야 했다.

서진의 공주로서는 영승을 보호해야 했고, 한운석으로서는 용비야를 지켜야 했다.

용비야와 영승은 둘 다 같은 적을 마주하고 있었다.

바로 풍족!

게다가 이대로 쫓아 나가면 영승이 그녀를 어떻게 볼까? 영승은 그녀의 속내를 눈치챌 것이다. 고칠소 한 사람의 힘만으로 영승이 궁 안에 매복시킨 수천 명 병사를 어떻게 이길 수 있겠는가? 그녀와 고칠소 모두 도망칠 수 없었다.

한운석은 사실 조금도 냉정할 수 없었다. 지금 그 어느 때보다 용비야가 보고 싶었다. 하지만 그녀는 이를 악물고 참았다.

두 사람의 사랑이 영원하다면, 어찌 아침저녁 함께 하기를 바랄까兩情若是久長時, 又豈在朝朝暮暮(진관秦觀의 《작교선鵲橋仙》 중에서).

하지만 용비야, 당신 마음은 어떨까? 영원한 사랑일까?

고칠소도 왔는데, 용비야, 당신은 어디 있어?

한운석은 눈을 감았다. 미간에 피곤한 기색이 가득했다.

그녀는 겉으로는 영승을 따르는 체하며 그의 의심을 피해야 했고, 어떻게든 깃발을 내걸고 출정하러 나서는 일을 늦춰야 했다. 또 머리를 쥐어짜서 풍족의 음모를 파헤칠 계략을 생각해 내야 했고, 적흑색 옷을 입은 자객이 천산검법을 썼던 사실도 숨겨야 했다.

게다가 위험을 무릅쓰고 갖은 방법을 동원해서라도, 용존과 함께 보내는 하인의 몸에 손을 써서 그녀가 집착하고 있는 그 질문을 전해야 했다.

어찌 피곤하지 않을 수 있을까?

이 세상에 정말 믿을 수 있는 사람이 있을까?

고북월? 영족으로서 수호를 언제부터 시작했지? 처음 갱에 나타났을 때일까, 아니면 훨씬 전부터?

고칠소? 약귀곡에서 미독 해약 문제로 그렇게 고집을 부렸지만, 벙어리 노파 일은 결국 그녀를 속인 셈이 아닌가?

아무리 피곤해도 한운석은 여전히 꼿꼿하게 버티며 쓰러지지 않았다.

다른 이유 때문이 아니었다. 그녀는 서진 황족의 공주일 뿐 아니라, 바로 자기 자신이기 때문이었다!

그녀는 진실을 원했고, 설명을 바랐다. 그런 후에야 후회 없는 선택을 할 수 있었다!

한운석, 버텨!

밀실 밖에서는 고칠소가 쳐들어오기도 전에 영승이 직접 나섰다. 영안은 일부러 백언청과 백옥교를 버려둔 채 그 뒤를 쫓았고, 두 사람도 당연히 이들을 따라갔다.

고칠소는 영승을 보자마자 검을 들어 공격했고, 영승도 검을 뽑아 맞섰다.

"한운석을 내놔라, 안 그러면 이 몸이 궁 안을 시체로 가득하게 만들겠다!"

고칠소는 노기충천하여 이성을 잃었다.

"한운석은 이곳에 없다!"

영승은 조금도 물러서지 않았다.

"시체로 가득하게 하려면, 우선 내 검에게 허락을 받아야 할 거다!"

고칠소는 냉소를 지으며 말했다.

"네 누이동생 영정이 자기 입으로 인정했다. 네가 한운석을 의성에서 데리고 갔다고!"

영안이 깜짝 놀랐다.

"정아를 어떻게 한 거냐?"

영승도 놀랐다. 그가 떠날 때, 영정과 당리는 냉전 중이었다. 둘 사이에 무슨 일이 일어난 거지?

고칠소는 영안의 질문은 무시했다. 그는 용비야와 당문이 무슨 관계인지, 영정과 당리는 또 무슨 사이인지는 아무 상관없었다. 그는 오직 한운석에게만 관심이 있었다.

가시덩굴 씨앗 하나가 그의 검 끝에서 튕겨 나와 영승의 발 아래 떨어졌다. 영승은 도망치려 했으나 한발 늦어 버리는 바람에, 순식간에 미친 듯이 자라난 가시덩굴 안에 갇혔다.

고칠소의 크고 붉은 도포가 바람에 휘날렸고, 가시덩굴은 공중에서 춤추듯 흔들리며 살벌하게 날뛰었다.

"한운석을 내놔라. 그렇지 않으면 너를 갈기갈기 찢어 죽이겠다!"

고칠소는 싸늘한 목소리로 경고했다. 그 눈에서 뿜어져 나오는 흉악한 기운은 고운천과 마주했을 때보다 더 무시무시했다.

제자리에 서 있던 영승은 조금도 당황하지 않고, 여전히 위압적인 태도로 차갑게 말했다.

"고칠소, 네가 날 죽이면 용비야가 웃을 거다! 생각해 봐라, 용비야가 한운석의 신분도 제대로 알아내지 않고 곁에 두었을 것 같으냐?"

"이 몸은 상관없어! 난 한운석만 있으면 돼!"

고칠소가 노성을 내질렀다.

"이곳에 없다! 죽이든 말든 네 마음대로 해라!"

영승이 차갑게 말했다.

좀 전부터 지금까지, 백언청은 영승에게서 시선을 떼지 않았다.

"백 숙부, 정말 이곳에 없나 봅니다."

백옥교가 소리를 낮추어 말했다.

"음."

백언청은 나지막하게 대답했다.

"그럼 누가 납치했을까요?"

백옥교가 또 물었다.

"이상하구나. 우선 잠자코 있어 보자."

백언청이 낮은 목소리로 말했다.

고칠소는 한다면 하는 사람이었다. 가시덩굴은 그의 지시에 따라 곧 영승을 세게 옭아맸다. 그 모습을 보다 못한 영안이 다급하게 명령했다.

"여봐라, 폭우이화침을 가져와라!"

영승은 엄청난 노력을 기울인 끝에 겨우 폭우이화침의 사용법을 알게 되었지만 아까워서 한 번도 쓰지 못했다. 아껴 두었다가 나중에 전장에서 직접 용비야를 죽일 때 쓰려고 했기 때문이었다.

"안 된다!"

영승이 화난 목소리로 외쳤다.

"그러다 죽습니다!"

영안은 정말 초조해졌다.

영승은 크게 웃으며 말했다.

"고칠소, 잘 생각해 봐라! 너도 용비야에게 이용당할 셈이냐?"

고칠소가 속으로 무슨 생각을 하고 있는지 몰라도, 차가운 눈빛으로 영승을 바라보는 그는 거의 미친 사람 같았다.

바로 이때, 시위가 목령아를 잡아 왔다.

목령아는 궁에 들어온 직후 고칠소를 놓치는 바람에 혼자 궁 안을 찾아다닐 수밖에 없었다. 목령아의 어설픈 실력으로 들키지 않고 배기겠는가?

영안은 크게 기뻐하며 주저하지 않고 시위의 검을 뽑아 목령아의 가슴을 겨누며 노한 목소리로 말했다.

"고칠소, 영 족장을 풀어 줘라. 그렇지 않으면 이 여자를 죽이겠다."

뭐라 말하려던 목령아는 그 말에 입을 닫았다. 그녀는 칠 오라버니를 뚫어지게 바라보며 한마디도 하지 않았다.

목령아는 원래 용비야가 무서웠다. 하지만 지금은, 용비야가 너무 미웠다!

그녀가 볼 때, 칠 오라버니는 용비야에게 이용당했다! 용비야 자신은 의성을 지키고 있으면서, 한마디 말로 칠 오라버니를 자극하는 바람에 오라버니는 밤낮 쉬지도 않고 이곳으로 달려왔다.

칠 오라버니는 왜 그녀의 말을 듣지 않을까?

한운석은 서진 황족의 공주, 즉 영승의 주인인데 어찌 위험할 수 있을까?

어째서 칠 오라버니는 사실도 제대로 파악하지 않고 행동에 나서는 걸까?

사랑은 사람을 맹목적으로 만들었다.

그녀라고 맹목적이지 않을까? 분명 칠 오라버니를 놓쳤으면서, 바보처럼 먼저 나갈 생각은 하지 않고 온 궁을 뒤지며 그를 도와 사람을 찾아내려 했다.

칠 오라버니, 령아의 생사가 오라버니 생각에 달렸어요.

령아는 기다릴게요.

령아를 살릴 건지, 죽일 건지, 오라버니의 선택을 기다릴게요.

고칠소는 영안의 위협에 눈길 한 번 주지 않고 오로지 영승에게 온 정신을 집중했다.

그가 바보라서 용비야 말만 듣는 게 아니었다.

이 세상에서 한운석을 납치할 가능성이 가장 큰 사람은 영승이었다. 그는 자발적으로 제 신분을 밝히기까지 했다. 만약 영승이 예를 갖추어 한운석을 대했다면, 지금쯤 그녀가 그를 만나러 나왔어야 하는 것 아닌가?

그렇다면 두 가지 가능성뿐이었다. 한운석이 정말 이곳에 없거나, 아니면 사실 한운석은 갇혀 있고 적족도 유족과 마찬가지로 딴마음을 품었거나!

모두 고칠소가 미쳤다고 생각할 때, 그는 누구보다도 냉철하게 영승을 탐색하고 있었다!

가시덩굴에서 피가 흘러나왔다. 영승의 피였다.

영안은 더는 참지 못하고 외쳤다.

"고칠소, 후회하지 마라!"

말이 떨어지자마자 그녀는 목령아의 배를 향해 힘껏 칼을 찔렀다.

목령아는 자신의 용감함에 눈물이 날 것 같았다. 그녀는 다가오는 검망은 무시한 채, 여전히 깊은 사랑의 눈빛으로 그녀의 칠 오라버니를 바라보았다…….

백 씨 처리하기

생사가 결정되려는 순간!

고칠소가 입을 열려는데 영승이 먼저 나섰다.

"영안, 함부로 굴지 마라! 그 여자를 놔주지 않으면 가문의 규율로 다스리겠다!"

영안은 갑자기 손을 멈추었다. 순간 자신의 귀를 의심했지만 영승이 '가문의 규율'을 꺼낸 순간, 멈출 수밖에 없었다.

영승의 온몸을 휘감은 가시덩굴은 지금도 그를 조이고 있었다. 그의 몸은 눈에 보이지 않았고, 가시덩굴 틈 사이로 끊임없이 흘러넘치는 피만 보일 뿐이었다.

영안은 마음이 무너지는 것 같았다. 그녀의 머릿속에 몇 년 전의 한 장면이 다시금 떠올랐다.

영승이 세 번째 출정했을 때였다. 들것에 실려 병영으로 돌아온 그의 몸은 온통 피투성이였다. 당시 영승의 나이는 고작 열다섯이었다.

지금 이 순간, 영안은 문득 자신이 누나였으면 하고 바랐다. 동생을 보호해 줄 수 있는 누나였으면!

피가 계속 흘러내려도 영승은 꿈쩍도 하지 않고 차갑게 말했다.

"어서 놓아줘라!"

시위는 황급히 손을 놓았고, 목령아는 무사히 자유를 되찾았다. 고칠소는 속으로 한숨을 돌렸다.

"고칠소, 한운석은 서진 황족의 공주요, 우리 적족의 주인이다. 너보다 내가 더 그분이 어디 있는지 알고 싶고 만나고 싶다! 난 너와 적이 되고 싶지 않다. 가능하다면 함께 그녀를 찾자!"

영승이 진지하게 말했다.

고칠소는 한마디도 하지 않았다. 하지만 영승은 몸을 휘감던 가시덩굴이 멈춘 것을 느낄 수 있었다.

밤의 고요함보다 고칠소의 침묵이 더 적막하게 느껴졌다.

그는 아주 오랫동안 말이 없었다. 모든 것이 멈춘 듯했고, 오직 영승의 피만 계속 흘러내렸다.

적막 속에서 확신에 찬 영승의 목소리가 울려 퍼졌다.

"고칠소, 사랑은…… 바로 충성이요, 복종이다. 네가 정말 공주를 좋아한다면, 나와 같은 편이 되는 게 어떠냐?"

말이 떨어지자마자, 영승의 몸을 옭아맸던 가시덩굴이 순식간에 시들어 모조리 떨어졌다. 영승의 몸은 만신창이였으나, 그의 웃음은 유난히 빛났다. 이렇게 고고하고 오만한 남자가 기나긴 밤의 어둠을 충분히 밝히고도 남을 환한 웃음을 지을 수 있을 거라고는, 누구도 생각지 못했다.

그는 고칠소에게 다가가 피가 뚝뚝 떨어지는 손을 내밀었으나 고칠소는 무시했다.

"그녀를 찾고 싶은 것뿐이야. 소식을 알게 되면, 약귀곡으로 서신을 보내!"

고칠소가 말을 마치고 바로 떠나려 하자, 영안이 그를 붙들었다.

"영정에게…… 대체 무슨 일이 생긴 것이냐?"

"용비야는 영정이 자백했다고 했어. 자세한 건 나도 몰라."

고칠소는 목령아를 데리고 뒤도 돌아보지 않고 떠났다.

"영 족장, 어서 가서 상처를 치료하십시오. 우리 일은 급하지 않으니, 내일 자세히 이야기합시다."

백언청이 입을 열었다.

영승은 고개를 끄덕이며 영안에게 백옥교 일행을 배웅하라고 분부한 후 돌아갔다.

깊은 밤, 영승은 상처를 치료한 후 한운석을 찾아와 모든 것을 알려 주었다.

한운석은 한시름 놓은 후, 다급하게 말했다.

"서둘러 사람을 보내 그자를 데려와라. 주루에 가면 술을 마시고 있을 것이다!"

영승은 어쩔 수 없다는 듯 웃으며 말했다.

"공주마마, 소신의 일 처리가 미덥지 못하십니까? 이미 사람을 보냈습니다. 지금쯤 고칠소는 진상을 알고 돌아오는 길일 겁니다."

한운석은 정말 기뻤다.

고칠소가 오면, 영승의 화는 복으로 변했다. 백언청을 상대해야 하는데 고칠소가 함께해 주면 그만큼 힘이 더해진다!

온몸이 상처투성이가 된 영승을 보고 있자니, 한운석도 결국

이 남자에게 측은지심이 생겼다.

이 인간도 참 쉽지 않은 인생이네. 적어도 충성심 하나는 오롯이 서진 황족을 향해 있었다.

"백 숙부라는 그자는, 분명 군역사의 사부인 풍족 사람일 겁니다."

영승이 진지하게 말했다.

한운석도 고개를 끄덕이며 낮은 목소리로 말했다.

"그자가 경계를 풀었고 고칠소도 왔으니, 내일 당장 손을 쓰는 게 어떠냐?"

영승이 오늘 밤 이렇게 목숨을 내걸었던 것도 백언청의 믿음을 얻기 위해서가 아니던가. 백언청이 그들을 믿고 경계만 늦춘다면, 기회가 생겼다.

영승이 말이 없자 한운석이 다급하게 말했다.

"이 일은 반드시 빨리 해치워야 한다! 영승, 네가 하루를 망설이면 군역사의 군마는 하루 더 가까워진다. 그때 가면 뭘 갖고 저들과 싸울 것이냐?"

사실 오늘 밤 백언청을 만난 후 지금까지, 영승은 계속 연극을 하고 있었다. 그와 한운석은 백옥교와 백 숙부를 유인해 저들의 경계를 풀고 손쓸 기회를 찾자고 일찌감치 상의를 끝냈다.

영승에게는 백언청과 그의 제자를 붙잡을 인력이 충분했다. 백언청의 무공이 아무리 대단해도, 궁중에 매복시켜 놓은 천여 명의 궁수들을 당해 낼 수 없었다!

한운석은 영승에게 독술은 자신에게 맡기라고 장담했다.

백언청을 잡은 후 이들은 그의 모든 음모를 밝힐 예정이었다. 이는 아주 간단했다. 그가 독술을 쓰게 만들어 독 저장 공간을 드러내면, 천하 모든 사람을 납득시킬 수 있었다.

같은 독종 직계 자손인 그녀를 모른 체하는 건 분명 다른 마음을 품었다는 뜻 아니겠는가?

이들이 백언청을 북려국 황족에게 넘기면, 북려국 황족은 군역사를 견제할 수 있었다!

한운석은 일찍부터 용비야의 첩자를 통해 북려국 정국에 대해 알고 있었다. 북려국 태자는 동오족에게 부상을 입고 귀국하던 도중 사망했고, 둘째 황자는 동오족의 땅 가운데서 죽었다. 그런데도 북려국 황제가 군역사를 믿을 수 있겠는가?

군역사가 그렇게 많은 군마를 손에 넣었어도, 북려국 황족이 병사를 제공해 주지 않으면 다 쓸모없었다!

그들이 군역사의 사부를 잡아 북려국 황제에게 보내면, 북려국 황제는 군역사를 충분히 위협할 수 있었다.

그리고 군역사와 북려국 황족이 싸우기 시작하면 남쪽에 신경 쓸 여유가 없기 때문에 영씨 집안 군대도 뒷일을 걱정하지 않을 수 있었다.

모든 이야기가 잘 끝났는데, 영승은 지금 주저하고 있었다!

"공주, 십만 철기병이면 충분히…… 중남부 지역을 소탕할 수 있습니다."

영승이 속으로 우려하던 부분을 털어놓았다.

영승이 지금 가진 세력으로는 용비야의 상대가 되지 못했다.

그래서 영승은 그렇게 빨리 백언청과 척을 질 생각이 없었다. 그저 백언청을 군대로 보내 시간을 끌면서 군역사의 철기병을 이용할 더 좋은 방법을 생각해 내려 했다.

한운석은 속으로 냉소를 지었다.

십만 철기병이었다. 영승의 마음이 어찌 동하지 않을까?

"영승, 좀 전에 네가 저자에게 한 말을 나도 다 들었다. 저 백씨 성을 가진 자는 절대 백옥교를 남겨 두고 혼자 군대로 돌아가지 않을 것이다. 너를 도와 전쟁을 멈춰 줄 일은 더더욱 없다. 네가 강요하면 오히려 그의 의심을 사게 될 것이다. 잘 생각해 보거라. 이 일이 잘못되면 그 책임은 알아서 감당해야 한다!"

한운석이 얼음장처럼 차가운 목소리로 말하자, 영승은 마침내 고개를 숙였다.

"소신, 공주의 분부대로 따르겠습니다."

내일 진행할 모든 계획을 세세한 부분까지 의논한 후, 영승은 모든 매복병을 점검하러 나갔다가 다시 밀실로 돌아왔다.

한운석은 아직 잠들지 않고 침상에 기댄 채 눈을 감고 수양 중이었다.

"공주마마, 모든 준비를 잘 마쳤습니다. 내일 모든 일은 계획대로 진행됩니다."

영승이 진지하게 말했다.

"음, 또 다른 용무가 있느냐?"

한운석이 물었다.

영승은 고개를 저었다. 한운석도 더 말하지 않고 그가 나갈 것이라 생각했다. 그런데 영승은 망설이며 나가지 않았다.

한운석이 의문의 눈빛을 보내자, 영승은 바로 시선을 피했다.

“고칠소가 곧 올 테니 소신이 잠시 기다리겠습니다.”

한운석은 그를 신경 쓰지 않고 계속 눈을 감은 채 휴식을 취했다.

영승은 처음에는 차만 마시다가 점차 한운석을 향해 고개를 돌리더니 조용히 그녀를 바라보았다.

촛불이 흔들리고, 주변은 고요했다.

지금 이 순간에만 영승의 세계는 평온해졌고, 이 순간에만 영승은 자신의 신분, 책임, 원한, 이상을 잊을 수 있었다.

왜, 좀 더 일찍 만나지 못했을까?

왜, 영원히 마주치지 않을 수 없었을까?

왜, 다음 생에 당신을 만날 수는 없었을까?

왜 하필 지금 이 생에, 이 시기에 당신을 만났을까?

왜 하필 좋아한 후에야 누구인지 알게 되었을까?

영승은 시선을 거두고 자신의 왼쪽 손바닥을 바라보았다. 그의 손바닥 속에 숨긴 금침이, 피부를 사이에 두고 희미하게 보였다.

이 금침 때문에 그는 왼손을 세게 움켜쥘 수 없었고, 물건을 들 수도 없어 왼손은 거의 못 쓰는 손이 되었다.

이곳에 숨겨 두면 어떻게 해도 잃어버릴 일은 없었다.

잠시 후, 고칠소와 목령아가 도착했다.

오는 동안 시위가 고칠소와 목령아에게 모든 것을 설명해 주었다.

미친 사람처럼 온 세상을 뒤지며 독누이를 찾아다녔지만, 막상 그녀 앞에 서니 고칠소는 그저 바보처럼 웃을 뿐이었다.

사람을 찾기 전에는 괴로운 마음에 그녀를 어떻게 마주해야 할지 몰랐다. 하지만 이제 만나고 나니 괴롭지 않았고, 모든 것이 그리 중요치 않은 듯했다.

그녀가 무사한 것이 바로 그에게 구원이었다.

"독누이……."

고칠소는 말을 하려다가 멈추었다. 그렇게 요사스럽고 매혹적인 남자가 지금은 아주 귀여울 정도로 바보 같았다.

"벙어리 노파 일은 나중에 따질게."

한운석이 먼저 말을 꺼냈다. 영승이 너무 많은 것을 알게 하고 싶지 않았다.

고칠소는 그녀의 눈빛이 뭔가 이상함을 눈치채고, 바로 고개를 끄덕였다.

"그래! 칠 오라버니가 우선 백 씨 그놈을 해치우도록 도와줄게. 나중에 어떻게 따지든, 네 뜻대로 해!"

"벙어리 노파라니……."

영승이 궁금해하며 물었다.

"나와 독누이의 개인적인 일이니 영 족장은 신경 쓸 필요 없어."

고칠소가 불쾌해하며 말했다.

영승은 묻지 않은 것으로 치고 지도 한 장을 펼친 후, 매복

상황을 자세히 설명하기 시작했고, 고칠소는 열심히 설명을 들었다.

한운석은 실의에 빠진 목령아의 얼굴을 보고 차 한 잔을 건넸다.

“령아 동생, 차 마시고 정신을 좀 차려.”

목령아는 돌연 고개를 들고 믿을 수 없다는 듯 한운석을 바라보았다. 이 여자가 방금 날 뭐라고 불렀지?

“네 사촌 언니로서, 너의 안전을 지킬 의무가 있어. 내일 함부로 돌아다니지 말고, 이곳에 가만히 있어. 알겠니?”

한운석이 아주 진지하게 말했다.

목령아는 그제야 반응을 보였다. 그랬다. 천심 부인은 목심부인이었고, 그녀의 고모였으니 한운석은 바로 사촌 언니였다!

“당신이 내 사촌 언니……, 언니라고? 당신이…….”

목령아는 함초롬하고 커다란 눈동자를 깜빡이며 한참 동안 혼자 중얼거렸다.

한운석이 찻잔을 그녀의 손에 쥐여 준 후에야 정신이 돌아온 목령아는 코웃음을 쳤다.

“흥, 날 간섭할 생각 마! 사촌 언니면 친언니도 아니잖아.”

“간섭할 거야!”

한운석은 전혀 봐주지 않고 말했다.

목령아는 토라져서 한쪽에 앉아 차만 마셨다.

목령아와 한운석은 이렇게 서로 부딪치기만 하고, 정다운 자매처럼 온갖 이야기를 나누지는 않았다. 하지만 목령아는 한운석이 친언니보다 자신을 더 가깝게 대해 준다는 걸 알고 있었다.

자매 간의 정 때문이 아니어도, 목령아는 한운석이 자신의 칠 오라버니를 뺏어 갔다고 원망하지 않았다.

목령아 자신이 누구보다 잘 알았다. 한운석이 없었어도, 칠 오라버니는 그녀를 사랑하지 않았다…….

다음 날 새벽, 궁 전체는 아직도 꿈결 속이었다.

백언청은 잠에서 깼다가 곧 주변 인기척을 감지하고 서둘러 침상에서 내려왔다. 그는 잠시 망설였다가 바로 지붕을 뚫고 하늘로 솟아올랐다. 옆방에 있던 백옥교는 그 소리에 깜짝 놀라 그를 따라 나갔다.

그 순간, 사방팔방으로 아래에서부터 위쪽에 이르기까지, 족히 열 겹은 둘러싼 궁수들이 일제히 화살을 날려 스승과 제자 두 사람을 땅 아래로 떨어뜨리려 했다!

"영승, 감히 이 늙은이를 농락하다니!"

백언청이 대로했다.

아직도 상황 파악을 못 했다면 머리를 박고 죽어야 했다.

영승은 나타나지 않았다. 백언청에게 돌아온 것은 또다시 맹렬하게 쏟아지는 화살비 공격이었다!

"옥아!"

백언청이 차갑게 외치자, 백옥교는 바로 검을 들고 사부 주변에 서서 화살들을 막아 냈다.

백언청은 눈을 감고 고개를 뒤로 젖힌 채 바람의 방향을 느꼈다.

보이지 않는 곳에서 영승이 낮은 목소리로 말했다.

"어풍술……! 독을 쓰려는 겁니다!"

"두렵지 않다!"

한운석이 코웃음을 쳤다.

한운석, 넌 날 죽이지 못해

백언청은 두 손으로 괴이하면서도 태고의 기운이 느껴지는 동작을 선보였다. 마치 참배를 하는 듯도 했고, 기공을 수련하는 듯도 했다.

그의 동작이 빨라지자, 한운석은 갑자기 주변의 바람이 점점 거세지기 시작함을 느꼈다.

“역시 어풍술이군요!”

영승이 낮은 목소리로 말했다.

바람이 일면서 안개가 자욱해졌다. 백언청이 여기서 독 안개를 펼치는 것은 불가능했기 때문에, 안개는 그저 미끼일 뿐이었다. 그는 바람을 이용해 독을 쓰려 했다.

한운석과 영승은 공격을 결정한 만큼 확실한 승산이 있었다. 백언청이 아니라 천산검종의 존자가 이곳에 있었어도, 천 명의 궁수들이 일제히 화살을 쏘는 가운데서 빠져나갈 수 있을지는 미지수였다!

백언청은 이미 이런 상황을 파악했기 때문에, 헛수고를 하지 않고 바로 어풍술로 독을 썼다!

오직 바람만이 현장에 있는 모든 궁수를 스치고 지나갈 수 있었다. 바람 속에 독을 쓰면, 누구도 피할 수 없었다.

바람이 남쪽에서부터 불어오자, 남쪽 궁수들의 옷자락, 머리카락이 가장 먼저 휘날리기 시작했다.

"약귀 노인네, 어서 날 바람 속으로 데려가!"

한운석이 다급하게 말했다.

"바람 속?"

고칠소는 아주 의아해했고, 영승도 이해되지 않았다.

한운석은 백언청을 주시하고 있다가, 그가 바람에 독을 쓰면 바로 해독하려는 것 아니었나?

바람 속으로 들어가 뭘 하려는 거지?

"쓸데없는 말 하지 말고! 어서!"

한운석은 많은 설명을 할 여유가 없었다.

고칠소는 그 말대로 얼른 한운석을 안고 겹겹이 둘러싼 궁수들 뒤에서 하늘 높이 솟아올랐다. 마치 기러기처럼 날아오르는 두 사람의 모습은 바로 백언청과 백옥교의 주의를 끌었다.

궁수들의 공격은 멈추지 않았다. 백옥교는 더욱 힘을 다해 사부 대신 주변 공격에 맞서다가 화살을 두 발이나 맞았다.

백옥교는 검을 휘둘러 날아오는 화살들을 떨어뜨린 뒤 백언청에게 고개를 돌렸다.

"사부님, 영승이 한운석을 데리고 있었습니다. 우리가 단단히 속았어요!"

"공주, 이게 무슨 뜻입니까? 풍족의 변치 않는 충심은 해와 달이 증명합니다. 왜 우리를 해치려는 겁니까?"

백언청이 노한 목소리로 물었다. 상황을 만회해 보려고 애쓰는 듯했다.

고칠소는 이미 한운석을 바람받이 쪽에 데려다주었다. 그녀는 오만하게 백언청을 내려다보며 웃으면서 말했다.

"풍족의 변치 않는 충심은 해와 달이 증명한다라, 그럼 지금 내게 증명해 보이는 게 어떠냐?"

영승은 풍족의 병력을 두려워하니 이해할 수 있었다. 하지만 한운석은 왜 영승과 손을 잡았을까? 한운석, 이 여자는 어리석지 않으니 북려국 철기병이야말로 그녀를 도와 나라를 다시 일으킬 수 있는 힘이라는 걸 모르지 않을 텐데.

영승에게 한운석과 풍족 사이를 이간질할 재주가 있는 것도 아니었다. 만약 적족과 풍족 중 하나를 선택해야 한다면, 한운석은 결단코 풍족을 선택할 것이었다!

백언청은 복잡한 눈빛이 되었다. 한운석이 지금 연극을 하는 것인지, 아니면 진짜 그를 죽일 생각인지 알 수 없었다.

만약 연극이라면 풍족의 충성심을 시험하려는 단순한 이유일 것이었다. 그러나 진짜라면, 백언청은 정말 그 이유를 알 수 없었다.

어풍술과 독술을 동시에 쓴 것은 군역사를 구출했던 그때가 유일했다. 설사 그렇다 해도, 한운석이 뭘 의심할 수 있단 말인가?

혹시 군역사가 전에 무례를 범하여, 속에 앙심을 품은 걸까?

"공주, 우리 두 사람이 어떻게 충심을 증명해 보이면 되겠습니까?"

백언청이 물었다. 부득이한 경우가 아니면, 그는 갈등을 격

화시켜 신법을 드러내지 않았다.

그는 직접 용비야와 맞설 생각이 없었다. 반드시 한운석이 맞서게 해야 했다.

그는 동진과 서진 두 황족의 사랑이 결실을 맺지 못하고, 대대손손 원수가 되기를 바랐다! 그는 이 오랜 원한이 몇 번의 생을 거듭해도 영원히 풀리지 않기를 원했다. 동진이든 서진이든, 두 황족 모두 사랑받고 사랑할 자격이 없었다. 영원히.

백언청의 질문에 한운석은 속으로 냉소를 지었다. 백언청은 그녀가 풍족의 음모를 어떻게 파헤쳤는지 모르는 게 분명했다. 자신이 이 고비를 넘길 수 있을 것이라는 희망을 품고 있겠지.

꿈도 야무져라!

하지만 한운석은 그와 한바탕 놀아 줄 수는 있었다. 그녀는 손을 들어 궁수들의 공격을 멈추게 했다.

"어떻게 증명해 보이냐고? 그건 너희 풍족의 충심이 얼마나 큰가에 달렸지."

한운석이 하하 소리 내 웃으며 말했다.

미리 실상을 다 알지 않았다면, 영승과 고칠소는 그녀가 백언청과 농담을 하고 있다고 착각했을지도 몰랐다.

"공주마마, 풍족 족장은 군마 구만 마리를 이끌고 서둘러 돌아오는 길입니다. 거기에 북려국의 기존 일만 철기병까지 더해지면, 풍족 철기병이 총 십만입니다. 십만 철기병이면, 공주마마를 위해 운공대륙을 휩쓸고 서진 제국을 다시 일으킬 수 있습니다! 이것이 바로 우리 풍족의 가장 큰 충성심입니다."

백언청은 일부러 의미심장하게 영승을 바라보며 덧붙였다.
"공주, 풍족의 이 충성심은 누구와도 비교할 수 없습니다. 현명한 판단을 내려 주십시오!"
"그렇군……."
한운석은 생각에 잠긴 듯 일부러 말투를 길게 늘어뜨리며 말했다.
"하지만, 이 정도로는 날 설득할 수 없다. 아니면, 네가 군역사 대신 죽음으로 뜻을 드러내는 게 어떠냐?"
그 말이 떨어지자마자 그녀는 바로 궁수들 속에 숨어 있던 영승에게 눈짓했고, 영승은 망설임 없이 활을 쏘라고 명령했다. 그 순간, 수많은 화살이 백언청과 그의 제자 뒤로 비처럼 쏟아지며 기습 공격했다.
"한운석!"
백언청은 대로하며 그제야 자신이 한운석에게 놀아났음을 깨달았다.
생사가 찰나에 결정되는 순간이었다. 그는 생각할 겨를도 없었다. 스승과 제자가 힘을 합쳐도 수많은 화살이 뒤에서 쏟아지는 이런 기습 공격을 피할 수 없었다.
백언청은 의연한 태도로 독을 썼다!
순간 세찬 바람이 일어나 자리한 모든 사람의 옷자락과 머리카락이 나부꼈다. 다시 말해 모든 사람이 바람의 가운데로 들어간 것이었다.
백언청은 평생 이렇게 농락을 당한 적이 없었다. 그는 가지고 있는 독 중 가장 무시무시한, 혈독血毒을 썼다!

이 혈독을 바람 속에 쓰면, 바람 가운데에 있는 모든 사람이 순식간에 중독되었다. 이 독에 중독되면 온몸의 피가 터져 나왔고, 몸속 피가 다 말라 죽음에 이를 때까지 출혈이 멈추지 않았다.

백옥교는 사부가 독을 쓴 것을 알았다. 뒤에서 날아드는 화살이 아무리 빨라도 사부의 독만큼 빠르지 않을 것도 알았다!

그녀는 화살은 상관하지 않고 사부의 손을 잡으며 애원했다.

"사부님……."

그녀는 해약이 필요했다!

그러나 백언청은 그녀의 손을 뿌리치고는 차가운 눈빛으로 한운석을 바라봤다.

그가 백옥교의 손을 뿌리치는 순간, 날카로운 화살이 백옥교의 배를 관통했다. 사실 백옥교가 뒤에서 막아 주지 않았다면, 이 화살은 백언청의 등을 꿰뚫었을 게 분명했다.

영승이 쏜 화살이기 때문이었다.

백옥교는 바로 무릎을 꿇고 주저앉았다가 곧 바닥에 쓰러졌다. 그녀는 눈을 크게 뜨고 사부를 바라보았다. 늘 겁내던 눈빛에 마침내 원망이 서렸다. 깊고 깊은 원망이!

어려서부터 그를 사부로 모시며 따랐건만, 결국에는 개돼지만도 못한 인생이었다!

백옥교는 이대로 물러설 수 없었다!

그녀는 마지막 남은 힘을 다해 종아리에서 비수를 꺼내 들었으나, 자신의 복수를 하기도 전에 정신을 잃고 말았다.

백옥교는 사부가 바람 속에 쓴 독이 진작에 사라졌음을 깨닫지 못했다.

하지만 백언청은 이미 알고 있었다. 이것이 그가 뒤에서 날아오는 화살도 신경 쓰지 않고 한운석을 노려보았던 이유였다!

이 여자는 순식간에 그의 독을 풀어 버렸다. 해독이라기보다 차라리 모든 독을 가져가 버렸다는 말이 맞았다.

이 여자는 이미 독 저장 공간의 두 번째 단계, '항적抗敵'에 도달했다!

독 저장 공간의 두 번째 단계 이름이 '항적'인 이유는, 바로 자신에게 위협을 가하는 독을 만났을 때 독 저장 공간이 모든 독을 거두어들일 수 있기 때문이었다!

백언청은 장장 40년의 시간을 들여 겨우 두 번째 단계에 올랐다. 그런데 한운석의 나이가 고작 몇 살이던가! 어떻게 이런 일이?

백언청은 갑자기 하늘 높이 솟아오르더니, 장검을 휘둘러 화살을 떨어뜨리며 계속 바람을 이용해 독을 썼다!

그에게는 이 방법뿐이었다!

한운석이 바람받이 쪽에 서 있었던 이유는 바로 자신이 독에 위협받는 상황이 되어야 독 저장 공간을 가동할 수 있기 때문이었다.

반대로 주변의 독이 그녀에게 위협을 가하지 않으면, 독 저장 공간은 모든 독을 거둬들일 수 없었다. 이것이 바로 독 저장 공간의 두 번째 단계와 세 번째 단계의 유일한 차이점이었다.

독 저장 공간의 세 번째 단계는 '쟁략爭略'으로 천하 모든 독을 자유롭게 받아들일 수 있었다!

한운석과 백언청 두 사람 모두 아직 이 경지에 이르지는 못했다. 두 사람 모두 두 번째 단계이지만, 한운석이 확실히 더 유리했다. 그녀는 백언청보다 수십 년 정도는 시간적 여유가 있어, 깊이 깨달아 세 번째 단계의 경지에 오를 기회가 있기 때문이었다.

영승은 이 분야의 문외한이라 조용한 가운데 백언청의 독이 이미 풀렸다는 사실을 몰랐다. 하지만 고칠소는 알아챘다.

백언청이 독을 쓰자 고칠소는 바로 독 냄새를 맡았다. 그런데 자세히 냄새를 맡아 무슨 독인지 알아채기도 전에, 독이 사라졌다.

다시 말해 모두 중독되기도 전에 독은 까닭 없이 사라졌다!

"독누이, 독은?"

고칠소는 도저히 믿을 수 없었다.

"내가 다 먹었지!"

한운석이 웃으며 말했다.

"날 바람받이 쪽에 데려가. 백언청의 기습 공격을 경계해야 해. 얼마나 버틸 수 있는지 어디 두고 보자고!"

고칠소는 잘 이해되지 않았지만, 독누이가 하는 말은 그게 놀리는 말일지라도 그대로 따랐다!

그렇게 백언청은 어풍술을 이용해 계속 바람의 위치를 바꾸었고, 고칠소는 한운석을 데리고 다니면서 계속 이동했다.

백언청이 독을 쓸 때마다 한운석이 나타나 그를 딱딱 막아 냈다. 백언청은 독을 쓰는 것뿐 아니라 주변에 있는 천여 명의 궁수까지 상대해야 했다.

곧 그도 화살에 맞았다. 검술이 뛰어나지 않았다면, 진작 수많은 화살이 그의 심장을 뚫었을 것이다.

다행히 고칠소가 있어서 한운석은 제때에 안전하게 자리를 이동할 수 있었다.

영승은 지금 이 자리의 주인공이 백언청이라는 사실도 잊은 채 고개를 들고 고칠소에게 안겨 이리저리 날아다니는 한운석을 눈 한 번 깜빡이지 않고 바라보았다.

마침내 백언청이 버티지 못하고 노성을 질렀다.

“한운석, 어째서냐? 풍족에게 이러는 이유가 무엇이냐! 납득할 수 있는 이유를 대라!”

한운석은 백언청에게 탄복했다. 죽기 일보 직전에도 이렇게 냉정할 수 있다니, 이렇게 낯 두껍게 ‘납득’이라는 말을 하며 자신이 정말 무고한 것처럼 굴다니.

뻔뻔한 사람을 대할 때는 그보다 더 뻔뻔해질 수밖에 없었다!

한운석은 여전히 농담처럼 말했다.

“좋아, 당신이 순순히 항복하면 내가 납득할 만한 이유를 대지. 어때?”

백언청은 온몸의 피를 토해 낼 만큼 화가 치밀었다.

“납득이 되면 이 늙은이가 알아서 순순히 항복할 것이다!”

백언청이 화난 목소리로 말하면서 몸을 기울여 날아드는 화살을 피한 후, 검을 휘둘러 강력한 검기를 뿜어냈다. 그 기세에 주변 화살비가 흩어진 것은 물론, 심지어 주변을 겹겹이 싸고 있던 궁수 두 줄이 날아갔다.

영승은 바로 명령을 내려 뒤에 있던 궁수들이 바로 그 자리에 들어가게 함으로써, 백언청에게 도망칠 시간을 전혀 허락하지 않았다.

"백 숙부, 이치대로라면 납득을 한 후에야 순순히 항복하는 게 맞다. 하지만…… 네가 납득하지 않아도 내게는 널 꼼짝 못하게 만들 방법이 있지."

한운석이 웃고 있는 사이 고칠소가 이미 손을 썼다.

평소 백언청이었다면, 고칠소의 가시덩굴 씨앗을 진작 부서뜨렸을 것이었다.

하지만 화살비 공격 속에 있던 그는 신경 쓸 겨를이 없었다. 가시덩굴 씨앗 세 개 중 두 개는 땅에 떨어져 순식간에 해초처럼 자라나 흉악하게 날뛰는 가시덩굴이 되어 백언청을 둘러쌌다. 하지만 그를 죽이지는 않았다.

백언청은 바로 가시덩굴에 독을 썼지만, 가시덩굴이 모두 시들자 궁수들이 다가와 근거리에서 그를 에워쌌다.

백언청은 장검을 꽉 움켜쥐었고, 영승은 냉소를 지었다.

"백 숙부, 네 검은 과연 빠르다. 하지만 본 족장이 단언하건대, 네 검으로 천 명을 죽일 수는 없다!"

백언청이 일검을 날려 백 명을 죽일 수 있다고 해도, 그가 검을 휘두르는 순간 남은 구백 명이 화살을 쏠 것이다. 이토록 가까운 거리에서 그는 피할 공간도 없었다.

백언청은 영승은 쳐다보지도 않고 한운석을 똑바로 바라보며 차갑게 말했다.

"넌 날 죽일 수 없다. 왜냐하면……."

납득하게 해 주지

한운석은 자극에 흔들리는 사람이 아니었다. 하지만 지금은 정말 백언청을 직접 죽여 버리고 싶었다. 백언청만 아니었어도 고북월은 절벽에서 떨어지지 않았고, 그녀의 신분도 드러나지 않았을 것이다. 어쩌면 아직도 바보처럼 용비야 곁에 있을지도 몰랐다.

용비야가 언제 그녀의 신분을 폭로하든, 언제부터 그녀를 이용했든 상관없었다. 적어도 그녀가 직접 그 질문을 할 기회는 있었다! 적어도 지금처럼 이렇게 마음대로 움직일 수 없고 피곤하게 지낼 필요는 없었다!

그녀는 줄곧 운공대륙 정세를 안정시키고 동진과 서진 양측 세력이 균형을 이루어, 진정한 대결 시기를 늦추고자 애썼다. 그녀는 최선을 다해 모든 일을 해냈으나 아직까지도 자기 입장이 무엇인지, 정말 어느 편을 들어야 할지 몰랐다.

진실을 모르는 그녀는 여러 차례 스스로에게 제멋대로 굴지 말고 마음대로 선택하지 말자고 다짐했다.

비록 진짜 서진 황족의 공주는 아니었지만, 적족처럼 진정 충성스럽고 용감한 가문을 저버리고 싶지 않았다. 서진 황족의 공주로서, 그녀는 나라 재건을 거절할 자격이 있었다. 그러나 이 신분을 갖고 용비야를 도와 적족에 대적하여 서진 황족에게 충성을 다한 장수들의 믿음을 무너뜨릴 자격은 없었다.

하지만 현대에서 온 독립적인 여성으로서, 자신의 사랑은 더더욱 저버리고 싶지 않았다.

용비야, 내가 서진의 공주가 아니었다면 좋았을 거예요.

용비야, 알아요? 사실 나는 진짜 서진의 공주가 아니에요.

용비야, 만약 내가 서진의 공주가 아니라 해도, 당신은 예전처럼 날 좋아해 줄까요?

오늘의 고통은 모두 백언청 때문이었다!

한운석은 한 번쯤 제멋대로 굴어 보기로 했다.

백언청을 죽이면 북려국 황제가 군역사를 위협할 수 없게 되니, 백언청은 아직 죽으면 안 된다. 하지만 그의 두 손은 망가뜨릴 수 있었다.

그녀는 고칠소의 검을 뽑아 백언청의 어깨에 갖다 댔다.

그 모습에 영승과 고칠소는 모두 경계에 나섰다. 두 사람은 한운석 좌우를 지키며 백언청의 반격에 대비했다. 한운석처럼 무공을 할 줄 모르는 여자는 백언청의 반격에 당해 인질이 될 수도 있었다.

"네 말이 맞다. 난 널 죽일 수 없지. 하지만 널 불구로 만들 수는 있다!"

한운석이 차갑게 말했다.

백언청은 소리 내서 크게 웃기 시작했다. 두려워하지도 않고 반격할 기미도 없이 큰 소리로 끝없이 웃었다.

"한운석, 넌 못 한다."

고칠소와 영승이 지키고 있는 모습을 본 한운석은 두 손으로 검을 쥐고 백언청의 어깨를 향해 냅다 찍어 내리려 했다.

그런데 그 순간, 백언청이 차갑게 말했다.

"고북월이 내 쪽에 있다. 네가 날 불구로 만들면, 장담하건대 넌 평생 고북월을 만날 수 없다!"

그 말에 한운석의 검이 멈췄고, 거의 동시에 고칠소도 그녀의 검날을 붙잡았다.

고북월?

모두 깜짝 놀랐다!

고북월은 절벽에서 떨어졌잖아? 설마 백언청이 찾아냈다고? 어떻게? 한운석은 믿을 수 없었다!

그날 밤, 고북월이 떨어진 후 적흑색 옷의 자객이 떠났음을 확인하고 나서 초서풍은 바로 비밀 시위들을 끌고 내려가 수색했다.

백언청이 바로 그 자객이었다. 그는 절대 그렇게 빨리 아래로 내려가 사람을 찾을 수 없었고, 초서풍 일행보다 더 빨리 찾아낼 가능성은 더더욱 없었다.

"황당하군. 대체 무슨 근거로 네 말을 믿으라는 거냐?"

한운석은 믿을 수 없다는 듯이 화를 내며 물었다.

백언청은 소매에서 백옥으로 된 동곳을 꺼내 들었다. 한운석은 그 동곳을 보는 순간 심장이 멎을 뻔했다.

그녀는 이 동곳을 알아봤다!

고북월은 몸에 장신구를 거의 하고 다니지 않았고, 오직 지극히 단순한 모양의 이 백옥 동곳 하나로만 검은 머리카락을 정리했었다. 눈처럼 하얀 옷을 입고 검은 머리카락 위에 동곳 하나만 한 그의 모습은 화려한 비단옷을 입은 것보다 나았고, 사람들의 기억에 지워지지 않을 인상을 남겼다.

한운석이 그를 알게 된 후 지금까지, 만날 때마다 그는 이 백옥 동곳을 하고 있었다. 한운석이 어찌 알아보지 못하랴!

"네가 어떻게 고북월을 데리고 있지? 그를 어떻게 한 것이냐?"

한운석은 다급해져 하마터면 자제력을 잃을 뻔했고, 영승은 백언청의 멱살을 쥐고 호통쳤다.

"이 배신자! 영족의 후예인 걸 알면서 감히 그를 공격해! 백언청, 황족을 뵐 낯이 있느냐? 풍족 조상을 볼 면목이 있어?"

정말 다행히도 고칠소만은 이성을 잃지 않았다.

백언청이 내내 뒷짐을 지고 있던 손을 소리 없이 끄집어내자, 고칠소는 바로 한운석의 손에서 검을 뺏어 들고 바로 그의 가슴을 겨누었다.

"가만있어라. 함부로 나섰다간, 이 몸의 검이 가만두지 않는다!"

고칠소의 그 말에 한운석과 영승은 정신을 차렸다. 주변 궁수들이 더 그를 죄여 오자 백언청은 손을 내려놓을 수밖에 없었다.

그는 의심스럽게 바라보며 말했다.

"영승, 넌 어째서 이 늙은이가 고북월을 죽였다고 하느냐? 이 늙은이를 모독하고, 풍족의 불타는 충심을 모독하다니, 네 저의가 무엇이냐?"

한운석이 왜 풍족과 원수가 되려고 하는지 줄곧 이해하지 못했던 백언청은 방금 영승의 말을 듣고, 한운석이 영승의 부추김에 넘어갔다고 착각했다.

확실히 그가 적흑색 옷의 자객이긴 했다. 하지만 이 일을 영승이 어찌 알 수 있을까?

고북월과 한운석, 이 두 당사자도 진실을 모르는데 영승이 어떻게 추측할 수 있단 말인가? 어쩌다 우연히 맞힌 것이겠지!

한운석은 큰 소리로 웃으며 독을 꺼내 들었다. 이 독은 다름 아닌 당시 백언청의 어깨에 썼던 '파효견혈破曉見血'로, 독 연못에서 새롭게 자라난 독 약초였다.

이것을 보자마자 백언청은 깜짝 놀랐다!

그가 고북월을 암살하려 했던 그날 밤, 독짐승이 그의 어깨를 물었고, 독짐승의 이빨에는 독이 있었다. 몹시 놀란 그는 처음에 독짐승이 이미 회복된 줄 알았다. 나중에야 그 독이 독짐승의 이빨에 있는 극독이 아니라, 이빨에 따로 담금질해 둔 독임을 알았다.

자세히 알아볼 시간이 없었던 그는 이 독을 흔한 '파효봉후破曉封喉'라고 확신하고 바로 독 저장 공간에 집어넣었고, 이후에도 자세히 알아보지 않았다.

어쨌든 파효봉후 독약은 한운석에게만 있는 게 아니니, 한운석이 그에게 이 독을 써도 이 때문에 약점을 잡힐 일은 없었다.

하지만 그날 밤 쓴 독이 파효봉후가 아니라 한운석이 지금 들고 있는 새로운 독약일 줄은 정말 생각도 못 했다.

얼핏 보면 파효견혈은 파효봉후와 그 독성이 아주 비슷하지만, 해약은 완전히 달랐다. 적어도 그의 능력으로는 하루 이틀 안에는 풀 수 없는 독이었다. 이 독은 하룻밤 만에 발작하기 때문에 하루 이틀도 기다릴 수 없었다. 그러니 이 독에 중독되면, 한운석에게서 해약을 받지 않는 한 반드시 죽었다.

백언청은 기겁했다. 한운석은 그가 상상한 것보다 훨씬 치밀했다. 그러나 그는 단념하지 않았고, 이해되지도 않았다.

그는 지금 멀쩡히 살아 있는데, 한운석은 무슨 근거로 그를 의심하는 걸까?

“이게 무슨 뜻이냐?”

그는 여전히 시치미를 뗐다.

“파효견혈, 내가 새롭게 연구해 낸 독약이다. 세상에 딱 둘뿐인데, 하나는 내 손에 있고, 또 다른 하나는 그날 밤 네가 독 저장 공간에 집어넣었다. 믿지 못하겠으면 찾아봐라.”

한운석이 냉소를 지으며 말했다.

백언청은 어안이 벙벙해져서 한참 동안 말이 나오지 않았다.

한운석이 어떻게 자신의 독 저장 공간을 아는 걸까?

“그날 밤, 꼬맹이가 널 물어 중독시켰을 때, 독성이 바로 사라졌다. 독 저장 공간 때문이 아니면 무엇이겠느냐?”

한운석이 차갑게 물었다.

“그리고, 애초에 미도에서 나와 겨룬 것도 너였다! 넌 내가 마지막으로 쓴 그 새로운 독약을 풀 수 없어 독 저장 공간에 넣었지! 일부러 한 시진이 지난 후에 해독한 척했지만, 그건 눈속

임에 불과했다. 네가 독 저장 공간을 갖고 있다고 내가 알아챌까 봐 무서웠던 것이다! 불행히도, 난 알아차리고 말았지."

한운석은 더욱 차갑고 단호한 목소리로 말을 이었다.

"넌 군역사의 종이 아니다. 넌 군역사의 사부야! 애초에 어주도에서 독 안개를 펼친 사람도 바로 너다! 풍족의 족장일 뿐 아니라 우리 독종의 직계 자손이지! 고북월이 영족의 후예라는 걸 알면서도 그를 죽이려 했으니, 서진 황족에 대한 불충이다! 내가 독종의 후예란 걸 알면서도 날 모른 체 했으니, 독종에 대한 불충이다."

한운석은 또박또박 그의 정체를 밝히며 질책했다.

백언청은 멍하니 그녀를 바라보며 오랫동안 말하지 못했다. 자신이 심혈을 기울여 꾸민 모든 계획을 이 여자가 모조리 간파하다니!

그렇다면 그녀와 영승이 손잡고 그를 속여 황궁으로 끌어와 함정에 빠뜨렸고, 영승이 어젯밤 고칠소에게 한 모든 행동도 실은 그에게 보여 주기 위한 연극에 불과했다.

한운석은 잠시 망설이다가 다시 말했다.

"그리고 너는 고북월을 암살할 때 천산검종의 검법을 썼다. 일부러 용비야를 모방하여 나와 용비야 사이를, 고북월과 용비야 사이를 이간질하려 했던 것이지! 만약 내 생각이 맞다면, 내가 오늘 너를 폭로하지 않았을 경우 너는 곧 자객이 천산검법으로 고북월을 암살한 일을 영승에게 알렸겠지. 너는 동진과 서진 황족 간 원한에 기름을 부어, 나와 영승이 이성을 잃고 모든 병력을 동원해 남하하여 용비야와 생사를 걸고 싸우길 원했을 것이다! 그리고 너는, 군역사의 군마를 기다렸다가 어부지리를 얻으려 했겠지!"

그 말에 영승은 깜짝 놀라며 그제야 고북월을 습격한 자객이 천산검법을 사용한 사실을 알게 되었다. 그는 만약 한운석이 일찍 그 이야기를 했다면, 지금처럼 이성적으로 이 모든 게 백언청의 음모라고 믿지 못했을 것이다.

분노에 찬 한운석의 얼굴을 보면서 영승은 마음이 아팠다. 모든 일을 이토록 훌륭하게 처리하기 위해서, 이 여자는 얼마나 심사숙고하며 고심해야 했을까. 해야 할 말과 하지 말아야 할 말, 말할 때와 말하지 않아야 할 때를 알고 있었다.

영승은 전에 했던 의심에 죄책감마저 들었다. 그러나 한운석은 속으로 한숨을 돌렸다. 마침내 '천산검법'을 말할 기회를 찾아냈다. 지금 이런 중요한 순간에 말했으니, 영승은 그녀가 숨겼다고 나무라지 않을 것이다.

"원수 같은 적군이 배신하는 아군보다 낫다! 서진 황족의 가장 큰 적은 바로 너희 풍족이고, 동진은 그다음이다!"

한운석의 이 말은, 사실 영승이 들으라고 하는 말이었다.

백언청은 납득했으나 한 가지만은 이해되지 않았다.

"한운석, 그날 밤 내 어깨의 독이 이미 풀렸다는 것을 어떻게 알았느냐?"

당시 상당히 멀리 떨어져 있기도 했지만, 가까이 있었어도 판단할 수 있을지는 미지수였다. 그런 독은 중독 이후 발작할 때까지 시간이 걸렸다.

"그러니까 인정한 것이냐?"

한운석은 냉소를 금할 수 없었다.

"어떻게 된 건지 말해라."

백언청은 조금 흥분했다. 실패할 때 하더라도, 어찌 영문도 모른 채 그냥 넘어갈 수 있겠는가?

"너에게 이유를 알려 줄 수 있다. 그럼 내게 말해 다오. 너와 내 어머니는 무슨 관계였느냐?"

한운석이 차갑게 물었다.

백언청은 깜짝 놀랐다가 곧 웃기 시작했다. 그는 큰 소리로 웃으면서 이 화제를 피했다. 그러고는 백옥 동곳을 한운석에게 던졌다.

"당장 나를 풀어 주지 않으면 사흘 후 고북월은 갈기갈기 찢겨 죽는다!"

"당장 고북월을 내놓지 않으면, 지금 당장 너를 갈기갈기 찢어 죽이겠다!"

한운석이 엄한 목소리로 경고했다.

그런데 백언청은 상관없다는 표정으로 말했다.

"그렇게 해라……."

서로 비슷한 패를 내건 지금, 이들이 이긴 걸까?

마음은 북쪽으로, 몸은 남쪽으로

백언청의 태도는 아주 강경했다. 한운석의 검이 자신의 몸을 찍어 내리려는 모습을 보고도 여전히 동요하지 않고 아주 태연하게 한운석을 주시했다.

한운석은 결국 지고 말았다. 검날은 백언청의 몸에 닿은 채 움직이지 않았다.

백언청은 풍족의 족장이고 고북월은 영족의 유일한 후예이니, 비교해 보면 확실히 백언청의 가치가 고북월보다 컸다. 그러니 만약 두 목숨을 맞바꾼다면, 한운석 쪽이 이득이었다. 고북월도 자신의 가치보다 큰 죽음을 맞는 셈이었다.

그러나 한운석이 어떻게 '가치'로 고북월의 목숨을 계산할 수 있을까? 그녀는 할 수 없었다!

한운석이 멈추자, 백언청의 입꼬리가 비웃음을 지으며 올라갔다. 그는 한운석이 공격하지 못할 것을 이미 알고 있었다.

그런데 갑자기 영승이 한운석의 검을 누르며 밀고 들어와, 검날이 백언청의 몸을 찌르려고 했다.

"안 돼!"

한운석이 얼른 검을 뽑아 옆으로 던져 버렸다.

백언청은 움직이지도, 말하지도 않고 소리 없이 냉소를 짓기 시작했다. 그 입가에 걸린 비웃음이 영승의 눈에 유난히 거슬렸다.

“공주, 소신은 고북월이 이 희생을 자랑스럽게 생각할 거라 믿습니다! 그의 죽음은 영족의 가장 큰 영광이 될 겁니다!”

영승은 진지하게 말했다.

마침내 한운석은 어째서 영승이 아까워하지 않고 영안을 천휘황제에게, 영정을 당문에 보낼 수 있었는지 깨달았다. 진작 생각했어야 했는데.

영승은 자신의 친누이동생들마저 서진 황족, 가문의 사명, 가문의 영광을 위해 희생시킬 수 있었다. 하물며 다른 사람이야 오죽할까?

한운석은 멍하니 백언청을 바라보며 낮은 목소리로 말했다.

“하지만, 난 그렇게 못 한다!”

“공주…….”

영승이 설득하려는데 한운석이 손을 들어 막았다.

영승이 무슨 말을 하려는지 그녀는 다 알고 있었다. 영승은 풍족과 영족의 세력을 비교하려는 것뿐이었다. 백언청을 불구로 만들어서 북려국 황제에게 넘기면, 북려국 황제에게는 군역사를 견제할 밑천이 생겼다.

그때쯤 북려국 황족에게는 철기병이, 군역사에게는 군마가 있어 양측 실력이 비슷하니 아무래도 반년에서 1년은 싸울 수 있었다. 그렇게 되면 영씨 집안은 뒷일을 걱정하지 않을 수 있었다.

영족에는 고북월 한 명만 남았고, 그의 영술은 완전히 회복되지도 않았다. 고북월 한 명의 목숨으로 풍족의 음모를 무너뜨리는 것을 어찌 가치 없다 하겠는가?

그토록 많은 애를 써 오며 지금까지 깃발을 걸지 않고, 심지어 그녀의 행적까지 숨긴 것은 다 이 순간을 위함이 아니었던가?

"영승, 서진을 다시 일으켜 세운다 해도 서진에 충성을 바친 사람들이 모두 희생당한다면, 그게 무슨 의미가 있느냐?"

한운석이 물었다.

"공주, 지금은 그런 말을 할 때가 아닙니다!"

이 일에 있어서 영승은 조금도 양보할 생각이 없었다. 설사 서진 황족의 공주 앞일지라도.

영승이 자신의 검을 뽑자 이번에는 고칠소가 막았다.

"너는 고북월 대신 결정할 자격이 없다!"

"난 그가 무슨 선택을 할지 안다!"

영승이 돌연 힘을 주었으나, 결국 고칠소의 힘을 당해 낼 수 없었다.

"지금 저자를 놔주면, 저자가 고북월을 놔줄 거라고 생각하십니까?"

영승이 분노한 목소리로 물었다.

"적어도, 고북월이 서진 때문에 죽는 일은 없다!"

한운석은 자신의 의견을 굽히지 않았다.

"영족의 사명은 바로 서진을 위해 죽는 겁니다! 적족도 마찬가집니다!"

영승이 큰 소리로 말했다. 사실 이 말은 영승이 한 말이 아니라, 그의 할아버지와 아버지가 그에게 해 준 말이었다. 그들이 죽기 전 해 준 이 말을 그는 평생 잊을 수 없었다.

"본 공주는 거절한다!"

한운석도 화를 냈다.

한운석은 지금 처음으로 '서진 황족의 공주'라는 신분을 인정했다. 이것은 영승에게 그녀가 지금 그와 의논하는 게 아니라, 명령하고 있음을 알려 주는 것이었다.

"공주……."

영승은 받아들일 수 없었지만, 감히 계속 거역할 수 없었다.

한운석은 궁수들을 바라보며 차갑게 명령했다.

"모두 철수해라!"

영승은 오른쪽 주먹을 꽉 움켜쥐며, 승복할 수 없는 마음을 꾹꾹 억누를 수밖에 없었다. 그는 궁수 대장에게 눈짓을 보냈고, 그제야 천여 명의 궁수가 물러났다.

백언청은 아주 태연하게 몸에 묻은 먼지를 털며 옷을 정리했다.

그가 떠나려는 순간, 한운석이 차갑게 말했다.

"고북월을 털끝 하나라도 다치게 했다간, 알아서 해라!"

백언청은 차갑게 웃으며 성큼성큼 떠나 버렸다.

백옥교는 그에게 잊힌 채 한쪽 바닥에 쓰러져 있었다. 어쩌면 그는 자신의 제자가 화살에 맞아 죽었다고 생각한 것일지도 몰랐다.

백언청이 떠나자 영승은 바로 자신의 검을 바닥에 내던졌다.

원래부터 냉혹했던 얼굴은 소름 끼칠 정도로 차가워져, 방금 목령아를 데려온 영안조차 더 말을 할 수 없었다.

고칠소는 영승을 신경 쓰지 않았다. 그의 눈에는 독누이뿐이었다.

"독누이, 넌 여전히 칠 오라버니의 독누이구나!"

고칠소가 혼잣말처럼 말했다.

"뭐?"

한운석이 그를 바라보았다.

"네 욕 좀 했어. 못 들었으면 됐어."

고칠소가 놀리듯 말했다.

좀 전에 그의 심장이 얼마나 빨리 뛰었는지 누구도 알지 못했다. 그는 자신이 좋아하는 독누이가 나라를 되찾으려는 공주로 완전히 변해서, 정의와 명분을 내세워 고북월을 희생시키려 할까 봐 두려웠다.

그는 상상이 안 되었다. 만약 한운석이 고북월을 희생시키는 결정을 내린다면, 그는 계속 그녀를 보호해야 할까, 아니면 그녀에게 '아니'라고 거절해야 할까.

다행히 독누이는 여전히 예전 그대로였다.

한운석도 고칠소의 농담을 따지지 않았다. 그녀는 영승의 냉혹한 옆모습을 바라보며 가슴이 답답해졌고, 말로 할 수 없는 괴로움을 느꼈다.

"영승……."

그녀가 입을 떼려는 순간 영승이 홱 돌아서 가 버렸다.

"영승, 너희가 그렇게 많은 희생을 했으니, 이번은 황족이 너희를 위해 한 번 희생한다고 생각해라!"

한운석이 큰 소리로 외쳤다.

그 말에 영승은 멍해졌다. 옆에 있던 영안도 멍하니 있다가, 금세 눈물이 그렁그렁해졌다. 억울함 때문인지 기쁨 때문인지 알 수 없었다.

영승은 한참 동안 서 있다가 마침내 되돌아왔다. 그는 더 이상 고북월 일은 언급하지 않고 진지하게 말했다.

"공주, 서둘러 북려국 황제를 만날 방법을 생각해야 합니다."

한운석은 고개를 저었다.

"아니, 우리보다 더 초조한 사람이 있다."

"누굽니까?"

영승이 말했다.

"용비야."

한운석은 이미 오랫동안 이 세 글자를 입 밖에 꺼내지 않았다.

"용비야?"

영승은 이해할 수 없었다.

"우리가 정확한 소식을 용비야에게 알리면, 그는 우리보다 더 서둘러서 손을 쓸 것이다."

한운석은 말을 멈추었다가, 아예 모든 내용을 다 밝혔다.

"용비야는 지금까지 북려국에 밀정과 첩자를 심어 두었다. 북려국의 말 전염병도 다 그의 소행이었다."

그 말에 영승은 깜짝 놀랐다. 용비야의 손이 이미 북려국 내

부까지 뻗었을 줄은 생각도 못 했다.

"군역사가 동오족에게 가서 말을 사려던 것도 이미 알아냈었다. 다만 그 수까지 알아냈을지는 모르겠다."

한운석이 사실대로 말했다.

군역사의 십만 철기병은 영씨 집안 군대를 박살 낼 수 있었다. 하지만 영씨 집안 군대가 무너지면, 용비야가 그 십만 철기병과 대면해야 했다. 그가 가진 병력으로는 십만 철기병과 맞설 수 없었다.

그러므로 지금 용비야와 영승은 같은 입장이었다. 두 사람 모두 북려국 황족이 풍족을 견제하길 바랐다.

영승은 바보가 아니었다. 그는 잠시 생각에 잠겼다가 작게 말했다.

"적족이 사신을 보내야 합니다. 용비야와 북려국이 협력하면 우리 서진이 위험해집니다!"

이 부분은 한운석도 부인할 수 없었다.

이때, 목령아가 크게 소리쳤다.

"아……, 이 여자……, 백옥교가 아직 살아 있어!"

사람들은 소리 나는 쪽을 바라보았다. 몸에 여러 화살을 맞은 백옥교의 손이 움직이고 있었다.

"살려야 해!"

모두 이구동성으로 외쳤다.

백옥교는 군역사의 사매이자 백언청의 제자였으니, 백언청의 일을 모두 알고 있을 게 분명했다.

다들 이구동성으로 외쳤을 뿐 아니라, 가장 먼저 이 생각부터 했다.

반드시 백옥교의 입에서 고북월의 행방을 알아내야 해!

한운석과 목령아는 서둘러 백옥교에게 응급 처치를 했고, 영안은 곧 태의를 불러왔다. 응급 치료 후 백옥교는 가까스로 살아났으나, 한동안 깨어나지 못했다.

한운석은 영승과 계획을 짜서 북려국에 사신을 보낸 후 마침내 고칠소, 목령아와 개인적으로 몇 마디 나눌 수 있는 틈이 생겼다.

하지만 입을 떼기도 전에 영안이 들어왔다.

"공주마마, 소신이 용존을 따라 의성에 갈 하인들을 직접 골랐습니다. 살펴보시겠습니까?"

영안이 공손하게 물었다.

한운석은 영안의 태도가 뭔가 달라졌음을 느꼈지만, 어떻게 다른지 말로 표현하기는 힘들었다.

그녀는 '황족이 너희를 위해 한 번 희생한다고 생각해라'라는 자신의 말이 영안의 마음을 흔들었음을 몰랐다. 그 말은 오랜 세월이 지나 이미 타 버린 재 같은 이 여자에게 삶의 의미를 발견하게 해 주었다.

그녀가 전에 보인 공손함이 한운석의 신분에 대한 공손함이었다면, 지금의 공손함은 한운석 자체에 대한 존경의 표현이었다.

고칠소를 흘끗 보는 한운석의 눈동자에 복잡한 눈빛이 스쳤지만, 결국은 영안의 말을 허락했다.

"음, 가서 보도록 하지."

영안은 한운석이 전에 말했던 대로 용존에게 행랑어멈, 태감, 궁녀를 각각 한 명씩 붙이고 세 명의 시위에 함께 놀아 줄 어린 소년까지 챙겼다.

고칠소와 목령아는 이 일을 별로 신경 쓰지 않았다. 두 사람은 한쪽에서 일이 끝나기를 기다렸다. 영안이 빨리 가야 한운석과 이야기를 나눌 수 있었다.

이들은 한운석이 하인들을 한 번 보고 나면 끝날 줄 알았다. 그런데 한운석은 가서 모든 사람을 머리부터 발끝까지 아주 자세히 살펴보았다.

고칠소는 어렴풋이 독 냄새를 맡았다. 분명 냄새가 났지만 확신할 수는 없어 아무것도 묻지 않았다.

아주 자세하게 검사한 후에 한운석은 영안에게 고개를 끄덕였다.

"오늘 출발하는 건가? 의성까지 얼마나 걸리지?"

"예, 곧 출발합니다. 이곳에서 의성까지는 빨라도 이레는 걸립니다."

영안이 대답했다.

한운석은 보라색 술 장식 하나를 꺼냈다.

"이것을 갖고 가서 바로 심 부원장을 찾아가라."

"공주마마, 이건…… 이것은 바로……."

영안은 살짝 이해가 되지 않았다.

"행방을 드러내는 것이라고?"

한운석이 반문했다.

영안이 하던 걱정이 바로 그것이었다. 한운석이 대답했다.

"전에 행방을 숨겼던 것은 백언청을 속이기 위해서였다. 이제 끝난 일이니, 당연히 깃발을 달아야지. 영승에게 내가 친히 출정하겠으니 준비하라고 일러라!"

그녀가 말을 마치자마자 영승이 문밖에서 들어왔다.

"소신은 이미 모든 준비를 끝냈습니다! 언제든지 공주를 모시고 전장으로 달려가겠습니다!"

한운석이 어찌 계속 시간을 끌고 싶지 않을까. 하루라도 더 시간을 끌고 싶었다. 어쨌든 깃발을 달고 몸소 출정하면 용비야와 적이 되어야 했다.

그러나 그녀는 영승이 더는 시간을 지체하게 두지 않을 것을 알았고, 그녀 자신도 시간을 끌 합리적인 이유를 찾지 못했다.

계속 시간을 끌면서 영승의 의심을 사는 것보다, 아예 영승의 뜻대로 전장에 나가는 게 나았다. 그럼 적어도…… 용비야를 볼 기회가 생기니까! 용비야는 무슨 일이 있어도 전장에 나올 터였다.

용존의 하인은 그녀의 질문을 가지고 북쪽으로 향했다. 이레 정도면 의성에 도착할 수 있었다. 심결명이 그들을 만나면, 분명 그녀가 물어보려는 질문을 발견할 것이고, 그녀의 뜻을 용비야에게 전달해 줄 거라고 믿었다.

마음속 진심은 북쪽을 향해 가는데, 정작 그녀의 몸은 서진 황족의 공주라는 이름으로, 원한이라는 가면을 쓴 채 남쪽으로 용비야를 만나러 가고 있었다. 이곳에서 전쟁터까지 가는데 역시 이레 정도 걸렸다.

용비야, 당신이 마음을 쓰고 있다면, 어떻게든 만나러 오겠지!

한운석이 영승과 깃발을 걸고 군대를 출동시키자는 이야기를 끝내자, 마침내 고칠소와 목령아는 한운석과 따로 이야기를 나눌 시간이 생겼다.

고칠소가 입을 열었다…….

내 자신이 역겨워

"독누이, 방금 독을 썼지?"

고칠소는 이해가 안 되었다. 한운석은 왜 용존의 하인에게 독을 썼을까. 무슨 독인지 냄새를 맡지는 못했으나, 독성이 강하지 않고 만성으로 발작하는 독인 것만은 확실했다.

"쉿……."

한운석이 목소리를 낮췄다.

이 일이 영승 사람의 귀에 들어가면, 의심을 벗을 길이 없었다.

고칠소가 가까이 다가왔다.

"몰래 알려 줄래?"

목령아도 바로 다가왔다.

"나도 몰래 들을게."

하룻밤 사이에 목령아는 이미 어젯밤 실의에 빠져 있던 모습에서 벗어났다. 이 대륙을 통틀어 이 아이는 최고의 자가 치유 능력을 갖고 있었다. 물론, '마음의 상처'에 한해서였다.

'몸의 상처'에 있어서 자가 치유 능력이 가장 뛰어난 사람은 고칠소였다. 이런 점에서 보면 두 사람은 천생연분이었다.

한운석은 두 글자로 답했다.

"비밀!"

“남들한테 말하지 않을게.”

고칠소가 바로 장담했다.

“나도…….”

목령아의 말이 다 끝나기도 전에 한운석이 말했다.

“날 언니라고 부르면, 말해 줄게.”

목령아는 바로 고개를 돌렸다.

“흥!”

“얼른 그렇게 불러!”

고칠소가 사납게 재촉했다.

목령아는 바로 불러 줄 것처럼 고개를 돌렸지만, 고칠소의 그 아름다운 얼굴을 향해 또 ‘흥’ 소리를 냈다.

한운석은 목령아가 부르지 않을 줄 알았다. 고칠소는 입을 삐죽이며 그녀를 상대해 주지 않았다.

“한운석, 용비야를 미워해? 복수할 거야? 그 사람과 싸울 거야? 그 사람한테 독을 쓸 거야?”

목령아는 갑자기 질문을 쏟아 냈다.

사실 어젯밤에 한운석을 만난 후, 그녀는 빨리 이 일에 대해 묻고 싶었다. 칠 오라버니 대신 질문해 준 것이었다.

한운석은 금세 눈빛이 어두워져서 담담하게 물었다.

“령아, 벙어리 노파를 기억하니?”

“용비야가 죽였잖아! 그때 내가 의심했었는데, 넌 날 믿지 않았어!”

목령아의 분노가 확 불타올랐다. 그녀는 벙어리 노파를 친할머니처럼 생각했다. 그렇지 않았다면 그때 대담하게 용비야의 마차를 가로막지 않았을 것이다.

사실 지금 와서 곰곰이 생각해 보면, 그녀도 짐작할 수 있었다. 당시 마차를 가로막은 이유 중 절반은 칠 오라버니가 부추겼기 때문이었다. 다시 말해 칠 오라버니는 이미 사실을 알고 있었다는 뜻이었다.

다만 어찌 됐든 그녀는 한운석 앞에서 칠 오라버니의 어떤 흉도 볼 수 없었다.

한운석이 고칠소를 바라봤다. 고칠소는 바로 그녀의 눈빛을 피했다가, 곧 다시 고개를 돌렸다.

“내가 속였어.”

“어째서?”

한운석이 물었다.

고칠소는 용비야와 늘 대립 관계였고, 이 일로 그녀를 속일 이유가 없었다. 게다가 그 성격에 용비야의 약점을 잡고도 온갖 방법을 써서 폭로하려 들지 않은 게 더 이상했다!

이건 너무 말이 안 됐다!

한운석은 고칠소가 속인 것도 불만이었지만, 그 이유는 더 납득이 안 됐다. 게다가 그녀가 이해할 수 없는 일은 또 있었다.

어째서?

고칠소의 눈에 씁쓸함이 스쳐 갔다.

이유야 용비야와 한 약속 때문이었다. 그는 용비야를 도와 ‘벙어리 노파의 죽음’에 대한 비밀을 지켜 주고, 용비야는 그의

'불사'에 대한 비밀을 지켜 주기로 약속했었다.

고칠소는 당시 진상을 모두 털어놓았다.

그는 유각에 가서 벙어리 노파를 납치하는 데 실패했다. 나중에 용비야의 비밀을 폭로하려고 했으나 오히려 한운석 때문에 용비야를 돕는 셈이 되었고 약귀곡을 통째로 내놓아야 했다.

그는 여기까지만 말했다.

"독누이, 이유는 단순해. 네가 그자를 믿고 날 믿지 않았기 때문이야. 내가 뭘 하든 넌 믿지 않겠지, 안 그래?"

고칠소는 아주 사납고 차가운 말투로 또박또박 따졌다.

"독누이, 사실 내가 널 속인 게 아니지. 네가 날 믿지 않았잖아! 네가 나한테 따질 자격이 있어?"

그는 아주 엄숙하게, 그리고 진지하게 그녀에게 물었다.

한운석은 놀랐다. 갑자기 고칠소가 자신의 마음을 호되게 짓밟는 것만 같았다! 너무 아파서 영혼까지 깨어나는 듯했다!

그 말은 틀림없는 사실이었다.

그런데, 그런데 그녀는 왜 갑자기 이토록 괴로운 걸까?

처음 만났을 때부터 지금까지 늘 그녀에게 싱글벙글 웃기만 하던 남자, 그녀가 아무리 잔인하게 거절해도 절대 그녀에게 사납거나 차갑게 굴지 않던 이 남자가 지금 별안간 이렇게 차가워졌다.

그때 약귀곡에서 그녀는 그에게 얼마나 깊은 상처를 준 걸까?

그는 용비야의 실상을 밝히기 위해 애쓰며 그녀를 돕고 있었는데, 그녀는……, 그녀는 억지소리를 꾸며서 그가 힘들게 일

궈 온 약귀곡을 뺏었다!

한운석은 또 고칠소가 어렸을 때 겪은 일들을 떠올렸다. 그가 약귀곡을 세울 때 얼마나 많은 공을 들였고, 얼마나 많은 대가를 치렀을지 상상도 할 수 없었다!

한운석은 멍하니 고칠소를 바라보며 소매 속에 있는 양손을 움켜쥐었다. 손톱이 손바닥을 찔러 상처가 날 정도로 꽉 움켜쥐며 자신을 벌하는 듯했다.

한운석은 처음으로 자신이 역겹게 느껴졌다!

목령아는 감히 소리 내지 못하고 옆에서 지켜보고 있었다. 그녀는 이 상황이 퍽 의외였다.

어젯밤 칠 오라버니는 사과하러 가야 한다고 소리쳤는데, 어째서……, 어째서 한운석을 만난 후에는 이렇게 묻고 책망하는 걸까?

사실 고칠소에게는 다른 선택의 여지가 없었다!

이렇게 잔인한 방법을 쓰지 않으면, 한운석이 그를 믿어 줄까? 고집을 부리며 합리적인 설명을 요구하지 않을까?

한운석이 미안해서 힘들어하는 모습을 보며, 그는 마음이 아파 그녀를 품에 안을 뻔했다. 그녀에게 진짜 진실을 털어놓고, 사실 약귀곡은 그녀가 뺏은 게 아니라 그가 기꺼이 원해서 준 것이라고 말할 뻔했다.

기꺼이 원한 게 아니라면, 용비야라도 그의 약귀곡을 뺏을 수 없었다. 하물며 그녀가 그때 말했던 몇 마디 '억지소리'로 가당키나 할까?

한참 후, 한운석은 고개를 들고 담담하게 말했다.
"약귀 노인네, 미안해."
'독누이, 미안해!'
고칠소도 거의 동시에 이렇게 말했다. 다만 마음속으로만 한 말이었다.
"미안한 게 무슨 소용이야. 말해 봐, 나한테 어떻게 보상할 거야!"
고칠소의 말투는 여전히 엄숙했다.
한운석이 대답하기 전에 그가 아주 진지하게 말했다.
"아니면, 몸으로 갚는 건 어때?"
한운석은 멍해졌고, 목령아는 더더욱 눈이 휘둥그레졌다. 오직 고칠소만 갑자기 하하 소리를 내며 크게 웃기 시작했다. 그는 아주 즐겁게 웃으며 말했다.
"독누이, 잘 생각해 봐!"
한운석은 마침내 한숨을 돌렸다. 이 인간이 농담한다는 건 적어도 괜찮다는 뜻이었다.
그녀는 고칠소를 멀리 걷어찼고, 창백해진 목령아의 얼굴에 겨우 혈색이 돌아왔다.
"약귀 노인네, 그러니까 처음 유각에서 용비야를 암살하려고 했던 사람도 당신이었구나. 당신……."
한운석은 결국 대놓고 질문했다.
"당신은 그때 용비야에게 명치를 찔렸는데, 어떻게……."
한운석이 고칠소의 가슴 쪽을 주시하자, 목령아가 갑자기 소리를 질렀다.

"뭐라고요? 칠 오라버니, 그런 일이 있었는데 왜 말해 주지 않았어요?"

고칠소는 눈을 흘기며 말했다.

"별것도 아닌 일에 왜 그렇게 놀라? 용비야가 잘못 봤어. 그때 내 명치를 찌르지 못했다고! 빗나갔어!"

그는 말하면서 옷을 열어젖혔다.

"내가 무슨 괴물이라도 되는 줄 알아? 명치를 찔리고도 살아 있게?"

목령아는 바로 눈을 가렸다.

"저질!"

하지만 한운석은 자세히 들여다보았다.

여자보다 아름답게 생긴 고칠소였으나, 그 몸은 아주 남자다웠다. 선명하게 갈라진 탄탄한 근육은 끝없는 상상을 불러일으켰다.

하지만 이보다 더 매혹적인 몸을 이미 본 한운석은 다른 생각할 틈 없이 자세히 고칠소의 명치를 관찰했다. 과연 상처는 없었고, 명치 옆 세 치 정도 떨어진 곳에 흉터가 있었다.

사실 그녀가 자세히 들여다봤다면, 이것이 새로 만든 가짜 흉터임을 알아차렸을 것이다. 기껏해야 사흘 전에 만든 흉터였다. 하지만 한운석도 다가가서 직접 만질 수는 없었다.

목령아는 손가락 틈으로 칠 오라버니의 가슴을 보고는 바로 얼굴이 새빨개지고 불이 난 듯 화끈거렸다.

그때 용비야는 자객의 명치를 찔렀다고 확신했다. 하지만 상처를 보고 나니 한운석은 고칠소를 믿게 되었다. 아슬아슬했던 대결이었고 또 밤이었으니, 잘못 보았다 해도 이상하지 않았다.

이 세상에 정말 불사의 몸을 가진 사람이 있을 줄, 한운석이 어찌 상상할 수 있을까?

한운석은 마침내 고칠소에 대한 의심을 풀었다.

한운석이 더 캐물을까 무서워 고칠소는 얼른 옷을 추스르며 화제를 돌렸다.

"독누이, 네가 앞장서서 남쪽으로 내려간다면, 칠 오라버니가 함께 가서 용비야 군대를 모조리 전멸시킬게! 그 녀석 말을 절대 다시는 믿으면 안 돼!"

고칠소는 예전에 용비야가 왜 벙어리 노파를 죽이려고 했는지 이해하지 못했었다. 하지만 이제 깨달았다. 용비야가 벙어리 노파를 죽인 건 한운석의 신분을 숨기기 위해서였다!

벙어리 노파의 거짓말보다, 용비야가 한운석이 서진 황족의 후예라는 것을 알고 이용한 죄를 용서할 수 없었다!

동진과 서진 황족의 후예는 공정하게 실력을 겨루어 승패를 가르고 서로 승복해야 했다. 고칠소는 여자를 이용하는 이런 행동을 아주 경멸했다!

한운석은 속으로 탄식을 금할 수 없었다.

고칠소처럼 어디에 매이지 않고 멋대로 살아가는 사람도 동진과 서진 황족은 숙적이고, 영원히 대적할 거라고 굳게 믿는데 하물며 다른 사람은 어떠할까?

이 때문에 그녀는 고칠소와 목령아에게 그녀의 말을 용비야에게 전해 달라고 부탁하지 않았다.

그녀가 용비야를 '미워하지 않는다'는 사실을 어떻게 설명해야 고칠소와 목령아가 믿어 줄까?

서진 황족의 공주가 어떻게 동진의 태자를 미워하지 않을 수 있을까?

또 어찌 고칠소에게 그녀를 향한 용비야의 마음을 물어보는 서신을 전해 달라고 할 수 있을까?

고칠소가 그녀에게 잘해 준다는 사실은, 그녀도 잘 알았다!

고칠소와 목령아는 모두 동진과 서진 진영 사람이 아니었고, 동진과 서진의 원한은 두 사람과 아무 상관이 없었다. 한운석은 이들을 깊이 연관되게 만들고 싶지 않았다.

어쨌든……, 어쨌든 두 사람이 빠져나갈 길을 남겨 줘야 했다. 용비야와 적이 되면 어떤 결말을 맞게 되는지, 그녀는 누구보다 잘 알았다.

"약귀 노인네, 령아, 두 사람에게 부탁이 있어! 아주 중요한 일인데, 두 사람 말고는 믿을 사람이 없어!"

한운석이 목소리를 낮췄다.

"말해!"

고칠소가 망설임 없이 대답했다.

"백옥교가 깨어나면 심문해서 고북월을 찾아 줘!"

한운석이 진지하게 말했다. 영승 사람조차도 그녀는 믿을 수 없었다.

고북월은 백언청이 데리고 있고, 지금 어떤 상황인지 아무도 알지 못했다.

만약 영승 쪽 사람을 보내면, 영승이 백언청을 잡기 위해 또 고북월을 희생시키려 할지도 몰랐다!

그러니 이 일은 고칠소만 믿을 수 있었다!

고칠소는 얼굴 가득 진지한 표정이 되어서 역시 낮은 목소리로 말했다.

"내게 은혜를 베푼 자야. 그 녀석이 무슨 귀족이든 간에 반드시 구해 내겠어!"

"나도 꼭 구하겠어!"

목령아도 진지하게 말했다. 칠 오라버니의 은인은 곧 그녀의 은인이었다.

"지금 영승은 나를 믿고 있어. 좀 이따가 그자에게 이 일을 너희 두 사람에게 맡긴다고 말할게. 백옥교를 이곳에 남겨 두고, 나와 영승은 내일 남쪽으로 갈 거야."

한운석이 말했다.

내일 영승과 함께 남쪽으로 내려가면, 고칠소가 남은 영안을 상대하기가 더 쉬워졌다.

"내일, 반드시 해내겠어!"

고칠소가 음험한 눈빛을 번뜩였다.

한운석은 영승을 설득해 냈다.

다음 날, 영승은 정식으로 한운석의 신분을 인정하고 천하에 공포하여 소문이 사실임을 확실시했다. 한운석은 서진 황족의 군기를 건 후, 도성 주변에 주둔하고 있던 군대를 끌고 호송을 받으며 남쪽으로 친히 출정했다!

용비야는 군대에 도착하자마자 이 소식을 들었다.

인정과 의리가 있는 사람

용비야는 군에 도착하자마자 한운석이 군사를 이끌고 친히 출정했다는 소식을 전해 들었다. 힘든 여정을 마치고 돌아온 그는 병영 입구에서 걸음을 우뚝 멈췄다. 원래부터 냉혹한 표정이 더욱 싸늘해졌다.

영승이 한운석을 납치했다는 것도, 한운석이 천녕국에 도착하면 직접 군사를 이끌 것이라는 사실도 알고 있었다. 그러나 막상 이 소식을 들으니 그는 너무도 갑작스럽게 느껴졌다.

한운석이 직접 군사를 이끌고 출정했다는 것은, 그가 여러 날 동안 애써 온 노력이 모두 헛고생이란 뜻이었다. 그가 아무리 한운석의 신분에 의문을 제기해도, 당문과 백리 장군부는 그의 말을 믿어 주지 않을 것이었다.

서진의 공주, 분명 본 태자를 몹시 원망하고 있겠지.

용비야는 몸에 늘 지니고 다니는 두 서신을 꺼냈다. 하나는 고북월 사건이 발생하고 그가 동진 황족의 신분을 발표한 직후 한운석에게 보낸 보라색 서신이었다. 내용은 한 문장이었다.

한운석, 아직 나를 믿느냐?

다른 하나는 한운석이 그에게 보낸 아무것도 적혀 있지 않은 답신이었다.

서둘러 의성에 도착했을 때 그는 그녀를 만나지 못했고 대신 그녀가 책상 위에 남겨 둔 보라색 서신만 발견했다.

그는 끝내 아무것도 적히지 않은 서신의 의미를 알아내지 못했다.

하지만 이제 그녀가 직접 군대를 끌고 출정했다니, 태도를 밝힌 게 아닌가?

혹시, 영승의 압박 때문에 직접 출정에 나선 건 아닐까?

그런 생각이 들자 용비야의 입가에 자조적인 웃음이 걸렸다.

어떻게 그렇게 생각할 수 있지?

한운석은 서진 황족의 공주였고, 자신이 그토록 오래 속아 왔다는 사실을 알게 되었으니, 어찌 그를 원망하지 않겠는가?

그녀는 그의 신분뿐 아니라 그가 속였다는 사실을 원망하고 있을 게 분명했다.

용비야는 문득 후회스러웠다. 어쩌면 처음부터 숨기지 말았어야 했다. 숨기지 않았다면, 적어도 원망하는 마음이 조금은 줄었으리라.

"전하! 전하, 드디어 오셨군요!"

백리원륭이 기뻐하는 소리와 함께 모습을 드러냈다.

용비야는 조용히 서신을 집어넣었다.

"전하, 한운석은 천녕국 도성에서 직접 출정에 나섰습니다. 지금 영승의 호송을 받으며 군대를 끌고 남쪽으로 내려오고 있습니다! 그 여자가 바로 서진 황족의 공주입니다. 틀림없습니다! 일이 이렇게 되었으니, 전하께서 속히 입장을 밝혀 주십시오. 군의 사기가 이미 흔들리고 있습니다!"

백리원륭이 다급한 표정으로 말했다.

그의 말이 떨어지자마자 아주 익숙한 두 얼굴이 용비야 앞에 나타났다. 바로 당자진과 당의여였다.

"비야, 이건 예삿일이 아니다. 내가 보기에……."

여 이모가 진짜 뜻을 밝히기 전에, 용비야가 차가운 목소리로 당자진에게 물었다.

"당문의 규율이 언제 바뀌었는가? 당리는? 당장 그를 불러와라!"

"비야, 강적이 앞에 닥치면 당문의 규칙도 무시할 수 있다! 한운석……."

여 이모가 변명하려 했으나 용비야는 기회를 주지 않았다. 안 그래도 기분이 좋지 않은데, 여 이모가 이렇게 들이닥친 것은 스스로 고생을 자처하는 일이었다.

그가 성난 목소리로 말했다.

"당문의 배신자가 무슨 자격으로 본 태자에게 '강적이 앞에 닥쳤다'고 운운하지? 당자진, 이자를 있던 곳으로 돌려보내라. 그렇지 않으면 본 태자도 가만있지 않겠다! 당문과 비밀 시위단의 규율은 동일하다. 명령을 어기고 배신한 자는 그 누구든 살려 두지 않는다!"

그 말에 모두 얼마 전 용비야가 무공을 폐하고 천산으로 돌려보낸 초서풍을 떠올렸다. 당의여는 입을 다물었다.

당문은 일곱 귀족이 아닌 동진 황족의 비밀 시위였다. 당문의 모든 보수는 황실에서 지급했고, 당문은 해마다 황족에게 시위들을 보내 암기로 황족들의 안위를 보호했다.

당문은 겉으로 드러난 존재가 아니었기 때문에 동진 제국이 멸망한 후에도 대부분 무사했고, 용비야의 할아버지는 당문의 보호 속에 목숨을 건졌다.

용비야의 아버지는 당의완을 좋아하게 되었다. 당문의 딸은 외지로 시집보내지 않는다는 규율이 있었으나 황족에게는 통하지 않았다. 심지어 당문의 지위는 일곱 귀족보다 못했기 때문에 당의완은 황후로 세워지지 못하고 그저 '완비婉妃'로 봉해졌다.

그래서 용비야는 동진의 마지막 태자임에도 여전히 자신의 어머니를 모후가 아닌 모비라고 부를 수밖에 없었다.

다시 말해 당의완이 용비야의 생모만 아니었다면 당문 사람 모두 초서풍 등 비밀 시위와 같은 부류요, 지위도 동등했다. 용비야 앞에서 감히 말도 붙일 수 없었고, 그와 논쟁할 자격은 더더욱 없었다.

무서울 정도로 차가운 용비야의 안색을 보며 백리원륭마저 두려움을 느낄 정도였으니, 당자진과 당의여는 어떠했겠는가?

"여봐라, 당의여를 압송해라!"

당자진이 먼저 입을 열었다. 그는 계속 논쟁을 이어가다가는 자기 자신마저 위험해질 것을 알았다.

"당리가 풀어 주라고 시킨 것인가?"

용비야가 차갑게 물었다.

"당리와 무관합니다. 다만 소신은 이번 사태가 아주 중대하다고 생각했고, 당의여에게 대책이 있어서……."

용비야는 불같이 화를 내며 남매가 말을 다 끝낼 기회도 주지 않고 차갑게 말했다.

"문주의 동의도 없이 함부로 죄인을 당문에서 끌고 나오다니, 배신이나 마찬가지다! 여봐라, 이 두 사람을 당문으로 데리고 가서 문주에게 처리를 맡겨라!"

당의여는 화가 나서 반박하려고 했으나 당자진이 말렸다.

그는 부인의 말을 듣지 않은 것을 후회했다. 충동적으로 나서는 바람에 이제는 아들까지 곤란하게 만들었다.

다행히, 정말 다행히 이들 남매는 용비야가 오기 전 이미 백리 장군과 하루 정도 이야기를 나누었다. 백리 장군은 절대 이들을 실망시키지 않으리라 믿었다.

당자진 남매가 떠나자 백리 장군은 그들이 하지 못했던 말을 꺼냈다.

"전하, 한운석은 진왕비였고, 중남도독부를 관장하며 군에서 신망이 높았습니다. 그런데 이제 그녀의 신분 때문에 우리 동진 군대의 사기가 크게 떨어졌습니다. 군 내부에서 적잖은 사람들이 떠들고 다니기를, 전하께서……."

백리원륭은 잠시 망설이다가 결연히 말했다.

"다들 전하께서 여자에게 이용당했다고 떠들고 있습니다. 소장의 얕은 소견으로는, 전하께서 직접 나서서 이 일을 해명하셔야 합니다. 영민하고 지혜로우신 전하께서 어찌 여자에게 이용당하실 수 있습니까. 전하께서 한운석을 이용하신 것이지요!"

이것이 어찌 백리원륭의 '얕은 소견'일까. 이것은 당의여의 뜻이었다.

용비야가 공개적으로 한운석을 이용했다고 인정하면, 두 사람의 관계는 절대 돌이킬 수 없었다.

용비야는 차가운 눈빛으로 백리원륭을 바라보며, 한참 동안 말이 없었다. 백리원륭은 당자진과 여 이모처럼 용비야에게 약점을 잡힌 사람이 아니었다. 그는 이 일에 대해 아주 떳떳했고 두려움이 없었다.

"전하, 한운석을 정말 이용하셨는지 여부와 상관없이, 군의 사기를 위해 반드시 입장을 밝히셔야 합니다!"

백리원륭이 진지하게 말했다.

"고북월의 행방은 어찌 되었는가?"

용비야가 화제를 돌렸다.

백리원륭은 바로 무릎을 꿇었다.

"소장은 이름 없이 희생한 백족의 모든 장병을 대표하여 간청드립니다. 전하, 심사숙고해 주십시오!"

용비야의 서늘한 눈빛은 차가운 연못처럼 심오하여, 바닥이 보이지 않을 만큼 깊었고, 그 속을 알 수 없었다.

그는 몸을 웅크리고 앉아 백리원륭에게 한 자 한 자 또박또박 말했다.

"백리 장군, 본 태자는 동진 황족의 열조들을 대표해서 말하겠다. 우리 동진 황족은 여자 하나를 이용해서 설욕하여 땅을 되찾고 이 대륙을 정복할 정도로 무능하고 염치없지 않아! 본 태자는 이런 행동을 백리 장군부의 수천 장병들도 동의하지 않을 거라고 믿는다! 군의 사기가 불안하다고 해서 천하 모두에게 비난을 받아서야 되겠는가! 서진의 공주가 세상 사람들의 동정을 받게 되면, 그 결과를 자네가 감당할 수 있겠는가?"

백리원륭은 너무 놀란 나머지 순간 제대로 무릎을 꿇고 있을 수 없어 하마터면 바닥에 주저앉을 뻔했다.

용비야는 말을 마친 후 바로 일어나 병영으로 걸어가며 차갑게 한마디를 남겼다.

"고북월에 대한 소식이 들어오는 대로 바로 보고해라. 본 태자를 속이지 않는 게 좋을 것이다!"

백리원륭은 그제야 이 일이 동진 태자의 명예를 깎고 천하 사람의 불만을 살 수 있음을 깨달았다. 어쨌든 동진과 서진이 일단 정식으로 전쟁을 시작하면, 양측 모두 근거가 필요했다.

그 근거란 바로 과거의 원한이었다.

당시 상황에 대해 동진과 서진은 각자 입장이 달랐다. 천하 사람이 어느 쪽 말을 믿는가에 따라 정세가 크게 변동할 것이다.

백리원륭은 속으로 다행이라고 생각했다. 다행히 전하가 현명했기에 망정이지, 그렇지 않았다면 당자진 남매 때문에 큰일을 그르칠 뻔했다.

한운석과 영승이 군대를 더 끌고 오면, 양측 세력은 엇비슷해졌다. 이런 상황에서 군의 사기도 중요했지만, 천하 민심의 방향은 더욱 중요했다.

군의 사기 역시 민심이니, 천하 민심은 군의 사기에 영향을 끼치기 마련이었다.

백리원륭은 얼른 일어나 쫓아가서 서신 하나를 올렸다.

"전하, 초천은의 서신입니다."

"초천은!"

용비야는 깜짝 놀랐다.

초천은은 아직 고북월의 사고를 전혀 모른 채, 계속 의성으로 고북월에게 여러 번 서신을 보내면서 그와 한운석의 신분에 대해 물었다. 서신은 모두 당리가 열어 본 후 용비야에게 전달했다.

생각해 보니 꽤 여러 날 동안 초천은의 소식을 받지 못했다. 초천은이 무슨 뜻으로 서신을 백리 장군부에 보내 그에게 전하려는 것일까?

초천은은 그와 한운석의 각자 신분에 대해 또 어떤 입장일까?

용비야는 서신을 열어 보면서 차갑게 물었다.

"고북월과 무슨 관련이 있는가?"

"전하, 서신을 보낸 사람이 이것도 함께 보냈습니다. 고북월의 것이라 했습니다."

백리원륭은 커다란 서신 봉투를 하나 꺼냈다. 다름 아닌 용비야가 고북월에게 부탁했던 것, 바로 한운석에게 전해 달라고 했던 서신이었다!

용비야의 계획대로라면, 그가 동진의 태자임을 선포하기 전날 밤, 고북월은 이 큰 봉투를 한운석에게 전하고 그녀가 의성을 떠나 그를 만나러 오게 해야 했다.

그는 고북월의 행방을 걱정하면서도, 동시에 이 봉투 안에 있는 아홉 장의 서신에 대해서도 염려하고 있었다! 한운석은 그에게 보고 싶다는 내용을 담은 서신을 아홉 번 보냈고, 그는 아무것도 적히지 않은 답신을 아홉 번 보냈다. 하지만 진짜 답신은 모두 이 큰 봉투 안에 들어 있었다.

용비야가 커다란 봉투를 열어 보니, 서신 아홉 장은 모두 처음 그대로 들어 있었다. 그는 큰 봉투를 꽉 움켜쥐었다. 가슴이 뭔가 들어찬 것처럼 갑갑했고, 마음속은 형언할 수 없는 인정과 의리로 가득했다.

그 자신만은 알았다. 이 커다란 봉투 속에는, 이 동진 태자를 향한 고북월의 이해, 신뢰, 인정과 의리가 담겨 있었다!

가장 절망스러운 순간에, 고북월은 이런 방식으로 그에게 희망을 보여 주었다.

용비야가 평생 가장 다행스럽게 여기는 일이 있다면, 바로 고북월의 신분을 알았을 때 그를 죽이지 않은 것이었다.

인정과 의리가 있는 사람은 반드시 살아남아야 했다!

백리원륭은 진왕 전하가 뭔가 좀 이상하다고 생각했지만, 어디가 이상한지 딱 꼬집어 말할 수 없었다.

그는 일찌감치 고북월의 영족 신분을 알고 있었다. 초서풍처럼 그 역시 진왕 전하가 고북월과 협력하는 것은 자신의 신분을 숨기고 고북월을 이용하기 위해서라고 생각했다.

그래서 이 큰 봉투와 초천은의 서신에 대해서 전혀 종잡을 수 없었고 호기심만 가득했다.

하지만 아무리 궁금해도 감히 함부로 열어 볼 수는 없었다.

이 물건들이 전해졌다는 것은 두 가지를 의미했다.

첫째, 고북월이 아직 살아 있다는 것이요, 둘째, 고북월과 초천은이 서로 연락이 닿았다는 뜻이었다.

서신을 열고 한 번 훑어본 용비야는 천천히 두 눈동자를 가늘게 떴다.

"풍족, 과연 풍족이었군!"

초천은의 이름으로 전달되었지만, 사실은 두 개의 서신이 들어 있었다. 하나는 고북월이 용비야에게 보낸 것이요, 다른 하나는 초천은이 직접 용비야에게 쓴 것이었다.

고북월의 서신에는 백언청의 모든 음모가 적혀 있었다!

만남의 약속

고북월의 서신에는 백언청의 모든 음모가 낱낱이 드러나 있었다. 그날 독종 금지에서 고북월을 습격한 자객은 바로 풍족 족장 백언청이었다. 그 습격은 철저한 함정이었다!

백언청은 고북월을 심연으로 떨어뜨렸으나, 미리 심연에 살수를 매복시켜 두었다가 떨어진 그를 납치해 갔다.

그날 밤 습격 사건에서 고북월은 추락한 것처럼 보였지만, 실은 납치된 것이었다. 그러니 그들이 아무리 찾아도 찾아낼 수 없었던 게 당연했다.

백언청은 군역사의 사부이자, 그들이 계속해서 찾던 그 늙은 여우였고, 독종의 직계 자손이었으며, 한운석의 생부이자 천심부인의 남자일 가능성이 컸다.

백언청이 한 모든 행동의 목적은 동진과 서진 사이를 이간질해 다시금 원한을 부추겨 전쟁을 일으킨 후, 가만히 앉아서 어부지리를 얻는 데 있었다.

백언청은 고북월을 납치한 후 금지 중 한 곳에 가둬 놓고 세상과 단절시켰다. 그리고 자신이 고북월의 생명을 구한 은인인 척했다.

그는 고북월에게 자신을 풍족의 후예라고 밝히며, 용비야를 오래 주시해 왔고 진작에 용비야의 신분을 알고 있었다고 했다. 그가 한 모든 행동은 바로 적족과 손잡고 북려국 철기병을 이용해서 동진의 마지막 세력을 무너뜨리고 동진 황족에게 복수하기 위해서였다고 말했다.

그는 고북월에게 자신이 한운석의 신분을 공개했다며, 한운석이 용비야의 궤계를 간파했고 이미 영승과 손을 잡았으니 곧 직접 군대를 이끌고 출정할 것이라고 말했다.

또 고북월에게 북려국의 철기병은 곧 영씨 집안 군대를 지원할 것이며, 1년도 안 되어서 동진 황족은 완전히 사라질 것이라 말했다.

백언청은 고북월이 일찌감치 용비야가 동진 황족의 후손이고, 한운석이 서진 황족의 후손이라는 사실을 알고도 용비야와 같은 편에 선 줄은 생각도 못 했다.

백언청은 고북월을 속였지만, 고북월은 장계취계를 사용해 상처를 치료하면서 몰래 초천은에게 연락해 시국을 파악했고, 동시에 백언청의 갖은 음모과 계략을 알아보았다.

그는 백언청이 단약을 찾아 주어 내공이 회복되면, 의성의 힘으로 용비야에게 제약을 가하겠다고 백언청에게 약속했다.

고북월 서신의 마지막에는 이렇게 적혀 있었다.

공주는 아직 서신을 보지 못했으니, 전하께서는 심사숙고하십시오.

짧은 문장이었지만, 그 속에는 유감스러운 마음과 뜻대로 움직일 수 없는 상황, 또 확고한 의지와 단호함까지 모두 포함되어 있었고, 용비야는 그 모든 것을 이해했다.

한운석은 아직 서신을 보지 못했고, 진실과 진심도 알지 못했다.

그가 어찌 포기할 수 있을까?

이전에 그는 고북월의 손을 빌려 진실과 진심을 한운석의 손과 마음에 전하려 했다. 그러나 이제는 고북월이 그의 손을 빌려 진실과 진심을 한운석의 손과 마음에 전하려 했다!

원래부터 직접 한운석을 만나고 싶었던 용비야는 고북월의 서신을 보고 나서 더 마음을 굳혔다.

한운석이 직접 출정에 나섰으니, 그는 그녀가 오기를 기다렸다!

용비야는 초천은의 서신을 뜯어보았다. 초천은의 뜻은 분명했다. 용비야가 그의 아버지와 큰아버지를 풀어 준다면, 그는 고북월이 정해 준 대로 모두 따르겠다고 했다.

용비야는 속으로 감개가 무량했다. 처음 초천은의 항복을 이야기한 것도 고북월이 내놓은 생각이었다.

고북월, 이자가 서진 황족을 위해 복수하고 나라를 되찾으려 했다면, 운공대륙의 하늘은 진작 달라졌을 것이다!

그는 병약한 몸으로 한운석의 맑은 하늘을 받쳐 주고 있었다!

"백리원륭, 공격을 멈추라는 명을 전하게!"

용비야가 차갑게 명령했다.

백리원륭은 크게 놀라며 자신이 잘못 들은 줄 알았다.

"전하, 지금…… 뭐라고 하셨습니까?"

"공격을 멈추고 사신을 보내라. 본 태자는 한운석과 협상을 해야겠다!"

용비야가 진지하게 말했다.

"전하!"

백리원륭이 분노한 목소리로 말했다.

"동진은 저들과 협상할 게 없습니다. 전하, 지금은 가장 먼저 군대의 사기를 안정시키고, 한운석과 영승이 지원군을 끌고 내려오기 전에 단숨에 공격하여 속전속결로 전투를 끝내셔야 합니다. 그럼 적어도 천녕국의 절반은 차지할 수 있습니다! 전하, 고북월은 영족의 후예이고, 초천은은 태도가 명확하지 않습니다. 절대 그들에게 속아 넘어가시면 안 됩니다!"

용비야는 백언청의 궤계를 백리원륭에게 말해 주었다.

"군역사에게 군마 삼만 마리가 있다. 늦어도 다음 달 초면 남쪽으로 내려올 수 있고, 그 뒤로 군마 육만 마리가 더 올 예정이지."

용비야는 말하면서 몸을 앞으로 기울이며 두 눈을 가늘게 뜨고, 차갑고 사악한 눈빛으로 또박또박 말했다.

"백리원륭, 십만 철기병이 모조리 남하하면 그 결과가 어떠할지는 본 태자보다 자네가 더 잘 알겠지!"

백리원륭이 아연실색하고 있는 이때, 비밀 시위가 북려국의 밀정 소식을 가져왔다.

"전하, 군역사가 군마 삼만 마리를 끌고 북려국 경내로 들어왔습니다. 북려국 황제는 이미 경계에 들어갔으나 아직 행동에 나서지 않았습니다."

비밀 시위가 사실대로 보고했다.

백리원륭은 더욱 경악하며 놀란 목소리로 말했다.

"휴전해야 합니다. 잠시 전쟁을 멈춰야 합니다! 전하, 북려국 철기병이 영씨 집안 군대를 지원하는 것을 막아야 합니다!"

백리원륭은 그제야 불안함에 떨었다.

그는 풍족과 적족 간에 어떤 갈등이 있든지, 풍족이 얼마나 큰 야심을 가졌든지 상관없었다. 그는 오로지 풍족과 적족이 손을 잡으면 그것이 진심이 아닐지라도 동진이 위험해진다는 것만 알았다.

일곱 귀족 중 대부분은 서진 황족에게 충성을 다했고, 동진 황족에게 진정한 충심을 바친 귀족은 백족뿐이었다. 군사 실력을 따지고 들면, 동진은 우위를 점할 수 없었다. 이 때문에 진왕 전하가 지난 몇 년 동안 계속해서 일곱 귀족의 행방을 찾았던 것이었다.

그런데 결국에는 풍족이 운공대륙에서 가장 전투력이 강한 기병을 장악하고 말았다.

"소蕭 귀비에게 움직일 때가 되었다고 알리고, 혁련취향과 한운일을 그녀에게 보내라."

용비야가 차갑게 말했다.

소 귀비는 바로 그가 북려국 황제 곁에 오랫동안 심어 둔 첩자였다. 마침내 그녀를 쓸 때가 되었다.

혁련취향도 대가를 치를 때가 되었다. 그녀는 소중한 아들

한운일 때문에 백언청과 군역사에 대해 다 자백하게 될 것이 분명했다.

비밀 시위가 물러간 후, 용비야는 백리원륭을 쳐다보았다. 그가 더 말할 것도 없이 백리원륭은 자신이 뭘 해야 할지 알았다.

"전하, 소장은 바로 휴전을 명령하고, 오늘 당장 사신을 보내겠습니다."

백리원륭은 말을 마치고 빠른 걸음으로 자리를 떠났다.

지금 전장은 동진 군대가 절대적인 우위를 점하고 있고, 영씨 집안 군대가 계속 패하는 형세였다. 이런 상황에서 동진 군대가 휴전만 하면 양측은 바로 대치 국면에 들어갈 수 있었다.

동진 측 사신이 한운석과 영승을 설득해 풍족의 음모와 무시무시한 북려국 철기병 상황을 믿게 하면, 한운석과 영승은 자연스레 풍족을 경계하게 될 것이었다.

그럼 풍족은 북려국 황족과 맞서면서 동시에 적족도 상대해야 했다. 군마가 아무리 많아도 단번에 절대적인 우위를 점할 수는 없었다.

원래는 동진과 서진 양대 진영이 맞서고 있었으나, 이제는 풍족의 음모가 밝혀지면서 상황이 크게 달라졌고, 풍족은 공공의 적이 되었다.

아무리 원한이 커도, 멸망할 수 있는 큰 위기 앞에 서면 모두 타협해야 했다.

백리원륭과 용비야는 모두 한운석과 영승이 그들을 얼마나 믿어 줄지 걱정이었다. 한운석과 영승의 입장에서야 그들보다 풍족을 믿을 이유가 훨씬 많지 않은가?

백리원륭과 용비야, 그리고 심지어 고북월까지도 모두 한운석이 그들보다 훨씬 먼저 백언청의 실상을 간파했고, 그를 속여 군역사의 군마에 대한 정확한 정보를 알아냈음을 몰랐다.

지금 서둘러 전장으로 향하는 가운데, 한운석은 아무것도 쓰이지 않은 서신 아홉 장을 들어 멍하니 보고 있었다.

오랜만에 고향을 찾으면 고향이 가까워질수록 불안하다던데, 그녀는 사람에게 가까워질수록 불안해졌다. 아니, 지아비에게 가까이 갈수록 마음이 더 불안해진다고 해야 할지도 몰랐다.

그랬다. 용비야는 그녀의 지아비였다!

용비야는 지금 뭘 하고 있을까?

예전처럼 자기 전 가득 쌓인 밀서를 확인하느라 바쁠까?

그녀가 직접 출정한다는 소식을 분명 들었을 텐데, 그는 그녀를 어떻게 생각할까? 만날 기회가 생긴다면, 그는 또 그녀를 어떻게 대할까.

감히 생각할 수도 없었다. 한번 생각하면 그리움이 미친 듯이 자라나 그녀의 머릿속을 차지하고 이성까지 건드렸다.

용비야, 신부 맞이를 제대로 하지 않은 빚을 꼭 갚겠다고 한 약속, 기억해요?

용비야, 그때 내가 그 빚을 갚지 않으면, 다른 사람에게 시집가겠다고 했던 말, 기억해요?

마차가 쏜살같이 사흘을 달린 후, 영승은 부장에게서 서신을 받았다. 동진이 갑자기 휴전을 선언했으며, 사신을 통해 동진의 태자 용비야가 공주와 협상하고 싶다는 말을 전했다는 내용이었다. 영승은 생각도 하지 않고 바로 서신을 한운석에게 보여 주었다.

한운석은 서신의 내용을 보고 하마터면 비명을 지를 뻔했다. 전장에 도착하기도 전에 이런 기회가 생길 줄이야.

이거, 분명 용비야가 처음으로 정식 만남을 청하는 거 맞지!

"공주, 예상하신 대로 용비야가 군마 소식을 들은 것 같습니다."

영승이 말했다.

한운석은 서신을 보며 말이 없었다.

사실 다른 사람은 용비야가 북려국에 첩자를 얼마나 많이 뒀는지 모르지만, 그녀는 잘 알았다.

용비아의 힘으로 전력을 다해 싸우면, 영씨 집안 군대를 속전속결로 해결하면서 북려국 황실을 이용해 군역사를 견제할 수 있었다.

용비야의 성격대로라면 분명 그렇게 했을 것이다.

그런데 지금 용비야가 직접 그녀와 협상하겠다니, 정말 북려국 군마 일 때문일까?

한운석은 기쁨 끝에 또 불안해졌다.

그가 동진의 태자 신분으로 그녀와 협상을 하면 두 사람은 절대 따로 만날 수 없었다. 양측의 신하가 많이 동석할 텐데, 무슨 이야기를 나눌 수 있을까?

불안한 나머지 한운석은 낙담스럽기까지 했다.

의성 쪽 상황은 또 어떠할까. 심 부원장은 그녀가 용존의 하인 몸에 쓴 수작을 알아봤을까?

"공주, 허락하시겠습니까? 시간과 장소는 우리가 정할까요?"

영승이 물었다.

한운석은 그제야 정신을 차리고는 잠시 망설이다가 진지하게 말했다.

"지필묵을 준비해라. 용비야에게 서신을 쓰겠다!"

영승이 의심스러워하며 말했다.

"공주……."

"바로 휴전해서는 안 된다. 백언청에게 이용당할 수도 있어. 백언청이 북려국 황제에게 그토록 오래 신뢰를 받을 수 있었던 것도 다 그만한 능력이 있기 때문이다. 동진과 서진이 만약 갑자기 전쟁을 멈추면, 북려국 황제가 어떻게 생각하겠느냐? 동진과 서진을 경계하지 않겠느냐?"

한운석이 아주 진지하게 말했다.

영승은 속으로 탄복하며, 군사와 정치 같은 큰일에 여자의 세심함을 활용한 사람은 공주가 처음일 것이라고 생각했다.

영승은 바로 직접 지필묵을 대령했고, 한운석은 그가 보는 앞에서 붓을 들었다. 당연히 쓸데없는 말은 쓸 수 없었다.

그녀는 그저 자신의 걱정을 써 내려가며, 용비야에게 그녀와 협상한 후에 다시 휴전하라고 건의했다. 하지만 요 며칠만은 진짜로 공격하지 말고 전쟁인 척 연극을 해 달라고 요청했다.

서신이 용비야의 손에 도착했을 때, 한운석의 필체와 신중함과 꼼꼼함을 보면서, 용비야는 문득 이 여자가 그의 반대편에 선 게 아니라 여전히 그의 곁에 어깨를 나란히 하고 서서 그를 위해 계획을 내놓는 듯한 착각이 들었다.

이 여자는 그가 알던 대로, 그가 좋아했던 모습 그대로, 이성적이고, 냉정하며, 지혜로웠다!

한운석, 그렇게 똑똑하면서, 어찌 본 태자의 마음은 알지 못하느냐?

지금 이 순간, 한운석도 묻고 있지 않을까.

용비야, 당신은 나보다 똑똑하면서, 어떻게 내 마음을 알아차리지 못하죠?

며칠 후, 깊은 밤이 되자 한운석은 영승과 몇몇 시위들과 함께 어느 절벽에 도착했다. 맞은편도 마찬가지로 절벽이었다. 두 산 사이에는 아주 오래된 흔들다리가 있었는데, 흔들다리에 서면 전장이 내려다보였다.

한운석 일행이 도착하자, 키 크고 오만한 분위기의 누군가가 흔들다리 중앙에 서 있었다. 양쪽 절벽에는 모두 횃불이 켜져 있었지만, 흔들다리 가운데는 오로지 달빛만이 비추고 있었다.

한운석은 단번에 달빛 아래, 밤의 신처럼 서 있는 남자를 알아보았다. 그녀가 오랫동안 그리워하고 몇 달 동안이나 만나지 못했던 남자, 용비야였다!

네가 원한 것이냐

마침내 그를 만났다!

아무리 멀리 떨어져 있어도, 그녀는 단번에 그를 알아보았다.

이 순간, 한운석은 달려가 용비야를 껴안고 다시는 놓아주고 싶지 않았다. 그가 떨쳐 낸다고 해도 놓고 싶지 않았다.

용비야도 마침내 밤낮으로 그리워하던 사람을 만났다.

그는 분명 전생에 이 여자에게 큰 빚을 지고 이번 생은 빚을 갚아야 할 운명이라, 그녀를 위해 기꺼이 스스로를 이 지경으로 괴롭히는 것이라고 생각했다.

그는 당장이라도 날아가서 아무 설명도 하지 않고 바로 그녀를 데려가 영원히 손을 놓고 싶지 않았다. 그녀를 데리고 이 모든 복잡한 것들에서 벗어나 자신이 누구인지, 상대가 누구인지도 잊고 싶었다.

두 사람은 모두 충동적인 마음이 일었지만, 두 사람 모두 아주 이성적이었다. 두 사람은 언제나 이렇게 같은 모습이었다.

용비야의 뒤에는 백리원륭이, 한운석의 뒤에는 영승이 있었다. 그들은 양쪽 군대의 사령관이었고, 양쪽 진영에서 가장 충성된 세력이자 가장 서로를 미워하는 세력이었다.

한운석은 영승의 믿음을 얻기 위해 얼마나 많은 대가를 치렀는지 몰랐다. 심지어 서진 공주의 이름으로 맹세까지 했다. 용비야도 얼마나 많이 고심했는지 몰랐다. 고북월 서신의 도움을 받은 후에야, 백리원륭이 기꺼이 전쟁을 멈추고 협상을 받아들이게 만들 수 있었다.

이들은 서로 최근에 상대가 얼마나 많이 애써 왔는지 몰랐다. 하지만 두 사람 모두 이 기회를 아주 소중하게 생각했다.

이번 협상의 시작이 좋으면, 앞으로 만나는 일은 어렵지 않았다. 심지어 따로 만나는 일도 가능할 수 있었다.

두 사람은 꼼짝하지 않고 멀리서 서로를 바라보았다. 그윽한 달빛 아래서 온 세상이 고요해졌고, 세상에 두 사람만 남은 듯했다. 마치 다른 사람들은 모두 밖에 내버려 두고, 두 사람만의 세상 속에 들어간 듯했다.

하지만 설사 같은 세상 속에 있어도 두 사람은 운명의 양극단에 서 있었다. 둘 사이에는 나라와 집안의 원한이, 남녀의 사랑이, 어쩔 도리가 없는 기구한 운명이 놓여 있었다.

마침내 한운석이 참지 못하고 다리를 향해 한 걸음 내디뎠다. 그러자 용비야의 심장이 빠르게 뛰기 시작했다.

바로 이때, 영승이 빨리 앞으로 나가더니 작은 목소리로 말했다.

"공주, 조심하십시오. 소신이 모시고 가겠습니다."

낡은 다리는 아주 위험했다. 자칫 발을 헛디디면, 그 아래는 깊고 깊은 심연이었다. 한운석처럼 무공을 할 줄 모르는 사람이 어떻게 걸어갈 수 있겠는가?

"공주, 실례하겠습니다."

영승이 작게 말한 후 한운석의 어깨를 감쌌다.

그 순간, 용비야의 눈빛이 급격히 차가워졌고, 눈 속에서 영승을 수백 번 갈기갈기 찢어 놓기에 충분한 살의가 뿜어져 나왔다.

결국 그는 냉정함을 잃고 갑자기 하늘 높이 솟아올라, 노기등등하게 한운석 일행을 향해 날아왔다. 다들 정신을 차리기도 전에 그는 한운석 앞에 착지했고, 얼음처럼 차가운 시선은 한운석의 어깨를 주시했다.

영승은 바로 한운석을 뒤로 보호하며 말했다.

“용비야, 이게 협상하자는 태도냐? 뭐하는 짓이냐?”

용비야는 대답하지 않고 차가운 눈빛으로 한운석을 바라보았다. 한운석은 바로 알아서 한쪽으로 물러나 영승과 거리를 유지했다. 용비야는 여전히 불만스러운 눈빛으로 그녀를 바라보았다. 사람을 잡아먹을 것 같은 눈빛에 한운석은 자신도 모르게 고개를 숙였다.

얼마나 익숙한 장면이었던가.

전에 몇 번이고 그가 눈살을 찌푸리거나 어두운 눈빛을 보내면, 그녀는 바로 자기 잘못으로 그의 성질을 건드렸음을 알아차렸다. 한운석은 마치 지금까지 아무 일도 일어나지 않았고 두 사람이 예전으로 돌아간 것 같은 착각이 들었다.

용비야, 당신 대체 무슨 생각이야? 지금 당신이 무슨 자격으로, 내 행동에 대해 이렇게 불만을 표현할 수 있어?

불만은, 그의 본능 같았다.

설사 이렇게 조심해야 하는 장소에서조차, 그는 감정을 억제하지 못하고 표현해 버렸다.

다만, 용비야는 그녀가 아직도 예전처럼 그가 눈살을 찌푸리고 노려보기만 해도 바로 얌전해지고, 무서워하고, 작은 토끼처럼 온순해질 줄은 몰랐다.

한운석, 넌 대체 무슨 생각이냐? 지금 너는 나를 뼈에 사무치게 미워해야 하는 것 아니냐? 왜 아직도 나를 이렇게 두려워하지?

영승은 바로 이상한 낌새를 알아채고 다시 한운석 앞을 막아섰다. 그는 자신의 몸으로 용비야의 시선을 막으며 차갑게 물었다.

"용비야, 또 공주께 무례를 범하면 가만두지 않겠다!"

용비야는 협상을 하러 온 걸까, 아니면 복수를 하러 온 걸까? 분명히 그가 한운석을 이용했으면서, 이게 무슨 태도지?

영승은 전에 용비야를 아주 마음에 들어 했으나, 지금은 마음 깊이 그를 경멸했다. 전쟁을 멈춰야 할 필요만 없었다면, 벌써 공격했을 것이다.

용비야는 마침내 영승을 쳐다보며 차갑게 물었다.

"영승, 네가 무슨 자격으로 본 태자에게 말을 하느냐? 적족이 언제부터 서진의 공주 대신 발언할 수 있게 되었지?"

영승이 냉소를 지으며 답했다.

"너처럼 여자를 이용하는 소인과는 본 족장도 쓸데없이 말을 섞고 싶지 않다. 용비야, 협상을 하자고 한 것은 너다. 어떻게…….”

영승의 말이 끝나지도 않았는데 용비야가 손을 들었다. 그러자 비밀 시위가 그의 곁으로 날아와 그 손에 납작한 비단 상자 하나를 놓았다.

이것은…….

영승과 한운석은 영문을 알 수 없었다. 뒤따라온 백리원륭도 알지 못했다. 협상하러 오기 전, 전하는 이 물건을 언급하시지 않았는데!

이게 뭐지?

한운석도 처음 본 상자라 아주 낯설었다.

여자의 장신구나 옷을 담는 상자 같은데, 안에 뭐가 들었지?

사람들이 주시하는 가운데 용비야가 천천히 비단 상자를 열었다. 그 안에 든 물건을 본 순간, 모든 사람이 놀라 숨을 들이켰고, 곧 한운석을 바라보았다.

비단 상자에 고이 들어 있는 것은 바로 영승이 찢어 버린 한운석의 보라색 면사 옷이었다. 그녀가 괴롭힘을 당했다는 증거요, 여자로서 치욕적인 물건이었다!

용비야는 그 옷을 들고 입가에 냉소를 머금은 채 재미있다는 듯 바라보았다.

영승의 안색은 바로 새하얗게 질렸고, 한운석의 얼굴은 새빨개졌다. 사실 그녀는 얼굴만이 아니라 눈가마저 붉어졌다.

그렇게 오랫동안 참고, 바라고, 꿋꿋하게 견딘 결과가 이런 치욕으로 돌아올 줄은 생각도 못 했다.

용비야, 당신 정말 마음먹고 나왔구나!

한운석은 자신이 가장 잘 알던 남자를 바라보면서, 마음이 불안하고 혼란스러워지기 시작했다!

하지만 용비야는 여기서 멈추지 않았다.

"영승, 그녀 등에 있는 봉황 깃 모양의 모반을 제대로 확인했느냐?"

그의 목소리는 발아래 어두컴컴한 심연에서 울려 퍼지듯이 낮고 차가워 듣는 사람의 모골이 송연해졌다.

"영 족장이 주인마저 모욕한 것이냐, 아니면……."

용비야는 잠시 주저하는 듯했으나 결국 말을 내뱉었다.

"아니면 그녀가 기꺼이 너에게 보여 주었느냐!"

그 말이 떨어지는 순간, 주변은 적막에 휩싸였다.

영승의 얼굴은 붉으락푸르락했다. 그는 용비야에게 반박하는 것도 잊은 채 자신도 모르게 한운석을 돌아봤다. 한운석의 눈동자는 토끼처럼 붉어져 있었다.

영승은 입을 열어 그녀에게 뭐라 말하고 싶었으나, 뭐라고 해야 할지 몰랐다.

무슨 협상? 무슨 휴전?

용비야는 일부러 공주를 모욕하러 온 게 아닌가? 그렇게 오래 공주를 이용해 놓고, 이제는 이렇게 모욕하다니, 이런 짓을 어찌 참을 수 있을까?

영승이 검을 뽑으려는 순간, 한운석이 갑자기 용비야 앞으로 달려 나와 뺨을 날렸다.

"용비야, 내가 기꺼이 원했다고 해도 당신과는 상관없어! 당신이 나한테 뭔데?"

철썩!

따귀 때리는 소리가 고요한 절벽에 울려 퍼졌다.

용비야 뒤에 있던 사람들은 모두 헉하고 숨을 들이켰다. 누구도 협상이 시작되기도 전에 이런 일이 생길 줄은 몰랐다.

백리원륭은 속으로 생각했다.

당자진 남매가 쓸데없는 걱정을 했군. 태자 전하가 어찌 저 여자에게 미련이나 옛정을 갖고 있을까?

아무리 총애하는 여자라고 해도 나라와 집안의 원한 앞에서는 아무 가치도 없었다!

"무엄하다!"

백리원륭이 먼저 검을 뽑아 들자, 영승도 검을 뽑아 맞서며 한 치도 물러서지 않았다.

그러나 용비야와 한운석은 움직이지 않고 서로 눈빛을 마주하고 있었다. 그렇게 가까웠지만, 또 그렇게 멀기도 했다.

용비야가 화끈거리는 자신의 뺨을 가볍게 쓸어 내며 무표정한 얼굴로 비단 상자를 비밀 시위에게 건네자, 한운석이 차갑게 말했다.

"내 물건이니, 돌려다오!"

용비야가 말하기도 전에 한운석이 뺏어 왔다. 그 순간, 용비야가 한숨 돌리는 모습을 아무도 발견하지 못했다.

그는 한운석을 너무 잘 알았다. 그녀를 화나게 한 것도 비단 상자를 뺏어 가게 하려고 일부러 그런 것이었다.

이런 방법을 써야만 영승이 이 상자에 대해 의심하지도, 관심을 가지지도 않을 수 있었다.

이 비단 상자는 이중으로 되어 있었다. 그는 이 여자가 자세히 살펴보기를, 그래서 자신이 평생 처음으로 뺨을 맞은 일이 헛되지 않게 해 주기를 바랐다.

마음이 너무 아팠지만, 그는 결국 충혈된 한운석의 눈을 피하며 아무렇지 않은 척 담담하게 말했다.

"좋다. 서진의 공주, 원한이 다 풀렸다면 이제 중요한 일을 논의하자."

중요한 일?

그러니까 지금 이 모든 일이 그에게는 중요한 일이 아니라는 건가?

한운석의 마음은 찢어지는 듯했다!

그녀는 자신이 충분히 용감하고 의지가 강해서 끝까지 냉정하고 이성적으로 대처할 수 있는 사람인 줄 알았다.

그녀는 내내 자신을 설득했다.

용비야가 이용한 것은 서진의 공주일 뿐이야. 나는 아니니까, 내게도 기회가 있어!

그녀는 내내 기대하고 있었다. 만약 원한만 없다면, 용비야는 어쩌면 그녀 한 사람만의 용비야, 그녀 한 사람만의 전하가 될 수 있을지도 모른다고.

그런데, 이 남자를 마주했을 때 마음이 칼로 저미는 것처럼 만신창이가 될 줄은 몰랐다.

용비야, 의성에서 초서풍이 날 가뒀을 때, 얼마나 간절히 당신이 나타나기를 기다리고 바랐는지 알아? 그런데 당신은 오지 않았어!

용비야, 영승이 무례하게 구는 순간, 내가 얼마나 무서웠는지 알아? 그런데 당신은 그곳에 없었어!

용비야, 그동안 영승 곁에 있으면서, 내가 얼마나 많이 애를 써서 지금까지 버텨 낸 끝에 당신을 만난 줄 알아? 그런데 날 이렇게 모욕하다니!

용비야, 다른 사람들은 모두 냉정하고, 이성적이고, 두려움 없이 용감하고, 심지어 무정하기까지 한 한운석만 보이겠지.

하지만……, 하지만 당신이 어떻게 다른 사람들과 똑같이 이 모습 뒤에 힘들게 버티고 바보처럼 고집부리고 있는 내 모습을 보지 못할 수 있어?

지금, 한운석은 자신이 바로 서진의 공주이기를, 진정한 서진의 공주이기를 간절히 바랐다. 그럼 사랑과 미움은 아주 단순해졌고, 더는 그렇게 고통스럽지 않을 것이었다.

용비야, 나 한운석이 당신을 사랑하지 못해도, 적어도 미워할 수는 있어!

"너희와 협상할 일 없다!"

영승은 분노로 얼굴이 창백해졌다.

보라색 면사 옷에 대한 일은 자신 때문에 일어났기에 아무것도 반박할 수 없었다.

사실 이 일로 영안은 그에게 세 번 넘게 물어보았다. 그때 그는 왜 그리도 무모하고 경솔하게 바로 한운석을 찾으러 들어가 직접 그녀의 모반을 확인했을까?

그때 시녀를 데리고 갔다면, 아니, 한운석을 먼저 납치한 후에 그 모반을 확인했더라면, 오늘 이렇게 곤란한 상황은 없었을 것이다.

그러나 그가 처음 한운석의 신분을 알았을 때의 흥분과 기쁨을, 누가 알 수 있을까? 그가 왜 그렇게 한운석의 금침에 집착하는지 그 자신도 알지 못했다.

하지만 한운석의 신분을 알고 나서야, 그는 깨달았다.

모든 집착은 사랑 아니면 미움이었다. 아니 어쩌면, 사랑이자 미움일 수도 있었다.

사랑하면서도 미워하는 여자가 자신의 주인임을 알았을 때, 그는 더 이상 그녀를 대적할 필요가 없었고, 곁에서 평생 충성을 바칠 수 있게 되었다. 그러니 어찌 이성을 잃지 않을 수 있겠는가?

이것은 그가 마음 깊이 가장 후회하는 일이자, 가장 후회하고 싶지 않은 일이기도 했다. 그날 밤 보았던 아름다움은 그의 머릿속에 각인되어, 마치 독처럼 그의 남은 생을 괴롭혔다.

"공주, 가시죠!"

영승은 홀로 풍족과 맞서는 한이 있어도, 공주가 이렇게 모욕 받게 두고 싶지 않았다.

한운석, 이 바보

영승이 가려고 하자, 한운석이 냉소를 지으며 말했다.

"영승, 내 화는 다 풀렸는데, 왜 네가 화를 내느냐?"

"공주……."

영승은 말을 하려다가 멈추었다.

한운석이 웃으면서 말했다.

"무슨 대단한 일도 아니고, 다 지나간 일이다. 동진의 태자 말이 맞다. 어서 중요한 이야기를 해야지."

이 말에 용비야는 표정이 어두워졌고, 소매 안의 양 주먹을 천천히 움켜쥐었다. 하마터면 분노를 참아 내지 못할 뻔했다.

영승은 순간 멍해졌다가, 곧 정신을 차렸다.

공주마마는 지금 힘겹게 존엄을 지키고 있었다. 그렇게 오래 그녀를 따라다닌 그가 몰라볼 리 없었다.

대놓고 비웃음을 받은 상황에서 그가 이대로 가 버리면, 이렇게 책임을 다하지 않으면, 진짜 웃음거리가 되지 않겠는가?

무슨 일이 있어도 서진을 웃음거리로 만들 수는 없었다!

영승은 바로 한쪽 무릎을 꿇고 말했다.

"공주의 어떤 일도 절대 사소하지 않습니다. 이 일은 소신이 무례를 범했으니 반드시 공주와 서진 황족께 해명하겠습니다! 나라 재건의 대업을 완수하면, 소신이 목숨을 바쳐 죽음으로 사죄하겠습니다!"

한운석은 이 일을 이야기하고 싶지 않았지만, 용비야의 입가에 업신여기는 듯한 비웃음이 짙게 서리는 것을 보자, 또 분노가 치밀어 올랐다.

그녀는 놀리듯이 웃으며 말했다.

"영승, 그 말은 죽는 한이 있어도, 나를 끝까지 책임지지 않겠다는 뜻이냐?"

영승은 별안간 고개를 들고 믿을 수 없다는 듯이 눈앞의 여자를 바라보았다.

그녀가 지금 화가 나서, 겉치레로 하는 거짓말이라는 것을 알면서도, 이 순간 그는 이번 한 번만 스스로 속아 넘어가고 다른 사람도 속이고 싶었다.

"공주마마께서 원하시면, 이 영승, 반드시 끝까지 책임지겠습니다."

영승은 한 글자 한 글자 또박또박 확고하게 말했다.

한운석은 영승을 일으켜 세우며 말했다.

"영승, 넌 정말 좋은 사람이구나."

그녀의 옷 한 벌을 찢고, 그녀의 모반을 한 번 본 사람도 이렇게 기꺼이 죽음으로 죄를 갚고 끝까지 책임을 지려 했다.

그렇다면 그녀와 혼인하고, 무수히 그녀를 괴롭혔으며, 매번 그녀를 집어삼킬 듯하다가 멈춰 버렸던 용비야는 대체 몇 번을 죽어야 할까? 대체 몇 번의 생을 끝까지 책임져야 할까?

용비야, 당신이 무슨 자격으로 영승을 비웃고 무시하지?

용비야, 내 가장 큰 치욕은 바로 당신이 내게 준, 내 팔에 있는 이 수궁사야. 당신이 책임지고 싶어 하지 않는다는 증거! 당신이 했던 모든 행동은 괴롭힘만이 아니라 희롱이라고!

용비야는 소매 안 주먹을 뼈가 으스러질 정도로 세게 움켜쥐다가 차갑게 말했다.

"백리원륭, 자네에게 일임하겠으니 저들과 협상하게!"

계속 있다가는 정말 스스로 통제할 수 없을 것 같았다.

용비야는 말하자마자 바로 몸을 돌려 떠났다. 길고 긴 흔들다리 위로 스치듯 날아가며 그는 한 번도 뒤돌아보지 않았다.

한운석의 눈빛이 그를 따라갔다. 맞은편 기슭에 이르러 어둠 속으로 사라질 때까지 바라보았다. 마음이, 처절히 부서졌다.

예전에 그는 매번 뒤돌아서 떠날 때마다, 아무리 멀리 가더라도 돌아보며 물었었다.

'한운석, 따라오지 않고 뭘 하느냐?'

하지만 이번에 그는 흔적도 없이 사라졌다.

맞은편 텅 빈 절벽에 눈빛을 고정한 채, 한운석은 무표정한 얼굴로 차갑게 말했다.

"영승, 네게 일임하겠으니 네가 저들과 협상해라!"

한운석은 말을 마친 후, 마찬가지로 뒤돌아보지 않고 떠났다. 그러나 그녀는 멀리 가지 않고 산 아래서 영승을 기다렸다.

동이 틀 때가 되어서야 영승이 그녀를 만나러 왔다.

"공주, 예상하신 대로 저들은 군역사의 군마 구만 마리에 대해 알고 있었습니다."

영승은 잠시 망설였다가 다시 말했다.

"다만, 소신이 이해가 되지 않는 부분이 있습니다. 풍족이 배신자인 것을 어떻게 알았을까요?"

"고북월을 공격한 사람이 용비야가 아니니, 누가 자신을 사칭한 줄 알았겠지. 용비야는 계속 천산과 중남도독부의 첩자를 조사하고 있었으니, 풍족을 알아낸 것도 이상하지 않다."

한운석은 몸에 힘이 없었다.

"공주, 소신과 백리원륭이 기본적인 휴전 협정을 세웠습니다. 다만 세부 사항에 대해서는 아직 많이 이야기하지 못했습니다."

영승이 사실대로 보고했다.

어쨌든 동진과 서진은 오랜 숙적지간이었다. 휴전할 수 있는 것만도 훌륭했으나, 협력은 불가능했다.

그러니 이들 협상의 최종 결과는 전쟁을 잠시 멈추고 각자 풍족에 맞서자는 것뿐이었다. 협상의 관건은 휴전 기간과 휴전 기간 내 돌발 상황 등에 대한 세부 내용이었다. 이것들은 모두 천천히 맞춰 가야 했다.

한운석은 협상 결과를 이미 예상했었다. 그녀 스스로도 이곳에서 뭘 기다리고 있었는지 알 수 없었다.

"돌아가자."

한운석이 담담하게 말했다.

"공주……."

영승은 아주 오랫동안 주저하다가 결국 입을 뗐다.

"공주, 서진 제국을 다시 일으키는 날이 오면, 소신이 반드시 죽음으로 사죄하겠습니다!"

한운석은 아무 말도 하지 않고 마차에 올랐다.

사실 용비야도 떠나지 않고 다른 쪽 산 아래에 있었다. 그의 얼굴은 내내 어두웠고, 지금까지도 두 손은 주먹을 꽉 쥐고 있었다.

백리원륭이 그에게 협상 상황 보고를 마치자, 그는 차갑게 물었다.

"한운석의 뜻은 무엇이던가?"

"전하, 서진의 공주는 이 일을 영승에게 일임하고 일찍 떠났습니다."

백리원륭이 말했다.

용비야는 다시 침묵했다. 백리원륭이 몇 번이나 불렀지만 대답하지 않았다.

한참 후, 그는 겨우 몸을 돌려 떠났다. 그 고요한 뒷모습에 온 세상도 그와 함께 침묵할 듯했다.

병영에 돌아온 후 용비야는 바로 막사로 걸어갔다. 가다가 그와 마주친 사람은 모두 과묵하기 그지없는 그의 모습에 깜짝 놀랐다.

백리원륭의 눈동자에 걱정 어린 눈빛이 스쳤다. 과거 완비마마가 세상을 떠난 직후 그 태자 전하를 다시 본 것만 같았다.

하지만 백리원륭은 이해할 수 없었다. 전하가 왜 그러시지?

오늘 협상은 순조로운 편이었고, 전하는 한운석과 영승에게도 모욕을 주었다.

"전하! 전하! 의성의 서신입니다!"

서동림이 갑자기 튀어나왔다.

용비야는 여전히 아무 반응이 없었다. 서동림은 백리원룡을 슬쩍 돌아본 후, 백리원룡이 그리 빨리 다가오지 않자 얼른 소매 안에서 보라색 장식 술을 꺼내 전하에게 살짝 보여 주었다.

이 물건을 보자마자 용비야의 눈이 반짝였다.

"어디서……."

"전하, 쉿……. 의성에서 서신을 보냈습니다!"

서동림은 목소리를 낮추었다. 그는 백리원룡을 마주 보면서 보라색 장식 술과 심결명의 서신을 용비야에게 건넸다.

"명령이다. 본 태자의 몸이 불편하니, 아무도 방해하지 마라!"

용비야는 큰 소리로 분부한 뒤, 빠르게 장막 안으로 들어갔다. 백리원룡이 쫓아왔을 때, 이미 사람은 보이지 않았다.

"네가 방금……."

백리원룡이 서동림에게 물어보려는데, 서동림이 도리어 반문했다.

"백리 장군, 전하께서…… 왜 저러십니까? 어째서 기운이 없으십니까?"

"군사 일로 힘드신 게지. 아랫사람이 전하를 방해하지 못하도록 잘 지키고 있어라."

백리원룡이 진지하게 분부했다.

"예!"

서동림이 공손히 고개를 끄덕인 후 또 말했다.

“백리 장군, 명향 낭자가 돌아와 급히 뵙고자 하는 것 같았습니다.”

백리원륭이 떠나자 서동림은 겨우 한숨을 돌렸다.

사실 그도 심 부원장이 서신에 뭐라고 썼는지는 몰랐다. 하지만 그 보라색 술 장식은 왕비마마가 심 부원장을 통해 전하에게 전하려 했던 게 분명했다.

전하는 예전에 큰 상자에 장신구를 가득 담아 왕비마마에게 선물한 적이 있었다. 그 보라색 술 장식은 바로 왕비마마가 골라서 자주 하고 다니던 장신구였다.

서동림도 알아보는 물건이었으니, 용비야는 당연히 한눈에 알아챘다.

그는 안에 들어오자마자 서신을 뜯었다. 하지만 막상 서신을 든 순간 망설여졌다.

그는 줄곧 한운석이 서진의 공주가 아니라는 이유를 대며 심결명에게 의성을 봉쇄하라고 했다. 그런데 이제 한운석이 직접 출정에 나섰으니, 심결명은 또 어떤 입장일까?

심결명은 분명 한운석과 같은 입장일 텐데, 그에게 서신을 써서 무엇 하겠는가? 또 한운석 대신 이 보라색 술 장식은 전해서 어쩌겠는가?

용비야는 대충 서신을 책상에 던져 놓고 나가려 했지만, 문가에 이르자 다시 돌아와 서신을 열어 보았다.

그런데, 서신의 내용은 어두컴컴하던 용비야의 세상을 단숨에 환하게 만들어 주었다.

심결명의 서신 내용은 이러했다.

한운석은 이 보라색 술 장식을 증표로 심결명에게 용존을 보살펴 달라고 부탁했다. 그가 용존과 함께 온 하인들을 만난 직후에 일행 중 한 태감의 등에 참기 힘들 정도의 가려움 증상이 나타났다. 그 자리에서 검사해 보니 그 태감의 등에 한 줄의 검은색 문양이 나타났는데, 자세히 들여다보니 삐뚤빼뚤 써진 글자들이었다.

그 한 줄의 내용은 이러했다.

용비야, 내가 서진 공주가 아니라면 여전히 날 좋아할 건가요?

심결명은 한운석이 대체 무슨 수작을 부렸는지 알 수 없었지만, 다만 독을 썼을 것이라 짐작했다. 그가 가려움을 멈추게 하는 약을 쓰자 그 검은 글자들은 모조리 사라졌다.

심결명은 하루 정도 고민한 끝에 서신을 보냈다.

용비야는 이 서신을 세 번이나 읽었다. 그의 시선은 결국 그 한 문장에 고정되었다.

'용비야, 내가 서진 공주가 아니라면 여전히 날 좋아할 건가요?'

"바보 같으니!"

그는 쓴웃음을 지었다. 한운석이 실종된 이후 그는 한 번도 웃지 않았다.

지금 이 순간, 그는 웃다가 눈물이 나올 정도였다.

"한운석, 이 바보! 바보 같으니!"

한운석, 답을 알고 싶다면 내 앞에서 직접 물어라!

그녀는 분명 오늘 그를 만나는데도, 이렇게 애를 써서 심결명에게 서신을 보내게 했다. 영승 쪽에 있으면서 뜻대로 움직일 수 없는 상황인 게 분명했다.

그런 생각이 들자 용비야의 머릿속에 토끼처럼 붉어진 그녀의 눈동자가 떠올랐다. 순간 그의 마음이 칼에 베인 것처럼 아팠다.

"백리원륭! 백리원륭!"

용비야가 고함을 치기 시작했다. 백리원륭은 백리명향의 얼굴만 보고 이야기도 나누지 못한 채 서둘러 돌아왔다.

"시간을 잡아라. 휴전에 관한 모든 상세한 부분은 본 태자가 한운석과 자세히 이야기하겠다. 빠르면 빠를수록 좋아!"

용비야가 차갑게 말했다.

"전하, 오늘 막……."

백리원륭은 막막한 표정으로 말했다.

"전하, 대체 무슨 생각이십니까?"

오늘 막 한운석에게 한바탕 모욕을 주었으니, 다시 시간을 잡으려면 아무래도 천천히 해야 했다.

"별다른 생각은 없다. 이 일은 속전속결로 끝내서 변고가 생기지 않게 해야 한다. 군역사의 군마가 곧 도착할 것이다."

용비야가 변명을 둘러댔다.

백리원륭은 그의 뜻대로 할 수밖에 없었다.

깊은 밤, 한운석은 병영에서 방금 영승 및 다른 부장들과 함께 회의를 마쳤다.

그 비단 상자는 그녀가 들고 와서 탁자 위에 놓았다. 영승 외에는 누구도 그 안에 무엇이 들어 있는지 몰랐고, 별로 주의를 기울이지 않았다.

마지막으로 나가던 영승은 비단 상자를 보고 뭔가 말을 하려고 했으나, 축 처진 공주의 모습을 보고 더는 말하지 못하고 바로 물러났다.

모두 물러가자 한운석은 그제야 비단 상자를 열었다. 그녀는 찢어진 보라색 면사 옷을 어루만지며 그동안 겪은 고생과 피로, 기다림과 불안함, 견디기 어려웠던 순간들을 떠올렸다.

이 모든 고통도 오늘 애간장이 끊어지는 것 같은 비통함만 못했다.

용비야, 이 보라색은 당신이 가장 좋아하던 색 아니었어?

한운석은 눈을 감고 비단 상자를 세게 닫아 버렸다. 그런데 갑자기 상자 안에서 뭔가 이상한 소리가 들렸다. 그녀는 서둘러 상자를 열어 살펴보았다.

비단 상자는 이중으로 되어 있었고, 그 사이에 아홉 장의 서신이 들어 있었다.

놀라서 울어 버린 한운석

비단 상자의 이중 공간 속에 서신이 아홉 장 놓여 있었다.

한운석은 너무 뜻밖이라 얼른 꺼내 보았다. 내용을 읽지 않고 서신만 보았는데도 그녀는 멍해졌다.

이 아홉 장의 서신은 바로 그녀가 용비야에게 보냈던 그 서신들이 아닌가? 낙관에는 모두 그녀의 이름이 찍혀 있었다!

모든 서신에는 오직 한마디, 늘 똑같은 한마디만 적혀 있었다.

용비야, 보고 싶어요.

한운석이 하나를 열어 보자 서신의 앞면에는 그녀의 필체가 보였고, 뒷면에는 용비야의 필체로 부탁하는 문장이 적혀 있었다.

한운석, 반드시 날 믿어 다오.

부탁 아래에는 그의 이름과 시간이 적혀 있었다.

이건…….

뭔가 생각난 듯, 얼른 나머지 여덟 장의 서신을 열어 보았다.

여덟 장 모두 마찬가지였다.

그녀가 쓴 아홉 개의 문장이었다.

용비야, 보고 싶어요.

그것들이 모두 그가 쓴 아홉 개의 문장으로 바뀌었다.

한운석, 반드시 날 믿어 다오.

한운석은 마침내 그때 아무것도 적지 않고 보냈던 답신이 가짜였음을 깨달았다. 그래서 몇 달 동안 고민해도 알아맞힐 수 없었던 것이었다.

아무것도 적히지 않은 서신은 진짜 서신이 아니었으니, 어떻게 알아맞힐 수 있었을까!

한운석은 억울해서 한바탕 울고 싶기도 했고, 기쁨에 겨워 한바탕 웃고 싶기도 했다.

용비야, 어떻게 이럴 수 있어!

이 나쁜 놈! 천하에 나쁜 사람!

그녀의 그리움에 그는 간청으로 답했다. 한운석은 선명하게 기억했다. 용비야에게 아홉 번째 서신을 보냈을 때 그녀는 의성에 있었다. 그때는 아직 아무 일도 일어나지 않았고, 나라와 집안의 원수 같은 것은 더더욱 없었다. 그녀는 그의 진왕비였고, 그도 그녀의 진왕 전하일 뿐이었다.

아직 아무 일도 일어나지 않았는데, 그는 그녀에게 무엇을 믿으라고 한 걸까?

혹시 그 많은 일이 일어날 줄 예상해서, 그녀에게 믿어 달라고 한 걸까?

한운석은 한참 동안 멍하니 있다가 갑자기 미친 사람처럼 모든 서신의 날짜를 살폈다. 용비야의 답장 아래에는 모두 낙관이 찍혀 있고 시간이 기록되어 있었다. 그녀는 아홉 장의 서신에 적힌 시간을 아주 자세히 들여다보고, 용비야가 동진의 태자 신분을 밝히기 전에 그녀에게 마지막 서신을 보냈다는 것을 확인했다.

어째서 그때 그녀에게 답신을 보내지 않고 지금에야 준 걸까?

그가 절벽에서 그렇게 모욕한 것도, 그녀가 이 비단 상자를 갖고 돌아가게 만들려고 일부러 그런 것이었다. 그 보라색 면사 옷 때문에 영승은 이 비단 상자를 건드릴 수 없었다.

생각이 거기까지 미치자, 뺨을 맞은 후 입을 꾹 다물고 있던 용비야의 얼굴이 다시금 한운석의 머릿속에 떠올랐다.

그녀는 마음이 너무 아파 순간 숨쉬기 힘들 정도로 가슴이 답답해졌다.

콧등이 시큰해지면서, 몇 달 동안의 억울함이 순식간에 마음 깊은 곳에서 솟아올랐다. 자신이 억울한 것인지, 그가 억울한 것인지 알 수 없었다.

용비야, 나 한운석을 이렇게까지 괴롭힐 수 있는 사람은 당신뿐이야!

용비야, 나 한운석을 그렇게 모욕할 수 있는 사람도 당신뿐이야!

어째서 분명 보낼 수 있었던 서신을 지금까지 갖고 있었을까? 어째서 분명 설명할 수 있는 일을 지금까지 숨겼을까?

한운석은 이 서신들 속에서 실마리를 얻을 수 있기를 간절히 바랐다. 그녀는 다급한 마음에 서신 하나하나 안팎을 다 털어가며 자세히 살펴보았지만, 다른 내용은 없었다.

문밖에서 갑자기 누군가의 발걸음 소리가 들렸다. 한운석은 당황하여 얼른 상자를 덮고 서신을 다 집어넣었으나, 하필 딱 하나가 바닥에 떨어졌다.

그녀가 허리를 굽혀 주우려는데, 시녀가 들어왔다.

군대는 다른 곳보다 여자가 지내기에 불편한 점이 많아서, 영승은 특별히 그녀에게 시녀 몇 명을 붙여 주었다.

한운석은 땅에 떨어진 그 서신을 보지도 못하고, 긴장해서 자신도 모르게 숨을 멈추고는 시녀가 밤참을 들고 가까이 걸어오는 모습을 빤히 지켜보았다.

"공주마마, 영 족장께서 소인을 통해 보내신 산삼山蔘탕입니다. 뜨거울 때 드시지요."

시녀가 공손하게 말했다.

"그래……. 알겠으니…… 나가 보거라."

아무리 엄청난 일 앞에서라도 한운석은 태산처럼 끄떡없었고, 보통 여자와 달리 아주 침착했다. 하지만 지금은 이렇게 사소한 일에도 가슴이 쿵쾅쿵쾅 미친 듯이 뛰었고 말도 잘 나오지 않았다.

"예."

시녀가 인사를 하고 물러가려 하자, 한운석은 그 틈에 발을 뻗었다. 그런데 그 서신을 밟으려는 순간, 시녀가 갑자기 돌아봤다.

한운석은 서신의 반만 밟고 있었다. 다행히 그녀가 고개를 숙이고 있지 않아 시녀도 그녀의 발 쪽을 신경 쓰지 않았다.

"공주마마, 영 족장께서 내일 군사 훈련이 있으니 일찍 쉬시라고 하셨습니다. 내일 아침에 모시러 오시겠답니다."

시녀가 공손하게 말했다.

한운석은 몸을 앞으로 기울여 치마로 서신을 덮고 나서야 진정이 되었다.

"알았다. 넌, 넌 나가 보거라! 그리고…… 앞으로 내 허락 없이는, 절대……, 함부로 들어와서는 안 된다."

"예."

시녀는 허리 굽혀 인사한 후 밖으로 나갔다.

신경이 바짝 곤두서 있던 한운석은 시녀가 완전히 간 것을 확인한 후에야 긴장을 풀었다. 그녀는 크게 한숨을 내쉰 후 얼른 서신을 주워 잘 숨겼다.

살면서 큰일을 많이 겪어 봤지만, 방금처럼 조마조마했던 적은 처음이었다. 너무 놀라서 심장이 튀어나오는 줄 알았다.

정말 위험했다.

그리 대단한 일은 아니었지만, 잘못됐을 때의 결과는 심각했다. 만약 용비야의 이 서신이 영승 손에 들어가면, 비단 상자가 이중으로 되어 있다는 사실도 영승이 알게 될 것이다.

그녀는 그렇게 되었을 때의 결과를 정말 상상할 수도, 감당할 수도 없었다.

재기 넘치고 침착한 한운석이 고작 시녀 하나 때문에 이렇게 놀란 사실을 사람들이 알면 어떻게 될까?

아슬아슬한 순간은 지나갔고, 한운석은 분명 이미 마음을 진정시켰다. 그런데 어떻게 된 일인지, 그녀는 벽 쪽으로 고개를 돌리고 갑자기 울음을 터뜨렸다.

한번 터진 눈물샘을 어떻게 막을 수 있을까?

그녀는 바닥에 웅크리고 앉아 벽을 마주 보며 낮은 소리로 울기 시작했다.

용비야, 이 나쁜 사람! 이게 뭐하는 거야?

날 보고 뭘 믿으라는 거야?

용비야, 만나고 싶어!

대체 뭘 믿으라는 건지, 직접 말해!

이날 밤, 한운석은 밤새 잠을 이루지 못했다. 아무리 생각해도 용비야와 계속 협상할 좋은 이유가 떠오르지 않았다.

첫 번째 협상에서 용비야가 그렇게 그녀와 영승을 모욕했으니, 영승은 분명 속에 앙심을 품고 있을 것이었다.

게다가 협상은 용비야 쪽에서 먼저 요청했고, 처음부터 용비야는 수동적인 입장이었다. 영승은 용비야와의 휴전을 선택할 수도 있었고, 직접 풍족과 맞서는 것을 선택할 수도 있었다.

이른 아침, 영승은 한운석을 데리고 군사 훈련을 보러 갔다. 한운석의 퉁퉁 부은 눈을 본 영승은 그녀가 보라색 옷 사건 때문에 울었다고 생각했다.

그는 죄책감을 느꼈지만 감히 더 물어보지 못하고 가는 내내 말이 없었다.

한운석은 아침 내내 정신을 딴 데 팔고서 고심한 끝에 마침내 영승을 설득할 만한 이유를 생각해 냈다.

병영으로 돌아오는 길에 그녀가 입을 떼려는데, 시종이 와서 보고했다.

"공주, 영 장군, 동진에서 온 서신입니다."

한운석은 서신을 보고 속으로 아주 기뻐했다.

이 서신은 백리원륭이 보낸 것으로, 두 번째 협상 시간과 장소를 정하자는 내용이었다.

지난번 협상에서 이미 휴전 결정을 내렸으니, 좀 더 심도 있는 협상을 통해 휴전과 관련한 구체적인 내용을 정하자는 것이었다.

한운석은 서신을 영승에게 보여 주었다. 영승은 흘긋 보고는 무시하는 듯한 표정으로 말했다.

"공주, 저들의 기세를 눌러 줘야 합니다. 사흘에서 닷새 정도 있다가 답하시지요. 안 그러면 우리가 저들과 휴전해야만 하는 줄 알겠습니다!"

한운석은 그를 조용히 바라보며 아무 말이 없었다.

영승은 말을 더 하려다가 한운석의 낙담한 모습을 보고 바로 입을 닫았다.

이 일은 결국 그의 잘못이었다. 그가 먼저 잘못을 저지르지 않았다면, 용비야에게 공주마마를 모욕할 기회가 어디 있었겠는가?

영승은 마침내 자신이 더는 공주 앞에서 이 일을 언급해서는 안 된다는 것을 깨달았다. 공주의 상처를 들추는 일이나 다름없었다.

공주가 침묵하는 모습을 보고, 영승도 침묵했다. 두 사람은 병영으로 돌아오는 내내 말이 없었다.

막사에 돌아가기 전, 영안의 서신이 도착했다.

서신에 따르면 용존은 이미 의성에 무사히 도착했고, 고칠소와 목령아가 백옥교를 살려 냈으며, 아직 심문 중이라 지금까지는 쓸모 있는 정보를 알아내지 못한 상황이었다.

"영승, 영안에게 답신을 보내서 용존이 데리고 간 시종을 심결명이 다 받아 주었는지 아니면 돌려보냈는지 물어보아라."

한운석은 생각나는 대로 말하는 것 같았지만, 사실 속으로 아주 긴장하고 있었다.

그녀는 그들 중 한 하인의 몸에 독을 썼다. 그 하인이 심결명의 원락에 갔다면, 원락에 있는 계화와 접촉했을 것이었다.

절기상 입추였고, 북쪽은 남쪽보다 더 추운 기후라 심결명의 정원 가득한 계화나무에 꽃이 피었을 게 분명했다. 그녀가 하인 등에 쓴 독은 계화향과 만나면 반응을 일으켰는데, 그 결과로 가려움 증상과 검은색 무늬가 나타났다.

그녀가 독을 쓴 위치와 순서를 생각하면, 그 무늬는 반드시 글자 모양이 될 것이었다. 심결명이 그 하인을 치료했다면, 그녀가 남긴 글자를 보고 용비야에게 알렸을 게 분명했다.

한운석은 그 어느 때보다도 심결명이 그 질문을 이미 용비야에게 전했기를 바랐다.

그녀는 용비야가 그녀에게 뺨을 맞고, 그녀가 영승에게 한 말을 듣고 얼마나 절망했을지 상상도 할 수 없었다.

영승이 가려고 하자 한운석이 다급하게 덧붙였다.

"무슨 일이 있으면, 바로 답신하라고 해라. 빠르면 빠를수록 좋다!"

영승은 의심스러운 표정이 되어 물었다.

"공주, 이 일에…… 왜 그리 조급해하십니까?"

한운석은 그제야 자신이 자제력을 잃었음을 깨달았다. 다행히 기지를 발휘해 얼른 해명했다.

"의성의 지원을 얻어 낼 수 있다면, 약성의 지원도 받을 수 있다. 영승, 의성과 약성, 두 성의 지원을 받으면 동진과의 협상에서 밑천이 든든해질 수 있다. 용비야는 북려국에 많은 첩자를 두고 있는데, 만일 협상이 지체되고 그자가 북려국에서 이익을 얻어 휴전 결정을 번복한다면, 다 된 일을 그르칠 수 있다."

한운석의 말은 아주 일리가 있었다. 더욱이 영승은 이미 그녀를 완전히 신뢰했기 때문에 더 캐묻지 않았다.

"소신이 바로 가서 처리하겠습니다. 협상 일은 공주께서 결정해 주십시오."

한운석은 영승에게 오늘 밤 당장 협상하자고 말하고 싶은 마음이 간절했다. 하지만 그 정도 이성은 남아 있었다.

"생각을 좀 해 보고 다시 이야기하자."

이날 밤, 한운석은 또 뒤척이며 잠을 이루지 못했다. 용비야의 서신 아홉 장을 보고 또 보고, 한 글자 한 글자 그의 필적을 어루만지며 그의 기운을 느꼈다.

그리고 이날 밤, 용비야는 몸을 뒤척이지 않았다. 그는 아예 침상에 눕지 않고 병영에 앉아 답신을 기다리고 있었기 때문이었다.

그 곁에 있는 백리원륭은 그가 답신을 기다리는 줄은 모르고 그저 시국을 고민하고 있다고 생각했다.

이들처럼 잠을 이루지 못하는 사람은 많고 많았다.

영승은 병영 바깥 개울가에서 홀로 술을 마시고 있었다. 연이어 술 주전자를 비워 가며 취하려 했으나, 아무리 마셔도 도무지 취하지 않았다.

백리명향은 창밖으로 달을 바라보고 있었다. 우아한 얼굴은 이 밤보다 고요했고, 늘 온순한 눈동자 속 달빛이 어른거리는 모습은 아름다우면서 애처로웠다.

고칠소는 지붕 위에 드러누워 동이 틀 때까지 뜬눈으로 있었다.

방 안에서 이제 막 깨어난 백옥교를 지키고 있는 목령아는 전혀 잠이 오지 않았다.

고북월은 어느 초가에서 초천은이 보낸 서신을 태우고 있었다. 그는 고개를 들어 달을 바라보았다가, 다시 고개를 숙이고 가볍게 탄식했다…….

다음 날, 용비야는 서진으로부터 온 답신을 받았다.

두 번째 협상 일정은 바로 오늘 밤, 장소와 시간은 동일했다.

용비야는 서신을 다 본 후 백리원륭에게 말했다.

"오늘 밤은 본 태자만 갈 테니 자네는 군대에 남아 있게."

본 태자는 흥미 없다

백리원륭은 혼자 가겠다는 전하의 말을 듣자 바로 설득했다.

"전하, 소신이 반드시 함께 가야 합니다. 군사 일 중 여러 가지 자세한 부분들은 소신이 가장 잘 압니다. 소신이 반드시……."

말이 다 끝나지도 않았는데 용비야가 차갑게 그 말을 끊어 냈다.

"본 태자가 군사 일을 잘 모른다는 뜻인가?"

"아닙니다!"

백리원륭은 그제야 자신이 도를 넘었음을 깨달았다.

"소신은 전하가 걱정되어서……."

"본 태자가 여자 하나에게 속아 넘어갈 것 같은가?"

용비야가 성난 목소리로 말했다.

"아니면 자네도 당자진 남매와 마찬가지로, 아직도 본 태자가 한운석에게 옛정이 남아 있다고 의심하는가?"

첫 번째 협상에서 전하가 서진의 주인과 종을 그토록 모욕하는 것을 보고, 백리원륭의 의심은 진작 사라졌다. 그가 함께 가려는 것은 다만 가장 먼저 상황을 파악하고 전하에게 조언을 하기 위해서였다.

그가 해명을 하려 하자 용비야가 또 차갑게 반문했다.

"왜, 본 태자가 여자 하나 때문에, 자신이 누구인지도 잊을 것 같은가?"

"아닙니다!"

백리원륭은 바로 한쪽 무릎을 꿇고 앉았다.

"전하, 현명한 판단을 내려 주십시오. 소장은 그런 뜻이 아닙니다! 소장은 전하의 모든 명령에 절대적으로 복종합니다! 다만 전하께서 이번 행차를 더 조심하시고, 속임수를 경계하시길 바랄 뿐입니다."

용비야는 그제야 누그러진 말투로 말했다.

"자네는 자네 할 일을 해라. 협상은 본 태자가 알아서 하겠다."

"예! 소장은 전하께서 가져오실 좋은 소식을 기다리고 있겠습니다."

마침내 백리원륭이 물러갔다.

용비야가 백리원륭을 구슬리기는 쉬웠다. 어쨌든 용비야는 절세의 무공을 가졌으니 누구의 걱정도 필요치 않았다. 게다가 그는 늘 이렇게 패기 넘치고 단호해서 다른 사람이 여러 말을 해 줄 필요가 없었다.

하지만, 한운석은 달랐다.

영승의 도움 없이 한운석은 그 가파른 절벽에 올라가는 것조차 할 수 없는 몸이었다.

그녀는 자신에게 시위만 붙여 주면 된다고 영승을 설득하려 애썼으나, 영승은 어찌 되었든 그녀 혼자 보내는 것은 안심이 되지 않았다.

한바탕 논쟁 후에 한운석은 결국 꼬리를 내렸다.

"공주마마, 나중에 여유가 생기면 소신이 무공을 가르쳐 드림이 어떻겠습니까?"

영승이 물었다.

한운석은 속으로 생각했다. 무공을 할 줄 알았다면 오늘 영승을 설득할 수 있었을 텐데. 그녀는 쓴웃음을 지으며 말했다.

"난 배울 수 없다."

"어찌 배울 수 없습니까? 공주마마는 한 번도 배운 적이 없으시지요?"

영승이 다시 물었다.

한운석은 영승에게 자신은 타고난 폐물로, 기를 모을 수 없어 내공을 수련할 수 없기 때문에 무예를 배울 수 없다고 말하려 했다.

그런데 말하기도 전에 시종이 다가와 한운석에게 아주 익숙한 물건을 가져왔다. 폭우이화침!

한운석은 심장이 쿵 하고 내려앉은 채, 영승이 그 물건을 받아서 그녀에게 다가오는 것을 지켜보았다.

"받으십시오!"

영승이 진지하게 말했다.

"이건……."

한운석은 시치미를 뗐다.

이 폭우이화침은 당리가 혼인에서 도망치는 길에 다 써 버렸기 때문에 이미 쓸모없는 물건이었다. 영정이 당문에 시집갈 때, 당문은 이 쓸모없는 물건을 예물로 주어 운공상인협회를 속였다. 그런데 영승이 아직도 이것을 보물로 여기고 있을 줄은 몰랐다.

"당문의 둘째가는 암기, 폭우이화침입니다! 갖고 계시다가 몸을 지키는 데 사용하십시오. 소매에 숨기고 있는 암기보다 백배는 대단할 겁니다."

영승은 말을 덧붙였다.

"갖은 애를 쓴 끝에 이 암기의 작동 방법을 알아냈습니다. 이렇게 들고, 쓸 때는 이 기관을 누르면 됩니다. 기억하십시오. 조준한 후에 눌러야 합니다."

영승은 시범을 보이면서 설명했다.

"여기에 들어 있는 침은 수량이 제한되어 있습니다. 한번 쓰면 다시는 쓸 수 없습니다. 그러니 아주 결정적인 순간이나 생사가 달린 일이 아니면, 절대 함부로 사용해서는 안 됩니다."

한운석은 멍하니 고개를 끄덕였다. 마음이 너무 찔렸다.

그녀는 이 폭우이화침을 이미 몇 개나 써 보았고, 그때 당리와 용비야는 모두 이 암기를 든 그녀의 자세가 훌륭하다며, 남자 못지않다고 칭찬했었다.

영승이 진실을 알게 되면, 어떤 반응을 보일까?

한운석이 속이 켕겨 가만히 있는데, 영승이 무거운 목소리로 말했다.

"공주마마, 이것은…… 용비야와 맞설 때를 위해서 남겨 두십시오."

한운석은 영승이 이 보물을 아끼지 않고 내올 수 있었던 것은 바로 용비야를 노렸기 때문임을 알았다.

순간 켕기던 마음이 말끔히 사라졌다.

"내게 줄 필요 없다. 용비야가 여자인 나를 공격하지는 않을 거라 믿는다. 네가 갖고 있어라."

"공주……."

"영승, 네가 안전하면, 나도 안전하다. 그렇지 않느냐?"

이 말은 영승의 마음에 깊이 와닿았고, 영승도 더는 사양하지 않았다. 한운석이 담담하게 물었다.

"영정 쪽 상황은 어떠냐?"

"어제 막 소식을 듣고 공주께 보고하려던 참이었습니다."

영승이 말했다.

"영정은 용비야 손에 들어갔습니다. 당리가 당문의 문주로서 사람을 내놓으라고 요청했으나 거절당했습니다. 공주, 이건 아주 좋은 기회입니다. 소신은 이미 영안을 당문으로 보냈습니다. 어쩌면 이번 기회에 당문에게 서진과 협력하라고 설득할 수 있을지도 모릅니다."

영승은 말하면서 또 물었다.

"공주, 이전에 용비야와 당문이 따로 왕래하는 것을 본 적은 없으십니까?"

한운석은 턱이 빠질 정도로 놀랐지만, 무의식적으로 고개를 저었다.

"보……, 본 적 없다."

그녀는 당문의 정체가 이미 폭로되었을까 봐 걱정하고 있었다. 당리가 이 정도로 일을 꾸며서 영승이 이토록 엄청난 오해를 하게 만들 줄은 몰랐다.

그녀 생각이 맞다면, 당리가 영정을 가두고 용비야에게 그 책임을 전가했을 것이다. 영승은 당문과의 협력을 바라고 있었으니, 지금쯤 당리는 당문에서 영승이 제 발로 찾아오기를 기다리고 있겠지!

당문이 이번 기회에 영승과 거짓으로 협력하면, 나중에 당리는 용비야에게 각종 지시를 받고 영승을 속이겠지?

당리 그 인간, 대체 무슨 자신감으로 그녀가 당문을 배신하지 않을 거라고 확신한 걸까? 당문과 용비야가 무슨 관계인지, 그녀가 얼마나 잘 아는데!

한참 후에야 한운석은 영승에게 대답했다.

"좋은 방법이구나."

한운석의 그 말에 영승도 당문에 대해 더 안심할 수 있었다.

그날 밤.

양측 일행은 약속대로 절벽에 도착했다.

처음 만났을 때와 마찬가지로, 한운석은 멀리서 홀로 흔들다리 한가운데 서 있는 용비야의 모습을 발견했다. 그는 여전히 흑의 경장을 입고 냉혹한 표정을 하고 있었다.

그는 밤의 신처럼 쓸쓸하게 그곳에 선 채, 높은 곳에서 천하를 장악한 듯 세상을 내려다보았다.

야경과 어우러진 그 모습은 너무도 신비로워 두려움마저 느껴졌고, 감히 다가갈 수 없었다.

하지만 동시에 넋을 잃을 만큼 매력적이라, 끓는 물과 타오르는 불에 뛰어든다 해도 더 가까이 다가가고 싶었다. 다가가고, 존경하고, 사랑하고, 아끼고, 숭배하고, 헌신하고 싶었다.

용비야……, 용비야…….

한운석은 마음속으로 묵묵히 그의 이름을 불렀다.

영승은 맞은편 절벽에 아무도 없음을 발견했다. 이번에 용비야는 혼자 온 것이었다.

이게, 무슨 뜻이지?

"공주, 용비야가 혼자 왔습니다."

영승이 아주 목소리를 낮춰서 말했다.

거리가 꽤 멀리 떨어져 있어 한운석은 용비야의 표정을 볼 수 없었으나, 어째서인지 그가 그녀의 일거수일투족을 주시하고 있다는 느낌이 들었다.

그녀는 슬쩍 뒤로 한 걸음 물러서며 영승과 거리를 유지했다.

"원래 모든 결정권을 가진 사람이니, 다른 사람을 데리고 올 필요가 있겠느냐?"

한운석은 자신이 마치 꼭두각시라도 된 것처럼 말했다.

영승이 바로 해명했다.

"이 일은 당연히 공주께서 모든 결정권을 갖고 계십니다. 소신은 공주의 안위를 걱정하는 것뿐입니다."

"전쟁 중에는 사신을 죽이지 않고, 전쟁을 멈추고 협상할 때는 공격하지 않는 법이다. 사내대장부로서 그가 날 어떻게 할 수 있겠느냐?"

한운석이 반문했다.

"예, 알겠습니다."

영승은 더는 변명하지 않았다.

진짜 협상 장소는 다리 위였는데, 공중에 떠 있는 곳이라 가로막힌 벽 하나 없었다.

협상의 세부 내용은 관계자만 들을 수 있었고, 가장 가까이 있는 시위도 들을 수 없었다.

영승이 선택한 장소였고, 양측 모두 만족했다.

모든 수행원을 뒤에 두고 한운석과 영승이 다리 어귀에 이르자, 용비야의 차가운 눈동자가 가늘어졌다. 경고의 뜻이 가득했으나, 한운석을 향한 경고인지 영승을 향한 것인지는 알 수 없었다.

"공주, 소신이 모시고 가겠습니다. 무례를 용서하십시오!"

영승이 말만 하고 아직 움직이지도 않았는데, 용비야가 차갑게 입을 열었다.

"한운석, 한 나라의 공주가 다리 절반을 건너는 데도 다른 사람의 경호를 받아야 하나? 서진 황족이 이 정도로 약해졌다니, 무슨 자격으로 본 태자와 협상을 한단 말이냐? 돌아가라!"

한운석은 멀리서 그를 바라보았다. 조금이라도 놓칠까 두려워 눈 한 번 깜빡이지 않았다.

용비야는 영승을 바라보며 큰 소리로 말했다.

"영승, 네가 본 태자와 이야기하자. 본 태자는 이렇게 무능한 여자에게는 흥미 없다!"

"어디서 감히!"

영승이 버럭 화를 내려는데 한운석이 말리며 큰 소리로 말했다.

"용비야, 기다려라. 본 공주가 직접 가겠다!"

"공주, 안 됩니다!"

영승이 크게 놀라 나섰다.

"공주, 저자의 술수에 넘어가면 안 됩니다! 일부러 저러는 것입니다!"

영승은 바보가 아니었다. 하지만 안타깝게도 그는 실상은 알아차리지 못했다.

용비야는 한운석에게 기회를 만들어 주고 있었다. 두 사람이 따로 이야기를 나눌 기회였다. 그는 이미 심연 아래에 수십 명의 비밀 시위를 매복시켜 두었다. 한운석이 자칫 발을 헛디뎌 떨어지더라도 큰일이 날 리는 없었다.

게다가 비밀 시위가 없어도 그의 지금 무공 실력이면, 조금도 잘못되게 놔둘 리 없었다.

한운석, 내 대답을 알고 싶다면, 이리로 와라!

"일부러 그러는 것을 안다."

한운석이 담담하게 말했다.

"그런데도……."

영승은 초조해서 미칠 것 같았다.

"영승, 서진의 공주로서 황족의 존엄을 지키는 것은, 원한을 갚고 나라를 다시 일으키는 것보다 훨씬 중요하다!"

한운석은 변명으로 한 말이었지만, 사실이기도 했다.

영승이 해명하려고 하자 한운석이 또 말했다.

"영승, 지난번에 우리는 이미 체면을 잃었다. 이번에 또 체면을 깎일 수 없다!"

그 말에 영승은 침묵했다.

한운석은 흔들다리로 한 걸음을 내디디며 두 손으로 양쪽 밧줄을 잡았다. 하지만 발아래 낡아 빠진 나무판이 흔들렸다.

"공주!"

영승이 얼른 힘을 주어 밟아 나무판을 고정시켰다.

"괜찮다. 영승, 날 믿어라!"

한운석이 말했다.

영승이 그래도 물러나지 않자 한운석은 아예 뒤로 돌아왔다.

"그럼 네가 저자와 이야기해라. 본 공주는 돌아가겠다!"

"아닙니다!"

영승은 바로 한쪽 무릎을 꿇고 앉았다. 너무도 괴로웠다. 왜 처음부터 이런 낡아 빠진 장소를 선택했을까?

"영승, 내가 돌아올 때까지 기다려라. 명령이다!"

한운석이 진지하게 말했다.

영승은 그녀를 보고 싶지도, 대답하고 싶지도 않았지만, 결국 명령에 복종할 수밖에 없었다.

"소신, 명을 받들겠습니다!"

한운석은 마침내 다리 어귀로 돌아갔다. 첫걸음을 내디뎌 똑바로 선 후에 계속해서 다음 걸음을 이어 갔다.

용비야와 영승, 두 사람 다 전혀 방심하지 않고 한시도 눈을 떼지 않은 채 그녀를 주시했다.

발아래 나무판이 흔들리며 끼이이 소리까지 나는 게 언제고 끊어질 것만 같았다. 두 손으로 잡은 밧줄은 아주 가늘어서 한운석의 힘을 감당할 수 없었고, 균형을 유지하기는 더 힘들었다. 막 세 번째 걸음을 내디뎠을 때, 갑자기 그녀의 몸이 오른쪽으로 기울어졌다…….

무방비 상태

한운석의 몸이 오른쪽으로 넘어가니 흔들다리도 한쪽으로 기울어졌다. 한운석이 나무판 끝을 밟자 나무판의 다른 쪽 끝이 높이 올라갔다. 다행히 한운석이 빠르게 반응하여 두 손으로 밧줄을 꽉 쥐고 동시에 몸의 무게를 밧줄에 실었다. 그렇지 않고 자칫 잘못해서 살짝 힘을 주었다면 그녀의 발아래 나무판은 분명 뒤집혔을 테고 그럼 정말 허공에 뜰 뻔했다.

"공주!"

영승이 고함쳤다.

용비야도 하마터면 움직일 뻔했다. 그런데 한운석이 눈을 감고 소리쳤다.

"오지 마라! 오면 당장 돌아갈 것이다! 그리고 다시는 오지 않아!"

그녀가 누구를 지목해서 경고한 것은 아니었으나, 영승은 당연히 자신을 향한 경고라고 생각했다. 그는 오른손 주먹을 꽉 쥐며 억지로 참아 냈다. 그는 공주에게 영향을 줄까 무서워 소리도 내지 못했다.

그러나 용비야는 자신에게 하는 말이라고 생각했다. 그는 방금 밧줄에 주입하려 했던 진기를 천천히, 소리 없이 걷어 냈다. 누구도 알아차리지 못했다.

한운석의 말은 영승과 용비야, 두 사람 모두에게 한 것이었다. 영승이 와서 구하면 오늘 그녀와 용비야는 따로 만날 수 없었고, 용비야가 어렵게 꾸며 낸 자극 요법이 헛수고가 되었다. 마찬가지로 용비야가 그녀를 구하면 방금 한 자극 요법과 맞지 않으니 영승이 의심할 게 틀림없었다.

이러한 때에 한운석은 자신만 의지할 수 있었다.

용비야와 영승은 모두 함부로 움직일 수 없었으나, 한시도 눈을 떼지 않고 한운석을 예의 주시했다. 그녀의 행동 하나하나에 심장이 빠르게 뛰었다.

심연 위로 달빛이 비추고 만물이 고요한 가운데, 연약하면서도 고집스러운 한운석의 모습은 고독해 보였다.

한운석은 용비야와 영승이 모두 움직이지 않을 것을 확신한 후에야 속으로 한숨을 돌린 후, 자신의 처지를 생각하기 시작했다.

그녀는 손을 한번 뻗어 본 후, 발아래 나무판에 별다른 영향이 없는 것을 확인하고는 조심스레 왼쪽 밧줄을 잡으려고 했으나 손이 닿지 않았다.

이런 상황에서는 조심스럽게 움직여 손을 조금씩 왼쪽 밧줄에 가까이 다가가게 하거나, 모든 것을 걸고 단숨에 세게 잡아야 했다.

늘 모험하기를 좋아하는 한운석은 모든 것을 걸고 돌연 앞으로 나가 순식간에 왼쪽 밧줄을 잡았다. 동시에 한 발로 나무판 다른 한쪽을 밟았다.

이번에 한운석은 다시 똑바로 섰다. 그녀는 문득 자신의 몸놀림이 꽤 훌륭하다는 것을 발견했다.

용비야와 영승은 모두 한숨을 돌렸다. 그런데 이때, 한운석의 발아래 있던 나무판이 갑자기 두 동강 나면서, 중간에 서 있던 한운석의 발이 빠졌다!

"앗……."

한운석은 비명을 지르며 두 손으로 좌우 밧줄을 꽉 움켜쥐었고, 흔들다리에 매달린 상태가 되었다.

발아래는 깊고 깊은 심연이 있었고, 주변에서 계속 불어오는 거센 바람에 한운석의 치마와 머리카락이 흐트러졌다. 그녀가 놀라서 정신을 못 차리고 있는데, 영승이 아무것도 상관하지 않고 빠르게 돌진했다.

영승이 손을 뻗어 한운석을 잡아당기려는 순간, 한운석이 붙들고 있던 밧줄이 갑자기 끊어졌다!

"아아……."

한운석은 순식간에 아래로 떨어졌다. 예상치 못한 상황이었으나, 영승은 주저하지 않고 쫓아갔다. 하지만 그는 누군가 자신보다 앞서 아래로 바짝 추격하는 것을 알아차리지 못했다.

심연 속은 나무가 무성하고 빛과 그림자가 이리저리 뒤섞인 가운데, 바람이 휙휙 소리를 내며 불고 있었다.

한운석의 비명 소리가 곧 바람 속에 묻혔다. 영승의 외침도 드문드문 끊어져 잘 들리지 않았다.

"공주!"

영승은 쫓아 내려올 때만 해도 떨어지고 있는 한운석의 모습을 볼 수 있었다. 그런데 곧 그녀의 모습이 심연의 어둠 속으로 사라졌다.

"공주! 공주!"

그는 미친 듯이 소리쳤다. 당황함에 어찌할 바를 몰라 그저 계속 아래로, 아래로, 더 아래로 내려갈 수밖에 없었다!

아래로 쫓아 내려가서 찾는 것 외에 뭘 할 수 있단 말인가?

영승은 이미 많은 생각을 할 틈도 없었다. 그는 죽을힘을 다해 쫓았다. 혹 한발 늦어 구하지 못한다면 그 결과는 끔찍할 것이었다.

그러나 이때 한운석은 이미 심연 바닥에 도착해 있었다. 떨어진 게 아니라, 누군가가 안고 온 것이었다. 그 사람이 용비야가 아니면 누구겠는가.

영승이 한운석을 당기려는 순간, 용비야가 암기로 밧줄을 끊어 한운석이 사고로 떨어지는 것처럼 만들었다.

용비야의 속도는 영승보다 몇 배나 빨랐다.

의외의 사고였다. 그는 자극 요법을 써서 한운석이 다리를 건너게 했지만, 그녀를 혼자 오게 해서 따로 이야기를 나누고 싶었던 것뿐이었다. 그런데 사고가 나 버렸으니, 그는 절대 그녀가 영승 쪽으로 돌아가게 놔둘 수 없었다.

지금 이 순간, 그는 한운석을 으스러지도록 꽉 안고 있었다.

한운석의 놀란 마음은 아직도 진정되지 않았고, 심장이 쿵쾅쿵쾅 미친 듯이 뛰었다. 그녀는 어안이 벙벙해져서 용비야를 바라보았다가, 곧 정신을 차렸다.

수만 번 상상했던 순간이었지만 정말 그의 품에 안겨서, 예전처럼 이 각도에서 그의 옆얼굴을 보고 있자니, 정말이지 예전처럼 푹 빠진 눈빛으로 보게 되었다.

용비야, 오랜만이야!

용비야는 그녀를 안고 있는 것이 그의 본능인 듯, 품속에 안긴 이 익숙한 사람을 멍하니 보고 있었다.

"공주! 공주!"

고통스럽게 부르짖는 영승의 소리에 용비야는 정신이 들었다. 그는 두말없이 한운석을 품에 꼭 안은 채, 어둠 속을 나는 듯이 스쳐 가며 소리 없이 심연 바닥을 떠났다.

한운석은 영승의 소리는 아예 듣지 못했다. 용비야는 그녀의 유일한 천적이었다. 그가 나타나자 그녀는 모든 것을 잊었다.

주변은 달빛도 비추지 않아 칠흑같이 어두웠다. 용비야의 품에 안긴 한운석은 아무것도 보이지 않자, 아예 보지 않았다.

그녀는 눈을 감고 그의 가슴에 기대어, 힘 있게 뛰는 그의 심장 소리를 들었다. 이토록 세차고 이토록 익숙한 소리를.

실감 나게 느껴지는 이 소리가 그녀에게 꿈이 아니라고 말해주었다.

그녀는 무의식적으로 그의 목을 껴안았다. 또 그가 떼어 놓을까 두려웠다.

갑자기 용비야가 멈췄다.

한운석은 그제야 그의 심장 소리에서 깨어나 눈을 떴다. 이

들은 벌써 산 하나를 돌아 심연 바닥에서 멀리 떨어져 영승을 완전히 따돌렸다.

눈앞에는 산비탈이 보였고, 용비야의 마차는 멀지 않은 곳에 세워져 있었다. 마부 고 씨는 입을 떡 벌리며 이들을 바라보았고, 주변의 비밀 시위들도 모두 깜짝 놀랐다.

이들은 모두 용비야의 충직한 심복들로, 용비야의 협상 자리에 따라왔다가 산까지 따라오지 말고 이곳에서 기다리라는 명령을 받았다. 이들은 전하와 서진 공주의 협상이 이렇게 진행될 거라고는 생각도 못 했다. 사람을 안고 돌아오다니?

비밀 시위는 알아서 감히 입을 떼지 못했으나, 고 씨는 참지 못하고 입을 열었다.

"전하……, 이건……."

"본 태자는 서진의 공주와 중요한 이야기를 해야 한다. 너희는 모두 물러가서 주변을 지키며 누구도 가까이 오지 못하게 해라! 무슨 일이 있어도 방해해선 안 된다!"

용비야가 차갑게 말했다.

비밀 시위들은 순식간에 흩어졌다. 고 씨는 의심스러운 표정이었지만, 얼른 마차에서 뛰어내렸다.

협상?

이 두 사람이 어디 협상하려는 모습인가? 이야기를 나눌 수나 있을까?

"전하와 서진 공주께서…… 아직……, 아직 협상을 시작하지 않으셨습니까?"

고 씨는 또 참지 못하고 물었다.

용비야의 눈빛이 갑자기 싸늘해졌다. 고 씨는 속으로 생각한 바가 있었으나 감히 더 말하지 못하고 서둘러 먼 곳으로 물러나 비밀 시위들과 함께 주변을 지켰다.

사람들이 다 흩어진 후에야 한운석은 한숨을 돌렸고, 정신을 차렸다. 그녀는 자신도 모르게 고개를 들고 용비야를 바라보았고, 용비야도 마침 고개를 숙여 그녀를 보았다. 소름 끼치게 차가웠던 용비야의 눈빛은 두려움과 막막함에 사로잡힌 한운석의 눈동자와 마주치자 조금 부드러워졌다.

사실, 그녀야말로 그의 천적이었다!

그가 그녀를 안아 올리자 그녀의 두 손이 그의 목을 감쌌다. 서로의 눈동자가 다시 마주쳤고, 두 사람 모두 아무 말도 하지 않았다.

하고픈 말이 너무 많았고, 설명해야 할 일도 많고 많았다. 하지만 그 모든 것은 서로를 눈앞에 두고 마주 보는 눈빛만 못했다.

그녀는 그를 얼마나 기다렸던가? 그의 대답을, 그의 설명을 기다렸다.

그는 그녀를 얼마나 찾았던가? 그녀의 대답을, 그녀의 선택을 찾아 헤맸다.

침묵 속에서도 서로의 마음 가득한 진심은 격렬하게 자라나 빠르게 부풀어 올랐고, 이성을 잃고 나갈 수 있는 틈새를 찾아 이리저리 돌진하며, 언제든지 튀어나와 상대를 침몰시키려 했다!

갑자기 용비야가 고개를 파묻고 그녀의 입술에 강렬한 입맞춤을 남겼다.

이 입맞춤으로, 벼락이 쳐서 불이 번지면 다시는 돌이킬 수 없듯, 늘 이성을 지키며 냉정함을 유지하던 두 사람은 통제 불능 상태가 되었다.

용비야는 한운석의 입술 사이를 파고들어 미친 듯이 입맞춤을 퍼부었고, 한운석 역시 지지 않고 미친 듯이 받아 주었다. 그는 아무리 입을 맞추어도 부족한 듯, 그녀의 작은 입술을 먹어 치우고 싶었고, 그녀는 아무리 반응해도 부족한 듯, 자신의 모든 것을 주고 싶었다.

이 부드러움이 너무 그리웠기에, 한 번의 보상으로는 부족했다. 이 패기가 너무 그리웠기에, 한 번만 받아주기에는 부족했다!

격렬한 입맞춤 가운데 이미 이성을 잃은 두 사람의 마음은 더욱 어지러워졌고 정신을 차릴 수 없었다.

그녀는 이제야 자신이 얼마나 그를 사랑하는지 깨달았다. 아무것도 제대로 설명하지 않고 물어보지 않아도, 그녀는 그를 전혀 밀어내지 않았다. 이제부터 그와 하나가 되어 다시는 떨어지고 싶지 않았다.

그는 이제야 자신이 얼마나 그녀를 사랑하는지 깨달았다. 그와 그녀 사이에, 명확한 설명이 있든 없든 상관없었다. 어쨌든 그녀를 가져야 했다.

두 사람은 격렬한 입맞춤에 숨쉬기도 힘들었지만 서로 떨어지려 하지 않았다. 결국 입을 맞댄 채 가까스로 서로 숨만 돌렸다.

그의 심장은 아주 빠르게 뛰었고, 그녀의 호흡은 더 거칠었다.
그러나 두 사람은 서로를 바라보며 여전히 말이 없었다. 오직 가쁘게 몰아쉬는 숨소리가 서로의 민감한 신경을 자극했다.
침묵은 순간이었다. 용비야는 더는 자신을 제어할 수 없었고 기다릴 수 없었다. 그는 또 한 번 그녀의 입술을 덮치며 거침없이 파고들어 갔다. 갈망하듯, 아무리 입을 맞춰도 만족할 수 없었다.
예전에 부끄러워하거나 자중하던 모습과는 달리, 한운석은 모든 것을 다 내걸었다. 지금 이 순간, 그녀에게는 한 가지 생각뿐이었다. 그를 따르고, 그를 받아 주고, 그가 원하는 대로, 그를 사랑하며, 그에게 다 주고 싶었다.
용비야는 격렬하게 입맞춤을 하며 그녀를 안고 마차로 걸어갔다. 안겨서 마차 안에 들어간 한운석은 익숙한 모든 것을 보자, 순식간에 정신이 들었다.
몇 번이나, 그와 함께 긴 여정을 떠나면 늘 이 마차 안에서 그의 품에 안겨 잠이 들었다.
몇 번이나, 그와 함께 외출할 때면 늘 이 마차 안에서 실수로 그의 못된 생각을 자극했다.
그리고 몇 번이나, 역시 이곳에서, 그가 갑자기 멈추면 그녀는 순식간에 정신이 또렷해져 부끄러우면서 또 막막해졌었다.
이번에도 그녀는 또 순식간에 정신이 또렷해졌다. 이미 버릇이 된 듯했다. 그러나 용비야는 멈추지 않았다.
그는 마차에 올라타 가리개를 내리고 바로 몸을 숙여 그녀를 몸 아래 눕혔다. 칠흑같이 검은 눈동자로 차갑게 한운석을 바라보는 그는 마치 먹잇감을 노리는 표범처럼, 언제든지 목표물을 뼈 하나 남기지 않고 다 발라서 먹을 것 같았다…….

조금도 주저하지 않고

지금 이 순간, 용비야보다 한운석이 좀 더 이성적이었다. 그녀는 그의 눈동자 속 욕망의 눈빛을 뚜렷하게 보았다. 그것은 익숙하지만 낯선, 본 적은 있으나 한 번도 겪어 보지 못한 것이었다.

이 깊고 짙은 눈빛은 이전 그 어느 때와도 달랐으나, 한운석은 어디가 다른지 말로 설명할 수 없었다. 그저, 용비야처럼 차가운 사람의 눈빛이 정욕에 휩싸이자 정말 매력적이란 생각만 들었다!

그는 아무것도 할 필요 없었다. 그의 두 눈동자만으로도 충분히 그녀의 마음속 가장 깊은 욕망을 자극할 수 있었다.

"야夜……."

그녀가 자신도 모르게 그를 그렇게 불렀다. 마음이 다 녹아내릴 정도로 부드러운 목소리였다.

그녀는 아무것도 할 필요 없었다. 이렇게 한마디, 부르는 소리만으로도 충분히 그의 마음속 최후의 방어선을 무너뜨릴 수 있었다.

용비야가 고개를 숙였다. 이번에는 그녀의 입술에 너무 오래 머무르지 않고 그대로 아래쪽으로 내려갔다. 그녀의 목을 따라 살짝 입을 맞췄다가 빨기도 하고 깨물기도 하며 아래로 내려갔다.

한운석은 지난번 그가 마차에서 가장 심하게 그녀를 괴롭혔던 그때도 이랬던 것을 기억했다. 다만 그때 나빴던 것이 그의 손이었다면, 이번에는 그의 입술이었다.

옷이 점점 그의 손에서 풀어 헤쳐졌고, 한운석은 이미 용비야의 뜨거운 입맞춤 가운데 온몸이 아파 넋이 나가는 듯했다.

그런데, 바로 이때 용비야가 갑자기 물러섰다.

이렇게 갑자기 멈추는 느낌은 너무도 익숙했다. 지난 4년 동안 그녀는 한 번도 이유를 묻지 않았지만, 그렇다고 신경 쓰지 않는다는 의미는 아니었다.

앞이 텅 비자 그녀는 순간 낙담했다.

"용비야……."

그녀는 일어나려다가 헉하고 숨을 들이켰다. 용비야, 그 존귀한 사람이 그녀의 발아래에 머리를 숙이고 있었다!

"용비야……."

한운석은 몸을 떨며 하려던 말을 더 잇지 못했다. 용비야가 그녀의 복사뼈에 입을 맞추며 위로 올라오고 있었기 때문이었다. 그는 그녀의 균형 잡힌 다리에 입을 맞추면서 그녀의 속적삼을 벗겼다.

한운석의 몸에 남은 한 조각 적포도주색 속옷은 그녀의 아름다움을 숨길 수 없었다. 그녀의 얼굴은 이미 새빨갛게 변했으나, 정신은 아주 또렷했다.

용비야의 거친 눈빛 앞에서 그녀는 자신도 모르게 두 손으로 몸을 가렸다. 그녀가 입을 떼려는 순간, 용비야가 돌연 마지막 남은 방해물까지 뜯어 버렸다.

넋이 나간 듯한 이때, 허리끈을 풀어 향주머니를 취하네!銷魂, 當此際, 香囊暗解, 羅帶輕分(진관秦觀의 《만정방滿庭芳 · 산말미운山抹微雲》 중에서)

용비야는 멍하니 그녀를 똑바로 바라보았다.

사실 이 아름다운 몸을 그는 이미 여러 차례 보았다. 하지만 이렇게 가까이서 본 것은 처음이었다.

그는 정말 뻔뻔스러울 정도로 패기를 부렸다!

그는 그녀의 아름다운 곳곳을 뚫어지게 바라보며 감상했다. 위에서부터 아래까지, 어느 한 곳 놓치지 않았다. 가장 은밀한 곳까지 그는 전혀 피하지 않고 당연하다는 듯이 자세히 바라봤다.

그녀가 완전무결한지 살피는 듯, 또 그녀의 아름다움을 감상하는 듯했고, 한편으로는 그의 소유물을 자세히 검사하는 것만 같았다.

패기 어리고 당연하다는 듯한 그의 시선이 부끄럽고 분한 나머지 한운석의 희고 고운 몸은 분홍빛으로 덮였다. 그녀는 지금 이 순간 자신이 얼마나 매혹적인지 전혀 모르고 있었다.

용비야는 이미 그녀에게 완전히 점령당했다!

이 순간, 그는 그녀의 아름다운 굴곡을 뚫어지게 바라보고 있었다. 그 눈빛이 너무도 깊어, 그녀는 그가 대체 무슨 생각을 하는지 알 수 없었다.

하지만 그가 무슨 생각을 할 수 있겠는가?

그녀는 부끄럽고 분한 마음에 두 손으로 몸을 감쌌다.

"용비야, 그만해요!"

"그만 못 해."

그의 목소리는 낮고 거칠었다.

이것이 그들의 두 번째 협상에서 나눈 첫 대화였다.

한운석은 평생 이 대화를 잊을 수 없었다. 이후 거의 매번 용비야가 그녀를 괴롭힐 때마다, 이들은 늘 이 대화를 나누었기 때문이었다.

"용비야, 그만해요."

"그만 못 해!"

시작도 하지 않았는데, 어찌 그만둘 수 있을까?

지난 4년 동안 그가 서정력 때문에 얼마나 많이 참아 왔는지, 그녀는 몰랐다.

용비야가 바로 몸을 그녀에게 바짝 붙였다.

"아……."

한운석은 참지 못하고 소리쳤다. 그녀도 왜 참을 수 없는지 몰랐다.

용비야는 그녀의 반응이 아주 마음에 드는 듯, 몸을 가리고 있던 모든 것을 벗어 버리고 그녀를 더 강하게 끌어안았다.

이제는 거치적거리는 옷조차 없어, 감촉은 더욱 또렷했다.

한운석은 완전히 견딜 수 없어 그의 어깨를 움켜잡으며 그를 노려봤다.

"용비야, 미워! 당신이 미워! 날 놔줘요!"

그가 고개를 숙이고 바라보았다. 정욕에 완전히 사로잡혔던 두 눈이 갑자기 아주 맑고 부드럽게 변했다. 마치 바닥이 환히 보일 정도로 맑고 물결 없이 잔잔한 호수 같았다.

그가 부드럽게 물었다.

"어째서?"

부끄러움과 화가 동시에 났던 한운석은 이런 용비야의 모습을 보자 갑자기 너무너무 울고 싶었다.

그녀는 문득 이 남자가 사실은 정욕에 불타 이성을 잃은 게 아니라, 방금 보여 준 모든 패기와 모든 못된 행동이 다 진심임을 깨달았다.

이런 남자가 어떻게 그녀를 이용하고 속일 수 있겠는가?

"왜냐하면…… 한 가지 물어볼 게 있으니까요."

한운석이 목멘 소리로 대답했다.

정말 뚱딴지같은 대답이었다.

그런데 그는 생각도 하지 않고 대답했다.

"아니!"

그의 말 역시 영문을 알 수 없는 대답이었다. 하지만 그녀는 알아들었다!

그의 반응을 보니, 이미 심결명의 서신을 받은 게 분명했다. 그녀가 용존에 간 하인의 등에 남긴 그 질문을 알고 있는 게 틀림없었다.

용비야, 내가 만약 서진의 공주가 아니라면 여전히 날 좋아할 거예요?

그의 대답은 '아니!'였다.

한운석은 갑자기 힘이 쭉 빠졌다. 벗은 몸이든 아니든, 그의 자부심이 그녀의 부드러움에 바짝 붙어 있든 말든, 그녀는 조금도 동요하지 않고 눈을 감은 채 담담하게 말했다.

"비켜요!"

그런데 이 순간, 용비야는 조금도 주저하지 않고 바로 돌진했고, 한운석은 아파서 비명을 질렀다.

용비야는 그녀의 귓가로 몸을 숙이며, 세상에서 가장 부드러운 목소리로 그녀를 달랬다.

"운석, 어쩌면 좋으냐? 난 훨씬 전에 서진 황족의 공주를 사랑하게 되었다. 온 세상이 믿어 주지 않아도, 너는…… 믿어 주겠느냐?"

그의 움직임은 참으로 지독했지만, 목소리는 또 참으로 부드러웠다. 이 순간, 이 격돌, 이 한마디를 그녀는 영원히 잊을 수 없었다.

그녀의 머릿속에는 그의 목소리만 남았다. 대답하기도 전에 그가 말했다.

"한운석, 반드시 날 믿어 다오."

한운석, 반드시 날 믿어 다오.

이 말은 바로 그가 아홉 번에 걸친 서신에서 그녀에게 한 대답이 아닌가?

그녀가 타임슬립으로 이곳에 왔다는 걸 그가 어떻게 알까. 그의 마음속에서 한운석은 바로 서진의 공주였고, 서진의 공주가 바로 한운석이었다.

그러니 그의 말은…….

그의 부드러운 고백에 처음 겪는 고통이 순식간에 잊혔다. 한운석은 용비야를 꼭 껴안았다. 가슴 가득한 말을 하려 했으나, 뭐라고 해야 좋을지 몰라 그저 안고 입을 맞출 뿐이었다.

천지가 뒤집히듯, 차오르는 감정에 자신을 잊은 채 그에게 입을 맞췄다.

용비야, 당신의 그 한마디면, 충분해!

그녀의 입맞춤에 그는 곧 상황을 역전시켜 주도권을 잡았고, 몸 아래에서도 움직이기 시작했다. 그가 움직이자 그녀는 깜짝 놀라 멈칫하며 뭔가 말하려는 듯했으나, 그는 그럴 기회를 주지 않았다.

"아픔은 네게 주는 벌이다!"

말을 끝내자 그는 마침내 더는 자제할 수 없었고, 지금까지 참아 온 모든 것을 분출했다.

그녀가 물어본 것은 의심했기 때문이 아닌가?

그는 그녀의 의심을 개의치 않았다. 다만, 그녀를 벌하려 했다.

진정한 벌이었다!

지독하고도 지독했다.

있는 힘을 다해 벌을 줄 때마다, 그녀를 뒤집어 놓을 듯한 질주에 한운석은 아무것도 물어볼 수 없었다. 고통은 잠깐에 불과했고 감당할 수 없어 절로 흘러나오는 비명만 남았다.

그는 그녀를 벌하고 있는 걸까, 아니면 자신을 벌하고 있는 걸까?

그녀의 비명 소리 하나하나가 그를 거의 미치게 만들었다. 한 몸이 되어서도 여전히 부족했고, 만족할 수 없었다.

한운석, 한운석!

대체 어떻게 해야 진정 너를 가질 수 있을까?

본 태자는 너를 뼈 하나도 남기지 않고 모조리 삼켜 버리고 싶다!

움직임은 갈수록 격해지고 빨라졌다. 땀이 그의 강인한 얼굴을 타고 천천히 흘러내려 그녀의 얼굴에 떨어졌다. 그녀는 땀에 흠뻑 젖어 미친 듯이 달려드는 그의 모습과 야성미 넘치는 잘생긴 얼굴을 바라보다가, 갑자기 웃음이 났다.

이런 순간에도 그녀는 그를 바라보며 한눈을 팔 수 있었다!

그는 웃어야 할까, 아니면 울어야 할까?

"한운석!"

그는 불만이었다!

"응, 응……."

그녀는 속삭이며 즐기고 있었다.

그가 갑자기 힘을 주자 한운석은 바로 전율하며 온몸을 바르르 떨었다.

"용비……."

그녀의 말은 입 밖으로 나오기도 전에, 이미 온 힘을 다해 돌진한 그의 공격 속에서 마음을 사로잡는 노래가 되어 퍼져 나왔다.

한운석은 그의 사랑에 넋이 부서지는 듯했고, 마침내 자제하지 못하고 비명을 질렀다.

"아야阿夜……, 사랑해요……."

4년이 지난 오늘에야 마침내 진짜 부부가 되었으니, 참으로 격렬할 만했다.

다행히 용비야의 전속 마차는 충분히 넓고 튼튼했다. 다행히 비밀 시위들은 모두 멀리 떨어져 있어 아무것도 듣지 못했다.

마차 밖은 달과 별이 떠 있는 높은 가을 하늘 아래 공기 맑고 고요한 산속이었으나, 마차 안은 연꽃이 가득 핀 듯 봄기운이 완연했다.

격전을 치른 후 난장판이 되었지만, 두 사람 모두 정리할 틈이 없었다.

그녀는 그의 가슴 위에 엎드린 채 그의 호흡에 따라 오르내리는 변화를 느끼고 있었다. 그는 한 손으로 그녀를 안고, 다른 한 손으로 그녀의 앞머리를 살짝 건드리며 잠시 모든 것을 잊고 있었다. 그녀를 안고 있던 손이 점점 엉큼하게 움직이기 시작했다.

그녀는 이미 기운이 하나도 없으면서 눈꺼풀과 싸우는 중이었다. 눈만 감으면 잠이 들 것 같았으나 억지로 버티면서 눈을 감지 않았다. 이렇게 다정하고 아름다운 순간을 놓치고 싶지 않았다.

그러나 한운석은 곧 자신이 틀렸음을 발견했다. 지금은 전혀 다정하고 아름다운 순간이 아니었다.

용비야는 한 마리 늑대 같았다. 그것도 아주 사납고, 게다가 몇 년 동안 굶주렸던 늑대였다. 일단 시작을 했으니, 어찌 그리 쉽게 놔주겠는가?

그는 사냥감을 아주 까다롭게 골랐지만, 한번 고르고 나면 그 식사량은 정말 놀라웠다.

그렇지 않아도 그의 엉큼한 손이 이미 한운석의 민감한 부분을 자극하기 시작했다.

"아야阿夜……."

한운석이 뾰로통하게 말했다.

"뭐라고 불렀느냐?"

용비야가 웃으며 말했다.

한운석은 바로 대답하지 않고 고개를 숙였다. 용비야의 입가에 보기 좋은 웃음이 걸렸다. 그의 크고 못된 손이 아래로 내려가자, 한운석이 깜짝 놀라 피했다.

"그만해요."

"그만 못 해!"

그는 한 팔로 그녀를 감싸고 다시 한번 그녀를 아래로 눕힌 후, 끝까지 사악하게 물었다.

"날 뭐라고 불렀느냐?"

한운석은 얼굴이 새빨개졌다. 방금 어쩌다 그렇게 말했지? 그 호칭은 그녀가 가장 감정에 북받치는 순간 내뱉은 말이라, 조금 전 모든 상황을 일깨워 주었다.

"말해라. 날 뭐라고 불렀느냐?"

그는 바짝 다가와 사악하게 위협했다.

그녀는 고개를 돌렸으나, 그가 귀를 바짝 갖다 대며 고집스레 물었다.

"날 뭐라고 불렀느냐?"

"아야……, 아야……."

그녀가 부드럽게 불러 주자, 이 목소리는 마치 주문처럼 그의 못된 마음을 불러일으켰다.

곧 한운석은 다시 한번 못된 용비야를 느끼게 되었다. 그의 괴롭힘에 그녀는 거의 혼절할 뻔했고, 결국에는 그의 품속에 파묻혀 말할 기운조차 없어졌다.

용비야는 아직도 만족하지 못했다. 지금 당장 이 여자를 데려가고 싶었지만, 그녀는 그의 여자일 뿐 아니라 서진의 공주이기도 했다.

오늘, 이 두 사람은 아직 협상하지 않은 중요한 일이 남아 있었다. 용비야는 부드럽게 한운석의 얼굴을 어루만지며, 조용히 그녀가 깨어나길 기다렸다.

그리고 이때, 영승은 심연 바닥에서 미친 듯이 사람을 찾고 있었다.

너를 연모한다

동트기 직전의 시간, 달빛도 없고 태양도 떠오르지 않은 이때는 세상에서 가장 어두운 시간이었다.

그리고 바로 이 순간은, 영승 평생에 가장 어두운 시간이기도 했다.

심연 아래는 초목이 무성하고 지형이 험했으며, 너무 어두워서 손을 뻗었을 때 다섯 손가락도 제대로 보이지 않았다. 오로지 횃불에 의지해야 겨우 주변 작은 공간만 볼 수 있었다.

영승은 이미 이성을 잃었고, 심지어 지원군을 요청하는 것조차 잊었다. 쫓아내려 온 몇몇 시위들만이 그와 함께 미친 듯이 수색 중이었다.

언제부터인지, 그는 더 이상 '공주'가 아니라 '한운석'이라고 부르고 있었다.

'공주'는 그의 사명이요, 적족의 사명이었다. '한운석'은 그저 한운석, 한 여자일 뿐이었다.

그의 마음 깊은 곳에서는 '한운석'을 '서진 공주'보다 더 걱정하고 있었다.

어쩌면 잠시 후 날이 밝으면, 영승은 정신을 차리고 지원군을 데려와 심연의 한 출구를 찾아내 길을 돌아 산 뒤쪽으로 갈지도 몰랐다.

그러나 그때가 되면, 그는 한운석을 볼 수 없을 게 분명했다.

왜냐하면, 지금 한운석은 이미 용비야의 마차를 타고, 남쪽 산속으로 향하고 있었기 때문이었다.

이 심연은 양쪽 군대의 경계 지역이었다. 영승은 이 심연을 넘어가기도 어려울 텐데, 하물며 남쪽으로 추격해 올 리 있을까?

고 씨는 마차를 몰았고, 비밀 시위들이 뒤따라갔다. 모두 어젯밤 무슨 일이 일어났는지 전혀 몰랐고, 태자 전하가 서진의 공주를 데리고 어디로 가는지는 더더욱 알지 못했다.

그들은 명령에 복종할 뿐이었다.

마차 안에서 한운석은 용비야의 품에 안겨 정신없이 자다가, 어렴풋이 누군가가 그녀를 간지럽힌다는 느낌을 받고 손을 내저었다. 하지만 그 손은 곧 용비야에게 잡혔고, 그는 손을 입술로 가져가 입 맞췄다.

그녀는 피곤한 나머지 머릿속이 텅 비어 여러 생각할 여유도 없었다. 어쨌든 그녀는 가장 익숙한 품속에 있었고, 익숙한 주변 공기 속에서 편안히 잠들 수 있었다.

그녀는 몸을 돌려 넓고 편안한 긴 의자에 드러누워 베개를 끌어안고 계속 잠을 청했다.

예전처럼, 그만 곁에 있으면 그녀는 날이 밝을 때까지 편안히 잘 수 있었다. 이런 느낌은 정말 오랜만이었다.

그러나 이제는 더 이상 예전 같지 않았다.

정확하게 말하자면 이제 이 남자는 이미 예전 같지 않았다!

한운석은 점점 간지럼이 다리를 따라 몸 위로 올라오는 듯한 느낌이 들었다. 막으려고 손을 휘저어 보았지만 아무것도 걸리는 게 없었다. 그녀가 손을 떼자 그 간지러운 느낌이 또 올라왔다.

그녀는 아름다운 다리를 움츠리며 눈을 떴다. 그제야 자신이 아직도 벌거벗은 채 어젯밤 모습 그대로임을 발견했다. 균형 잡힌 하얗고 아름다운 다리를 멋대로 웅크리고 있는 모습은 나른하면서도 육감적이었다. 용비야는 재미있다는 듯 그녀의 다리를 쓰다듬고 있었다.

그녀는 얼른 옷으로 몸을 가리고는, 그를 가볍게 발로 차며 뾰로통하게 말했다.

"그만해요."

그는 혀끝으로 입술을 핥으며 아주 사악하고 못된, 그리고 아주 만족스러워하는 미소를 지었다. 그는 그녀를 더 괴롭히지 않고 나른하게 뒤로 드러누워 높은 베개에 기댄 채 그녀에게 명령했다.

"이리로 와라!"

그녀는 이미 그쪽으로 가려 하고 있었다. 그런데 무심코 그를 보았다가, 문득 그의 멋진 몸매가 그녀의 눈앞에 적나라하게 드러나 있음을 깨달았다.

무심코 보던 한운석은 자신의 눈을 제어할 수 없었다.

어젯밤 서로를 가졌을 때는 너무 넋을 잃고 빠져 있어 이 남자의 몸이 이 정도로 멋진 줄 몰랐다. 야성미와 힘이 넘쳤고, 몸매 어느 부분이든 온갖 상상을 불러일으키기에 충분했다.

한운석의 눈빛을 느낀 용비야는 눈을 치켜뜨고 흘기며 말했다.

"이제 만족하느냐? 충분히 보았느냐?"

한운석은 서둘러 시선을 돌리며 그의 옷을 던져 주었다.

"용비야, 중요한 이야기가 있어요!"

동진과 서진 양쪽 진영 사람들이 두 사람의 협상이 이런 모습임을 알게 된다면, 아마 모두 기가 막혀서 피를 토할지도 몰랐다.

한운석은 그 결과를 감히 상상할 수 없었다.

지금 그녀는 영승이 그녀를 찾지나 않을지, 협상은 어찌해야 할지 생각할 겨를이 없었다. 어렵게 용비야와 따로 이야기할 기회를 얻었으니 풍족의 음모, 고북월의 행방, 고칠소가 백옥교를 심문하고 있는 일 등 모든 일을 그에게 알려야 했다.

비록 용비야가 풍족의 음모를 알아차렸다 해도, 모든 것을 다 알지는 못할 것이었다. 용비야가 가지고 있는 정보 역시 그녀가 모르는 부분일 게 분명했다.

정보를 교환하고, 어떻게 풍족에게 맞설지 함께 계획하는 것이야말로 지금 가장 중요했다.

"용비야……."

한운석이 그의 이름을 부르자, 용비야가 갑자기 다가와 입맞춤으로 그녀의 입술을 막으며 말을 끊었다.

"착하지, 아무것도 신경 쓰지 말고 우선 잠시 나와 함께 있는 게 어떠냐?"

그의 목소리가 좀 가라앉았다.

"운석, 정말 보고 싶었다. 잠시 나와 함께 있자꾸나."

어젯밤 폭풍우처럼 몰아치던 기세와 달리, 그는 두 팔을 벌리고 부드럽게 그녀를 품에 안았다. 그 상냥함에 그녀는 어젯밤 그의 패기와 강경하고 거세게 돌진하던 모든 것이 한바탕 꿈이 아니었을까 의심될 정도였다.

패기 넘치는 그를, 그녀는 거절할 수 없었다.

상냥한 그에게는, 더 저항할 수 없었다.

그녀는 두 팔로 그를 두르고 꼭 끌어안았다. 자신을 그의 품에 새겨 넣고 싶은 마음이 간절했다. 한 몸이 되어 떨어지고 싶지 않았다. 그녀가 물었다.

"야, 잠시면 얼마 동안인가요? 평생인가요?"

"몇 번의 생을 거듭하는 동안이면 어떻겠느냐?"

그가 작은 목소리로 반문했다.

"좋아요."

그녀가 담담하게 웃었다.

이 순간에는 신분도, 원한도, 과거도, 미래도 없었다. 오로지 현재, 그리고 서로뿐이었다.

"운석."

그의 목소리는 상냥했지만 억누를 수 없는 감정이 드러났다.

"예."

그녀는 작은 기대를 숨긴 채, 낮은 목소리로 대답했다.

그는 말이 없었다.

"말해요."

그녀는 직감적으로 그가 할 말이 있음을 알았다.

"운석……."

그의 물처럼 부드러운 모습에 그녀의 마음은 녹아내릴 것 같았다.

"나 여기 있어요."

그녀는 지체하지 않고 대답했다.

그는 여전히 말이 없었고, 꽤 오랫동안 침묵했다.

그녀는 고개를 젖히고 그를 바라봤다.

"무슨 말이 하고 싶어요?"

"너를…… 연모한다."

그녀의 눈동자를 바라보던 그가 갑자기 말했다.

한운석은 제대로 듣지 못했다.

이 인간, 어떻게 이럴 수 있어? 늘 행동만 하고 말로는 표현하지 않던 남자가 갑자기 이렇게 고백이라니.

"뭐라고요?"

한운석은 초조해졌다. 반드시 제대로 들어야 했다. 한 자 한 자 또박또박 들어야 했다. 절대 이렇게 대충 말하고 넘어가게 할 수 없었다.

늘 세게 나오던 용비야는 뜻밖에 민망해했다. 그는 큰 소리로 웃으며 한운석의 머리를 품 안에 껴안았다.

그러나 한운석은 가만있지 않고 그의 가슴에서 발버둥쳐 나와 그의 눈빛을 쫓았다.

"용비야, 방금 뭐라고 했어요? 못 들었어요."

세상에, 이 인간도 부끄러워할 줄 알아?

어젯밤에는 왜 부끄러워하지 않고? 조금 전에도 민망해하지 않더니? 행동은 그렇게 거칠면서, 말 한마디는 쑥스러운 거야?

용비야는 계속 한운석의 눈빛을 피하면서, 두 손으로는 그녀를 자신의 품에 가두었다. 그녀가 시끄럽게 떠들어도 말하지 않고 자꾸 웃음을 참지 못했다.

"용비야, 말 안 할 거죠?"

그녀가 단단히 작정하고 성까지 붙여 가며 이름을 불렀다.

용비야는 입가의 호를 더 크게 그렸지만, 그래도 말하지 않았다.

한운석은 끝까지 물고 늘어지며 두 손을 빼서 그의 목을 감쌌다.

"용비야, 말 안 할 거예요?"

한운석은 힘을 세게 주었지만, 용비야는 여전히 고개를 돌린 채 그녀를 보지 않고 끝장나게 잘생긴 옆얼굴만 보여 주었다.

"용비야, 마지막으로 물을게요. 말 안 할 거예요?"

한운석의 목소리는 컸고, 시끄럽게 발버둥까지 쳤기 때문에 소리가 작지 않았다.

내내 몰래 듣고 있던 고 씨는 마침내 뭔가 소리가 들리자 궁금해졌다. 서진 공주는 대체 태자 전하에게 무슨 말을 하라는 걸까?

두 사람은 진짜 협상 중일까? 무슨 협상을 하고 있을까?

용비야는 분명 한운석이 그의 몸에 매달려 버둥거리는 것을 즐기고 있었다. 그는 시종일관 말없이 웃기만 했다. 마침내 한운석은 그를 놔주며 가라앉은 목소리로 말했다.

"말 안 한다 이거죠?"

이번에는 용비야가 마침내 고개를 돌려, 오만하게 그녀를 도발했다.

"말 안 하면, 어쩔 거냐?"

한운석은 천천히 두 눈을 가늘게 뜨면서 아주 위험한 표정을 지었다. 그녀는 손가락을 까닥이며 용비야에게 가까이 오라고 손짓했다.

이 여자가 그를 어쩔 수 있을까?

용비야는 바로 가까이 다가갔다. 그러자 한운석은 발끝을 세우고 서서 그의 귓가에 대고 한 글자씩 작은 목소리로 말했다.

"당신이 말 안 하면, 내가 할게요! 용비야, 난……, 정말 당신을…… 사랑해요!"

용비야는 처음에는 멍하니 있다가, 곧 입가에 지극히 매혹적인 호를 그려 냈다. 그는 한 손으로 한운석의 허리를 껴안아 그녀를 더 가까이 오게 한 후, 그녀의 귀를 깨물어 버릴 것처럼 한 글자씩 말했다.

"한운석, 널 연모한다."

"다시 말해요!"

한운석은 조금도 만족하지 못했다.

용비야는 아예 그녀를 안고서, 그녀의 귓가에 몇 번이고 반복해서 사랑의 고백을 들려 주었다.

그에게 푹 빠져 있는 운공대륙 여자들이 운공대륙에서 가장 냉정한 제왕이자 말 한마디를 천금같이 아끼는 용비야가 이렇게 부드럽고 달콤한 말을 할 줄 안다는 사실을 알면, 어떤 느낌일까? 다만, 그는 오로지 한운석에게만 이럴 뿐이었다.

곧 마차가 멈춰 섰다.

고 씨는 태자 전하의 명령으로 숲속 오솔길을 따라 남쪽으로 향했다. 그는 전하가 어디로 가는지 몰랐다. 그저 앞에 천연 온천이 길을 막자 멈춰 섰을 뿐이었다.

"전하, 앞에 온천이 길을 막고 있습니다. 다른 길로 갈까요?"

고 씨가 작게 물었다.

"그럴 필요 없다."

마차 안에서 용비야의 차가운 목소리가 들려왔다.

"본 태자는 목욕을 해야겠다. 명을 전해라. 모두 1리 밖에서 기다리고, 명령하기 전에는 절대 가까이 오지 마라."

그 말에 한운석은 순간 눈을 크게 떴고, 고 씨는 어안이 벙벙해졌다.

고 씨가 아직도 무슨 일이 생겼는지 모른다면, 그건 오랜 세월 몰아 온 마차에 대한 배신이었다. 의심과 놀라움에 가득 차 심지어 불만까지 솟아났지만, 고 씨는 그래도 공손하게 명령을 받고 물러나 비밀 시위들을 사방팔방으로 흩어서 주변을 지키게 했다.

용비야는 큰 두루마기를 두르고 마차에서 내린 후 한운석에게 손을 내밀었다.

한운석이 기척이 없자 그는 고개를 내밀고 안을 들여다보았다. 이 여자는 놀란 토끼처럼, 그의 커다란 속적삼으로 몸을 휘감은 채 마차 안에서 놀란 표정을 하고 있었다.

"안겨서 내려가겠느냐?"

용비야가 물었다.

"당신은 가서 씻어요. 난 기다릴게요……."

한운석이 대답했다.

"시종들이 지키고 있으니 아무도 엿볼 수 없다. 안심해라."

용비야가 진지하게 말했다.

한운석의 걱정은 그게 아니었다. 그녀는 다른 것을 걱정하고 있었다.

그런데 용비야가 눈살을 찌푸리며 물었다.

"온몸에서 땀 냄새가 나는데 더럽지 않느냐?"

그래, 내가 이상한 생각을 한 거야.

"깨끗이 씻고, 중요한 이야기를 하자."

용비야가 진지하게 말했다.

한운석은 자신이 이상한 생각을 했다고 더욱 확신했다. 어젯밤의 일은 그렇게 당연한 듯이 지나갔다. 그는 한마디도 언급하지 않았고, 그녀도 더 말하지 않았다.

한운석이 그제야 손을 내밀자, 용비야는 그 손을 잡아끌어 그녀를 안아 들고 마차에서 내렸다.

정말 두 사람은 땀으로 범벅이 되어 온몸이 끈적끈적해서 얼른 씻기는 해야 했다.

어젯밤 이미 철저하게 다 보여 주었음에도, 그의 반짝이는 눈빛 앞에서 한운석은 여전히 부끄러움에 얼굴이 붉어졌다. 그녀는 얼른 물속으로 숨어들었다.

용비야는 못가에 앉아서 옷을 헐겁게 하고 편하고 나른한 자세를 취했다. 막 떠오르는 태양이 그들을 밝게 비추는 가운데 마치 희미한 황금빛에 에워싸인 듯한 그의 모습은 존귀하고 신성해 보였다.

그를 보는 것은 정말 세상에서 가장 행복하고 즐거운 일이었다. 한운석은 어젯밤 난리에 온몸이 쑤셨으나, 온천에 몸을 담그니 그나마 좀 편안해졌다.

그녀가 보도록 내버려 두던 용비야는 문득 입가에 못된 미소를 짓더니, 갑자기 그녀의 얼굴에 물을 뿌렸다. 한운석이 물을 닦아 내고 눈을 뜨자, 용비야가 보이지 않았다.

어라……, 어디 갔지?

진짜 그만해요

아주 잠깐 사이에, 용비야가 사라졌다.

한운석은 방금 물을 닦아 내느라 물소리가 들렸는지 주의를 기울이지 못했다. 온천 쪽을 바라보자 물결이 일렁이는 게 보였다. 용비야가 물속으로 들어가면서 남은 것인지, 아니면 바람이 불어 일렁이는 것인지 알 수 없었다.

그녀는 다른 것은 감히 장담할 수 없었다.

하지만 그녀가 이렇게 발가벗은 채로 이곳에 몸을 담그고 있는데, 용비야가 소리 없이 이대로 사라질 리 없다고 확신했다.

이 남자는 아무리 그녀가 원망스러워도, 쩨쩨하게 굴거나 질투하며 아주 보수적인 요구를 하는 데 그쳤다.

이 인간, 지금 그녀를 놀리고 있는 게 분명했다.

한운석은 전혀 초조하지 않았다. 처음이었던 그녀는 그에게 지독하게, 그것도 두 번이나 벌을 받았기 때문에, 온몸이 뼛속까지 녹초가 되었다. 특히 허리 아래가 말로 못 할 정도로 시큰거렸다.

방금 마차 안에서는 그와 이야기하는 데 집중하느라 아픈 것도 잊고 있었다. 이제 온천에 몸을 담그고 온몸의 긴장을 풀고 나니, 오히려 찌뿌듯함이 느껴졌다.

그녀는 팔을 들어 보았다. 과연, 그 붉은 수궁사는 이제 사라졌다.

이 수궁사는 결혼하지 않은 여자에게는 아주 중요했고 일생의 행복에 영향을 끼쳤다. 하지만 그녀에게는 다른 의미가 있었다.

수궁사가 사라진 것은, 그녀가 정식으로 용비야의 여자가 되었다는 의미였다.

한운석은 만족해하며 몸을 돌려 못가에 기댄 채 천천히 눈을 감았다. 분명 쉬고 싶었는데, 어젯밤 장면 하나하나가 자신도 모르게 머릿속에 떠올랐다. 모두 그의 못된 모습들이었다.

그녀는 자신도 모르게 입꼬리가 올라갔고, 몰래 사악한 웃음을 지었다.

그런데 이때, 갑자기 첨벙 소리와 함께 커다란 형체가 그녀 뒤쪽 물속에서 솟아 나왔다. 전혀 뜻밖이지 않았던 한운석은 여전히 노곤하게 기대고 있었다.

용비야가 아니면 누구겠는가?

용비야의 단련된 상반신에는 물방울이 뚝뚝 떨어졌고, 구릿빛 피부와 등 쪽에 뒤엉켜 있는 흉터들은 흉악해 보이기는커녕, 도리어 형언할 수 없는 야성미와 육감적인 매력을 드러냈다.

그는 뒤에서 한운석을 껴안으며 그녀의 어깨에 얼굴을 파묻고 낮은 목소리로 물었다.

"내가 사라졌는데, 찾지 않는 것이냐?"

한운석은 여전히 노곤하게 눈을 감고 있었다.

"나타났잖아요?"

그 말인즉, 그녀가 찾을 필요 없이 그가 알아서 나타난다는 뜻이었다.

그 말이 떨어지자마자 그녀의 허리를 안은 손의 힘이 거세졌다.

"아파요!"

한운석이 삐죽거리며 말했다. 그녀는 아직 제대로 쉬지 못했고, 정말 아팠다!

그는 바로 놓아주었다가 또 자신도 모르게 살짝 안았다. 한참 후, 그가 작게 속삭였다.

"어젯밤……."

한운석이 바로 눈을 떴다. 용비야는 한참 동안 가만히 있다가 겨우 낮은 목소리로 물었다.

"아직도 아프냐?"

그녀는 대답하지 않았다.

"그런 것이냐?"

그가 캐물었다.

그녀는 얼굴을 물속에 집어넣을 뻔했다.

용비야, 이미 저지른 못된 짓, 그냥 묻지 말아 줄래요?

그녀가 말이 없자 그는 다급해졌다.

"아직도 아프냐?"

그 역시 처음 맛본 운우지락이었다. 너무 능숙했다면 경험이 풍부하다는 뜻 아니겠는가?

그는 이 대륙, 이 천하는 통제할 수 있어도, 이 여자에 대한 충동은 통제할 수 없었다. 젊음의 거친 힘이 어찌 경중을 알까?

"많이 아픈 것이냐? 어디 보자."

용비야가 진지하게 말했다.

한운석은 바로 얼굴이 붉어지고, 귀뿌리마저 모조리 새빨개졌다. 용비야, 이 못된 사람 같으니! 지금 희롱하는 게 아닌 거 맞아?

이제 진짜 그만해요!

한운석은 입을 열 수밖에 없었다. 그녀는 몸을 돌려 그를 바라보며 말했다.

"거짓말이에요. 이제 안 아파요."

사실대로 대답하면 이 남자가 얼마나 놀랄 만한 행동을 할지 몰랐다. 그녀는 그것만은 진짜 견딜 수 없었다.

하지만 한운석은 거짓말을 해도 그 결과 역시 감당하기 어렵다는 것을 곧 깨달았다.

용비야가 곧 그녀를 둔덕으로 밀어 넣고 갑자기 바짝 다가왔기 때문이었다…….

어젯밤의 그가 그녀를 벌하고 괴롭혔다면, 오늘의 그는 그녀를 모시며 정성을 다했다.

어젯밤의 강하고 거친 모습과 달리, 지금의 용비야는 지극히 부드러웠다. 경험해 본 이후, 그 역시 이 여자에 대한 경중을 깨달은 셈이었다.

물결이 이들의 가슴 높이까지 올라와 그의 모든 동작은 물 아래 감춰졌다. 그의 큰 손이 그가 동경하는 모든 곳을 하나씩 어루만졌고, 그 자극에 한운석은 고분고분해져서 조금도 농락 당했다는 원망은 들지 않았다. 심지어 자신도 모르게 적극적으로 그를 청하기까지 했다.

그녀가 다시 한번 감정을 주체하지 못하고 그의 이름을 한 글자인 '야夜'라고 부르는 순간, 그는 힘을 주어 힘껏 사랑을 퍼부었고, 오랫동안 멈추지 않았다.

초가을 새벽 고요한 산속, 안개가 자욱한 연못 속에 끝없이 얽혀 있는 그들의 모습은 보일 듯 말 듯하며 물살에 따라 오르내렸다…….

한운석은 그의 손길에 정신을 잃기 직전에야 깨달았다. 부드러운 그의 모습은 지독했을 때보다 더 그녀를 견딜 수 없게 하고, 도저히 헤어 나올 수 없게 만든다는 것을.

처음 그때 외에, 한운석에게 다시는 한눈을 팔 기회가 없었다. 웃을 힘은 더욱 없었다.

그녀는 행복해서 죽어 버릴 것만 같았다.

몽롱한 가운데 한운석은 어렴풋이 용비야의 목소리를 들었다.

"물가는 차가우니 안쪽으로 들어가자. 그쪽 물이 따뜻하다."

그리고 그녀는 그의 품에 안겨 온천 가운데로 들어갔다. 이 따스함이 새벽의 서늘한 공기와 맞물려 그녀를 아주 편안하게 했다.

한운석은 용비야의 몸에 기댄 채 온몸이 나른해졌고, 마침내 완전히 정신을 잃고 말았다. 그리고 온몸 가득했던 시큰한 통증과 피로함 역시 점차 사라졌다.

한운석이 깨어났을 때, 그녀는 깨끗한 몸에 옷을 단정하게 입고 마차에 누워 있는 상태였다. 용비야는 흑의 경장을 하고 옆에 앉아 집중해서 밀서를 보고 있었다.

어떻게 이런 남자가 있을 수 있지.

늑대와 호랑이 같던 모습도, 이렇게 냉담한 모습도 모두 그였다. 문득 한운석은 또다시 예전으로 돌아온 듯했고, 어젯밤과 오늘 새벽의 모든 것이 일어나지 않은 것 같았다.

그러나 그가 그녀의 몸에 남긴 흔적과 숨결은 너무나 뚜렷했다.

그녀가 움직이자 그가 바로 알아채고 눈을 돌렸다. 그는 그녀의 앞머리를 어루만지며 물었다.

"깨어났느냐?"

그녀는 고개를 끄덕인 후 그를 살펴보았다가 다시 자신을 살펴보고는 말했다.

"나……, 이게……."

아니다. 다 쓸데없는 질문이지.

이 황량한 야외에서 이 남자가 자기 아니면 누구를 시켜 그녀에게 옷을 입혀 주었겠는가. 그나마 정신을 잃어서 다행이었다. 안 그랬으면, 그를 어떻게 마주했을까.

한운석은 묻지 않았는데, 도리어 용비야가 불쑥 말을 꺼냈다. 진지하면서도 언짢은 듯했다.

"내가 입혀 주었다. 한운석, 야위었구나."

그녀는 순간 멍해졌다. 모든 부끄러움이 갑자기 안타까움으로 바뀌었다. 한참 후, 그녀도 중얼거리듯이 말했다.

"당신도 야위었어요."

두 사람은 확실히 많이 수척해졌다.

그는 대답하지 않고 밀서를 집어넣은 후 조용히 차를 우렸다.

그녀는 창밖을 바라보았다. 두 사람은 다시 그 산비탈로 돌아왔다. 이미 저녁 무렵이었다.

자유로운 방종을 누린 후, 이제 중요한 이야기를 할 때가 왔다. 그와 그녀는 책임을 짊어진 사람들이었고, 어깨에 사람들의 일생을 건 희망을 짊어지고 있었다.

다른 것은 몰라도 고북월을 위해서, 아직 백언청의 손에 있는 고북월을 위해서라도, 이들은 멋대로 굴 수 없었고, 손 놓고 아무 상관도 안 할 수 없었다.

그는 물론 당장 그녀를 데리고 저 먼 곳으로 가 버릴 수 있었다. 그녀 역시 무조건 그와 함께 떠나 한 쌍의 원앙처럼 영원히 떨어지지 않을 수 있었다.

하지만 그녀는 그가 그러지 않을 것을, 그 역시 그녀가 그러지 않을 것을 알았다.

그녀는 또 알고 있었다. 용비야는 그녀를 데리고 세상 끝까지 가겠노라고 날마다 떠들며 강호를 누비는 고칠소와 달랐다. 그의 마음은 너무너무 컸고, 그는 강호가 아닌 조정에 속한 사람이었다.

두 사람은 말하지 않아도 알았다. 이제 중요한 이야기를 할 때였고, 이야기가 끝나면 또 헤어져야 했다.

한운석은 기다리고 있었다. 하지만 아무리 기다려도 용비야는 한마디도 하지 않았다.

그가 뭐라고 해야 할까?

그녀에게 반드시 영승을 멸하고 서진 대군을 무너뜨리겠다고 해야 할까? 그녀 외에 서진 진영의 누구도 살려 두지 않겠다고 말해야 할까?

서진의 공주로서 그녀는 어떻게 해야 할까? 서진을 향한 충성심에 불타는 병사들이 서진을 위해 전사하고 있는 것을 빤히 보면서, 그녀는 그와 내통하겠다고?

어떻게 해야 할지 몰라서, 심지어 타협 방법조차 찾을 수 없었기 때문에, 그래서 그는 지금껏 그녀의 신분을 숨겨 왔다.

한참 후, 용비야가 입을 열었다.

"운석, 네게 줄 수 있는 길은 하나뿐이다."

"말해요."

한운석이 평온하게 말했다.

"서진의 공주는 심연에서 추락해 행방불명되는 것이다. 너는 내 곁에 시녀로 있어라. 너만 허락한다면 지금 당장 너를 데리고 가겠다."

용비야는 말을 마친 후, 얼른 덧붙였다.

"약속하마. 앞으로 영원히 황후도, 비도 세우지 않겠다."

"그러니까 풍족을 처리한 후에 반드시 서진 대군을 무너뜨리겠다고요?"

한운석이 담담하게 물었다.

"그렇다."

용비야는 서슴지 않고 대답했다.

일이 이렇게 된 이상, 그에게는 이 방법뿐이었다.

한운석이 가짜로 죽은 척하고 성도 이름도 바꾼 채 그의 곁에 남아 있으면, 적어도 세상 사람의 지탄은 받지 않을 수 있었다.

"벙어리 노파는 당신이 죽였나요?"

한운석은 명확한 대답이 필요했다.

"아니다."

용비야는 부인한 후 다시 해명했다.

"유각에서 자살했다. 그녀는 나와 마찬가지로 너의 신분이 공개되길 바라지 않았다. 그리고, 고북월은……."

용비야는 고북월과 자신 사이의 약속, 협력에 대한 모든 내용을 한운석에게 상세히 설명했다. 백언청을 속이기 위해 거짓으로 백리명향을 천산에 보낸 것까지 다 말했다.

한운석은 너무 놀랐다. 이제야 용비야가 서정력 때문에 그녀와 계속 유명무실한 부부로 지냈음을 깨달았다.

한운석은 그녀가 어떻게 백언청의 일을 밝혀냈는지 용비야에게 말해 주었다.

두 사람은 모든 것을 솔직하게 말했지만, 여전히 이들 사이에 놓인 문제는 해결할 수 없었다.

한운석은 만약 용비야가 일찍 모든 것을 알려 줬다면, 전혀 망설이지 않고 서진의 공주 신분을 버리고 그를 선택했으리라 생각했다.

하지만 이제는 그럴 수 없었다. 양심이 허락하지 않았다.

비록 진짜 서진의 공주는 아니었지만 그녀는 이 신분, 적족에게 희망을 주는 신분을 갖고 있었다. 그녀는 영안, 영정, 영승, 이들 적족의 희생을 잊을 수 없었다. 지금 이 순간에도 영승은 아직도 그녀를 찾고 있을 게 분명했다.

그녀는 평생 미안해하며 살게 될 것이었다.

처음에 용비야가 거듭해서 사실을 숨겼던 것도 바로 그녀가 책임을 지지 않고 양심의 가책을 받지 않게 하기 위해서가 아니었던가?

"만약 영원히 날 속였다면 몰라도, 지금은…… 그럴 수 없어요."

한운석이 담담하게 말했다.

"그럼 가거라."

용비야가 말했다.

"안 가요!"

한운석이 엉겁결에 대답했다.

그녀가 갈 수 없다는 걸 용비야가 왜 모르겠는가. 그녀가 정말 신분 때문에 그를 미워했다면, 그가 그렇게 괴롭히도록 어찌 허락했을까.

"안 가요……, 안 가요……. 가고 싶지 않아요……."

그녀는 중얼거리며 그를 꼭 껴안았다.

"그럼 가지 마라."

용비야도 그녀를 꽉 안았다. 그가 고 씨에게 떠나자고 명령하려는데, 한운석이 막았다.

"만약 내가 서진의 공주가 아니면, 당신도 동진의 태자가 아닐 수 있을까요."

"그럴 수 없다."

용비야는 망설임 없이 대답했다.

그녀는 쓴웃음을 지었다. 그녀의 웃음을 보고 그 역시 어쩔 수 없다는 듯 쓴웃음을 지었다.

대체 어떻게 해야 정당한 명분을 내세우며 함께 있을 수 있을까? 두 사람은 서로 껴안은 채 말이 없었다.

이때, 비밀 시위가 와서 보고했다.

"전하, 영승이 찾아왔습니다. 반드시 전하를 뵈어야겠다고 합니다."

한운석, 안 가고 뭘 하느냐

영승은 바보가 아니었다. 한운석을 찾지 못한 후 차분하게 마음을 가라앉히고 생각했다면 용비야가 생각났을 게 틀림없었다. 어쨌든 현장에 있었던 영승은 용비야도 심연 아래로 한운석을 쫓아가는 것을 보았다.

비밀 시위가 보고하자 본래 한운석 때문에 부드러워졌던 용비야의 눈빛이 순식간에 차갑게 식었고, 그의 얼굴에는 불쾌한 기색이 완연했다.

동진과 서진 사이의 원한은 차치하고, 영승이 한운석의 옷을 찢고 모반을 엿본 빚은 아직 다 갚지 못했다!

풍족의 음모가 두렵지 않았다면, 용비야는 한운석이 말려도 듣지 않고 진작에 영승과 대결을 벌였을 것이다.

이렇게 갑갑한 때에 영승이 오다니, 제 발로 죽음을 자초하는 짓이었다.

"전해라. 서진의 공주는 현재 본 태자와 협상 중이니, 상관 말라고!"

용비야가 차갑게 말했다.

한운석은 울 수도 웃을 수도 없었으나 그를 말리지 않았다.

방금 그 순간, 그녀는 갑자기 한 가지 일이 떠올랐다. 확실히 용비야와 이야기를 잘 나눠야 할 일이었다. 그녀는 용비야의 비밀 시위들이 영승을 막을 수 있을 것이라고 믿었다.

"왜 웃느냐?"

용비야가 언짢은 듯 물었다.

"그럴 수 없다면서요? 나보고 가라면서요? 영승을 따라가면 되겠네요. 앞으로 당신은 동진의 태자고, 난 서진의 공주니, 우리 전쟁터에서 다시 만나요!"

한운석은 말하면서 정말 일어나서 가려고 했다. 그러자 용비야가 한 손으로 그녀를 끌어와 품에 밀어 넣으며 다짜고짜 입맞춤을 퍼부었다. 정확하게 말하자면 입맞춤이 아니라 그녀의 입술을 먹어 버리고 있었다.

"한운석, 화가 나서 한 말을 진짜로 여긴 것이냐? 내 진심이 담긴 말은 다 잊고!"

용비야는 냉소를 멈출 수 없었다.

진심이 담긴 말.

강산을 주어도 바꾸지 않는다는 말?

그녀는 선명하게 기억했다. 군역사에게 했던 말이었다. 그때, 그녀는 저 높은 자리에 있는 진왕 전하가 자신처럼 보잘것없는 한씨 집안 딸을 연모하는 줄 아직 모르고 있었다.

"좋아요. 그럼 우리 지금 떠나요. 둘 다 이름을 바꾸고 이 모든 것에서 멀리 떠나요."

한운석이 진지하게 말했다.

"널 데리고 천산으로 가겠다. 지금 서두르면 대설로 길이 막히기 전에 도착할 수 있다. 그리고 다시는 산에서 내려오지 않겠다.”

용비야도 진지하게 말했다. 그는 말과 동시에 한운석을 끌고 마차에서 내리려 했다.

그러나 한운석은 여전히 그를 막았다. 그가 원한다고 해도 마음이 편치 못할 것을 그녀는 알았다.

마찬가지였다. 그녀도 원했지만 마음이 편치 않을 것이었다.

두 사람은 아예 헤어지면 헤어졌지, 함께 한다면 반드시 얽매임 없이 자유롭고, 꿀 떨어지게 다정하고 장렬해야 했다!

한운석은 용비야의 손을 잡고 깍지를 꼈다.

“야, 묻고 싶은 일이 있어요. 아주 중요한 일이에요.”

“말해라.”

그는 손을 놓지 않았다.

“야, 예전에 사강에 홍수가 일어났을 때, 동진 황족과 서진 황족이 함께 홍수 구조 작업을 하다가 내전이 일어났다고 했었죠?”

한운석이 진지하게 물었다.

그녀는 정말 원한을 풀 방법이 없었다. 그저 원한이 시작된 지점에서 모든 가능성을 찾을 뿐이었다.

그녀는 영안과 용비야의 설명이 아주 달랐던 것이 떠올랐다. 막다른 골목에 이르니, 이 원한을 그 근원에서부터 해결할 수 있기를 바라는 욕심이 생겼다.

어쩌면 각자의 입장 때문에 말이 다른 게 아니라, 이 원한에 정말 오해가 있을지도 몰랐다.

이 오랜 세월 동안 동진 황족과 서진 황족 둘 다에게 신뢰를 받은 자는 없었다. 양측 모두에게서 진실을 들은 사람은 한운석이 처음이었다.

"그렇다."

용비야가 대답했다.

"날 속이면 안 돼요! 야, 난 진실을 알고 싶어요!"

한운석은 진지하게 용비야의 눈을 바라보았다.

"이 일은 널 속이지 않았다!"

용비야가 진지하게 말했다.

당시 동진과 서진이 함께 홍수 구조에 나섰을 때, 서진 황족은 동진의 태자가 악운을 타고 태어나 운공대륙에 끝없는 재난을 가져올 것이라는 거짓 유언비어를 퍼뜨렸다. 당시 동진의 황제는 병약해 동진의 태자가 곧 제위에 오를 예정이었다. 하지만 서진 황족의 유언비어가 퍼지자 동진의 여러 황자들이 이를 이용했고, 황제가 붕어한 직후 황위 쟁탈전이 벌어지면서 조정이 불안정해졌다. 그리고 서진 황족은 이 틈을 타서 전쟁을 일으켰다…….

"정말이에요?"

한운석이 또 물었다.

용비야가 바로 눈살을 찌푸리자, 한운석이 얼른 해명했다.

"나……, 난 확인하고 싶어서 그래요. 내가 들은 사실과 달라서요."

"영승이 말해 준 사실 말이냐?"

용비야가 차갑게 물었다.

"영승이 아니라, 영안이에요."

용비야가 적족에게 적의를 가득 품고 있음을 알고 있는 한운석은 얼른 설명했다.

"야, 저들이 내게 거짓말할 것 같아요?"

좀 전에 한운석은 이미 적족에서 자신이 어떤 상황인지 용비야에게 다 말해 주었다. 적어도 지금까지는 영승과 영안 모두 그녀를 아주 신뢰했다.

"영안이 뭐라고 했느냐?"

용비야가 마침내 양보했다.

이 역시 한운석이 그의 앞에서 말하니까 양보해 준 것이지, 다른 사람이었으면 영원히 불가능했을 것이다.

"그때 사강 중류에 철광 하나가 있었던 거 알아요?"

한운석이 물었다.

"안다. 동진 관할로 당시 무武 태자 소유의 철광이었다."

용비야는 잠깐 생각했다가 다시 말했다.

"철광을 지키려면 반드시 둑을 무너뜨리고 하류 지역 백성을 희생시켜야 했다. 그때 흑족의 군대가 이 둑을 관리하고 있었는데, 무 태자는 흑족에게 둑에 물이 넘치기 전에 채굴한 철광석을 최대한 옮기라고 명령했다."

용비야가 여기까지 말하자 한운석은 심장이 덜컹했지만, 중간에 끊지 않고 계속 그의 말을 들었다.

용비야가 말을 이었다.

"흑족 군대가 급히 철광석을 운송할 그때 서진에게 충성했던 풍족 대군이 갑자기 흑족 군대를 습격했고 철광석을 강탈했다. 흑족 군대는 당연히 저항했지. 당시 동진 황족의 황위 쟁탈전이 치열할 때라, 서진 황족은 이 틈에 전쟁을 일으켰다."

"풍족……, 흑족……."

한운석은 들으면서 고개를 절레절레 젓다가 중얼거리듯 말했다.

"야, 나는 동진이 철광을 보호하기 위해 흑족 군대에게 둑을 무너뜨리라고 명령했고, 서진이 풍족 대군을 보내 이를 막으면서 두 황족 간에 내전이 일어나 흑족 대군이 서진을 멸했다고 들었어요."

용비야는 냉소를 금치 못했다.

"둑을 무너뜨려? 당시 인어족이 둑을 지키려고 얼마나 많은 인어족 병사를 희생시켰는지 아느냐? 동진이 어찌 둑을 무너뜨릴 수 있겠느냐? 말도 안 되는 소리!"

"하지만 영안은 날 속일 필요가 없어요."

한운석이 진지하게 말했다.

"적족이 누군가에게 속았을 가능성도 없지 않지!"

용비야가 차갑게 말했다.

그 말이 나오자 두 사람은 갑자기 멍해졌다.

"풍족!"

한운석이 놀라서 외쳤다.

"풍족……."

용비야는 천천히 두 눈을 가늘게 떴다.

당시 서진 황족은 홍수 구조 작업을 모두 풍족에게 맡겼다. 흑족 군대가 둑을 지켰는지 무너뜨렸는지는 모두 풍족의 말로 결정되었다!

풍족은 지금 서진 황족을 배신했고, 백언청은 야심을 드러냈다. 풍족이 두 황족을 속였을 가능성이 없지 않았다!

더 많은 설명을 할 것도 없이 두 사람은 서로의 눈빛에서 의심을 읽어 냈다.

용비야는 잠시 생각했다가 차갑게 말했다.

"보아하니 백언청과 제대로 이야기를 할 필요가 있겠군!"

한운석이 '이름 없이 숨어 지내는 삶'과 '영원한 원수', 이 두 가지 중 선택해야 한다면, 그는 전자만 선택 가능했다. 후자는 도저히 견딜 수 없었다.

그러나 만약 또 하나의 선택지가 있다면, 그것이 일말의 가능성일지라도, 눈앞에 있는 이 여자를 위해 잠시 원한을 내려놓고 그 가능성을 알아보러 가고자 했다.

백언청이 문제의 핵심이었다!

그저 의심일 뿐이었지만, 한운석은 그래도 기쁨을 숨길 수 없었다. 마침내 희망이 보였다. 그녀는 심지어 속으로 사심을 품고 있었다. 만약 진실이 그녀와 용비야가 추측한 대로가 아닐지라도, 그녀는 이 추측을 사실로 만들 생각이었다!

벌써 몇 대째 이어지고 있는 원한인가. 대체 언제까지 서로 복수하기 위해 계속 싸울 것인가?

동진 황족과 서진 황족의 가슴에 맺힌 한을 풀어 주고, 그녀와 용비야가 정당하게 함께 있을 기회를 왜 놓치겠는가?

"야, 모든 것을 확실히 알아본 후에 다시 선택하는 게 어때요?"

한운석이 진지하게 물었다.

"좋다."

용비야는 망설이지 않고 단호하게 대답했다.

그도 한운석과 마찬가지였다. 그녀의 책임감, 양심, 진퇴양난의 어려움은 그가 모두 이해하고 겪고 있는 일이었다.

그가 다 이해하고 감당하고 있기 때문에, 처음에 그녀를 속인 것이었다.

백언청, 본 태자의 거짓말을 폭로한 이상, 너는 이 거짓말에 책임을 져야 할 것이다.

용비야는 속으로 반드시 백언청이 대가를 치르게 하리라 맹세했다!

희망이 보이자 두 사람의 심각했던 분위기도 많이 풀어졌다.

한운석은 직접 차를 따라 용비야에게 건네며 그를 향해 웃어주었다.

달콤한 미소가 가득한 한운석의 얼굴을 보면서, 용비야는 문득 사심을 품고 빠져나갈 길을 생각했다. 한운석에게 그가 해줄 수 있는 가장 큰 양보였다.

백언청이 뭐라고 털어놓든 간에, 진실이 무엇이든 간에, 당시 동진과 서진 사이에 오해가 없었고 그저 원한뿐이었다고 해도, 그는 이 원한을 오해로 만들어 없애 버리고 싶었다.

그러니 무슨 일이 있어도 그는 영승보다 먼저 백언청을 잡아야 했다.

용비야가 떠올린 사람은 바로 고북월이었다!

용비야의 정색한 얼굴을 보자 한운석은 참지 못하고 그를 간지럽혔다.

"좀 웃어요! 방법이 생겼잖아요!"

용비야는 웃음을 참지 못하고 한운석의 앞머리를 어루만지며 말했다.

"그래, 알겠다."

곧 한운석은 용비야와 휴전에 관한 모든 세부 내용에 대해 합의했다. 휴전 이유, 기간, 휴전 기간 동안 양측에게 있을 각종 제약, 심지어 어떻게 손을 잡고 백언청에게 맞설지까지 모두 포함된 내용이었다.

막 합의를 마치자 비밀 시위가 보고하러 왔다.

"전하, 영승이 호위병들을 데리고 들이닥쳤습니다."

"서동림을 보내라."

용비야가 차갑게 말했다.

한운석은 잠시 망설이다가 역시 그를 말렸다.

"야, 다음번에 만나요."

그녀는 이미 너무 오래 머물러 있었다. 더 있다가는 무슨 말로 그녀가 용비야에게 구출되었고 용비야와 협력 협상을 했다고 영승을 설득하겠는가?

풍족을 잡고 군역사의 기병을 견제하기 전까지 이들은 원래 모습을 유지해야 했다.

물론 한운석은 영승에게 모든 협력의 세부 내용을 한 번에 다 합의했다고 말하지 않을 생각이었다. 모든 합의가 끝나 버리면 그녀가 무슨 명목으로 용비야를 다시 만나겠는가?

상황의 이해관계는 용비야가 한운석보다 더 잘 알았다. 다만, 그는 그래도 손을 놓고 싶지 않았다.

결국에는 한운석이 그의 손을 떼어 놓고 마차에서 뛰어내렸다.

그녀가 마차에서 내리자 용비야가 다시 그녀를 붙잡았다.

"타거라. 널 데려다주겠다."

"됐어요!"

한운석은 바로 거절했다. 그녀는 자신이 그때 가서 망설이고 아쉬워하다가 사실이 탄로 날까 두려웠다.

"야, 다음에 만나요."

그녀는 단호하게 앞으로 걸어갔다. 하지만 몇 걸음 걷자 발걸음은 점점 느려졌고, 마침내 걸음을 멈추고 뒤돌아봤다.

용비야는 마차 옆에 서서 그녀를 바라보고 있었다.

서로 깊이 바라보는 두 사람의 발이 어찌 쉽게 떨어질까?

한참 동안 침묵하던 끝에 마침내 용비야가 입을 열었다.

"한운석, 안 가고 뭘 하느냐?"

한운석은 그래도 잘 참아 내고 있었다. 하지만 이 익숙하기 그지없는 한마디에 강한 의지가 갑자기 다 무너져 버렸다.

예전에 그는 늘 먼저 나섰고 그때마다 그녀를 돌아보며 물었었다.

'한운석, 안 가고 뭘 하느냐.'

아무리 멀리 있어도 그는 그녀를 기다려 주었고, 그녀는 살랑이며 달려가 그의 곁으로 돌아갔다.

그런데 지금 이런 상황에서 그 말을 듣다니.

변함없이 차가운 용비야의 표정을 보며 한운석은 눈시울을 붉혔다. 그리고 갑자기 그를 향해 달려가 그의 앞에 섰다.

용비야는 어쩔 수 없다는 듯 그녀를 품에 안았다.

"역시 내가 데려다주마."

진중의 인질

한운석은 결국 마차로 돌아갔다.

이때서야 그녀는 자신이 조금도 의지가 강하지 않고 조금도 단호하지 못함을 깨달았다.

익숙한 자리로 돌아와 용비야의 어깨에 기대고 있으니 갑자기 마음 내키는 대로 굴고 싶었고, 이대로 용비야와 돌아가고 싶었다.

동진이고 서진이고, 무슨 나라와 집안의 원수고, 책임이며 양심 같은 것들 모두 저 멀리 사라지라지.

마차는 곧 북쪽으로 향했고 용비야는 앉아서 침묵을 지켰다.

한운석은 그가 무슨 말이라도 하길 바랐다. 슬쩍 훔쳐보았지만 그는 무표정한 얼굴이었다.

그녀는 이를 악물고 하고 싶은 말을 삼켰다. 그러고는 그의 어깨에 기대 팔을 끌어당겨 손에 깍지를 꼈다.

결국 한운석은 이 조용한 순간을 참을 수 없었다.

그녀는 일부러 깍지 낀 손에 힘을 꽉 주며 용비야의 입을 열려고 했다. 그러나 그는 아픔을 느끼지 못하는 듯, 아무 반응도 없었다.

남을 수 없다는 걸 알면서도, 남고 싶은 마음을 억제할 수 없었다.

많은 말이 헛되다는 것을 알면서도, 그가 무슨 말이라도 해 주길 간절히 바랐다. 그녀를 달래는 말이라도 좋았다!

지금껏 이토록 기대고 아쉬워한 적이 없었다.

괴로웠다!

용비야, 당신은 진짜 멍청한 거야, 아니면 멍청한 척하는 거야!

이 산비탈에서 양측 군사 경계까지는 금방이었다. 용비야, 설마 이대로 침묵하고 있다가 헤어질 생각은 아니겠지?

영승에게 협력 협상을 다 마쳤다고 이야기하지 않을 것이고 앞으로 계속 협상할 기회가 많았지만, 다시 양쪽으로 떨어지는 일이 어찌 쉬울까?

한운석은 답답했다.

그녀는 고개를 들어 용비야를 노려보았다. 그는 여전히 무표정한 얼굴로 앞쪽을 바라보며 그녀를 전혀 보지 않고 있었다.

그녀는 손가락에 힘을 주어 그의 손가락을 더 세게 틀어쥐었다. 자신이 아플 정도로 꽉 쥐었지만, 용비야는 아무렇지도 않아 했다.

한운석은 거의 울 지경이었다. 아니, 이 인간은 정말 나보다 마음을 독하게 먹었네. 할 수 없는 일은 생각도 말아야 했다. 마음 내키는 대로 할 수 없을 때는 감정을 자유롭게 풀어내지 말아야 했다.

인생이 어찌 늘 원하는 대로 펼쳐질까?

한운석은 이렇게 자신을 위로하며 천천히 용비야의 손을 풀었다. 용비야는 다시 그녀를 잡지도, 보지도 않았다.

잠시 후, 마차가 멈췄다.

이들이 아직 내리기도 전에 영승의 목소리가 들렸다.

"용비야, 우리 서진의 공주가 네 쪽에 있느냐?"

영승은 거의 미칠 것 같은 목소리로 말했다.

"용비야, 당장 보내지 않으면 가만두지 않겠다!"

한운석은 속으로 어쩔 수 없다는 생각에 마차에서 내리려 했다. 그런데 용비야가 갑자기 그녀를 막았다.

"가고 싶지 않다면 가만히 기다려라."

아…….

한운석은 놀라서 그를 바라봤다.

용비야는 아무 설명도 하지 않고 패기 있게 그녀를 안쪽으로 밀고 혼자 마차에서 내렸다. 마차 안에 남은 한운석의 가슴이 빠르게 뛰었다.

무슨 뜻이지?

용비야가 마차에서 내리자 영승은 더 흥분했다.

"용비야, 공주가 심연으로 떨어졌을 때 너는 나보다 먼저 내려갔다. 공주는 분명 네 손에 있다. 당장 공주를 보내라. 그렇지 않으면……."

영승의 말이 끝나기도 전에 용비야가 차갑게 말을 끊었다.

"그렇지 않으면 어쩐단 말이냐? 지금 영씨 집안 군대 실력으로 본 태자에게 맞설 수 있다고 생각하느냐? 본 태자가 충고하는데, 천녕국에 있는 십대 문파는 너희 영씨 집안과 운공상인협회에 아주 불만을 품고 있다.”

그 말에 영승은 천천히 두 눈을 가늘게 떴다.

“역시 공주는 네 손에 있군! 어쩔 생각이냐?”

용비야가 말한 사실을 영승은 이미 방비하고 있었다.

이번 휴전 협력은 비록 용비야가 먼저 제시한 것이었지만, 양측 실력을 따지면 영승이 열세였다. 영씨 집안 군대에 홍의대포가 없었다면 용비야 군대는 이번에 도성까지 점령할 수 있었다.

영씨 집안에 홍의대포가 있다면, 용비야에게는 강호 세력이 있었다.

영승은 전에 강호 세력 때문에 손해를 본 적이 있었다. 강호 세력은 직접 전쟁에 뛰어들지는 않으나 각종 불이익과 골치 아픈 일들로 그를 방해했다.

이제 용비야는 천산 세력을 장악했으니, 강호 세력을 장악한 것이나 마찬가지였다. 일단 용비야가 강호 세력을 움직이면, 그 결과는 단목요 때보다 더 심각해질 것이었다.

다시 말해 용비야보다 더 휴전을 바라는 것은 영승이었다.

“본 태자는 휴전 후 너와 함께 풍족에 맞서겠다고 약속할 수 있다. 하지만 한운석은 반드시 우리 진중의 인질로 남아야 한다!”

용비야의 말이 떨어지자 한운석은 심장이 쿵 하고 내려앉았다.

마침내 용비야가 방금 왜 아무 반응이 없었는지 깨달았다. 알고 보니 조용히 이 일을 꾸미고 있었다.

인질?
어떻게 저런 생각을 할 수가. 감히 저런 의견을 내놓다니.
그가 먼저 협상과 휴전을 요청해 놓고서는!
"안 된다!"
영승은 놀랍도록 차가운 목소리로 말했다.
"용비야, 당장 공주를 내놓아라. 그렇지 않으면 우리는 전쟁터에서 만나게 될 것이다!"
"여봐라, 백리원륭에게 전쟁을 준비하라고 일러라!"
그는 말을 마친 후 마차에 올라타면서 분부했다.
"고 씨, 돌아가자."
이미 그가 곁에 앉아 있는데도 한운석은 여전히 어리둥절했다.
어젯밤부터 지금까지 애절했던 시간이 아름다운 꿈 같았다면, 지금 눈앞에 펼쳐지는 상황은 더더욱 믿어지지 않는 꿈만 같았다.
그녀는 용비야의 패기 넘치는 자태, 냉혹한 옆얼굴, 냉담한 눈빛을 보면서 감동한 나머지 뭐라고 해야 좋을지 몰랐다.
사랑에 빠진 여자란 때때로 이렇게 어리석었다. 일의 성공과 현실성 여부는 개의치 않고, 남자가 확실한 태도만 보여 주어도 충분히 만족했다. 종종 진정한 실력이나 행동이 아닌 태도로 남자를 판단하곤 하는 것이다.
지혜롭고 냉정한 한운석 역시 어느 정도는 그러했다.
어떻게 진짜 전쟁을 일으킬 수 있겠는가? 진짜 전쟁이 벌어지면 이들의 모든 노력이 헛수고가 될 텐데?

용비야의 이 태도면 충분했다.

그러나 용비야는 태도만 보여 주는 남자가 아니라 실제로 행동하는 남자였다. 지금 그는 태도를 보여 주는 게 아니라 행동하고 있었다.

고 씨가 정말 마차를 몰고 떠나려 하자 한운석은 깜짝 놀랐다.

"용비야, 네가 감히!"

영승은 도저히 믿을 수 없어 추격하려 했으나, 비밀 시위들이 날아와 그를 가로막았다.

곧 영승은 비밀 시위들과 치열한 싸움을 벌였다.

영승이 폭우이화침을 꺼내는 것을 본 서동림은 복잡한 눈빛을 번뜩이더니 모두 뒤로 물러서게 했다. 영승은 이 틈에 마차 앞까지 쫓아가 폭우이화침을 마차에 겨누었다.

"용비야, 공주를 내놔라!"

영승이 노한 목소리로 말했다.

용비야는 내리지도 않고 마차 안에서 차갑게 대답했다.

"두 달이다. 두 달이면 본 태자는 천녕국을 차지하고 너희 영씨 집안 대군을 무너뜨릴 수 있다……."

영승이 차갑게 말을 끊었다.

"널 기다리는 건 군역사의 십만 철기병일 것이다!"

용비야가 정말 영씨 집안 대군을 무너뜨리면 북려국 황제가 그를 경계하지 않겠는가? 게다가 두 달이면 군역사의 십만 철기병도 모두 도착했다.

용비야가 냉소를 지었다.

"영승, 너는 똑똑한 자다. 북려국 황제가 군역사의 충심을 믿겠느냐, 아니면 본 태자의 종전 협정을 믿겠느냐?"

그 말에 영승은 머리를 한 대 얻어맞은 것처럼 멍해졌다.

그랬다!

용비야에게는 또 다른 선택지가 있었다. 북쪽으로 군대를 끌고 올라가 천녕국을 정복함과 동시에 북려국 황제와 종전 협정을 맺으면, 북려국 황제는 뒷일 걱정 없이 제대로 군역사를 압박할 수 있었다.

다시 말해 용비야는 영씨 집안 군대와 휴전하고 함께 군역사에게 맞설 수도 있지만, 북려국과 협력해서 영씨 집안 군대와 군역사를 동시에 상대할 수도 있었다.

하지만 영씨 집안 군대는 완벽하게 수동적인 상황으로 용비야에게 심각한 견제를 받았다!

"용비야, 잊지 마라. 네가 북려국과 협력할 수도 있지만, 우리 서진도 마찬가지다!"

영승이 차갑게 반박했다.

용비야는 냉소를 지으며 말했다.

"영승, 내기해도 좋다."

영승은 내기할 자신이 없는 게 아니었다. 이 내기는 그의 패배가 확실했다.

한운석은 이미 그에게 용비야가 북려국에 많은 첩자를 두었다고 말해 주었다. 예전 북려국의 말 전염병 역시 용비야가 암

암리에 성사시킨 것이라고도 했었다.

그러나 영승은 북려국에서 전혀 우위에 있지 못했다.

용비야에게는 여러 선택지가 있었지만, 영승은 위험을 무릅쓰고 풍족과 협력하는 것 외에는 용비야에게 제약을 받는 수밖에 없었다.

영승은 마침내 주저하며 말했다.

"용비야, 이 일은 내가 결정할 수 없다. 공주를 만나야겠다."

사실 이것이야말로 이 둘 사이의 진정한 협상이라 할 수 있었다.

공적으로 용비야는 서진의 공주인 한운석이 나서게 해야 했다.

그러나 사적으로는 영승을 죽이고 싶은 마음이 굴뚝같은데, 어찌 한운석이 모습을 드러내게 할 수 있겠는가?

공적인 일로 사적인 보복을 하는 짓을 용비야가 안 해 본 것도 아니었다.

"이것은 너희 적족의 선택이지, 한운석의 선택이 아니다!"

용비야가 차갑게 말했다.

"영승, 너는 서진의 공주를 포기하고 풍족에게 의탁할 수도 있고, 성의를 보여서 본 태자와 협력할 수도 있다."

영승은 똑똑한 사람이었다. 용비야가 여러 설명을 하지 않아도 용비야의 말 속에 숨은 뜻을 알아챘다.

그에게는 풍족과의 협력이라는 또 다른 선택지가 있었다. 그러나 풍족과의 협력은 풍족과 함께 서진 황족을 배신한다는 뜻이었다. 그렇게 되면 공주가 누구 손에 있든지 그에게는 중요치 않았다.

만약 용비야와의 협력을 선택한다면 공주가 인질로 잡혀 있게 허락하는 것이 용비야가 원하는 성의였다. 어쩌면 견제라고 할 수도 있었다.

영승은 절대 전자를 선택할 수 없었다. 하지만 후자는 더욱 선택하고 싶지 않았다.

그는 차갑게 마차를 바라보면서 오른손으로 폭우이화침을 단단히 움켜쥐었다. 지금 당장 용비야를 죽이고 싶은 마음이 간절했다. 그러나 유감스럽게도 그는 폭우이화침을 발사할 용기가 없었다. 한운석이 마차 안에 있음을 알기 때문이었다.

마침내 영승은 한쪽 무릎을 꿇고 앉아 큰 소리로 말했다.

"공주, 공주는 이미 선택을 하셨습니다. 소신에게 알려 주십시오. 소신이 어떻게 해야 합니까?"

한운석은 용비야의 깜짝 선물을 제대로 누리기도 전에 가슴이 답답해졌다.

용비야가 막았지만 그녀는 그래도 마차에서 내렸다.

영승은 그녀와 용비야 사이가 어찌 된 것인지 모르고 있지만, 그래도 그가 이렇게 말한 이상 계속 침묵하고 있을 수 없었다.

그녀는 적어도 영승에게 안심할 수 있는 이유를 대야 했다.

한운석이 마차에서 내리자 용비야도 바로 그 뒤를 따랐다.

한운석을 보자마자 영승의 어둡던 눈빛이 금세 환해졌다. 그는 한운석을 위아래로 여러 차례 살폈다.

"공주마마, 무사하십니까?"

"괜찮다. 용비야가 날 구해 줬고, 그와 합의를 마쳤다. 내가 인질이 되어서 동진과 서진이 있는 힘을 다해 함께 풍족과 북려국에 맞서기로 했다!"

한운석이 진지하게 말했다.

"공주, 용비야의 말을 어찌 믿을 수 있습니까?"

영승은 말과 동시에 다른 쪽 무릎까지 꿇으며 지난 20여 년간 오만하게 숙일 줄 몰랐던 그의 머리를 바닥에 대며 절했다.

"공주마마, 심사숙고해 주십시오!"

이런 영승을 보면서 한운석이 어찌 양심의 가책과 죄책감을 느끼지 않을까?

옳고 그름을 떠나 앞으로 어떻게 되든지, 지금 그녀의 모든 행동은 영승의 충성심을 짓밟고 있었다.

영정의 말이 다시 한번 그녀의 귓가에 맴돌았다.

'한운석, 당신이라 해도 적족의 충성과 영광을 짓밟을 수는 없어.'

한운석이 머뭇거리며 말이 없자, 용비야는 그녀를 흘끗 보고는 영승에게 물건 하나를 던져 주었다.

"받아라. 이것이 본 태자의 성의다!"

그녀의 솔직함, 그의 고집

용비야가 던진 물건을 받고 열어 본 순간, 영승은 얼굴색이 변했다. 그것을 본 한운석은 더욱 가슴이 서늘해졌다.

이 물건은 다름 아닌 동진 제국의 국새였다.

용비야는 동진의 국새와 그녀를 바꾸었다!

이토록 패기 넘치고 단호하다니!

참말이니 거짓말이니 하는 것은 다 중요치 않았다. 행동이야말로 최종 결과요, 모든 것을 결정지었다.

그녀를 남게 하기로 결정한 순간부터, 용비야는 이미 나라와 집안의 원한과 한운석 사이에서 그녀를 선택했다.

그래서 그는 적족에 대한 미움을 내려놓고 협력을 위한 성의를 내보인 것이었다.

풍족의 후예를 상대하는 것은 둘째 치고, 동진과 서진의 관계는 어디로 향할 것인가. 화해일까, 아니면 더 격렬한 싸움일까.

적어도 지금 용비야는 첫걸음을 양보했다.

이렇게 패기 넘치고 단호한 용비야를 바라보면서, 한운석은 자신이 진정한 서진의 공주이기를, 큰 권력을 쥐고 있는 서진의 공주이기를 간절히 바랐다. 그와 마찬가지로 마음 내키는 대로 독단적으로 나서며, 장렬하게 패기를 부리고 싶었다!

그러나 그녀는 서진의 공주이긴 했으나 여전히 영승의 제약을 받고 있지 않는가?

영승이 벌떡 일어나 질문했다.

"용비야, 어째서냐!"

손에 든 이 묵직한 국새는 가짜가 아닌 진짜 국새가 확실했다. 영승은 이해가 되지 않았다. 용비야는 여러 선택을 할 수 있는데 어째서 굳이 서진과의 협력을 선택하고, 굳이 이런 성의를 보이는 것일까?

한 줄기 염려가 영승의 마음속에서 서서히 솟아났다.

그는 아직 확신하지 못했는데 용비야가 답을 내놓았다.

"본 태자가 그녀를 원하기 때문이다!"

단순하고, 직접적이고, 패기 넘치는, 딱 한마디였다.

영승은 멍해졌고, 한운석도 멍하니 있었다. 그녀는 용비야가 모든 것을 다 털어놓을 줄은 정말 생각도 못 했다!

그녀는 갖은 애를 쓴 끝에 겨우 영승의 신뢰를 얻었다. 용비야도 동진 진영에서 받는 압박이 적지 않았다.

그런데 어떻게…….

한운석이 아직 정신을 차리지 못했는데, 용비야는 이미 그녀의 손을 잡고 있었다.

"영승, 이 이유면 충분하겠느냐?"

영승은 이미 용비야를 신경 쓸 여유가 없었다. 그는 한운석을 바라보며 이마를 잔뜩 찌푸렸다. 질문으로 가득한 눈빛이었지만, 그 질문 뒤에 감추어진 고통은 누구도 알아채지 못했다.

그리고 지금 이 순간, 그의 왼손 손바닥 통증을 알아채는 이는 더더욱 없었다.

용비야는 그 묵직한 성의로 한운석 대신 이 가짜 공주 마음 속에 있는 서진과 적족을 향한 양심의 가책과 죄책감을 덜어 주었다.

그녀는 영승을 속였지만, 용비야는 그렇지 않았다!

한운석은 영승에게 솔직하게 대답했다.

"그를 사랑한다."

영승은 우두둑 소리를 내며 오른손 주먹을 쥐었고, 그의 눈에는 원망의 빛이 스쳤다.

"한운석, 네 맹세를 잊지 마라!"

"기억하고 있다! 내가 그를 사랑해도, 절대 서진을 저버리지 않을 것이다!"

한운석이 차갑게 말했다.

"넌 이미 저버렸다!"

영승이 노한 목소리로 말했다.

"아니!"

한운석이 언성을 높이며 부인했다.

"영승, 네가 나보다 더 잘 알 것이다. 서진은 선택의 여지가 없다. 휴전, 그리고 용비야와 협력만 할 수 있을 뿐이야!"

영승이 크게 웃기 시작했다.

"한운석, 풍족이 멸망하면 북려국은 용비야 손에 넘어간 거나 다름없다는 생각은 해 보지 않았느냐. 설마 순진하게 서진이 그 사이에서 살아남을 것이라고 생각하는 건 아니겠지?"

내내 침묵을 지키고 있던 용비야가 마침내 입을 열었다. 그는 한운석 앞까지 다가온 영승의 멱살을 움켜쥐고 차갑고 멸시하는 눈빛을 보냈다.

"영승, 그때 가서는 각자 능력대로 하면 될 뿐이다. 풍족 일에 관해서, 본 태자는 네가 아니라 한운석에게 양보한 것이다!"

영승은 용비야의 손을 뿌리치고 한운석을 향해 차가운 눈빛을 보내며 매서운 목소리로 말했다.

"이런 양보라면, 우리 서진은 필요 없다!"

한운석은 어쩔 수 없다는 듯 고개를 저었다.

"영승, 그럼 말해 봐라. 어떻게 해야겠느냐?"

그녀가 영씨 집안 병사들을 이끌고 나가 죽음을 건 사투를 벌이면 전멸할 게 뻔했다. 그런데도 불나방처럼 불 속에 뛰어들어야 할까?

이미 그 많은 사람을 희생시키고도 부족한가?

앞으로 몇 세대에 걸쳐서 계속 보복하며 원수를 갚아야 하나?

대체 무엇을 위해서?

복수를 하고 나라를 다시 세우면 어떻게 되는데? 영원히 평안하게 살 수 있나?

동진과 서진은 본래 하나였고, 본디 한 민족이었다. 원래 영광스럽고 강대한 제국이었다.

애당초 오해였든 원한이었든 간에 정말 풀 수 없는 걸까? 처음처럼 함께 지내며 영광을 누릴 수는 없는 거야?

"영승, 내가 꼭 서진의 충성스러운 병사들을 다 이끌고 가서, 불구덩이인 줄 뻔히 알면서 계속 죽음으로 몰아넣어야겠느냐? 이렇게 해야 그들을 저버리지 않는 것이냐?"

한운석이 물었다.

"적어도 서진은 저버리지 않는다!"

영승이 차갑게 말했다.

"그들은 서진이 아니냐?"

한운석은 말도 안 된다는 듯이 반문했다.

"영승, 말해라. 서진이 무엇이냐? 대체 무엇이냐? 너? 나? 적족? 영족? 모두 다? 아니면, 그저 한낱 꿈이냐? 너무 멀리 있어 닿을 수 없으나, 반드시 대대손손 그를 위해 희생해야 하는 꿈이냐?"

한운석은 목이 메어 왔다.

"영승, 난 지금 너와 함께 돌아갈 수 있다. 하지만 반드시 내게 말해 줘야 한다. 서진은 어디로 향해야 하느냐? 서진에…… 미래가 있느냐?"

영승은 말이 없었다. 사실 그도 어떻게 해야 할지 몰랐다. 그의 머릿속에는 한 가지 생각뿐이었다. 이 여자가 떠나지 않기를, 이 여자가 용비야 곁으로 돌아가지 않기를 바랐다.

"영승, 당시 동진과 서진의 내란은 철광 하나 때문에 발생했다. 영안은 동진이 철광을 지키기 위해 하류 지역 백성을 버렸다고 했다. 그런데 그해 백족이 홍수와 싸우다가 얼마나 많은 인어족 병사들을 희생시켰는지 아느냐? 동진이 어떻게 철광 하나 때문에 백족의 희생을 무시할 수 있겠느냐? 만약 그렇다면 백족이 어떻게 지금까지 동진에게 충성을 바칠 수 있겠느냐?"

한운석이 진지하게 말했다.

"영승, 동진은 당시 흑족을 보내 채굴한 광석을 옮기려 했다. 그런데 서진이 주둔시켜 둔 풍족 쪽에서 동진이 광산을 지키기 위해 둑을 무너뜨린다고 오해했다. 이것은 동진과 서진 사이의 오해일까, 아니면 흑족과 풍족 간의 오해일까? 아니면 그들의 음모일까?"

"용비야의 궤변을 믿는 것이냐?"

영승이 냉소를 지었다.

용비야의 눈빛이 급격히 싸늘해졌다. 한운석을 위해서가 아니었다면, 그가 이곳에서 영승과 쓸데없는 말을 나눌 리 없었다. 그렇게 고심해 가며 북려국의 실제 상황을 숨기고 백리원륭을 설득해 먼저 휴전을 제시했을 리는 더더욱 없었다.

일찌감치 직접 군사를 이끌고 천녕국을 쓸어 버렸을 것이었다!

"영승, 본 태자가 백리원륭을 시켜 사강 바닥에 묻힌 인어족의 해골을 다 건져 내 보여 주랴!"

용비야가 노성을 질렀다.

영승은 멍해졌다.

만약 용비야의 말이 거짓이 아니라면, 확실히 동진은 철광을 지키고 백족 군대의 마음을 잃을 필요는 없었다. 그렇다면 당시 내전의 원인은 오해였을 가능성이 컸다. 어쩌면 한운석의 말대로 음모였을지도 몰랐다.

"풍족……."

영승은 간담이 서늘해졌다.

그는 당시 양국 간 전쟁이 일어났을 때 풍족과 흑족이 모두 선봉에 섰고, 풍족의 연이은 패배가 서진 제국을 그토록 빠르게 무너뜨린 주요 원인이었음이 생각났다.

게다가 흑족은 서진 제국을 멸망시킨 후 얼마 지나지 않아 동진 제국을 배반했다.

"흑족……."

영승은 별안간 용비야를 바라보았다. 용비야는 입가에 냉소를 머금고 있었다. 영승이 생각한 그 부분은 당연히 그도 이미 생각했다.

한참 후, 영승이 여전히 노한 목소리로 말했다.

"이건 너희 추측에 불과하다!"

"영승, 추측이지만 기회이기도 하다. 모두를 구원할 기회!"

한운석이 큰 소리로 말했다.

영승은 한운석의 눈동자를 바라보며, 공주라고 바꿔 부르지 않고 바로 그녀의 이름을 그대로 불렀다.

"한운석, 사실은 다 원한 때문이었다고 밝혀지면, 어떤 선택을 하겠느냐?"

한운석은 망설이지 않고 대답했다.

"진실을 알게 된 후에 대답해 주겠다."

"만약, 지금 답을 원한다면?"

영승이 반문했다.

한운석은 하하 소리를 내며 크게 웃기 시작했다.

"영승, 이…… 서진의 공주에게, 널 거절할 권리가 있느냐?"

영승은 뭔가를 깨달은 듯, 갑자기 침묵했다.

한운석이 가까이 다가와 차갑게 물었다.

"영승, 지금 대답해 주마. 지금 너와 돌아가더라도, 여전히 용비야와 손을 잡고 함께 풍족에게 맞설 것이다. 풍족을 무너뜨린 후, 우리와 용비야는 이 천하를 두고 각자의 능력에 따라 싸울 것이다!"

여기까지 말하자 영승과 용비야 모두 그녀를 돌아보았다. 그러나 한운석의 말은 아직 끝나지 않았다.

"그렇지만 승부와 상관없이, 공주의 사명을 다하고 나면 나는 여전히 그와 함께할 것이다. 내가 죽지 않는 한, 그가 날 싫어하지 않는 한! 그러니 앞으로 어떤 승부가 나든, 모든 일이 끝나고 나면 너는 날 죽었다고 생각해라."

그녀가 승리하면 용비야가 패배했고, 그녀가 패배하면 용비야가 승리했다. 승부가 어떻게 나든 두 사람 모두 동진과 서진, 그리고 자신의 양심에 부끄럽지 않았다.

용비야는 국새마저 내놓았는데 그녀가 어찌 그리 많은 것을 상관하겠는가? 정말 그런 날이 온다면, 이름 없이 사는 것도 즐거울 것이다. 그의 곁에 머물 수만 있다면, 무슨 상관일까?

용비야는 그녀의 앞머리를 어루만지며 담담하게 웃었다.

"죽음은 허락할 수 없다. 승부가 어떻게 나든 널 싫어할 리 없고, 다시 한번 너를 신부로 맞이할 것이다. 날 믿어라."

영승은 두 사람을 바라보며, 왼손의 통증에도 조금씩 왼손을 움켜쥐기 시작했다. 손을 쥘수록 아팠고, 아플수록 더 움켜쥐었다.

"믿어요!"

한운석은 말하면서 용비야의 손을 풀고 영승 앞에 서서 담담하게 말했다.

"돌아가자."

용비야의 눈가에 아쉬움이 스쳤으나 그는 막지 않았다. 마차 안에서 그의 손이 부러지도록 꽉 움켜잡았던 그녀였지만 결국은 꿋꿋하게 나섰다. 그가 상상한 것보다 그녀는 더 굳세고 단호했으며, 시원스럽고 호탕했다!

한운석은 벌써 몇 걸음이나 걸어갔는데, 영승은 미적대며 움직이지 않았다.

마침내 그가 용비야에게 말했다.

"무슨 일이 있어도 나는 너와 협력하지 않겠다. 우리 사이에 휴전은 가능하나, 풍족은 각자 힘으로 맞서자! 우리 서진의 공주에게도 너의 양보는 필요치 않다!"

그는 한운석을 쫓아가 동진의 국새를 그녀의 손에 밀어 넣으며 차갑게 말했다.

"한운석, 잘 갖고 있다가 내가 풍족을 무너뜨린 후에 용비야에게 돌려줘라. 반드시 돌아와야 한다! 돌아와 함께 전쟁에 나가길 기다리겠다!"

영승의 고집은 분노를 불러왔고, 영승의 집착은 마음을 아프게 했다.

하지만 적어도 그 역시 양보하며 한운석의 뜻을 따랐다.

하지만 적어도 이번만큼은, 그는 서진뿐 아니라 자신의 손바닥 속 그 고통과 사랑을 위해 끝까지 고집을 부렸다!

그는 한운석 곁을 지나 뒤도 돌아보지 않고 떠났다.

저 멀리 사라지는 영승의 뒷모습을 보면서 한운석은 개탄을 금치 못했다. 용비야가 전쟁을 멈춰서 영승이 뒷걱정을 하지 않게 되었어도, 용비야보다 먼저 풍족을 무너뜨릴 수는 없었다!

용비야가 다가와 차갑게 말했다.

"그는 확실히 패한다. 돕지 마라!"

한운석은 말이 없었다. 풍족을 상대하는 일에 그녀는 영승을 돕지 않겠지만, 용비야도 돕지 않을 것이었다.

잠시 이 두 사람이 대결하게 두자.

사랑과 원한의 승부는 각자 능력에 맡기기로 했다. 모든 것을 솔직히 털어놓은 기분은 정말 좋았다. 마음속 가장 진실한 생각을 다 말하고 속이지 않으니 죄책감도 없어졌고 마음은 한결 가벼워졌다. 정말 좋은 느낌이었다.

그녀가 말했다.

"용비야, 만약 정말 서로 싸울 수밖에 없게 되면, 우리 온 힘을 다해 한바탕 싸우고 나서 영원히 함께하는 게 어때요?"

용비야가 그녀를 끌어안으며 말했다.

"백언청을 잡고 나서 다시 이야기하자. 그렇게 많은 생각을 해서 무엇하느냐? 돌아가자!"

'돌아가자'는 말에 한운석은 복잡한 생각에서 벗어났다.

그래, 그렇게 많이 생각해 봤자 뭐해? 그녀는 지금을 즐겨야 했다.

마차 안에 돌아온 후 한운석은 한참을 기다렸다. 용비야가 맹세에 대해 물어볼 줄 알았는데, 용비야는 묻지 않았다.

이 세상 사람이 아니야

애당초 그 맹세가 없었다면 영승이 이렇게 빨리 한운석을 믿을 리 없었고, 한운석도 오늘 이 상황에 이르지 못했을 것이었다.

한운석은 스스로 그 맹세는 서진 공주의 이름으로 한 것이고 자신은 서진의 공주가 아니라고 위로했지만, 여전히 마음이 쓰였다.

영승이 그토록 사납게 그녀를 향해 물었으니 용비야는 분명 들었을 테고, 묻지 않을 이유가 없었다!

용비야는 편안한 곳에 자리 잡고 가부좌를 틀고 앉더니 자기 손을 한운석에게 내려놓으며 말했다.

"주무르거라. 방금 너 때문에 부러지는 줄 알았다. 분명 떠나고 싶지 않으면서 억지를 부리다니."

한운석은 쥐구멍에라도 숨고 싶을 만큼 부끄러워 그저 고분고분 그의 손을 주무를 뿐이었다.

그녀는 주무르면서 기다렸다. 하지만 아무리 기다려도 용비야는 묻지 않았다. 결국 그녀가 참지 못하고 먼저 입을 열었다.

"용비야……."

용비야가 눈살을 찌푸리며 바라보았다.

"날 뭐라고 불렀느냐?"

한운석은 순간 말문이 막혔다. 그녀는 그의 말이 무슨 뜻인지 모를 정도로 어리석지 않았다.

"비야……."

한운석이 속삭이듯 말했다.

용비야는 말없이 그녀를 빤히 바라보았다. 그윽한 검은 눈동자는 음미하는 듯한 눈빛으로 가득했고, 그가 만족할 만한 이름으로 불러 주지 않는 한, 절대 그녀를 놔주지 않을 듯했다.

"비야……."

한운석이 또 속삭이듯이 말했다.

용비야는 만족하지 못하고 여전히 그녀를 빤히 바라보았다.

"용비야!"

그녀는 아예 큰 소리로 불렀다. 그가 이렇게 일깨워 주지 않았다면, 자신도 모르게 아무 생각 없이 그를 '야', 또는 '아야'라고 부를 수도 있었다.

그가 이렇게 일깨워 주니 그녀는 정말 그렇게 부를 수 없었다. 특히 그가 이렇게 나쁜 마음을 먹은 눈빛을 하고 있을 때는 더욱 입을 떼기 힘들었다.

저 두 호칭은 그녀에게 얼굴이 화끈거리는 장면을 떠올리게 했다.

한운석의 큰 소리에 밖에서 마차를 몰던 고 씨까지 놀랐지만, 용비야는 여전히 동요하지 않았다.

한운석은 그를 밀어내며 급히 화제를 돌렸다.

"용비야, 내가 무슨 맹세를 했는지 맞춰 볼래요?"

이상하게도 용비야는 더 이상 호칭 문제에 상관하지 않았다. 그는 아주 확신에 차서 말했다.

"아주 지독한 맹세였겠지."

한운석은 호칭 문제를 용비야가 그리 쉽게 넘어가지 않을 거라고 생각했지만, 지금은 여러 생각을 할 여유가 없었다.

"아주 지독해요!"

그녀가 솔직하게 인정했다.

"게다가, 심지어 당신이……."

말이 끝나기도 전에 용비야가 말을 이어받았다.

"내가 벼락에 맞아 죽고, 사지가 찢기고, 온몸에 피를 흘리거나, 아니면 아예 비명횡……."

한운석은 바로 그의 입을 틀어막았다. 용비야는 그녀의 손을 떼어 내면서 쯧쯧 혀를 차며 개탄했다.

"비명횡사를 당하게 되겠지. 한운석, 본 태자는 오늘에야 네가 이토록 지독함을 깨달았다!"

한운석은 고개를 푹 숙였다. 용비야의 입가에 못된 미소가 스쳐 갔지만 한운석은 보지 못했다. 그녀는 무릎을 꿇고 앉아 마치 잘못해서 벌 받기를 기다리는 불쌍한 사람처럼 있었고, 머리는 두 무릎 사이에 파묻힐 듯했다.

하지만 실제로 그녀는 자신의 정체에 관해 말할지 말지 망설이고 있었다. 어떻게 말해야 용비야가 믿어 주고 이해할 수 있을까.

용비야는 한참 동안 그녀를 주시하다가 마침내 그녀의 턱을 치켜세워 고개를 들어 그를 보게 했다.

"한운석, 네가 본 태자를 기쁘게 해 줄 수 있다면, 본 태자가 용서를 고려해 줄 수도 있다."

그는 꽤 진지하게 말했다.

한운석은 바로 그를 노려보며 손을 떼냈다.

"용비야, 비밀을 말해 줄 테니 잘 들어요. 온 세상에서 당신 한 명에게만 말해 주는 거예요."

"설마 다른 사람에게도 말할 생각이었느냐?"

용비야가 반문했다.

"나 지금 진지해요!"

한운석은 초조했다.

"나 역시 진지하다."

용비야도 농담이 아니었다.

"난 서진의 공주가 아니에요!"

한운석의 한마디에 용비야가 이마를 찌푸리며 의심스러운 눈길로 그녀를 바라보았다.

그가 이렇게 반응할 줄 알았던 한운석은 다시 강조했다.

"정말이에요. 난 정말 서진의 공주가 아니에요……."

용비야가 입을 열려는 순간 한운석이 그의 두 손을 꽉 잡으며 말했다.

"용비야, 한씨 집안의 정실 소생이자 천심 부인의 딸은 확실히 서진의 공주가 맞아요. 하지만 난 아니에요. 난 한씨 집안의 정실부인의 딸인 진짜 한운석이 아니에요."

한운석의 엄숙한 표정에 용비야는 의심할 수 없었다. 처음에 그 역시 진왕부에 시집온 한운석이 진짜인지 의심하지 않았던가?

한씨 집안의 한운석은 겁이 많고 약하며 소심했고, 의학에 있어 폐물이었다. 그러나 진왕부에 시집온 한운석은 완전히 다른 사람이었다.

그는 수백 번 조사해 보았지만, 어찌 된 것인지 밝혀내지 못했다. 그는 한운석에게 물어도 보았지만 한운석은 천성적으로 남 앞에 떠벌리는 것을 좋아하지 않았다며 대충 얼버무렸다.

"대체 어찌 된 일이냐. 그렇다면 너는 누구냐? 진짜 한운석은 어디로 갔느냐?"

용비야가 다급하게 물었다.

만약 눈앞에 있는 이 여자가 진짜 한운석도, 서진의 공주도 아니라면, 그가 무엇 하러 그 많은 것을 신경 쓰고 그 많은 죄책감을 가지겠는가?

그는 앞으로 동진과 부모님, 인어족에 대한 양심의 가책을 짊어질 필요가 없었다!

지금 바로 떳떳하게 그녀를 데리고 돌아가, 동진의 모든 병사가 그녀 앞에 무릎 꿇고 그녀를 공경하게 할 수 있었다!

앞으로 그녀와 손잡고 함께 천녕국을 평정하고 운공대륙 전쟁에 나설 수 있었다!

"난……."

한운석은 용비야의 다급함 속에 들어 있는 기쁨과 기대를 알아챘다. 하지만 어떻게 설명해야 할까?

"용비야, 난……."

분명 충분히 생각했는데도 여전히 망설여졌다.

"난……, 난 사실……."

한운석은 용비야의 손을 꽉 쥔 것으로도 부족했다. 그녀는 그를 꼭 껴안은 후에야 안도감을 느끼며 사실을 털어놨다.

"용비야, 난 이 세상 사람이 아니에요. 내 영혼은 몇 천 년 후의 미래에서 왔어요. 내 이름도 한운석이에요. 생김새도 한씨 집안 한운석과 아주, 아주 비슷하게 생겼어요. 내가 왔을 때, 한씨 집안의 한운석은 마침 꽃가마를 타고 당신에게 시집가고 있었어요. 그녀의 영혼은 죽었고, 난 그녀의 모든 것을 이어받았어요. 이해가 돼요?"

한운석은 마침내 진실을 말했다. 한씨 집안 한운석이 왜 소리 없이 고통이나 병에도 시달리지 않고 꽃가마 안에서 죽었는지는 그녀도 몰랐다.

죽었다기보다는 차라리 영혼이 사라졌다고 하는 편이 맞았다. 그녀는 원래 주인의 영혼은 분명 이미 사라졌을 거라고 생각했다. 그렇지 않고서야 그녀가 어찌 다시 태어났겠는가?

그 맹세만 아니었어도 그녀는 이 모든 사실을 털어놓지 않았을 것이었다. 그녀도 이 일을 설명할 수 없었고, 그저 추측만 할 뿐이기 때문이었다.

용비야는 침묵했고, 그녀를 바라보는 눈빛은 얼이 빠진 듯했다.

한운석은 갑자기 두려워졌지만, 자신도 무엇을 두려워하고 있는지 몰랐다. 그녀는 자신이 그를 떠나게 될까, 그를 지키지 못할까 두려운 듯 그를 더욱 세게 끌어안았다.

"용비야, 이해가 돼요? 난 서진의 공주가 아니지만, 서진의 공주인 셈이에요."

한운석은 자신의 설명이 정말 말이 안 된다고 생각했다.

용비야가 말이 없자 한운석은 다급해졌다.

"용비야, 이해가 돼요? 내가 한 말을 믿어요?"

그녀는 그의 얼굴을 움켜쥐고 눈을 들여다보았다.

"용비야, 뭐라고 말해 봐요! 대답해 줘요."

용비야는 그녀의 손을 떼어 냈고, 내내 잘생긴 미간을 찌푸리고 있다가 물었다.

"한운석, 네가 이 세상 사람이 아니라면 왜 온 것이냐?"

"난……."

한운석은 고개를 저을 수밖에 없었다.

"나도 몰라요."

"떠날 것이냐?"

용비야가 다시 물었다.

"언제 떠나느냐?"

한운석은 입을 열어 대답하고 싶었으나 할 수 없었다.

"한운석, 넌 이 세상 사람은 아니지만, 내 사람은 맞느냐?"

용비야가 또 물었다. 그의 목소리는 너무도 무거워 한운석마저 두려움을 느꼈다.

그는 그녀가 안고 있게 놔둔 채 고개를 숙이고 있다가 한참 후에 무거운 목소리로 말했다.

"대답해라."

한운석도 자신이 떠나게 될지, 그때가 언제일지 몰랐다. 이렇게 확실하지 않은 상황에서 하는 대답도 거짓말인 셈이었다. 그녀도 인정했다!

용비야, 당신은 날 그렇게 많이 속였잖아. 한 번을 백 번으로 여기면, 수백 번이나 돼.

내가 당신을 한 번 정도 속이는 건 비기는 셈 아닐까?

"용비야, 난 가고 싶지 않아요."

그녀가 차가운 손으로 그의 얼굴을 잡고 고개를 들어 자신을 보게 하려 했다.

그러나 그는 여전히 고개를 들지 않았다. 대체 얼마나 무력해지면 갑자기 이렇게 무너질 수 있을까?

"용비야, 난 안 가요!"

그녀는 아주 확신에 차서 말했다. 그가 고개를 숙이게 놔두고 그녀는 아예 누워 버렸다. 가부좌를 틀고 있는 그의 다리 위에 누워 그를 올려다보며 두 팔로 그의 목을 감쌌다.

"야, 날 믿어요. 난 당신 것이에요. 영원히 당신 사람이에요."

어젯밤에서야 몇 번의 생을 거듭하는 동안 함께 있자고 약속했다.

용비야, 거짓말이라고 해도 믿어 줘! 왜냐하면, 나도 굳게 믿으니까!

말을 마치고 한운석은 용비야를 세게 끌어 내리며 그에게 입을 맞췄다!

미친 듯한 입맞춤이었다!

그러나 아무리 입을 맞춰도 여전히 두려웠고, 자신의 마음 속 두려움은 사라지지 않았다. 그런데 어찌 그를 위로할 수 있을까?

용비야, 당신이 믿어 주지 않으면, 나더러 어쩌란 말이야?

한운석은 몸을 일으켜 용비야의 다리에 앉아, 그를 안고 입을 맞추며 이성을 잃은 듯이 그의 옷을 벗겼다. 그저 남김없이 다 주고 싶었다. 그저 남김없이 다 소유하고 싶었다.

용비야는 그녀가 미친 듯이 움직이도록 내버려 둔 채 눈만 내리깔고 있을 뿐, 무슨 생각을 하는지 알 수 없었다.

한운석이 서투르고 다급하게 서로의 옷을 벗기고 거칠게 그를 눕히자, 용비야는 그제야 자기 생각 속에서 깨어났다.

그는 한운석을 보고는 갑자기 몸을 뒤집어 주객을 전도시키더니 그녀보다 더 이성을 잃었고, 그녀보다 더 미친 듯이 침범하고 소유했다!

놀란 고 씨는 더 이상 모르는 체하고 있을 수 없어서, 마차를 멈춰 세우고 말을 묶어 둔 후 복잡한 표정이 되어 알아서 다른 곳으로 가서 기다렸다.

용비야는 두려움과 미칠 듯한 감정에 사로잡힌 듯, 한 번, 또 한 번, 천지가 무너지듯 한운석을 부서뜨리고 파멸시켰다!

얼마나 지났을까. 마침내 기진맥진해진 그는 한운석 몸 위에서 움직이지 못했다.

"운석, 널 믿는다. 정말로."

말을 마친 후, 기운이 다 빠진 그는 한운석의 몸 위에서 깊이 잠들었다.

한운석의 아름답고 가냘픈 몸에는 온통 푸릇한 자국들로 가득했다. 모두 그의 흔적이었다. 영혼까지 관통하는 듯한 느낌이었지만 전혀 아프지 않았다. 어쩌면 파멸한 후에야 다시 태어날 수 있기 때문이리라. 그녀는 이 지독함 속에서 해탈과 자유를 느꼈다. 그녀는 용비야를 꼭 끌어안고 눈을 감았다. 눈가에 차가운 물빛이 맺혔다.

"나도 믿어요, 정말."

한운석이 깨어났을 때 그녀는 이미 마차 안이 아니었다. 그녀는 어느 막사 안에 누워 있었고, 용비야는 그녀 곁에 없었다. 얼마나 오래 잔 것일까. 동진의 병영에 도착한 걸까?

그녀는 일어나고 싶었지만 온몸이 쑤시고 아파 움직일 수 없었다.

미친 것 같았던 그 순간을 떠올리고는 그녀는 가볍게 웃었다. 미치면 미치는 거지, 뭐.

한참 누워 있은 후에야 일어날 수 있었다. 한 바퀴 돌아보니 이 막사는 그리 넓지 않았지만, 그렇다고 좁지도 않았다. 높고 넓은 가리개가 막사를 내실과 외실로 구분해 주었다.

내실은 침소인 셈이었다. 대부분 병영에서는 그냥 바닥에 누워 자기 때문에 침상 같은 것은 존재하지 않았다. 이 침소는 외실보다 한층 높게 돗짚자리를 깔아 놓아서 바닥에 이부자리를 깔면 침상처럼 쓸 수 있었다. 그 옆에는 상자 두 개가 놓여 있었다.

한운석이 궁금해서 열어 보니 그 안에는 새 옷이 가득 들어 있었다. 모두 그녀의 것이었고, 용비야 것은 없었다.

그녀는 그제야 자신이 인질이라 이곳에 갇혀 있어야 하며, 용비야와 함께 지낼 수 없음을 깨달았다.

그렇다고 해도 전장을 사이에 두고 있는 것보다는 나았다.

한운석은 막사 문을 열었다.

죄수가 아닌 인질

한운석이 막사 문을 열어 보니 입구를 지키고 있는 사람은 다름 아닌 서동림이었다.

서동림 등 비밀 시위들은 이번에 함께 따라왔기 때문에 모든 사정을 알고 있었다.

"주인님……."

서동림이 낮은 목소리로 말했다.

이 '주인'이라는 말에 한운석은 흐뭇해졌다. 그녀가 낮은 목소리로 물었다.

"전하는?"

"전하께서는 본부 막사에서 백리 장군과 휴전에 관해 의논하고 계십니다."

서동림이 사실대로 대답한 후, 본부 막사가 어디인지 모를까 걱정되었는지 동쪽을 가리키며 말했다.

"주인님, 저쪽입니다. 저기 깃발이 보이시지요. 바로 저곳입니다."

한운석이 보니 그곳에는 아주 큰 본부 막사가 있었다. 자신이 있는 곳에서 약 1리 정도 떨어져 있어 그녀가 생각한 것보다 멀었다.

"내가 얼마나 잠들어 있었느냐?"

한운석이 물었다.

"어젯밤에 도착하셨습니다."

마차 안에서 무슨 일이 있었는지 서동림은 전혀 몰랐다. 마차가 멈췄을 때 고 씨는 전하가 멈춰 쉬겠다는 명을 내렸을 뿐이라고 했다. 그는 진지하게 말했다.

"주인님, 많이 피곤하셨지요. 이제 전하 곁에 돌아오셨으니 마음 편히 주무십시오. 큰일들은 전하께서 책임지십니다!"

한운석은 귀뿌리가 화끈해졌다. 그녀는 정말 피곤했다. 다만 앞으로는 너무 피곤하지 않기를 바랄 뿐이었다.

그녀가 작은 목소리로 물었다.

"백리 장군은…… 어떠냐?"

서동림이 목소리를 낮추며 말했다.

"전하께서 인질로 주인님을 데려오자 백리 장군은 아주 기뻐했습니다. 어젯밤에 전하의 뜻대로 휴전 협정을 작성해서, 사신을 통해 영승에게 보냈습니다. 영승은 오늘 아침에 이의가 없다는 회신을 보냈습니다. 그래서 내일 아침부터는 동진과 서진의 모든 주요 전장의 전투는 다 중지됩니다. 북려국과 풍족의 의심을 피하고자 일부 소규모 전투는 지속하기로 했습니다."

한운석은 고개를 끄덕였다. 휴전 협정은 그녀와 용비야가 논의한 것이니 그녀도 잘 알았다.

큰 전투는 멈추고 작은 전투는 유지하되, 대외적으로 전투를 중지한 이유를 발표할 생각은 없었다.

이렇게 되면 도리어 세상 사람들 사이에 각종 의문이 난무할 테고, 북려국 황족과 풍족 역시 여러 의심을 제기할 것이었다. 의심을 하면 할수록 더욱 경거망동할 수 없게 된다. 심지어 용비야의 실력이 부족해 영승에게 맞서지 못한다고 오해할 수도 있었다.

"주인님, 전하께서 주인님을 인질로 잡은 일을 영승 쪽에서 비밀로 해 달라고 요청했습니다. 그래서 우리 병영에서도 백리 장군과 몇몇 부장들만 이 사실을 알고 있으니, 한동안 조금 힘드실 겁니다."

서동림은 말하면서 작은 목소리로 덧붙였다.

"전하께서 주인님이 깨어나시면 반드시 이 말씀을 전하라고 명하셨습니다. 소신과 심복인 몇몇 비밀 시위들 외에는 누구도 쉽게 믿지 마십시오."

한운석은 고개를 끄덕였다. 당연히 이해했다.

이곳은 병영이었고 백족의 세력권이었다. 그녀의 비밀이 탄로 나면 용비야는 아주 골치 아파졌다.

한운석은 용비야가 백리원륭을 항복시킬 능력이 있다고 믿었다. 그러나 이런 때에는 군의 사기가 가장 중요했다. 그녀와 용비야의 일이 밝혀지면, 동진의 병영은 물론 외부인들까지 나서서 골치 아프게 만들 수 있었다. 전력을 다해 풍족과 맞서야 하는 용비야가 내란 때문에 힘을 소모해서는 안 되었다.

그런 생각이 들자 한운석은 영승에게 감사할 수밖에 없었다.

영승이 어떤 목적이었든 간에, 적어도 그녀와 용비야의 많은 골칫거리를 해결해 준 셈이었다. 이 일에 있어서 영승은 정말 군자다웠다.

"고북월에 대한 소식은 없느냐?"

한운석이 또 물었다.

"그것은 소신이 알지 못합니다. 전하께 여쭤 봐야 합니다."

서동림이 사실대로 대답했다.

한운석은 고개를 끄덕였다. 용비야가 고북월과 손을 잡으면 풍족에 맞서는 일은 아주 간단했다.

그러나 고북월은 영승의 입장을 알까? 영승도 풍족을 없애고 싶어 한다는 사실을 알까? 만약 안다면 어떤 선택을 내릴까?

고북월과 용비야는 함께 그녀의 신분을 숨겼기 때문에 같은 편에 설 수 있었다. 그러나 이제는 그녀의 신분이 밝혀졌다. 충성심에 불타는 영승을 두고 고북월은 여전히 동진 쪽에 설까?

그리고 고칠소는? 지금쯤 목령아와 함께 백옥교를 심문하고 있겠지. 그녀가 용비야 쪽에 있다는 사실을 고칠소가 안다면 어떤 반응을 보일까? 영승은 또 백옥교를 어떻게 할 생각일까?

한운석은 개입하지 않을 수도 있지만, 고북월과 고칠소가 이 일에 휘말린 이상 그들도 진실을 알 권리가 있었다.

"서동림, 전하에게 말을 전해 다오. 아직 이야기를 끝내지 못한 중요한 일이 있으니, 어떻게든 따로 만나러 와 달라고 말이다."

한운석이 작은 목소리로 말했다.

그녀는 용비야에게 물어볼 게 많았다. 고북월은 꼬맹이의 행방을 알고 있을까? 용비야가 일부러 백리명향을 천산으로 데리고 가서 백언청을 속였다면, 대체 누가 용비야와 쌍수雙修를 수행할 수 있을까? 그리고 쌍수는 대체 어떤 것일까? 전에 그가 내공을 수련했을 때처럼 오랫동안 폐관 수련에 들어가야 하는 걸까? 게다가 진짜 신분에 관해서도 이야기를 더 해야 할 듯했다.

어쨌든 산더미처럼 할 이야기가 많았다.

"예, 교대한 뒤에 소신이 보고를 올리겠습니다."

서동림은 아주 공손하게 말했다.

"교대?"

한운석은 어리둥절했다.

"주인님, 백리 장군도 인어족 병사를 보내 지키고 있습니다. 인어족과 비밀 시위가 돌아가며 지킵니다."

서동림은 멀지 않은 곳에 있는 병사를 몰래 가리키며 작게 말했다.

"이 주변을 세 바퀴 정도 둘러싸면서 주인님을 지키고 있습니다. 백리 장군이 전하께 주인님을 중남도독부의 감옥에 가두자고 했으나 전하가 허락하지 않으셨습니다."

한운석이 쓴웃음을 지었다.

"서동림, 초서풍은 그토록 날 미워했는데, 너와 고 씨는…… 내가 밉지 않으냐?"

"비밀 시위의 사명은 절대복종입니다. 전하의 마음에 주인님이 있으니 주인님을 보호하는 것이 저희가 할 일입니다."

서동림은 오랫동안 침묵한 후 다시 말했다.

"주인님, 동진과 서진의 원한이 정말 오해였으면 좋겠습니다. 그럼 주인님과 전하도 그리 피곤치 않으시고, 우리 같은 아랫사람들도 홀가분해질 테니까요."

두 주인과 영승의 논쟁을 이들은 모두 들었고, 마음에 새기고 있었다.

한운석은 그의 어깨를 두드리며 아무 말도 하지 않았으나 속으로는 묵묵히 기도했다.

한운석은 또 군사 일을 몇 가지 물은 후 막사로 돌아갔다. 막사 안에는 시간을 보낼 거리가 없었고, 마음속에는 질문만 가득했다. 그녀는 돗짚자리 위에서 가부좌를 틀고 앉아 독 저장공간의 세 번째 단계를 수련할 수밖에 없었다.

이전까지는 아무리 노력해도 마음을 가다듬고 수련 상태에 들어갈 수 없었다. 그러나 지금은 산더미 같은 일들이 쌓여 있음에도 도리어 금방 마음을 가라앉힐 수 있었다.

다른 이유는 없었다. 용비야와의 오해가 풀렸기 때문이었다.

이 남자 외에 누가 그녀의 마음을 진정 어지럽힐 수 있을까?

그런데 한운석이 조용해진 지 얼마 되지 않아 문밖에서 서동림의 목소리가 들렸다.

"서진 공주, 전하께서 오셨습니다."

서진 공주?

왜 이렇게 부르는지 고개를 갸우뚱하며 내실에서 나오자 용비야가 들어왔다.

보라색 도포를 입고 제왕의 패기와 범상치 않은 존귀함을 드러내는 차가운 얼굴의 그는 마치 천상의 사람 같았다.

한운석은 그의 보라색 도포 차림을 좋아했다. 하지만 그녀가 기뻐하기도 전에 백리원륭이 바로 들어왔고, 그 뒤로 백리 대군의 사謝씨, 왕王씨, 조趙씨 세 부장이 따라왔다.

용비야는 평소처럼 냉담한 얼굴이었으나, 다른 네 명의 표정은 냉담할 뿐 아니라 적개심으로 가득했다. 한운석은 서동림이 왜 '서진 공주'라고 불렀는지 이해했다.

용비야가 먼저 나서서 백리원륭과 이들을 데리고 만나러 왔을 리 없으니, 백리원륭이 그녀가 깨어났다는 소식을 듣고 만나러 온 게 분명했다.

한운석은 감정을 숨긴 후 황족 공주의 자태를 드러내며 한쪽 끝에 가서 앉아 도도한 표정을 지었다.

용비야가 말이 없자 그녀도 침착할 수 있었다.

백리원륭이 세 명의 부장을 데려왔다면 무슨 일이 있는 게 틀림없었다.

사실 한운석에 대한 백리원륭의 마음은 아주 복잡했다. 그는 여러 번 한운석의 능력에 감탄했고, 한운석의 신분이 드러나기 전까지는 전하 곁에 이런 현명한 부인이 있음을 다행스럽게 여겼다. 그러나 한운석의 신분이 드러난 이후 모든 것이 변했다.

비록 전하는 그의 질문에 대답하지 않았으나, 그는 지금까지도 계속 의심하고 있었다. 한운석은 자기 신분과 전하의 신분을 다 알고 일부러 전하 곁에 매복해 있었던 게 아닐까?

의문의 끝에는 결국 미움만이 남았다!

당시 백족은 홍수 구제를 위해 수많은 인어족 병사를 희생시켰다. 정권을 장악했던 서진 황족이 재해 상황을 돌보지 않은 것은 차치하더라도, 그 기회를 틈타 전쟁을 일으킨 것은 절대 용서받을 수 없는 죄였다!

설사 백리원륭이 한운석을 마음에 들어 했어도 가문, 나라, 민족의 원한 때문에 미워하는 마음은 조금도 줄어들지 않았다. 서진 황족 중 오로지 한운석 한 명만 남아도 그녀는 서진 황족이 받아야 할 벌을 받아야만 했다!

백리원륭은 차 탁자 쪽으로 다가가 의자를 잡아당겼다.

"전하, 앉으십시오."

용비야가 자리에 앉자 백리원륭이 입을 열었다.

"서진 공주, 한 가지 알아 둘 게 있소. 우리 동진은 서진과 절대 그 어떤 협력도 하지 않을 거요. 다만 이번 휴전은 서로가 원해서 한 것이오. 풍족을 완전히 없앤 후에 이 늙은이는 절대 그쪽을 가만두지 않겠소!"

한운석은 용비야를 바라보았다. 그는 무표정한 얼굴로 전혀 동요하지 않았다.

그녀가 차갑게 물었다.

"그러니까 백리 장군은 본 공주가 여기 갇혀 있는 것만으로도 충분히 예의를 차렸다고 생각하는 건가?"

"우리 군에 감옥이 없는 건 아니오. 서진 공주가 관심이 있다면 이 늙은이가 지금 당장 데려가 줄 수도 있소."

백리원륭이 차갑게 말했다.

한운석은 아예 벌떡 일어나 말했다.

"좋다, 가자!"

그 말에 용비야는 바로 그녀를 향해 실눈을 떴다. 순간적인 동작이라 아무도 알아채지 못했지만 한운석은 제대로 보았다.

그의 언짢은 기색에 그녀는 고소하다는 느낌이 들었다. 그녀는 그의 경고를 못 본 척했다.

"전하, 보셨지요. 다 저 여자가 자초한 겁니다! 인질은 인질다워야지요!"

백리원륭은 바로 명령을 내렸다.

"여봐라, 한운석을 감방에 가둬라, 당장!"

병사들까지 들어오자 용비야는 가만히 앉아 있을 수 없었다. 그가 입을 열려는데 한운석이 먼저 나섰다. 그녀가 백리원륭 앞에서 그를 번거롭게 만들 리 없었다.

그녀가 차갑게 말했다.

"용비야, 본 공주가 언제 죄수가 되었지? 동진과 서진이 전쟁을 멈추고 풍족에 맞서면서 본 공주는 성의를 표하기 위해 이곳에 남았지 죄수가 된 게 아니다. 이 점을 분명히 해 줬으면 한다!"

"여자란 정말 유치하군!"

백리원륭이 하하 소리를 내며 크게 웃었다.

한운석은 이렇게 남성 우월주의로 여자 비웃기를 가장 싫어했다. 그녀가 경멸하듯 말했다.

"백리 장군, 여자가 왜 유치하지? 본 공주가 중남도독부에서 많은 문제를 해결했던 사실을 잊지 마라. 네 딸도 본 공주가 구했다!"

"그게 어떻단 말이냐?"

백리원륭은 부끄러운 나머지 화를 냈다.

"한운석, 쓸데없는 말 마라. 이 늙은이가 묻는 말에 사실대로 대답하는 게 좋을 거다. 그렇지 않으면 사정을 봐주지 않겠다!"

역시 온 목적이 있었다. 한운석이 냉소를 지었다.

"백리 장군이 본 공주의 입에서 정보를 캐내고 싶다면 돌아가라. 나가는 문은 저쪽이다!"

"한운석, 좋은 말로 할 때 듣지 않으면 쓴맛을 보여 주겠다! 잊지 마라, 이곳은 동진의 병영이다!"

백리원륭이 차갑게 말했다.

생떼, 건드리지 마

한운석은 백리원륭이 목적이 있어서 왔다고 생각했지만 이런 태도를 보일 줄은 몰랐다.

알고 보니 이 노장군은 그녀를 '인질'이 아닌 '죄수'로 보고 있었다! 그녀가 오늘 그의 질문에 대답하지 않는다면 어쩌려는 걸까?

각자의 입장과 신분은 차치하고 한운석은 이렇게 두서없이 덤비는 사람을 싫어했다.

전쟁 중에는 사신의 목을 베지 않고 협력 중에는 인질을 괴롭히지 않는다는 것은 알 만한 사람은 다 아는 규칙이었다. 규칙일 뿐 아니라 대장군이라면 가져야 할 풍격과 풍모이기도 했다!

동진과 서진이 협력하지는 않지만, 적어도 전쟁을 멈추기로 협의한 상황이었다.

백리원륭은 용비야 수하 중 제일가는 대장군이었다. 원한이 그를 이렇게 비뚤어지게 만들 수 있단 말인가?

용비야가 이곳에 없었어도 굽히지 않았을 한운석이었다. 하물며 지금은 용비야도 함께였다.

오늘, 그녀는 한 치도 양보하지 않을 것이었다!

"본 공주는 알고 싶군. 동진이 감히 본 공주에게 어떤 쓴맛을 보게 할지!"

한운석이 차갑게 말했다.

“감히!”

백리원륭은 순간 어떻게 해야 좋을지 몰랐다. 위협이었을 뿐이지 진짜 손을 댈 생각은 없었다.

서진 공주인 한운석에 대해 그와 태자 전하는 밤새 언쟁을 벌였다. 결국 그는 어쩔 수 없이 인질 신분을 인정했고, 그녀를 감옥이 아닌 본부 막사에서 1리 정도 떨어진 막사에 가두기로 했다.

그도 물론 규칙을 알고 있었다.

그도 풍모를 갖춘 사람이었으나, 원수 앞에서는 드러내고 싶지 않았다.

한운석이 강경하게 나오자 백리원륭은 이러지도 저러지도 못하는 신세가 되었다. 그는 기죽은 눈빛으로 용비야를 보았지만, 용비야는 그를 신경도 쓰지 않고 오직 차만 우리고 있었다.

한운석도 슬쩍 용비야 쪽을 곁눈질해 보았다. 편안해 보이는 모습에 그녀는 웃을 뻔했다.

입구에 숨어서 몰래 듣고 있던 서동림은 백리원륭을 아주 동정하고 있었다. 백리원륭의 비극이 예상되었다. 서진의 공주 한 명만도 상대할 수 없을 텐데, 심지어 전하까지 몰래 돕고 있으니 뻔하지 않은가?

마침내 백리원륭은 얼굴에 철판을 깔고 한운석의 강경한 태도를 무시하며 차갑게 물었다.

“한운석, 영승이 흑족 소식을 알아냈느냐? 리족은?”

한운석은 속으로 놀랐다. 백리원륭의 이 질문은 용비야도 이 두 귀족에 대해 알아내지 못했다는 뜻이었다.

용비야가 동진의 태자이고 그녀가 서진의 공주임은 이미 다 알려졌다. 게다가 양측이 전쟁을 시작했는데도 흑족과 리족은 지금까지 모습을 드러내지 않고 있었다. 이것은 무슨 뜻일까?

전에 용비야는 그녀에게 영족 외에 다른 여섯 귀족은, 실력은 있지만 신분을 숨기고 운공대륙 각지에 섞여 들어가 살고 있다고 했었다.

흑족은 당시 동진 황족에게 충성을 바쳤고, 서진 황족을 무너뜨린 주범이었다. 서진 황족이 멸망한 후, 흑족은 병권을 장악하여 동진 황족을 배신했다.

그러나 리족은 내내 중립적인 입장이었다.

마지막 전쟁에서 적족이 부추기고 흑족과 풍족이 연합하여 동진 제국을 무너뜨렸다. 만약 그때 리족이 나섰다면 대국은 달라졌을 것이다. 리족이 가진 병력이 다른 세력 못지않았기 때문이었다.

풍족은 기문둔갑술을 이용한 포진에 능했고, 리족은 장병을 쓰는 병법에 능했다. 리족은 고대 병법가의 후예였기 때문에 각종 병서와 경서에 정통했고 제자가 아주 많았다. 당시 동진과 서진의 군대에도 리족의 제자들이 많았다.

리족은 원래 쥐고 있는 병권 외에도 군사 방면에 대단한 영향력을 갖고 있었다. 그러니 리족이 대국을 바꿀 수 있었다는 말은 전혀 과장이 아니었다. 그러나 이런 세력이 가장 결정적인 순간에 전쟁을 포기하고 군대를 해산시켰다.

지금 리족의 후예는 어디 있을까? 세상을 피해 숨어 지낼까, 아니면 어느 군대 속에 잠복해서 지내고 있을까?

알고 보니 백리원륭은 리족과 흑족 소식을 물으러 온 것이었다. 이 두 귀족의 행방이 정말 중요함을 인정할 수밖에 없었다. 이 두 귀족이 나타나면 지금 천하 대국에 영향을 줄 가능성이 컸다.

어쩐지 백리원륭이 이렇게 품위 없이 물어보더라니.

"모른다!"

한운석이 간단하게 대답했다.

그런데 백리원륭이 물고 늘어졌다.

"네가 모른다는 것이냐, 아니면 영승이 모른다는 뜻이냐?"

"영승이 아는지 모르는지 모른다."

한운석이 대답했다.

"감히!"

백리원륭은 분노를 억누르고 차갑게 말했다.

"네가 어찌 모를 수 있느냐? 한운석, 누굴 속이는 것이야!"

이 여자는 서진의 공주이고 영승은 그녀의 종이니, 영승의 모든 것을 알고 있을 게 틀림없었다.

"모르는 건 모르는 것이다. 피곤하니 백리 장군은 이제 돌아가라!"

한운석은 나가라는 말과 함께 논쟁하려 하지 않았다.

이런 태도에 백리원륭은 의심하지 않을 수 없었다. 그는 다시 용비야를 보았다. 용비야가 여전히 차를 마시고 있자 그는 지독한 눈빛을 번뜩이며 노한 목소리로 말했다.

"한운석, 본 장군이 주는 마지막 기회다. 말을 할 것이냐 말 것이냐! 잘 들어라. 우리 동진 군대의 감옥은 물 감옥이다!"

병졸들은 이미 한운석 곁에 서서 언제든지 손을 댈 분위기였다.

한운석은 바로 용비야 앞으로 달려가서는 그가 입가로 가져간 찻잔을 뺏어 들고 바닥에 내던졌다.

쨍그랑 소리와 함께 장내가 갑자기 조용해졌다.

백리원륭도 어리둥절했다. 오랜 세월 전하를 따라 왔지만, 전하의 찻잔을 내던진 사람은 없었다.

한운석은 지금…… 죽음을 자초하고 있었다!

놀라움 끝에 백리원륭은 도리어 신이 났다. 한운석이 이렇게 함부로 날뛰는 것도 좋았다. 전하가 노하시면 그의 의견을 따라 한운석을 물 감옥에 집어넣을지도 몰랐다.

용비야는 바닥에 흩어진 조각들을 흘끗 볼 뿐 한운석을 보지 않고 냉랭하게 말했다.

"서진 공주, 이게 무슨 뜻이냐?"

한운석은 말하지 않고 남은 찻잔들을 모두 들어 하나씩 바닥에 세게 던졌다.

쨍그랑! 쨍그랑! 쨍그랑!

소리가 막사 전체에 울려 퍼졌다. 마지막에 한운석은 찻주전자를 들더니 갑자기 백리원륭을 향해 내던졌다. 다행히 백리원륭이 한 발 뒤로 물러서서 찻주전자는 그의 발 주변에 떨어졌다. 하마터면 정확하게 맞을 뻔했다.

용비야는 꽤 의외인 듯했다. 한운석은 그와 세 걸음 정도 떨어진 곳에서 그를 차갑게 바라보며 노한 목소리로 말했다.

"무슨 뜻이냐고? 이런 뜻이다! 너희 남자들이 떼로 와서 여자 하나를 괴롭히다니, 부끄럽지도 않느냐? 너희는 또 무슨 뜻이냐? 말해라!"

한운석은 생떼를 쓰는 걸까?

용비야는 생떼를 쓰고 성질 사나운 여자를 가장 싫어했다. 그런데 이런 모습의 한운석을 보면서 그는 웃고 싶은 충동이 일었다.

물론 그는 참고 무표정한 얼굴을 유지했다.

한운석은 용비야에게 화내는 것처럼 보였지만, 사실 모든 분노는 백리원륭을 향해 있었다. 백리원륭은 그녀의 질문들에 아무 답도 할 수 없었고 어찌할 바를 몰랐다. 그런데 한운석은 아예 탁자 위에 있는 원형 차판까지 들어 그를 향해 던지려고 했다.

예상치 못한 행동에 백리원륭은 허둥대며 피했다!

"본 공주를 괴롭히겠다 이거냐? 본 공주가 마지막으로 말하는데, 너희가 뭐라고 물어보든 본 공주는 대답하지 않는다! 본 공주를 인질로 생각하든 죄수로 여기든 상관없다. 마음대로 해라. 지금 당장 본 공주를 물 감옥에 넣는 게 좋을 것이다. 안 그러면 너희와 아주 끝장을 볼 테니까!"

한운석이 노성을 질렀다.

그 말에 자리한 모든 사람이 깜짝 놀랐다. 저건 무슨 뜻이지?

계속 소란을 피우겠다고?

과연 한운석은 돌아서서 물건을 내동댕이치며 잡히는 대로 다 집어던지기 시작했다. 소리가 점점 커져서 밖에 있는 사람들도 다 들을 수 있었다.

한운석이 계속 이렇게 소란을 피우다가는 병영 전체가 시끄러워질 게 분명했다.

백리원륭은 마침내 자신이 상황을 통제할 수 없다는 사실을 깨닫고 용비야에게 도움을 요청하는 눈빛을 보냈다.

한운석의 생떼를 감상 중이던 용비야는 백리원륭이 돌아보자 싸늘하게 그를 노려볼 뿐 말이 없었다.

백리원륭은 더 초조해졌다. 그의 곁에 있던 사 부장이 얼른 낮은 목소리로 말했다.

"장군, 전하가 어렵사리 한운석을 인질로 데려왔는데, 일을 망치면 큰일 납니다!"

"장군, 전하께 간청해도 소용없습니다. 방금 전하가 아무것도 알아내지 못했다고 말씀하셨는데 굳이 말을 듣지 않고 와야겠다 하시더니, 이것 보십시오……."

왕 부장도 다급해졌다.

마침내 조 부장이 일어났다.

"서진 공주, 화를 가라앉히시오! 우리 장군들은 강요할 뜻은 없소. 다만 풍족과 흑족, 리족이 손을 잡을까 염려한 것뿐이오.

그리되면 서진이나 동진 모두 위험하기 때문에 공주에게 알아보러 온 것이오."

부장은 백리원륭이 빠져나갈 길을 마련해 주었다. 백리원륭은 아무리 달갑지 않아도 그 길로 나가야 했다.

"한운석, 본 장군은 그런 뜻이었다! 이는 아주 중대한 일이니 잘 생각해 보아라."

백리원륭이 말했다.

한운석은 냉소를 지었다. 이자들은 여자가 생떼 쓰는 걸 본 적이 없나? 여자들이 생떼를 쓸 때 이치를 따지던가?

아니!

"상관없다! 백리원륭, 본 공주는 이렇게 인질로 지내는 날들을 더는 참을 수 없다!"

한운석이 큰 소리로 말했다.

문밖에 있던 서동림은 저도 모르게 툴툴거렸다.

아이고, 온 지 하루밖에 안 되셨고 잠도 푹 주무셨거든요!

그런데 한운석은 생각지 못한 말을 이어갔다.

"오늘 본 공주를 영승에게 돌려보내든지, 아니면 물 감옥에 집어넣어라. 단, 명심해라. 본 공주가 일단 물에 닿으면, 앞으로 물을 마시기 전에 속에 독은 없는지 살펴보는 게 좋을 것이다!"

백리원륭은 눈이 휘둥그레졌고, 다른 부장들도 어쩔 도리가 없었다. 원래 인질을 협박하기 위해서 온 게 이리될 줄 누가 알았겠는가.

이들은 다 같이 용비야에게 물어보는 눈빛을 보냈다.

마침내 용비야가 귀한 입을 뗐다.

"한운석, 그만해라."

한운석은 살짝 어리둥절했다. 이 말이 왜 이리 귀에 익을까. 그녀는 곧 정신을 차리고 차갑게 말했다.

"용비야, 마지막으로 묻겠다. 나는 인질이냐, 아니면 죄수냐?"

"인질이다."

용비야가 확실하게 대답했다. 인질은 좋은 대접을 받을 수도 있지만, 죄수에게는 괴롭힘뿐이었다.

"인질을 이렇게 가두는 경우도 있느냐? 이 막사 안에서만 지내면서 본 공주가 여기서 답답해 죽기를 바라느냐?"

한운석이 물었다.

"어찌하고 싶으냐?"

용비야가 차갑게 물었다.

"자유롭게 다니고 싶다!"

한운석의 말이 떨어지자마자 백리원륭이 매섭게 말했다.

"황당하군, 안 된다!"

백리원륭의 말이 떨어지자마자 한운석은 책상 위에 있는 붓걸이를 잡고 던져 버렸다. 백리원륭은 피한 후 엄하게 훈계하려고 했으나, 용비야가 그를 노려보자 입을 다물 수밖에 없었다.

"이 막사 밖 1리 이내 거리는 다닐 수 있다. 그러나 반드시 서동림과 함께여야 한다. 1리 밖까지 나가서 신분이 드러나면 알아서 해라!"

용비야가 차갑게 경고했다.

한운석이 이렇게 소란을 피운 데는 두 가지 이유가 있었다. 첫째는 백리원릉에게 자신이 만만한 상대가 아니니 자꾸 건드릴 생각은 하지 말라고 경고하려 한 것이고 둘째는 자신이 다닐 수 있는 공간을 얻어 내고자 한 것이었다.

그녀는 일부러 생각하는 척하다가 한참 후에야 코웃음을 쳤다.

"좋다. 당신 체면을 세워 주는 셈 치지."

그녀는 교활한 눈빛을 반짝이며 일부러 이렇게 말했다.

"어쨌든 당신과 나는 애초에……."

자초한 모욕

어쨌든 당신과 나는 애초에……, 어떻다는 거야?

한운석이 여기까지 말하자 안 그래도 고요했던 막사 안이 더 조용해졌다. 용비야는 흥미롭다는 듯한 눈빛을 반짝였다.

이 여자, 장난에 푹 빠진 걸까?

"어쨌든 당신과 나는 애초에…… 그렇게 다정한 사이였으니까!"

한운석은 말투를 길게 늘어뜨리며 일부러 뒷말을 강조했다.

백리원륭과 다른 사람들의 얼굴이 굳어졌다.

사 부장이 낮게 말했다.

"장군, 이 여자는 정말 뻔뻔합니다. 지금이 어느 때인데 아직도 예전 일을 들먹이다니요."

"흥, 저 여자는 부끄러워하지 않아도, 전하는 부끄러워하신다!"

백리원륭이 언짢아하며 작게 말했다.

"장군, 전하가 전에 저 여자의 신분을 아셨을까요?"

조 부장이 낮게 말했다.

백리원륭은 그를 노려보며 아무 말도 하지 않았다. 그러자 나머지 두 사람은 더 묻지 못했다.

사실 백리원륭도 잘 몰랐다. 하지만 알았든지 몰랐든지 상관없이, 전에 그는 전하께 이 여자의 신분을 다 알고 이용했다고 공개적으로 밝혀 군대 사기를 진작시켜 달라고 의견을 냈었다. 그러나 전하께서는 화를 내며 받아들이지 않으셨다.

전하께서 여자를 이용하지 않는다고 해서, 이 여자와의 관계를 부끄럽게 여기지 않으신다는 뜻은 아니었다.

자신의 원수를 사랑하고 그토록 아꼈다니, 누구라도 돌이켜 보면 치욕스럽게 생각할 일이 아닌가?

네 사람 모두 그들의 주인이 이번 기회에 이 여자를 제대로 모욕할 거라고 생각했다. 그런데 용비야는 아무 말이 없었다.

한운석이 일부러 다가와 도발했다.

"용비야, 그렇지?"

백리원륭 일행은 모두 경시하는 눈빛을 보내며 다음 벌어질 일을 기다렸다.

한운석이 더 가까이 다가왔다. 이제 용비야는 손만 내밀면 그녀를 잡을 수 있었다.

그녀는 용비야가 감히 그녀를 어찌하지 못할 거라고 생각했다. 말로 모욕하는 일은 차마 할 수 없을 테고, 이 많은 사람 앞에서 감히 손을 대지도 못할 것이었다.

모처럼 이 인간을 곤란하게 만들 기회였다. 이런 재미를 놓치면 낭비라는 생각이 들었다.

모두가 보는 가운데 용비야는 아주 평온한 표정으로, 늘 그렇듯 차갑고 오만한 목소리로 반문했다.

"한운석, 너와 내가 애초에 어떻게 다정했느냐?"

'모욕'과 '희롱'은 사실 '관계'의 차이로 갈라졌다. 겉으로는 적대적인 관계인 두 사람에게 이 말은 백리원륭과 다른 사람들이 보기에는 '모욕'이었다. 그러나 실제 두 사람의 관계에서는 아무리 모욕해도 '희롱'으로 봐야 했고, 심지어 '홍취'라고 볼 수도 있었다.

똑똑한 한운석은 용비야 앞에만 서면 저주에라도 걸린 것처럼 쉽게 바보가 되었다.

용비야는 말뿐 아니라 몸으로 나섰다. 그는 한 손으로 한운석을 잡아당겨 그녀의 허리를 감싸 안고 가까이 오게 했다. 한운석은 두 손으로 의자 손잡이를 꽉 붙들고 저항했다. 하지만 용비야가 사악하게 입가에 호를 그리며 손에 힘을 주자, 한운석은 그의 몸에 바짝 당겨져 움직일 수 없게 되었다.

그가 냉소를 지었다.

"어떻게 다정했느냐. 한운석, 본 태자에게 말해 보아라."

그런 후 그는 모두가 보는 앞에서 몸을 숙여 그녀의 귓가에 대고 작게 속삭였다.

"재미있느냐?"

"용비야, 그만해요."

한운석은 화도 났고 웃기기도 했다.

"그만 못 해."

그는 말하면서 자신의 커다란 손으로 그녀의 엉덩이를 어루만지기 시작했다.

"서진 공주, 보아하니 본 태자의 총애가 그리운가 보군. 네가 기꺼이 본 태자의 잠 시중을 들겠다고 천하에 공포한다면, 본 태자가 네게 상으로 몇 번 다정하게 굴어 줄 수 있다."

한운석은 그의 손길에 영혼까지 부서질 것 같았다. 몸 안에 한 줄기 불덩이가 점점 타오르는 듯했다.

그녀는 마침내 깨달았다. 때와 장소에 상관없이 용비야는 그녀가 희롱할 수 있는 상대가 아니었다. 희롱당하는 것은 그녀뿐이었다.

백리원륭 일행이 보기에 그녀는 지극히 모욕을 받고 있었다.

몇몇 부장은 냉소를 짓기 시작했고, 백리원륭은 더욱 멸시하며 비웃었다. 그러나 그는 곧 눈살을 찌푸리기 시작했다. 이 두 사람이 말하는 '다정함'은 잠자리를 뜻할 텐데, 그렇다면…….

백리원륭은 전하가 서정력을 수행하고 있다는 건 알았지만 그리 자세히 알지는 못했다. 그의 딸인 백리명향이 천산에 올라간 진짜 목적이 무엇인지도 아직 잘 모르고 있었다.

서정력과 쌍수에 관해서는 지금도 검종 노인, 고북월, 백리명향, 그리고 백리명향 곁에 있는 비밀 시위 아동만 자세한 사정을 알았다.

백리원륭은 어주도에서 한운석이 팔에 있는 수궁사를 드러내며 순결한 몸을 증명했던 일을 기억했다.

지금은……. 어주도 이후 지금까지 꽤 오랜 시간이 흘렀다. 전하가 그토록 그녀를 아꼈으니 아마도 벌써…….

그런 생각이 들자 백리원륭은 가장 먼저 한운석의 배를 바라봤다. 동진 황족의 씨가 서진 공주의 배 속에 들어 있어서는 안 되었다!

한운석이 전하의 아이를 가진다니, 백리원륭은 상상도 할 수 없었고 도저히 받아들일 수 없었다! 그러나 그는 곧 마음을 놓았다. 한운석은 천산에서 내려온 후 전하와 함께 지내지 못했고, 그 이후 벌써 몇 달이나 흘렀다. 지금까지도 배가 나오지 않은 것을 보면 임신하지 않은 게 분명했다.

이 늙은 백리원륭이 하는 걱정을 한운석과 용비야가 알았다면 어떤 생각이 들었을까?

사실 무장인 백리원륭이 이런 걱정을 하는 것은 당연했다. 황제의 후사 문제는 국가 대사였고, 조례에서 조정의 문무 대신이 모두 관심을 가지는 문제였다. 하물며 용비야는 동진 황족의 유일한 자손이었다. 주변 사람들 누구나 그가 빨리 황족의 자손을 번성케 해 주길 바랐다.

"놔라!"

한운석이 화내며 일어나려고 발버둥쳤다.

"용비야, 이거 놔라! 뻔뻔스럽구나!"

화는 거짓이었지만 일어나려고 한 것은 사실이었다. 이대로 가다가는 그의 손이 어디까지 염치없이 굴지 알 수 없었다.

용비야가 냉소를 지었다.

"본 태자는 네가 본 태자의 뻔뻔함을 좋아하는 줄 알았는데, 오해였나 보군! 그럼 이 '다정함'에 대해 공주는 체면을 세워 줄 것인가?"

용비야는 말을 마친 후 그녀를 놓아주었다. 어쨌든 백리원륭도 바보는 아니니 연극도 적당한 선을 지켜야 했다.

한운석은 일어나 허겁지겁 뒤로 물러난 후, 당황해하며 옷을 정리하고는 화난 목소리로 말했다.

"용비야, 네 말대로 해라. 동진과 서진이 협력은 하지 않지만, 본 공주는 휴전하는 동안 모두 서로를 존중하고 약속을 지키기를 바란다!"

용비야는 태연하게 자신의 옷을 정리하며 일어선 후 차갑게 말했다.

"본 태자도 그 정도 신용은 지킨다."

그는 말을 마치고 돌아서 나갔다. 입구에 다다르자 그가 차갑게 말했다.

"백리 장군, 안 가고 뭘 하느냐!"

백리원륭과 다른 사람들은 그제야 정신을 차리고 다급하게 그를 따라갔다. 이들은 속으로 역시 전하에게는 방법이 있다며 탄복했다. 한운석 같은 여자는 전하나 되어야 굴복시킬 수 있었다.

모두 떠난 후, 한운석은 제자리에 서 있었다. 심장이 아직도 빠르게 뛰었다. 그녀는 잠깐 기다렸다가 문밖으로 나왔으나 용비야의 모습은 이미 사라지고 없었다.

마음이 순간 말로 하기 힘든 공허함에 사로잡혔다.

"전하는 본부로 돌아가셨느냐?"

그녀가 작은 목소리로 서동림에게 물었다.

"훈련장에 가셨습니다. 안심하십시오. 백리원륭은 분명 혼이

날 겁니다."

서동림이 낮은 소리로 웃었다.

이 일 후에 백리원륭이 용비야에게 얼마나 많이 혼이 났는지는 더 말할 필요도 없었다. 이번 일을 겪은 후 백리원륭은 다시는 감히 경거망동할 수 없을 것이었다. 백리원륭도 감히 나서지 못하는데, 이 군에서 누가 감히 한운석을 괴롭히겠는가?

한운석은 단번에 제대로 된 본보기를 보여 주었고, 용비야가 몇 마디 거들어 주었다. 이제 그녀는 이 동진 병영에서 안전한 셈이었다.

그날 밤, 한운석은 용비야가 올 줄 알았다. 그녀는 이미 서동림에게 말을 전해 달라고 부탁도 했었다. 그러나 그녀가 아무리 기다려도 용비야는 오지 않았다.

야경을 서는 자는 인어족 병사였기에 한운석은 감히 경거망동하지 못하고 기다릴 뿐이었다. 그런데 서동림이 물건을 전한다는 핑계로 들어와서 용비야가 훈련장에서 긴급 서신을 받아 잠시 백리원륭과 외출했다며 2, 3일 후에야 돌아오기 때문에 그녀를 만나러 올 수 없다고 알려 주었다.

"어디로 갔느냐? 무슨 급한 일이야?"

한운석이 다급하게 물었다.

"군사 업무일 겁니다. 주인님, 군사 일은 전하가 말씀하시지 않으면 소신도 알 수 없습니다."

서동림이 어쩔 수 없다는 듯 말했다.

한운석은 이해했다. 이곳은 어쨌든 병영이었고 병영에는 규율이 있었다.

그녀는 고칠소에게 서신을 쓴 후, 서동림을 불러 반드시 직접 보내라고 일렀다. 고칠소에게 모든 사실과 그녀의 행방을 알려 주는 서신이었다.

풍족 일에 있어 그녀는 용비야도, 영승도 돕지 않을 것이었다. 그러나 고칠소와 목령아 이 두 사람은 관계없는 일에 휘말렸으니 진실을 알 권리가 있었다.

서동림이 떠난 후 한운석은 주변을 정리하고 잘 준비를 했다.

깊은 밤이 되니 훈련장 소리도 점차 잦아들었다. 병영 전체가 고요해졌으나 한운석은 한참 동안 몸을 뒤척이며 잠을 이루지 못했다.

너무 오래 떨어져 지낸 데다가, 요 며칠 충분히 함께 있지 못해서일까. 겨우 몇 시진 얼굴을 보지 못했다고 그리움에 잠이 오지 않았다.

용비야, 지금 어디 있어요? 뭘 하고 있나요?

눈을 감자 머릿속에 자신도 모르게 낮에 있었던 모든 일이 떠올랐다. 그가 그녀를 '모욕'했던 말 한마디, 행동 하나, 심지어 이틀 전 끝없이 얽혀 있던 순간, 그의 냉혹한 얼굴, 깊은 눈동자, 그의 뜨거움, 거친 숨소리, 코끝으로 흐르던 땀방울, 그의 힘, 그의 부드러움…….

한운석은 몸을 돌려 베개 속에 얼굴을 파묻었다. 그를 찾아가고 싶은 충동까지 일었다. 정말 그 남자가 너무 보고 싶었다.

세상에, 정말 밤이 되면 이성을 잃을 수 있구나!

바로 이때, 막사 밖에서 갑자기 시위의 목소리가 들렸다.

"서진 공주, 백리 낭자가 뵙기를 청합니다."

백리명향?

이미 잠옷으로 갈아입은 한운석은 또 옷을 갈아입기 귀찮았다. 병영에 시녀가 없으니 정말 불편했다. 그녀는 나가지 않고 큰 소리로 외쳤다.

"들라 해라!"

백리명향은 들어온 후 큰 가리개 앞에 서서 공손히 몸을 굽혔다.

"서진 공주, 들어가서 말씀을 나누어도 되겠습니까?"

한운석은 잠시 망설이다가 말했다.

"들어와라."

백리명향은 조심스럽게 가리개를 젖히며 들어왔다. 한운석은 잠옷 두루마기를 걸치고 나른하게 돗짚자리 위에 앉아 있었다. 보통 여자들은 규방에서도, 잠자리에 들 때도 잠옷을 단정하게 갖춰 입고 단추도 다 채우고 있었다.

그러나 한운석은 단추는 하나도 채우지 않고 양쪽으로 벌어진 두루마기를 아무렇게나 모으고 있었다. 안쪽의 적포도주색 속옷이 보일락 말락 했다.

비록 시녀로 운한각에서 시중을 든 적이 있었지만 누각 위로 올라가는 일은 드물었기 때문에, 백리명향도 한운석의 이런 자기 전 모습을 보는 것은 처음이었다.

보통 여자보다 더 보수적인 그녀는 놀라서 감히 쳐다보지 못했다. 그녀는 무릎을 꿇고 앉아 고개를 숙인 채 한참 있다가 입을 열었다.

"왕비마마……."

누가 이렇게 불러 주는 게 얼마 만인가? 한운석은 그립고 슬퍼졌다. 이 호칭은 과거 지울 수 없는 기억을 의미했다. 하지만 그녀는 그래도 백리명향의 말을 잘랐다.

"무슨 뜻이냐?"

서동림은 일찌감치 용비야의 말을 전해 주었다. 그녀는 반드시 신중하고 또 신중해야 했다. 백리명향은 좋은 아가씨였지만, 어쨌든 인어족 사람이었고, 백리원륭의 딸이었다.

아껴 준 게 헛되지 않았군요

한운석의 경계에 백리명향은 크게 낙담했다.

그러나 그녀는 곧 스스로 위로했다. 왕비마마가 그녀를 경계하는 것은 정상이었다. 어쨌든 지금 두 사람은 다른 입장이었다.

“왕비마마, 다름이 아니오라…….”

말이 끝나기도 전에 한운석이 언짢아하며 말을 끊었다.

“난 이미 진왕비가 아니다. 그렇게 부를 필요 없다.”

“그렇지만…….”

백리명향은 다급하게 고개를 들었다.

“용비야도 천녕국 진왕이 아니지 않느냐? 백리명향, 예전에는 너를 내 자매처럼 생각했지만, 이제 우리 자매의 연은 끝났다. 가거라.”

사실 한운석은 마음이 울적해서 견딜 수 없었다.

타임슬립 전에 고아였던 그녀는 혼자 외롭게 지냈다. 진왕부에 와서 멸시와 모욕을 당하다가 나중에 모두의 사랑과 존경을 받게 되자, 이제 다시는 혼자 외롭게 지내지 않으리라 믿었다.

그러나 안타깝게도 좋은 날은 오래가지 않았다.

원수처럼 바라보던 초서풍의 눈빛과 백리원륭의 적의가 떠올랐고, 조 할멈과 과거 진왕부에 있던 그 비밀 시위들이 생각났다. 이제 대부분은 원수가 되었겠지.

백리명향은 뭔가 말하고 싶은 듯했으나 한운석의 이 말을 듣고는 눈가가 붉어져 조용히 물러갔다.

그녀가 물러간 후 한운석은 남몰래 한숨을 내쉬었다.

용비야가 침을 놓는다는 명목으로 백리명향을 곁에 둔 것은, 백언청을 속여 백리명향이 용비야와 쌍수를 할 수 있는 사람이라고 오해하게 하기 위해서였다.

용비야가 천산에서 내려온 후 다치지 않아 침을 놓을 필요가 없다는 비밀이 탄로 났으니, 백언청은 지금 더더욱 백리명향이 용비야와 쌍수를 할 수 있는 사람이라고 의심하고 있을 게 분명했다.

용비야가 백리명향을 선택한 이유에 대해서는 한운석도 자세히 생각해 보지 않았다. 어쨌든 그녀는 쌍수에 대해 몰랐다. 그저 백리명향은 인어족이라 용비야가 쉽게 믿을 수 있는 사람이니 선택할 이유는 충분하다고 생각했다.

그녀가 자기 생각에 빠져 있을 무렵, 이미 떠난 백리명향이 갑자기 다시 가리개를 젖히고 안으로 들어왔다.

"뭐하는 짓이냐?"

한운석은 깜짝 놀랐다.

백리명향은 앞으로 나와 돗짚자리 앞쪽에 무릎을 꿇었다.

"왕비마마, 저는 전하께서 절대 마마를 싫어하실 리 없다는 것을 압니다."

그 말에 한운석은 살짝 놀랐다.

백리원륭도 그녀와 용비야 사이의 이상한 점을 눈치채지 못했다. 그런데 백리명향이 어떻게 알아챘지? 이상한데? 설마 떠보는 걸까?

"무슨 말인지 모르겠구나. 당장 나가거라."

한운석이 차갑게 말했다.

"왕비마마, 전하는 처음 군대를 버리고 의성에 가서 마마를 찾으려 하셨습니다. 가는 도중 마마의 신분이 밝혀졌다는 소식을 들으시고는, 실성하신 것처럼 마차를 버리고 마마를 찾아가셨습니다. 저는 알 수 있습니다. 전하는 마마를 미워하시는 게 아니라 걱정하시는 겁니다. 게다가 전하는 분명 일찍부터 마마의 신분을 아셨습니다."

백리명향이 자세하게 설명했다.

한운석은 이마를 찌푸리며 침묵했고, 백리명향은 계속해서 말했다.

"왕비마마, 그래서……."

그녀가 고개를 들어 한운석의 쇄골 쪽을 본 순간, 한운석은 놀라 바로 옷을 당겨 가렸다. 어쩌다 이걸 깜빡했지.

백리명향은 겉으로는 유약해 보여도 아주 세심하고 눈치가 빨랐다!

용비야가 이틀 전 마차에서 그녀의 몸에 수많은 각인을 남겼을 때, 목도 깨물어서 여러 군데 멍이 들었다. 백리명향이 숫처녀라지만 그래도 어른인데 어찌 보고도 알아채지 못하겠는가?

이런 각인은 2, 3일이면 사라지지만 그녀가 용비야에게 잡힌 것이 2, 3일 전인데, 용비야가 아니면 누가 감히 이런 짓을 하겠는가?

생각 있는 사람이면 조금만 머리를 굴려도 어찌 된 영문인지 알 수 있었다!

용비야처럼 심각하게 깔끔하고 자신을 억제하는 사람이 뼛속 깊이 사랑하지 않았다면 한운석을 이렇게 만들 수 있을까?

백리명향이 여러 설명할 것도 없이 두 여자는 이미 잘 알고 있었다.

한운석은 말이 없었다.

백리명향은 더 초조해져 다급하게 말했다.

"왕비마마, 사실 저는 마마의 신분을 훨씬 전부터 알고 있었습니다. 소소옥이 화상을 입혀서 마마에게 약을 발라 드렸을 때 그 봉황 깃 모양의 모반을 보았습니다. 저는 어렸을 때 창고에 있는 한 고서에서 서진 황족의 딸은 오대에 걸쳐 등에 봉황 깃 모양의 모반이 있다는 내용을 본 적이 있었습니다."

한운석은 크게 놀랐다. 백리명향이 그렇게 깊이 숨기고 있었을 줄은 생각도 못 했다. 이 사실을 이미 알았으면서 지금까지 숨길 수 있었다니.

영승은 그녀에게 모반에 대해 자세히 설명해 주었다. 천심 부인의 모친이 서진 황족 직계 딸로 일대, 천심 부인이 이대, 그녀가 삼대째라 할 수 있기 때문에 모반이 있는 것이었다.

사실 서진 황족이 멸망하지만 않았어도, 공주의 외손녀인 그녀는 황족의 정통성과 거리가 멀었다.

한운석의 표정을 보고 백리명향이 얼른 설명했다.

"왕비마마, 저는 계속 전하가 사실을 모르신다고 생각해 감히 말할 수 없었습니다! 저는……."

백리명향의 눈가가 촉촉해졌다.

"저는 그저 왕비마마가 영원히 왕비마마이시기를, 전하도 영원히 전하로 계시길 바랐습니다."

그녀는 처음 집 후원 호숫가에서 용비야를 본 순간과 그 침묵하던 얼굴을 영원히 잊을 수 없었다.

얽매이지 않고 자유로운 왕비마마가 그 많은 부담을 가지는 게 싫었고, 진왕 전하가 그토록 무거운 책임을 지는 건 더욱 원치 않았다.

그녀는 이들이 평안히 살아가는 것 외에는 아무것도 바라지 않았다. 조용히 곁에서 시중들 수 있다면 그걸로 좋았다.

한운석은 백리명향을 바라보면서 뭐라고 말해야 좋을지 몰랐다. 서동림의 말에 이미 감동했는데, 백리명향까지 이리 바보처럼 굴 줄이야.

원한은 없앨 수 없다고 누가 그러던가?

깊이 감동한 한운석이 웃으며 말했다.

"당신들을 아껴 준 게 헛되지 않았군요!"

한운석의 이 말에 백리명향은 겨우 한숨을 돌렸다.

"왕비마마가 저를 믿어 주시니, 전생에 복을 쌓았나 봅니다."

"똑똑한 사람이 어찌 하는 말마다 바보 같은 소리를 해요?"

한운석은 어쩔 수 없다는 표정으로 백리명향을 잡아당겨 앉혔다.

"잘됐어요. 잠도 오지 않았는데 내 말동무가 되어 줘요."

백리명향은 너무 가까이 앉을 수 없어 거리를 유지했다. 가깝지는 않았지만 한운석 목에 남은 흔적과 팔에 있는 수많은 입맞춤의 흔적들을 선명하게 볼 수 있었다.

모두 전하가 남기신 것이구나! 저렇게 많고 저토록 깊으려면, 여러 번에 걸쳐 얼마나 격렬해야 할까?

전하처럼 차가우신 분이 열정적으로 변하면 대체 어떤 모습일까?

백리명향은 감히 더 생각할 수 없어 얼른 이 무서운 질문을 떨쳐 냈다. 그녀의 귀뿌리가 새빨개졌다.

백리명향이 부끄러움에 얼굴을 붉히는 것을 본 한운석은 옷을 여미고, 걷어 올린 소매를 내리고, 치마를 아래로 잡아당겼다. 백리명향처럼 깍듯하고 보수적인 여자는 그녀의 시원한 옷차림도 견딜 수 없을 텐데, 하물며 온몸의 야릇한 흔적이야 말해 무엇 하랴.

다른 고장에 가면 그곳 풍속을 따라야 하는 법이고 용비야가 제한하기도 해서, 평소 한운석의 옷차림은 아주 단정했다. 그러나 잘 때는 정말이지 옛사람의 규율에 익숙해지지 않았다.

온종일 답답하게 지냈으면 잘 때는 밤새 자유롭게 풀어 줘야 했다.

그녀의 잠옷 치마와 두루마기는 모두 맞춤옷이었고, 운한각에 있을 때는 기껏해야 잠옷 치마만 입거나 끈 있는 두루마기를 대충 두르고 잠들었다.

피곤해서 잠을 보충해야 할 때는 뜨거운 물에 몸을 담그고 목욕한 후 옷 하나 걸치지 않고 이불 안으로 들어갔다. 그러면 아주 편안하고 느긋하게, 배가 고파서 깰 때까지 푹 잘 수 있었다.

어쩔 수 없었다. 지금은 병영 안이었고 옷을 가져오지도 않았으니 아쉬운 대로 지낼 수밖에 없었다. 그래도 잠옷 두루마기 안에 그 적포도주색 속옷은 입고 있었다.

백리명향도 자신이 부끄러워하는 모습을 한운석에게 들킨 것을 알고는 어색해하며 고개를 숙이고 더 쳐다보지 못했다.

한운석도 용비야와의 친밀한 관계에 대한 일을 이야깃거리로 꺼낼 리 없었다.

그녀는 한마디로 어색한 분위기를 풀어냈다.

"당신 아버지와 용비야는 어디로 갔죠?"

"저도 모릅니다. 오후에 훈련장에서 전하가 먼저 떠나셨고, 아버지께서는 막사로 돌아와 짐을 챙기신 후 서둘러 따라가셨습니다. 근처 성읍에 가신 것 같은데, 얼마 후에 돌아오시는지 모르겠습니다."

백리명향은 대답 후 얼른 말을 덧붙였다.

"왕비마마, 특별히 알려 드릴 게 있어서 왔습니다. 아버지께서는 여전히 마마와 전하 사이를 경계하고 있습니다."

"왜, 뭔가 의심하는 건가요?"

한운석이 물었다.

"아버지께서 막사로 돌아오셨을 때 제가 몇 마디 여쭤보았는데, 아버지 말씀이…….”

“그냥 말해도 괜찮아요.”

“아버지 말씀이…… 조심해야 한다고……, 왕비마마가 전하를 유혹해 미인계 쓰는 것을 경계해야 한다고 하셨습니다. 아버지는 또…… 어쨌든 이렇게 오랫동안 전하에게 여자는 마마 한 분뿐이었다며, 마마에 대해 남다르다고 하셨습니다.”

백리명향의 그 말에 한운석은 하마터면 웃음을 터뜨릴 뻔했다. 순간 백리원륭이 모든 사실을 알게 해서 울화통 터지게 만들고 싶다는 못된 생각이 들었다.

그래도 백리원륭이 용비야를 잘 안다는 사실은 인정할 수밖에 없었다.

“음, 조심할게요.”

한운석이 진지하게 말했다.

“왕비마마, 군대에서 지내기 많이 불편하실 텐데, 아버지께서 돌아오시면 제가 이곳에 와서 시중을 들게 해 달라고 할까요? 와서 마마를 감시하겠다고 거짓말을 하는 겁니다.”

백리명향이 흥분해서 말했다.

“당신 아버지는 쉽게 속일 상대가 아니에요. 절대 오지 말아요.”

한운석은 단호하게 거절했다. 백리명향은 전에 백리원륭의 반대에도 그렇게 오랫동안 그녀와 함께 지냈다. 이런 중요한 시기에 다시 오면 골치 아파질 게 틀림없었다.

“좀 지나서 전하에게 시녀를 구해 달라고 하면 돼요!”

한운석은 바로 화제를 돌렸다.

“명향, 쌍수가 뭐죠? 어떻게 수련하는 거예요? 당신은 알고 있어요?”

백리명향과 정말 하고 싶은 이야기는 바로 이것이었다!

백리명향은 난감해했다.

“저도 모릅니다. 천산에 갔을 때 검종 노인은 제게 범천심법과 검술 품세 몇 가지를 가르쳐 주셨지, 다른 것은 말씀하시지 않았습니다.”

“당신은 하나도 몰라요?”

한운석이 의심스러워하며 말했다.

백리명향은 잠시 생각했다가 얼른 말했다.

“그러고 보니 검종 노인께서 쌍수는 반드시 전하와 마찬가지로 무공의 자질이 아주 뛰어난 사람이라야 가능하다고 했습니다. 전하보다 높으면 높았지 낮아서는 안 된다고 했습니다.”

“무공 고수 두 명이 함께 폐관 수련을 한다?”

한운석이 중얼거렸다.

“아마 그럴 겁니다.”

백리명향도 그렇게 생각했다.

한운석은 고북월을 떠올렸다. 고북월의 영술은 아주 뛰어나니 강력한 내공을 가지고 있는 게 분명했다. 나이도 젊은 고북월이 그 병약한 몸으로 그토록 탁월한 영술을 수련할 수 있었던 걸 보면, 무공의 자질이 지극히 뛰어난 게 틀림없었다.

고북월이 무공을 회복하면 아주 적당한 후보라 할 수 있었다.

"명향, 이곳에 자주 오지 말아요. 아예 오지 않는 게 제일 좋아요."

한운석이 진지하게 말했다.

"전하는 당신을 통해 배후 주모자를 끌어내려고 하셨으니, 백언청이 사람을 보내 당신을 주시하고 있을 거예요."

백리명향은 그제야 이 사실을 떠올리고 바로 이해했다. 아동 외에도 많은 천산검종 고수들이 그녀 곁을 지키며, 백언청이 나서기를 기다리고 있었다.

"왕비마마, 그럼 이만 물러가겠습니다."

백리명향이 서둘러 떠나려 했다.

"왕비마마라는 말도 그만해요. 앞으로는 공주라고 불러요."

한운석이 알려 주었다.

백리명향은 고개를 끄덕인 후 서둘러 떠났다.

그날 밤, 용비야는 돌아오지 않았고 다음 날 아침 동이 튼 후에야 한운석은 피곤에 지쳐 잠이 들었다. 하지만 곧 익숙한 냄새 때문에 잠에서 깨어났다.

소인은 두 분의 사람

부스스 일어나서 옷을 두른 후 일어나려던 한운석은 갑자기 놀라서 정신을 차렸다. 자세히 냄새를 맡아 보니 바로 닭곰탕 냄새임을 알 수 있었다.

너무 놀라서 온몸에 식은땀이 났다! 그녀가 엉겁결에 말했다.

"조 할멈!"

말이 떨어지자마자 가리개가 갑자기 들춰졌다. 가리개 앞에는 조 할멈이 서 있었다. 특별히 단장한 듯, 머리카락을 가지런히 빗어 올리고 적잖은 머리 장식을 꽂은 그녀는 얼굴빛이 훤했고 기운이 넘쳤다.

한 손으로 가리개를 올리고 다른 한 손은 예의 바르게 배 위에 둔 채, 여윈 몸으로 꼿꼿하게 선 모습이 딱 판에 박힌 황궁의 늙은 우두머리 궁녀 같았다. 그러나 얼굴에는 미륵불 같은 미소를 짓고 있어 실눈이 되었다.

"주인님, 부르셨습니까!"

말을 마친 후 조 할멈은 더는 예의를 차리고 있을 수 없었다. 그녀는 두 손으로 입을 막고는 소리 내 웃기 시작했다. 입이 다물어지지 않았다.

전날 전하의 명령을 받자마자 그녀는 비밀 시위 한 명과 밤낮으로 길을 달려왔다. 늙은 암탉 열 마리를 가져오느라 길에

서 몇 번이나 지체하지만 않았어도, 동이 틀 무렵이 아니라 어제저녁에 도착할 수 있었다.

한운석은 몇 번이나 입술을 떨다가 겨우 말을 꺼냈다.

"조 할멈, 오랜만이네……."

조 할멈은 밖을 살핀 후 얼른 들어와서 한운석의 귓가에 대고 작게 속삭였다.

"주인님, 전하의 비밀 시위가 다 말해 주었습니다. 안심하세요. 소인은 앞으로 누구 앞에서나 공주라고 부를 겁니다. 소인은 동진 사람도, 서진 사람도 아닙니다. 소인은 주인님과 전하의 사람입니다……."

그녀는 말하면서 참지 못하고 깔깔거리며 웃다가 간신히 멈추고는 말을 이었다.

"앞으로는 작은 주인님의 사람이기도 합니다."

"작은 주인?"

한운석은 이해가 되지 않았다.

조 할멈은 또 웃었다. 아주 천지에 기쁨이 가득한 웃음이었다.

"헤헤, 전하가 소인에게 아주 확실히 당부하셨지요."

"뭐라고 당부하던가?"

한운석은 갑자기 두려워졌다.

"전하께서 요 며칠, 그리고 앞으로 반드시 공주의 몸을 잘 보양하고, 조금이라도 불편하게 해 드려서는 안 된다고 하셨습니다!"

조 할멈이 사실대로 대답했다.

한운석은 '요 며칠'과 '앞으로'라는 말을 듣는 순간 벽에 머리를 박을 뻔했다. 용비야는 무슨 뜻으로 그런 거야?

조 할멈은 노련하고 영리한 사람이었고, 궁에서 궁인으로 지낸 사람이었다. 용비야가 넌지시 한마디만 건네도 아주 잘 이해했고, 심지어 용비야가 뜻하지 않은 부분조차 무한히 확장할 수 있었다. 조 할멈은 돗짚자리의 가장자리에 앉아서 의미심장하게 말했다.

"전하께서 이렇게 급히 소인을 찾은 것을 보니, 요 며칠 주인님을 아주 피곤하게 만드신 게지요? 보세요, 안색이 창백합니다. 소인이 말씀드렸잖습니까. 전하는 한창 젊은 때라 정력이 왕성하시다고요. 그 나이면 보통 진작 많은 처첩을 두는데, 전하는 마마 한 분뿐이니, 마마를 괴롭히지 않으면 누구를 괴롭히겠습니까? 보세요. 늙은이 말을 듣지 않으니 손해를 보지요? 소인 생각이 맞다면, 요 며칠 전하가 분명 밤마다 괴롭혔을 겁니다."

조 할멈은 말하면서 슬그머니 웃고는 눈으로 한운석의 몸을 살펴보기 시작했다. 살피면서도 말은 이어졌다.

"소인이 다시 말씀드립니다만 전하는 지금 늑대와 호랑이처럼 덤빌 나이입니다. 알아 두셔야 해요……."

"그만!"

한운석이 다급하게 외쳤다. 안색이 정말 하얗게 질렸다.

조 할멈은 숫처녀인 백리명향과 달리 약삭빠른 나이 든 궁인이었다. 궁중 규방에서 일어나는 낯 뜨거운 일들은 모두 이 늙은 궁인들이 가르쳐 주는 것들이었다. 용비야가 모르는 일도 그녀는 알았다!

용비야가 조 할멈을 불러온 게 정말 단지 그녀에게 닭곰탕을 끓여 몸보신을 시켜 주려는 것일까? 그 남자를 믿느니 한씨 성을 갈고 말지!

"소인 말이 끝나지 않았습니다. 제 말은……."

"무슨 뜻인지 알았으니 더 말할 필요 없네. 국을 가져오게, 내 다 마시겠네."

"다 드시는 건 당연합니다! 하지만 이제는 전과 다릅니다. 소인, 공주께 꼭 드릴 말씀이 있습니다."

조 할멈의 표정이 진지함을 넘어 엄숙하기까지 했다.

"어찌 이제는 전과 다르다는 건가. 내가 마시면……."

한운석은 말을 다 하기도 전에 바로 후회했다. 그녀가 멈칫하자 조 할멈이 바로 이어받았다.

"이제는 당연히 전과 다르지요! 예전에는 공주께서 혼절하신 경우라야 전하께서 공주 몸을 보양시키라고 분부하셨습니다. 하지만 이제 공주……."

"국은? 배고프네. 어서 가져오게."

한운석이 억지로 말을 끊었다.

조 할멈은 얼른 끓여 둔 닭곰탕을 들고 왔다.

"오늘은 동이 틀 무렵에야 도착해서 시간이 부족하다 보니 그냥 닭만 넣고 국을 끓였습니다. 소인이 약재를 많이 가져왔고, 또 닭이 아홉 마리나 더 있으니 내일부터……."

"백리원륭에게 들키면 어쩌려고?"

한운석은 정말 얼굴이 새하얘졌다.

조 할멈은 아주 비밀스럽게 웃었다.

"소인이 궁에서 그렇게 오랜 세월을 보내면서도 실수한 적이 없는데, 군에서 그럴 리가요? 걱정 마십시오. 제게 다 방법이 있습니다."

"무슨 방법?"

한운석은 안심이 되지 않았다.

"소인은 명향 낭자의 시중을 들러 온 걸요? 명향 낭자가 전하 곁에서 큰 역할을 하고 있지 않습니까. 소인이 낭자의 시중을 들러 왔으니 백리 대장군은 당연히 기뻐하겠지요!"

조 할멈이 웃으며 말했고, 한운석은 이해했다.

"공주……."

"우선 국부터 마시면 안 되겠나?"

"그럼요, 그럼요. 방해하지 않을 테니 천천히 드십시오."

방해하지 않겠다고 했지만 물러가겠다는 뜻은 아니었다. 조 할멈은 옆에 무릎을 꿇고 앉아 지키고 있었다. 한운석은 아주 천천히 마셨지만 아무리 큰 그릇에 담긴 국이라도 바닥을 보이기 마련이었다.

그녀가 그릇을 내려놓자 조 할멈은 품 안에서 새까만 표지의 책 두 권을 꺼내 웃으며 건네주었다.

"이게 뭔가?"

한운석은 영문을 몰라 그냥 펼쳐 봤다가 완전히 뒤집어졌다.

이 책은 다름 아닌 궁에서 황자들을 깨우쳐 주는 서적으로, 춘화 같은 것이었다.

한운석의 붉어진 얼굴을 보고 조 할멈이 목소리를 낮추고 말했다.

"전하께서 공주를 총애하시지만 공주께서도 전하를 즐겁게 해 드릴 줄 알아야지요! 앞으로 전하는 일국의 군주가 되실 텐데, 비빈들을 들여 황족 자손을 번성케 하는 일을 빼놓을 수 없습니다. 배워 두지 않으시면 앞으로 더 젊고 아름다운 여자들 사이에서 살아남기 어렵습니다. 소인이 귀에 거슬리는 말을 하는 것을 용서하십시오. 남자란 모두 욕심이 많답니다."

조 할멈을 바라보던 한운석은 문득, 조 할멈이 궁중에서 온갖 풍파를 겪은 노인답게 모든 것을 꿰뚫어 보고 있음을 깨달았다.

조 할멈 말처럼 남자는 모두 욕심이 많았다. 게다가 용비야는 황족의 유일한 자손으로서 반드시 황족 자손을 번성케 할 책임이 있었다. 아무리 총애받는 여자라고 해도 참고 견뎌야 했다.

그러나 그녀는 이런 이치를 용납할 수 없었다! 한운석은 용비야가 앞으로 어떻게 할지 두고 볼 생각이었다!

"아시겠지요."

조 할멈은 한운석 손에 있는 두 권의 책을 가리켰다.

"알았네, 알았어. 고맙네, 할멈."

한운석은 대충 얼버무리며 책들을 대충 베개 밑에 집어넣었다.

"조 할멈, 약귀당은 어떤가. 일이와 일곱째 소실댁은 잘 지내는가?"

한운석이 물었다.

"약귀당은 다 평안합니다. 한씨 집안 쪽은 소인이 한동안 만나지 못했습니다. 공주께서 계시지 않으니 일곱째 소실댁도 잘 오지 않았습니다."

조 할멈이 대답했다.

한운석은 고개를 끄덕였다.

"할멈, 먼저 나가 있게. 나는 옷을 갈아입고 서동림과 밖을 좀 구경하겠네."

자유롭게 다닐 수 있는 범위는 한정되어 있지만, 한운석은 그래도 나가서 신선한 공기를 마시려 했다. 물론 이 틈에 조 할멈을 떼어 놓을 생각이었다. 그렇지 않으면 조 할멈은 그녀와 용비야 사이에 일어난 일까지 자세히 물어볼지도 몰랐다.

생각만 해도 무시무시했다!

한운석은 서동림과 천천히 병영 안을 산책했다. 한운석은 병영이 세 구역으로 나누어지는 것을 발견했다. 이들이 있는 곳은 중심 구역으로, 본부 막사와 군량, 마초가 모두 이곳에 있었다. 한 곳은 병사들이 머무는 야영지였고, 다른 한 곳은 훈련장이었다. 앞으로 더 가면 멀지 않은 곳에 전장이 있었다.

그녀와 서동림이 용비야의 본부 막사에 가까이 가자 인어족 병사들이 바로 저지했다. 그녀도 억지 부리지 않고 바로 돌아섰다.

그녀는 왠지 용비야가 그리 빨리 돌아오지 않을 것 같은 예감이 들었다.

과연 그날 밤, 용비야는 사람을 보내 사흘 후에야 돌아올 수 있다고 알려 주었다. 근처 성에서 무공이 뛰어난 북려국 첩자들이 발각되었는데, 북려국 황족이 보냈는지 아니면 풍족이 보낸 자들인지는 아직 밝혀지지 않았다고 했다.

한운석은 마음을 가다듬고 정신을 집중해 독 저장 공간 세 번째 단계를 수련할 뿐이었다. 그러나 마음을 가라앉히는 일이 어디 그리 쉬울까? 그녀는 연이어 이틀 밤 동안 잠을 이루지 못했다.

용비야는 첩자 문제만 처리하는 게 아니라 북려국 풍족 상황도 주시하고 있었다.

성안에 한 비밀 저택에서 방금 첩자 두 명의 심문을 마친 그가 죽이라는 명령을 내리자 비밀 시위가 다가왔다.

"전하, 혁련 모자는 이미 소 귀비 쪽 사람에게 넘겼습니다. 빠르면 열흘 후쯤 북려국 도성에 도착할 것 같습니다."

비밀 시위가 보고했다.

소 귀비는 바로 용비야가 북려국 황제 곁에 놓아둔, 가장 큰 바둑돌이었다.

소 귀비는 밀정으로서 북려국의 모든 중요한 소식을 알아내기도 했고, 베갯머리송사를 통해 북려국 황제의 결정에 영향을 줄 수도 있었다.

"군역사는 어디쯤이냐?"

용비야가 물었다.

"이미 북려국 천하성天河城에 발이 묶였고, 군마 삼만 마리는 다 천하성 서쪽 교외에 남아 있습니다. 대외적으로는 말 전염병을 막기 위해 수의에게 검사를 받아야 한다고 말하고 있습니다."

비밀 시위가 사실대로 대답했다.

용비야의 입가에 냉소가 어렸다. 북려국 황제의 행동이 그가 예상한 것보다 더 빨랐다. 영승이 충동질한 것으로 보였다.

용비야는 전혀 조급해하지 않았다. 소 귀비 쪽이 움직이기만 하면 북려국 황제는 절대 군역사를 용서하지 않을 것이었다. 그때 가면 군역사 배후의 그 늙은 여우가 모습을 드러낼 수밖에 없었다.

물론 늙은 여우가 그 전에 모습을 드러낼 가능성도 컸다. 이미 백리명향이라는 미끼를 노리는 자가 있기 때문이었다.

이번에 성안에 있던 첩자들이 바로 백리명향을 노리고 온 자들이었다.

그가 양측에서 움직이고 있으니 늙은 여우가 산에서 안 나올 리 없었다.

"영승 쪽 상황은 어떠하냐?"

용비야가 또 물었다.

"어떤 소식도 알아내지 못했습니다. 그런데 공주께서 고칠소에게 서신을 보내셨습니다."

비밀 시위가 사실대로 보고했다.

고칠소와 목령아가 천녕국 도성에서 백옥교를 심문하고 있다는 이야기는 그도 한운석에게 이미 들었다.

용비야는 늘 고칠소를 사고뭉치로 여기며 상대해 주지 않았다. 그들이 백옥교에게서 어떻게 된 일인지 알아낼 수 있다면 그리 오래 기다릴 필요가 없었다.

용비야는 잠깐 생각에 잠겼다가 담담하게 말했다.

"지필묵을 대령해라."

그는 직접 고북월에게 서신을 썼다. 초천은 쪽에 전달했다가 다시 초천은을 통해 고북월에게 연락할 생각이었다.

고북월도 진상을 알 권리가 있었다. 고북월이 어떤 결정을 하든 그는 강요할 수 없었다. 어쨌든 처음 고북월이 그와 협력하기로 결정한 것도 다 한운석의 신분을 숨기기 위해서였다. 그리고 지금은 모든 것이 변했다.

서신을 보낸 후 용비야가 무심코 물었다.

"백리원륭은?"

"장군은 서쪽에서 직접 그 무기들을 배당하고 있습니다. 전하께서 가셔서 검토해 주십시오."

비밀 시위가 대답했다.

휴전은 더 큰 전투를 위한 준비였다. 당문이 비밀리에 보낸 신형 무기들이 성에 도착하자 백리원륭이 직접 나서서 전체적인 배분 작업을 했다. 그가 처리를 끝내고 용비야가 확인하고 나면, 비밀리에 각 군대로 무기들을 배급할 수 있었다.

이 일이 끝나면 이들은 돌아갈 수 있었다. 빠르면 저녁, 늦어도 밤이면 가능했다.

"본 태자가 좀 늦는다고 전해라."

용비야는 말을 마친 후 가면을 쓰고 밖으로 나섰다. 비밀 시위는 이해가 되지 않았다. 전하는 번화가로 가고 있었다. 설마 전하가 무슨 물건을 사려는 것일까?

그런데 전하가 언제부터 직접 물건을 사셨지?

그의 고통과 지독함

인기척도 없는 고요하고 깊은 밤.

동진과 서진이 전쟁을 멈추면서 서진 병영은 더 이상 전처럼 휘황찬란하게 불을 밝히지 않았고 아주 고요했다.

본부 막사는 아주 어두컴컴했다. 오직 창문을 통해 들어오는 달빛만 책상 위 작은 공간을 밝혔다. 영승은 책상 옆에 벽을 등지고 앉아 있었다.

정수리를 비추는 달빛은 그의 얼굴까지 닿지 않아 전체적인 형체만 드러날 뿐이었다. 고독하고 적막한 그 모습에서는 쓸쓸함만 가득 느껴졌다.

그의 몸에서 풍기는 이 쓸쓸함이 어두운 막사 전체를 뒤덮어 초가을 밤이 유독 처량하게 느껴졌다. 한 달 후면 온 가족이 함께 모이는 명절인 중추절이었다.

영승이 갑자기 고개를 뒤로 젖히자 의자 등받이가 책상에 부딪혀 걸렸다. 몸을 비스듬히 하고 누워 고개를 드니 잘생기고 차가운 얼굴 위로 고결한 달빛이 가득 퍼부어졌다.

그는 버려진 아이처럼 쓸쓸했다. 부드러운 달빛마저 그를 쿡쿡 쑤시며 고통스럽게 했다.

그는 눈을 감고 추억에 빠져 있었다. 그 추억 속에는 오직 한 사람, 한운석뿐이었다.

그때 그녀는 아직 서진의 공주가 아닌 진왕비였고, 한운석이었다.

그녀의 아름다운 얼굴은 노여움이 극에 달해 있었고, 차가운 눈동자는 분노의 불길로 이글거렸다. 그녀는 정자 밖에서 성큼성큼 걸어왔다. 서슬 퍼렇게 그의 앞까지 걸어온 그녀는 탁자 위에 있는 술을 그의 얼굴에 끼얹었다.

그녀가 말했다.

'영승, 그 술로 뻔뻔하기 그지없는 얼굴이나 씻으시지! 칠호주조로 속임수를 쓴 걸 누가 모를 줄 알고!'

그 장면이 끊임없이 반복되고 또 반복되었다. 그녀의 목소리까지 반복되었다.

그 여자는 왜소한 체구로 190센티에 가까운 장정인 그 앞에서도 전혀 두려워하지 않았고, 그보다 훨씬 강력한 기세를 뿜어냈었다.

첫눈에 반한다는 것은 처음 보자마자 사랑에 빠진다는 뜻이 아니었다. 행동 하나, 말 한마디, 심지어 웃는 얼굴과 화난 표정까지 영원히 잊지 못하고 마음 깊이 새기는 것이었다.

한운석은 자신이 화내는 모습이 영승이 보기에는 그토록 아름답다는 것을 영원히 알 수 없을 것이었다.

그때 이후 영승이 귀신에게 홀린 듯 머릿속으로 자꾸만 한운석의 그 화난 얼굴을 떠올렸다는 사실을 아는 사람은 없었다. 이름 모를 무언가가 그의 마음속을 헤집어 놓았다. 그는 그 여자를 잡고 싶었지만, 잡을 수 있는 것은 오로지 그녀의 금침뿐이었다.

그 장면이 계속 반복되자 달빛 아래 처량하고 쓸쓸했던 영승의 얼굴에 천천히 웃음이 번졌다. 마음 아플 정도로 순수하기 그지없는 웃음이었다.

그는 서진의 공주보다 한운석을, 그 누구도 아닌 한운석 자체를 더 사랑했다.

사랑은 복종이요, 충성이었다.

그러나 지금 그는 이런 생각이 들었다. 만약, 만약 그가 적족의 후예나 족장이 아니었다면, 그녀의 종이 아니었다면, 그는 모든 것을 버리고 자기 자신으로 살 수 있었을까? 자신이 사랑하는 여자를 위해 싸우고, 뺏으며, 미칠 수 있었을까?

갑자기 들려오는 목소리에 영승의 생각이 끊어졌다. 늘 경계를 늦추지 않는 그였는데, 누가 들어온 줄도 몰랐다.

"주인님, 이제야 소신이 들어온 것을 알아채셨습니까?"

비밀 시위가 꽤 진지한 말투로 말했다.

이 비밀 시위는 다른 비밀 시위와 달랐다. 마흔 살이 넘은 이 사람은 과거 영승의 아버지가 가까이 부리던 시종이었는데, 영승의 아버지가 죽은 후에는 지금까지 영승을 모시고 있었다.

그는 영승의 무예 입문 사부이자, 영승이 자라 온 모습을 지켜본 사람이었다.

비록 영승의 수행 시위이긴 하나 영씨 집안 군대와 운공상인협회의 여러 업무에 개입할 수 있는 권한을 갖고 있었다. 다들 그를 정程 숙부라고 불렀다.

"주인님, 공주께서 고칠소에게 보내는 서신입니다. 하마터면 고칠소 손에 들어갈 뻔했으나 다행히 제때 막았습니다."

정 숙부의 두 손에 서신 한 통이 올려져 있었다.

한운석이 용비야와 함께 떠난 후, 영승은 한운석이 전에 그에게 말한 모든 것이 거짓이었음을 깨달았다. 그가 가장 먼저 떠올린 사람은 당연히 고칠소와 목령아였다.

당시 그는 고칠소를 이용해 연극을 벌여 백언청의 신뢰를 얻었다. 그런데 고칠소와 한운석도 연극을 해서 그를 속였을 줄은 몰랐다.

한운석이 용비야와 함께 가 버리자 그는 영안에게 사람을 붙여 몰래 주변을 지키라고 분부했고, 한운석과 고칠소의 비밀 서신 왕래를 잡아냈다.

영승은 서신을 열어 보고는 바로 냉소를 지었다. 차가운 웃음 속에는 끝없는 고통과 지독함이 숨겨져 있었다.

한운석과 용비야는 모든 진상을 고칠소에게 말해 주었다.

고칠소가 이 서신을 보았다면 지금의 그와 마찬가지로 이렇게 아프고 고통스러울까?

한운석, 네 마음이 잔인한 것이냐, 아니면 용비야가 정말 그리도 좋은 것이냐? 다른 사람은 네 눈에, 네 마음에 들어갈 수 없느냐?

"주인님, 공주와 고칠소가 사적으로 서신을 주고받고 있었는데 고칠소가 서신을 받지 못하면 의심할 겁니다."

정 숙부의 말은 고칠소가 결코 쉬운 상대가 아니라는 뜻이었다.

"영안에게 우선 목령아를 떼어 놓으라고 하게. 나머지는 내게 방법이 있네."

영승이 차갑게 말했다. 그는 적어도 인질을 잡고 있어야 했고, 지금 상황에서는 목령아일 수밖에 없었다.

용비야는 그 여자를 신경 쓰지 않을 것이고, 고칠소도 진심으로 신경 쓰지 않을 수 있었다. 그러나 한운석은 이 사촌 동생을 신경 쓸 게 분명했다!

고칠소는 확실히 쉬운 상대가 아니었다. 그의 손에서 백옥교를 되찾기 위해서는 애를 써야 했다.

"군역사 쪽은 어떠한가?"

영승이 또 물었다.

"삼만 군마가 모두 천하성 서쪽 교외 지역에 묶여 있습니다. 얼마 전 북려국 총상회 회장과 이사들이 북려국 황제의 잔치에 초대받았습니다. 우리 쪽 사람도 말을 붙여 보았지만, 이 일은 아마 동진 쪽에서도 적잖이 힘을 쓸 것으로 보입니다."

정 숙부는 주인이 별다른 반응을 보이지 않자 또 보고했다.

"이미 천하성에 사람을 보냈습니다. 다만 군역사 곁에는 모두 백독문 사람이라 독술이 뛰어나서 접근하기가 쉽지 않습니다. 백언청이 그곳에 있다 해도 속수무책입니다."

정 숙부의 말은 해독 고수인 한운석의 도움을 받으면 모든 게 훨씬 수월하다는 뜻이었다.

영승이 어찌 알아듣지 못하겠는가?

영승이 말이 없자 정 숙부가 또 말했다.

"소신이 듣기로 공주는 요 몇 년간 독 시위를 길러 냈다고 합니다. 용비야의 비밀 시위 중에 골라서 직접 독술을 전수했는데, 그 수는 많지 않으나 모두 독술이 아주 뛰어나다고 합니다. 또 용비야가 여아성을 공주에게 준 후, 공주의 독 시위가 여아성에 주둔하며 독술을 전수하고 있다고 들었습니다. 주인님, 공주는 용병제로 여아성을 관할하고 있는데, 일단 그 여자 살수들이 독술을 익히면 그 결과는 생각만 해도 끔찍합니다!"

"후후, 공주에게 이런 능력도 있는 줄 몰랐군."

영승이 냉소를 지었다.

"용비야의 도움까지 받으면 공주는 못 할 일이 없습니다. 주인님, 우리가 공주를 이용할 수 없다면……."

정 숙부의 말이 끝나지도 않았는데 영승이 갑자기 탁 소리를 내며 탁자를 쳤다.

"우리가 공주를 이용할 일은 영원히 없네. 왜냐하면 공주가 우리를 이용해야 하기 때문이지! 정 숙부, 아버지 얼굴을 생각해서 본 족장이 이번 한 번은 용서하겠네. 만약 다음에 또 이러면…… 아버지 시중을 들러 가게 될 걸세!"

정 숙부는 제 뺨을 때리며 말했다.

"소신이 잘못했습니다."

"아직 고북월 행방에 대한 소식은 없는가?"

영승이 큰 한숨을 내쉬었다. 그는 동료가 너무나 필요했다.

"아직 찾고 있습니다. 다만 좀…… 불길합니다."

정 숙부는 사실대로 대답한 후, 한마디 덧붙였다.

"참, 어제 영안이 당리의 밀서를 받았습니다. 영정이 무사히 풀려나 당문에 도착했다고 합니다. 주인님, 당문의 암기를 무기로 삼을 수 있다면 우리에게 승산이 있습니다!"

"영정에게 1년의 기한이 다가온다고 전하게. 일을 제대로 처리하지 못하면, 영원히 돌아오지 말라고 하게!"

영승이 차갑게 말했다!

그날 밤, 영승은 밤새 의자에 앉아 있다가 다음 날 천녕국 도성으로 의연하게 떠났다.

고칠소와 목령아는 이미 천녕국 도성에서 수일 동안 백옥교를 심문하고 있었다.

백옥교 이 여자의 입은 정말 무거웠다.

고칠소가 무시무시한 고문을 가해도, 그녀는 시종일관 말이 없었다.

목령아는 피를 뚝뚝 흘리는 백옥교를 보며 가슴이 아팠다. 정말 이런 고생을 하기에는 백옥교는 그녀보다도 더 어렸다.

고칠소는 붉게 달군 인두를 들고 재미있다는 듯이 갖고 놀았다. 가늘고 긴 두 눈을 살짝 좁히며 웃자, 마치 여우처럼 사악하고 교활해 보였다.

"백옥교, 너는 우리 독누이보다 예쁘지는 않지만, 그래도 이 얼굴이 망가지면 앞으로 아무도 널 원하지 않을 거다."

전반적으로 고칠소는 요즘 기분이 나쁘지 않았다. 고북월을 구하고 나서 의성, 약성과 손을 잡고 영승과 함께 독누이를 도와 천하를 놓고 싸울 생각을 하니, 그의 기분은 더 좋아졌다.

약성, 의성과 힘을 합하는 일은 차치하고, 독누이가 가진 미접몽과 그가 알고 있는 만독지화의 행방으로도 용비야는 영원히 돌이킬 수 없었다!

미접몽을 얻는 자는 천하를 얻었다. 그는 고북월을 구한 뒤 바로 만독지화를 찾으러 갈 것이었다.

얼마 후면 변할 줄 모르던 용비야의 차가운 얼굴이 일그러질 것을 생각하니, 온몸에 힘이 솟았다.

새빨갛게 달군 인두가 점점 백옥교의 얼굴에 다가갔다. 백옥교는 얼굴로 열기가 다가옴을 느낄 수 있었다. 사실 그녀도 이젠 거의 한계였다.

사부가 이토록 모질게 그녀를 버리고 갔으니 배반할 마음이야 진작에 생겼다. 그런데 미적대며 자백하지 않은 것은 사부를 배신하고 싶지 않아서가 아니라, 감히 배신할 수 없는 마음속 두려움 때문이었다.

그녀는 반드시 완벽한 대책을 생각해 내야 했다. 그렇지 않으면 고칠소가 그녀를 풀어 주어도 사부가 그녀를 가만두지 않을 게 분명했다.

그녀가 생각할 수 있는 것은 사형인 군역사뿐이었다.

인두가 그녀의 얼굴에 곧 닿으려는 순간, 백옥교가 비명을 지르려는데 갑자기 목령아가 고칠소의 팔을 잡아당겼다.

"칠 오라버니, 하지 말아요……."

고칠소는 이미 백옥교의 타협하려는 눈빛을 발견했는데, 목령아가 이렇게 막는 바람에 재미가 완전히 사라졌다. 그는 짜증을 내며 목령아의 손을 뿌리쳤다.

"뭐하는 거야? 나가!"

고칠소가 그녀에게 고함을 쳤지만 그녀는 두려워하지도 괴로워하지도 않았다. 이미 익숙해졌다.

"칠 오라버니……."

그녀가 고칠소의 팔을 잡았다. 그런데 고칠소는 홱 뿌리치며 목령아를 바닥에 내동댕이쳤다.

목령아가 넘어져서 정신을 차리지 못하자 고칠소의 눈에 유감스러운 눈빛이 살짝 떠올랐지만 금방 사라졌다. 그가 차갑게 말했다.

"안 나가면 당장 널 약귀당으로 돌려보낼 테다!"

"칠 오라버니, 얼굴을 망가뜨리지 말고, 한 번 더 기회를 줘요……."

목령아의 말이 끝나기도 전에 고칠소의 그 아름다운 얼굴이 어둡게 변했다. 목령아는 어쩔 수 없이 나갈 수밖에 없었다.

그녀가 나가자 백옥교가 갑자기 냉소를 짓기 시작했다.

"고칠소, 천하에 저렇게 멍청한 여자가 있을 줄은 생각도 못했다."

"너만 하겠느냐?"

고칠소의 입가에 아주 업신여기는 듯한 호가 그려졌다.

"백언청이 너를 방패막이 삼았는데도 그를 위해 목숨을 걸어? 칠 오라버니가 한 수 가르쳐 주마. 사람이 자기를 위해 살지 않으면 천벌을 받게 되어 있어!"

"그래, 나는 멍청하다! 하지만 목령아는 더 멍청해. 운공대륙 사람은 누구나 네가 기형아고 괴물이라는 것을 안다. 그런데도 저 여자는 너를 좋아하는구나. 하하, 혹시 저 여자 머리가 어떻게 된 거 아니냐?"

백옥교는 말을 마친 후 하하 소리를 내며 크게 웃기 시작했다.

며칠 동안 그녀는 죽을 만큼 고칠소에게 괴롭힘을 당했다. 자백을 하더라도 그에게 좀 상처를 줘야 직성이 풀릴 듯했다.

안타깝게도 틀린 선택이었다. 고칠소의 마음이 어디 그리 쉽게 다른 사람에게 상처받고 아파하겠는가?

"멍청하고말고. 안타까운 일이야. 이 도련님은 좋아하지 않거든!"

고칠소는 큭큭거리며 웃었다.

문밖에서 계속 가지 않고 있던 목령아는 이 말을 아주 확실히 들었다…….

처음부터 자백할걸

목령아는 문밖에 멍하니 있었다.

왜인지는 모르겠지만, 칠 오라버니가 그녀가 죽는다 해도 영승을 놔주지 않으려 했던 그날 밤에는 그리 괴롭지 않았다.

그런데 이런 말을 엿듣게 되니 그녀는 괴로워 죽을 것 같았다.

아주 어렸을 때 한 할머니가 그렇게 말했었다.

'령아, 사람은 엿들을 때 가장 진심이 담긴 말을 들을 수 있단다.'

목령아는 코를 훌쩍이며 그날 밤처럼 용감하게 있으려 했다. 하지만 끝내 참을 수 없어 얼굴을 가리고 돌아서 뛰어갔다. 그녀의 눈물이 바람을 따라 흩날렸다.

방 안에 있던 고칠소는 그 말을 하자마자 망설임 없이 백옥교의 얼굴에 인두를 갖다 댔다. 백옥교는 예상치 못한 공격에 고통의 비명을 질렀다.

"아……, 아악……!"

이 비명 소리 가운데 고칠소의 말이 섞여 나왔다.

"이 말을 깜박했네. 그 멍청한 계집애는 이 도련님만 괴롭힐 수 있어. 한 번만 더 욕했다간 봐라, 이 도련님이 네 오른쪽 얼굴도 망가뜨려 줄 테다!"

비명을 지르는 백옥교는 절세의 아름다움을 자랑하는 고칠소의 얼굴을 보며 바들바들 떨었다.

외모가 아름다운 여자는 심보가 고약하다던데, 외모가 아름다운 남자는 더 악독했다. 고칠소는 정말 무시무시했다!

백옥교는 처음부터, 첫날부터 자백하지 않은 것을 후회했다!

"말하겠다! 다 말하겠어! 사부는 평소 행방을 알 수 없어서 나와 사형도 어디 있는지 모른다. 항상 사부가 먼저 우리에게 연락했고, 우리에게는 찾을 방법이 없었다."

백옥교가 다급하게 말했다.

그러나 고칠소는 원하는 정보를 얻을 때까지 인두를 내려놓을 생각이 없었다.

"천녕국에 사부의 별원 하나가 있다는 것만 안다. 한운석의 시녀 소소옥이 그곳에 갇혀 있다. 내가 너희를 데려가 줄 수 있다."

백옥교가 말했다.

고칠소가 멈추려 하지 않자, 그녀가 또 다급하게 말했다.

"내가 아는 건 이것뿐이다. 우선 그곳에 가 보고, 무슨 일이 생기면 그때 다시 이야기하자!"

그녀는 말을 마친 후 먼저 얼굴을 들이밀었다.

"못 믿겠으면 내 이쪽 얼굴도 망가뜨려라. 어쨌든 나도 살고 싶지 않다!"

고칠소는 그제야 인두를 내려놓았다. 그리고 이때, 영안이 왔다.

영안이 안으로 들어오려고 하자 고칠소가 그녀를 밀어낸 후,

문을 닫고 낮은 목소리로 말했다.

"한운석은 요즘 어떤 상황이냐?"

한운석의 서신이 올 때가 되었는데. 그는 계속 기다리고 있었다.

"최근 휴전을 하면서 군사 업무가 많다."

영안이 담담하게 말했다.

"휴전?"

고칠소는 아주 의아해했다.

"그래. 며칠 전 공주와 영 족장이 용비야와 협상해서 우선 휴전을 하고 각자 풍족을 상대하기로 했다. 그러니 백옥교는 우리에게 아주 중요하다. 고칠소, 공주가 용비야를 이길 수 있는지 없는지는 다 너에게 달렸다."

영안이 진지하게 말했다.

"벌써 자백했다."

고칠소는 백옥교가 한 말을 영안에게 전달했다. 영안은 속으로 아주 기뻐했다.

"고칠소, 공주를 뵙게 되면 꼭 네 칭찬을 전해 드리겠다!"

고칠소는 코웃음을 쳤다.

"이 도련님에게 네 칭찬이 왜 필요하냐? 역겨우니까 그런 수작은 집어치워. 내일 출발할 테니 준비나 해 둬."

"좋다!"

영안은 가자마자 영승에게 밀서를 보냈다.

고칠소도 몰래 한운석에게 서신을 보내 휴전 상황에 관해 물었다.

한운석이 고칠소의 서신을 받을 수 있을지는 미지수였다.

그리고 이때, 초천은은 용비야의 밀서를 받았으나 고북월에게 연락할 수 없어 괴로워하고 있었다.

전에 연락이 된 것은 고북월이 서신 보낼 때 쓴 매를 이용했기 때문이었다. 초천은은 고북월이 백언청에게 잡혀 있다는 사실만 알지, 어디에 있는지는 몰랐다.

매는 이미 돌아갔는데 그가 어디 가서 찾겠는가? 어쩔 수 없이 밀서를 용비야에게 돌려보낼 수밖에 없었다. 고북월의 상황은 고북월이 다시 먼저 연락할 때만 들을 수 있었다.

모두 백언청을 찾고 있을 때, 군역사도 내내 사부의 행방을 알아보고 있었다.

그는 어렵사리 북려국 태자와 둘째 황자 문제를 해결했고, 순조롭게 군마를 끌고 북려국으로 향하고 있었다. 사부가 이미 북려국 황제를 다 구슬려 놨을 줄 알았는데, 사부는 실종되었고, 북려국 황제는 그를 의심하며 천하성에 남아 있게 했다.

초가을 북방 지역의 초목은 이미 시들기 시작했고, 초원의 풀들은 이미 누렇게 시들어 거대한 초원이 아주 황량했다.

반년 정도를 분주하게 뛰어다녀 피로할 법도 한데, 군역사의 얼굴에는 피곤한 기색이 전혀 없었다.

멋진 기마복 차림에 오만하게 말을 타고 있는 그는 신이 빚어낸 조각처럼 이목구비가 뚜렷하니 준수한 얼굴을 자랑했다.

마편을 손에 쥐고 눈썹 끝에 드리워진 머리카락을 쓸어 넘기자, 눈썹 끝에 박아 넣은 핏빛 장신구가 언뜻언뜻 보여 신비로운 기운을 더했다.

사부 백언청 앞만 아니면 그는 늘 이렇게 오만하고 제멋대로였고, 안하무인으로 굴었다!

십만 마리에 달하는 군마를 손에 넣었으니, 더 의기양양해야 마땅했다. 그러나 지금 그의 눈빛 깊은 곳에는 걱정이 서려 있었다.

사부는 대체 어디 있는 것일까, 무슨 일이 생긴 걸까?

백옥교에게도 연락이 닿지 않아서 백독문으로 사람을 보내 상황을 살필 수밖에 없었다.

북려국 황제는 그를 압박했고, 동진과 서진은 갑자기 휴전을 했다. 이제 막 돌아온 그는 이런 시국의 변화를 읽어 내기 힘들었다.

하지만 그는 조급해하지 않았다.

동진과 서진이 왜 전쟁을 멈췄는지 몰라도, 북려국 황제만 잘 상대해서 북려국의 모든 병권을 손에 넣기만 하면 누구도 두렵지 않았다!

북려국 황제의 제약을 받고 있기는 하나, 그는 언제든 반항할 수 있었다. 왕 작위는 빼겼지만 권세는 아직 남아 있었다.

언제든지 군사를 일으킬 수 있었다. 다만 알맞은 때를, 그리고 사부의 분부를 기다리고 있는 것뿐이었다.

용비야가 동진의 태자였고 한운석이 서진의 공주였다니. 사부는 이 일을 언제 알았을까, 왜 그에게 알려 주지 않았을까?

어째서!

그가 줄곧 맞서지 못했던 남자, 줄곧 손에 넣지 못했던 여자가 그런 신분을 갖고 있었다고?

답답하기는 했으나, 용비야와 한운석이 숙적지간이라는 생각이 들자 군역사는 냉랭하게 큰 소리로 웃기 시작했다. 이보다 더 통쾌한 일이 어디 있을까?

용비야가 군대까지 동원해 어주도를 포위한 것은 한운석의 복수를 위해서였다. 지금쯤 후회막급이겠지? 지금 와서 생각해 보면 정말 우습기 그지없는 일이었다!

군역사는 하루빨리 용비야와 전장에서 만나 한껏 비웃어 주고 싶었다!

그런 생각에 군역사는 더욱 큰 소리로 차갑게 웃기 시작했고, 곁에 있던 시종들은 영문을 몰라 두려워했다.

운공대륙은 동진과 서진의 휴전으로 평온해진 듯했다. 하지만 실제로는 그 안에서 세찬 파도가 몰아치며 광풍과 폭우가 천천히 형성되고 있었고, 각 세력이 저마다 준비를 하고 있었다.

영승 외에는 누구도 숙적인 용비야와 한운석 사이에 원한은 온데간데없이 사라졌고 도리어 전보다 더 다정한 사이가 되었다는 것을 알아차리지 못했다.

용비야가 백리원륭을 찾아갔을 때 그의 두 손은 텅 비어 있었다. 물건을 사기는 한 건지, 샀다면 대체 뭘 샀는지는 비밀 시위도 알지 못했다.

좀 전에 그가 모든 비밀 시위를 쫓아 보냈기 때문이었다.

백리원릉은 그를 두 시진이나 기다렸다.

"전하, 중요한 일로 늦으신 겁니까?"

용비야는 그 말을 들은 건지 못 들은 건지, 대답이 없었다. 백리원릉은 감히 경솔하게 나설 수 없었다. 어쨌든 전하가 그에게 행적을 보고할 필요는 없었다.

그는 공손하게 용비야를 상석에 모시고 상주문을 올렸다.

"전하, 모든 안배가 끝났습니다. 확인해 주십시오."

용비야는 슬쩍 본 후 몇 군데를 지목하며 백리원릉에게 고치라고 명했다. 얼마 지나지 않아 두 사람은 모든 일을 다 처리했다.

어느새 깊은 밤이 되었다.

"전하, 며칠 동안 피곤하셨을 텐데, 하룻밤 묵고 돌아가시지요?"

백리원릉이 물었다. 용비야가 늦게 오지 않았으면 진작 돌아갈 수 있었을 것이다.

"그럴 필요 없다. 말을 준비해라."

용비야가 일어났다.

그의 계획에 차질이 생겼다. 물건을 사는 데 이렇게 오래 걸릴 줄 몰랐다. 지금 출발하면 빨라도 내일 오전에야 도착할 수 있었다.

한운석 그 여자는 뭘 하고 있을까? 자고 있을까? 누추한 병영에서 지내는 며칠 동안 잠은 잘 잤을까?

용비야는 뭔가 생각난 듯, 차가운 입가에 소리 없이 사악한 미소를 지었다. 아주 매혹적이고 육감적이었다.

백리원륭은 사람을 시켜 마차를 준비했다. 하지만 용비야가 말을 타고 가겠다고 하는 바람에 백리원륭도 어쩔 수 없이 함께 말을 타고 밤새 달려서 병영으로 돌아갔다.

야심한 시각이었지만 한운석은 이미 잠에서 깼다.

이틀 전 밤새도록 잠을 이루지 못했더니, 낮에는 오히려 몽롱하니 쉽게 잠이 들었다. 그래서 몸의 시계가 거꾸로 돌기 시작했다. 어젯밤에도 삼경에 깨더니, 오늘 밤도 마찬가지였다.

병영은 다른 곳과 달랐다. 다른 곳이었다면 서동림을 불러 돌아다닐 수도 있었다. 하지만 병영 1리 안은 이미 다 돌아보았고 막사를 나가도 병사들뿐이었다. 그녀가 그리워하는 사람은 아직 돌아오지 않았다!

몸을 이리저리 뒤척이다가 한운석은 갑자기 뭔가가 떠올랐다.

그녀는 베개 아래로 손을 뻗어 검은색 표지의 책 두 권을 꺼냈다. 잠시 망설였지만 결국에는 책을 펼쳤다. 주변에 누가 있었다면 절대 볼 수 없었을 것이다. 그러나 혼자 있을 때는 아무래도 호기심과 유혹을 이겨 내기 힘들었다.

볼수록 귀뿌리가 더 벌게졌지만, 그래도 한 장씩 넘겨 보았다. 놀랐다가 질겁했다가, 슬그머니 웃었다가 민망해했다. 대체 뭘 본 것인지는 그녀만이 알았다.

궁에서 나온 물건답게, 정말 너무 야했다!

한운석이 두 번째 책을 펼치려는 순간, 갑자기 막사 밖에서 바스락거리는 소리가 들렸다.

이렇게 늦은 시간에 인기척이라니, 설마 용비야가 돌아온 걸까?

한운석은 바로 당황했고 얼굴은 순식간에 새빨개졌다. 그녀는 용비야가 들어와 보게 될까 두려워 다급하게 책 두 권을 베개 아래 밀어 넣었다.

그러나 그녀가 아무리 기다려도 밖에서 소리만 점점 커질 뿐 사람은 들어오지 않았다.

그녀는 갑자기 자조적인 웃음이 나왔다. 용비야가 며칠 떠나 있다가 돌아왔다고 한들, 먼저 본부 막사부터 가야 했다. 어찌 진왕부에 돌아오면 바로 그녀가 있는 운한각에 달려오던 그때 같을 수 있을까.

자신이 못된 짓을 하고 있다 보니 제 발이 저렸던 것이었다.

한운석은 얼른 옷차림을 정돈했다. 용비야가 바로 그녀를 만나러 오진 못해도 그녀가 나가서 만날 수는 있었다.

그런데 나가자마자 그녀는 낙담하고 말았다.

용비야는 오지 않았다. 본부 막사 쪽에서는 모닥불 야외 연회를 하려는 듯 병사들이 장소를 준비하고 있었다.

"여기서 무슨 일이 있느냐?"

한운석이 무심코 인어족 병사에게 물었다.

인어족 병사는 그녀를 흘끗 본 후에 차갑게 말했다.

"너는 알 권리가 없다!"

"서동림!"

한운석이 바로 소리쳤다.

보이지 않는 곳에 숨어 있던 서동림이 바로 모습을 드러냈다.

"서진 공주, 무슨 일이십니까?"

한운석이 기분 나빠하며 말했다.

"저쪽에서 왜 저러는 것이냐? 당장 멈추라고 해라. 한밤중에 저러면 잠을 자지 말라는 것이냐? 너희 태자 전하는 어디 있느냐? 와서 설명하라고 해라!"

가리개를 사이에 두고

한운석의 기고만장한 모습을 보고, 주변 인어족 병사들은 화가 치밀어 올라 분노를 표출할 뻔했지만 참았다.

서동림은 눈동자에 남모를 웃음기를 번뜩이며 얼른 해명했다.

“공주마마, 우리 전하는 내일에나 만날 수 있습니다. 저쪽은, 흐흐, 내일 저녁에 모닥불 야외 연회가 있는데 시간이 촉박하다 보니 서둘러 준비해야 해서 그렇습니다.”

한운석이 방금 그렇게 말한 것은 어떻게든 용비야 소식을 듣고자 함이었다. 용비야가 내일이면 도착한다는 소리에 그녀는 속으로 크게 기뻐했다.

“모닥불 야외 연회는 왜 하는 것이냐. 누가 오기라도 하느냐?”

그녀가 기억하기로 군에서의 모닥불 야외 연회는 아주 성대한 행사였다. 분명 행사를 하는 이유가 있었다.

“공주, 내일은 칠월 칠석입니다.”

서동림이 말했다.

한운석은 그제야 깨달았다. 내일이 칠석이었구나!

현대에서는 칠석을 밸런타인데이처럼 기념했는데, 사실 고대에서도 그런 의미가 있었다. 이날이 되면 여자들은 손재주가 좋아지게 해 달라고 빌 뿐 아니라 돈도 많이 벌고 하루빨리 좋은 짝을 만나 아들을 낳게 해 달라고 기도했다.

이 명절은 여자의 명절이라고 할 수 있었다. 그런데 병영에서 왜 이런 명절을 지내는지 한운석은 이해할 수 없었다.

"다 남자들뿐인데 칠월 칠석을 지낸다고?"

그녀는 무시하듯 물었다.

"설마 너희 태자 전하가 이 명절을 좋아하는 것이냐?"

주변 인어족 병사들은 또 잔뜩 화가 난 얼굴로 그녀를 쳐다봤다.

이 여자는 가만히 있다가 왜 또 태자 전하를 비웃는 걸까. 태자 전하가 언제 자기를 건드리기라도 했나? 태자 전하는 그녀를 가두지 않은 것만도 이미 성의를 다했는데!

그런데 서동림은 몰래 웃고 있었다.

예전에는 전하가 며칠 떠나 있는다고 해도 공주는 기껏 한마디 정도 물어봤을 뿐이었다. 심지어 너무 분주하게 지내다가 전하가 나갔다가 돌아온 줄도 모를 때가 많았다. 그런데 지금은 겨우 며칠 지났을 뿐인데, 말끝마다 전하 이야기였다.

서동림은 너무 오래 떨어져 있다 보니 그리움이 극에 달한 것이라고 생각했다. 오랜 헤어짐이 신혼보다 낫구나!

"공주, 백리 군대에는 전통이 있습니다. 칠석이 되면 병사들의 처자식이 선물을 보낼 수 있고, 일부 병사에게는 가족 방문도 허락됩니다. 행군과 전투가 겹쳐 만날 수 없는 경우, 백리 장군이 연회를 열어 다 같이 이 명절을 지냅니다. 올해는 전하가 군중에 계시니 군사들과 함께 명절을 지내시는 겁니다. 병사 야영지 쪽은 이미 장소가 다 마련되어, 이제 우리 본부 쪽에 장소를 마련하는 거지요. 내일 밤 전하는 병사 야영지에서 술을 몇 잔 드신 후에 이쪽으로 오실 겁니다."

서동림은 여기까지 말한 후 특별히 덧붙여 말했다.

"그러니 오늘 밤 반드시 장소를 마련해 놔야 합니다. 공주마마께서 양해해 주십시오."

"그래?"

한운석은 고개를 끄덕이며 재미있다는 듯 말했다.

"알았다. 너희 전하에게 전해라. 오늘 밤 본 공주의 잠을 방해했으니, 내일 저녁에 술을 올려 사죄하라고!"

"허튼소리!"

인어족 병사는 도저히 참을 수 없었다.

서동림은 바로 그를 향해 괜한 소란으로 일을 번거롭게 만들지 말라는 눈짓을 보냈다.

서동림은 전하가 가장 아끼는 사람이었다. 이 막사에서 백리원륭을 제외한 거의 모든 사람이 그의 체면을 세워 줘야 했기에, 인어족 병사는 그의 뜻을 거역할 수 없었다. 그들은 아예 고개를 돌리고 보지 않기로 했다.

"공주마마, 안심하십시오. 소신이 반드시 공주의 말을 전하겠습니다. 돌아가시지요."

서동림은 말하면서 한운석에게 눈을 깜빡였다. 한운석은 아주 만족스러워하며 돌아갔다.

서동림과 이런 연극을 벌였으니 용비야가 그녀를 야외 연회에 초대할 이유는 충분했고, 백리원륭도 막기 어려웠다. 어쨌든 본부 막사 쪽에도 장소가 생겼으니 밖에 얼굴을 드러낼 일도 없었다.

용비야가 내일 돌아온다는 사실을 확인하자 한운석은 더 이상 답답하거나 심란하지 않았다. 하지만 잠도 오지 않아서 앉아서 수련하기 시작했다.

독 저장 공간의 세 번째 단계는 전의 두 단계보다 더 많이 신경을 써야 했다. 전에는 수련을 마쳐도 늘 정신이 맑고 기분이 상쾌했다. 그러나 세 번째 단계에서는 한숨 푹 잔 후에야 정신이 들었다.

너무 오래 수련을 하지 않았기 때문일까. 이번에는 정말 너무 피곤했다. 한운석은 날이 밝아올 때쯤 자신도 모르는 사이에 잠이 들었다.

다음 날 오전에 용비야와 백리원륭이 돌아왔다. 두 사람은 밤새도록 달려오느라 아주 피곤했다.

말이 본부 막사 밖에 도착하자 병사들이 바로 달려와 말을 묶었다. 용비야는 말에서 내린 후 한운석의 막사 쪽을 흘끗 보았다. 서동림이 입구에 앉아 있었다.

백리원륭이 말에서 내려와 말했다.

"전하, 어서 가서 쉬십시오. 오늘 밤 칠석 모닥불 야외 연회를 주관하셔야지요. 야영지 쪽에 있는 병사들은 대부분 전하를 처음 뵙는지라 다들 기대하고 있습니다!"

용비야는 '음.'하고 대답한 후 성큼성큼 본부 막사 쪽으로 걸어갔다. 그가 한운석 막사 입구를 지나는데 서동림은 이미 일어나 인사를 올리고 있었다.

아주 급하게 가고 있던 용비야가 한운석 막사 입구에서 걸음을 멈추었다. 서동림이 바로 그에게 다가왔다.

"며칠간 조용히 지내더냐?"

용비야가 차갑게 물었다.

그 말에 백리원릉도 이쪽을 주시했다.

"서진 공주는 요 며칠 밖을 몇 번 돌아다녔고, 대부분은 막사 안에서 시간을 보냈습니다. 소신은 안에 들어갈 수 없어 뭘 하고 있었는지는 모릅니다. 어젯밤에는 병사들이 장작 쌓는 소리에 잠을 깨서, 오늘 밤 야외 연회를 할 때 전하께서 벌주를 올려 사죄하라고 했습니다."

서동림이 보고했다.

백리원릉이 바로 코웃음을 쳤다.

"분수도 모르고 나서다니! 우리 동진 군대의 야외 연회에 그 여자가 있을 자리는 없다!"

서동림은 용비야를 쳐다봤다. 용비야는 한운석을 초대할지 말지 여부는 말하지 않고 차갑게 말했다.

"불러내라."

서동림이 가리개를 사이에 두고 여러 차례 불렀지만 인기척이 없었다.

"어찌 된 일이냐?"

용비야의 눈동자에 초조해하는 눈빛이 스쳤다.

서동림은 물론 어찌된 일인지 알고 있었다. 공주는 요 며칠

낮과 밤이 뒤바뀌어 아침에는 나오지 못했다. 지금 늦잠을 자고 있을 게 분명했다.

그러나 서동림은 굳이 설명하지 않고 다리를 탁 쳤다.

"아이고, 무슨 일이 생긴 것은 아니겠지요. 공주가 날이 밝아도 나오지 않다니요. 전하, 장군, 서진의 공주가 설마…… 도망친 것은 아니겠지요?"

그 말이 떨어지자마자 용비야가 바로 안으로 들어갔다.

"한운석!"

용비야가 놀라 소리쳤다.

깊이 잠들어 있었는데도 한운석은 놀라 잠에서 깼다. 어렴풋이 용비야의 목소리가 들리자 바로 일어나 가리개를 젖혔다.

그녀는 졸음기 가득한 얼굴을 하고 있었고, 허리까지 늘어진 머리카락은 이리저리 뻗쳐 있었다. 대충 여민 잠옷 두루마기 사이로 균형이 잘 잡힌 아름답고 뽀얀 다리와 눈처럼 하얀 목이 모습을 드러냈다. 헐겁게 겹쳐진 옷깃 사이로 깊이 파인 계곡은 봄기운이 완연했다.

용비야는 순간 멍해졌고, 한운석은 그를 보는 순간 정신을 차렸다.

바로 이때 백리원륭도 쫓아 들어왔다.

"전하, 어찌 된……."

백리원륭이 들어온 순간, 용비야가 갑자기 스치듯 앞으로 나서며 한운석을 내실로 밀어냄과 동시에 두꺼운 가리개를 내렸다.

예상치 못한 상황에 한운석은 하마터면 넘어질 뻔했으나 다행히 용비야가 바로 그녀의 손목을 잡았다. 그녀의 몸이 뒤로 젖혀지면서 잠옷 두루마기도 뒤로 늘어뜨려져 옷이 양쪽으로 활짝 열렸다.

옛날 사람의 두두는 아무리 입어도 익숙해지지 않았는데, 너무 얇아서 옷을 여러 겹 입어야 가릴 수 있기 때문이었다. 그 적포도주색 속옷은 그녀가 개인적으로 맞춘 가슴 가리개였다.

하지만 그렇다 한들 그 적포도주색 속옷이 어찌 그녀의 우뚝 솟은 봉우리를 감쌀 수 있을까?

용비야는 그녀와 눈을 마주친 후, 시선이 아래로 향하는 것을 막을 수 없었다. 그녀의 아름다움을 바라볼 때면 그는 엄숙할 정도로 자세히 들여다보았고, 한운석은 그 눈빛을 볼 때면 두려움을 느꼈다. 이 인간은 엄숙해지기 시작할 때 가장 무섭고 패기가 넘쳐서, 그녀에게조차도 의논할 여지를 주지 않았다.

백리원릉이 아직 밖에 있었다. 이성 잃은 용비야의 모습을 경험했던 한운석은 정말 걱정스러웠다. 그녀는 얼른 옷을 잡아당겨 몸을 가리고 작게 말했다.

"용비야!"

이때, 백리원릉은 이미 큰 소리로 묻고 있었다.

"전하, 안에 계십니까? 무슨 일이 생겼습니까? 한운석이 아직 있습니까? 괜찮으십니까?"

용비야는 조금도 동요하지 않고 여전히 그녀를 주시하고 있었다.

한운석이 다급해진 나머지 낮은 소리로 일깨워 주려는데, 용비야가 갑자기 그녀를 잡아끌었다. 그녀가 그에게 가까워진 찰나, 그는 얼굴을 숙여 그녀 몸의 그 깊고 깊은 계곡 속으로 얼굴을 파묻고 세게 한 입 베어 물더니 잠시 멈췄다가 그녀를 놔주고 뒤돌아 나갔다.

한운석은 멍하니 제자리에 서 있었다. 몸과 마음이 뭔가에 희롱당한 듯했다. 말로 표현하기 힘들 정도로 조마조마했고, 텅 빈 듯한 허전함도 느껴졌다.

용비야! 용비야!

그녀는 속으로 미친 듯이 욕을 퍼부었다.

얄미워!

가리개 하나를 사이에 두고 용비야는 밖에서 무표정한 얼굴로 백리원륭에게 말했다.

"자고 있다. 좀 이따가 백리명향에게 시중들 시녀를 붙이라고 해라."

군에는 하녀가 없었고 여자는 극히 드물어서, 백리명향이나 조 할멈을 찾을 수밖에 없었다.

"예! 아무 일 없다니 됐습니다. 전하는 어서 휴식을 취하십시오."

백리원륭이 대답했다.

용비야와 백리원륭이 모두 나갔지만, 한운석의 심장은 여전히 쿵쾅쿵쾅 미친 듯이 뛰었다. 그녀가 서둘러 옷을 차려입고 쫓아 나왔을 때, 용비야는 이미 본부 막사로 돌아간 뒤였다.

"언제 돌아온 것이냐. 왜 날 깨우지 않았어!"

한운석이 낮게 말했다.

서동림이 억울하다는 표정으로 말했다.

"주인님, 전하는 어제 한밤중에 출발하셨습니다. 한 시진이나 일찍 도착하실 줄은 소신도 예상하지 못했습니다!"

"밤새도록 달린 거야?"

한운석은 마음이 아파졌다. 서동림에게 용비야를 만날 방법을 짜내라고 할 생각이었는데, 지금 보니 그를 쉬게 해야 할 것 같았다. 오늘 밤 모닥불 야외 연회는 밤늦게까지 시끄러울 게 분명했다. 체력이 좋은 사람이지만 그렇다고 이렇게 몸을 혹사하게 둘 수 없었다.

"백리원륭은 주인님이 오늘 밤에 함께하실 수 없다고 했고, 전하도 별말씀이 없으셨습니다. 참석하실 수 있을지 모르겠습니다."

서동림이 그녀에게 귀띔했다.

"전하는 지금쯤 목욕 준비를 하고 계실 겁니다. 전하께서 휴식을 취하신 후에 소신이 다시 가서 물어보겠습니다."

한운석은 고개를 끄덕이고 별다른 말은 하지 않았다. 그녀는 어쨌든 밤이 되어야만 용비야와 따로 이야기할 기회가 생긴다고 생각했다.

지난번 마차에서 그녀의 정체에 관해 이야기한 후, 두 사람은 여러 날이 지나도록 따로 이야기를 나눌 기회가 없었다. 용비야가 그 일을 어떻게 생각하는지도 몰랐다.

한운석은 기다릴 뿐이었다.

그런데 얼마 지나지 않아 조 할멈이 비밀 시위들을 데리고 상자 열 개를 가져왔다.

이를 본 인어족 병사들이 바로 주변을 에워쌌다.

"조 할멈, 이것은……?"

조 할멈은 원망하는 표정을 지으며 말했다.

"이 나이 먹도록 이런 여자는 처음 본다! 전하가 좋다 좋다 봐주니까 아주 코를 밟고 얼굴에 오를 셈이야! 욕심이 끝이 없다! 글쎄 전하에게 옷과 장신구 열 상자를 요구하면서, 안 주면 서진 쪽에 보내 달라고 한다지 않겠느냐. 허허, 우리가 안 주기라도 해 봐라, 모르는 사람이 보면 우리 동진이 고작 옷이며 장신구도 못 주는 형편이라고 생각하지 않겠어! 화가 안 나게 생겼느냐?"

며칠 동안 서동림에게 눌려서 화가 나도 말로 표현할 수 없었던 인어족 병사들은 조 할멈이 이렇게 큰 소리로 욕을 해 주니 아주 속이 시원해져서 바로 맞장구를 쳤다.

이 틈에 조 할멈은 괜히 재촉받지 않게 얼른 물건을 넣자고 말하면서, 아주 순조롭게 열 상자를 막사 안으로 옮겼다.

한운석은 이미 조 할멈이 밖에서 연극하는 소리를 들었다. 그녀는 의심 가득한 표정으로 열 상자를 보다가 비밀 시위가 다 물러간 후에야 물었다.

"조 할멈, 어찌 된 일인가? 이게 다 무엇이야?"

무슨 짓을 했을까

상자는 크지 않았지만 작지도 않았다.

상자 열 개가 내실 벽을 따라 쭉 놓였다. 한 줄로는 모자라서 두 줄로 진열할 수밖에 없었다.

조 할멈은 몸을 부들부들 떨어 가며 깔깔 웃었다. 눈썹을 치키고 조 할멈을 쳐다보는 한운석의 마음도 떨려 왔다.

그녀는 참을성을 갖고 다시 말했다.

"조 할멈, 다 웃었으면 말하게. 대체 어찌 된 일인가?"

"헤헤……."

조 할멈은 병영에 온 이후 공주를 만날 때마다 웃느라 입을 다물지 못했다.

"헤헤……, 당연히 전하께서 보내신 겁니다. 무엇인지는 공주께서 열어 보시면 알 수 있지요."

조 할멈이 배꼽 빠지게 웃는 모습을 보면서, 한운석은 조 할멈이 말해 주리란 희망을 버리고 고개를 끄덕였다.

"알겠네."

말을 마친 후 한운석은 움직이지 않고 조 할멈이 나가기를 기다렸다.

그런데 조 할멈도 움직이지 않고 한운석을 향해 웃기만 할 뿐, 나갈 생각이 없었다.

사실 조 할멈도 이 열 상자에 무엇이 들어 있는지 몰랐다.

예전에 운한각에서 전하가 공주에게 커다란 상자 가득 장신구를 선물한 적이 있었다. 그때 조 할멈이 알아보았더니 전하는 비밀 시위에게 뭘 사라는 이야기 없이 그냥 가장 좋은 것을 사 오라고 시킨 후, 상자 가득 장신구를 사서 공주가 고르게 한 것이었다.

그런데 이번에 조 할멈이 물어보니, 전하는 성에 있는 백리 장군을 바람맞히고 혼자 한나절 정도 다니신 후 이 열 상자를 사 오셨다고 했다. 게다가 비밀 시위도 따라오지 못하게 했다.

뭔가 사적인 물건을 사셨으니 비밀 시위도 따라오지 못하게 하셨겠지?

조 할멈은 당연히 호기심이 생겼고 상상의 나래를 펼쳤다.

사실 한운석은 원래 조 할멈을 물러가게 할 생각이 없었다. 물건이 이리 많으니, 정리하려면 조 할멈이 있는 게 좋았다.

그러나 조 할멈의 악의 없는 환한 웃음을 보자, 당황스러워졌다.

한운석이 입을 열려는데, 조 할멈이 큭큭 웃으면서 먼저 입을 뗐다.

"공주, 소인이 열어 드리겠습니다."

"아니……."

한운석에게는 거절할 기회 따위는 없었다. 조 할멈은 그녀의 목소리보다 빠르게 움직여 맨 앞에 있는 상자 하나를 덥석 열었다.

상자 안은 온통 신발이었다. 갖가지 모양이 다 있었지만 하나같이 보수적이었다.

조 할멈은 실망한 듯했으나 열정은 식지 않았다.

"아이고, 우리 전하가 언제 이렇게 다정해지신 걸까요. 신발도 살 줄 아시고? 역시 남자는 여자 하기 나름이네요!"

한운석은 신발들을 골라 보고 있다가 조 할멈의 이 말을 자신도 모르게 곱씹기 시작했다. 아무리 생각해도 뭔가 이상했다.

남자는 여자 하기 나름이라…….

이 말은 현숙한 부인 덕에 남편이 복을 누린다고 칭찬하는 말 같은데?

그녀는 지금껏 용비야의 옷차림에 신경 쓴 적이 없었는데, 용비야는 도리어 그녀에게 신발을 사 주었다. 조 할멈의 이 말은 그녀를 비꼬는 게 아니면 뭐란 말인가?

한운석이 눈살을 찌푸리며 조 할멈을 바라보자, 마침 조 할멈도 그녀를 보고 자신이 입을 잘못 놀렸음을 깨달았다.

"공주, 소인……, 소인은 그런 뜻이 아닙니다요! 소인은…… 그게 너무 기쁜 나머지, 말이 헛나갔습니다!"

조 할멈이 다급하게 변명했다.

한운석이 뭔가 생각에 잠긴 듯한 표정이 되자 조 할멈은 초조해졌다.

"마마, 소인은 정말 일부러 그런 게 아닙니다. 소인이……."

"조 할멈, 그 사람…… 신발과 옷 치수가 어떻게 되지?"

한운석이 진지하게 물었다.

자세히 생각해 보니 그녀는 정말 지어미로서 자격이 없었다.

조 할멈이 사실대로 대답하려다가 갑자기 말을 바꾸었다.

"아이고, 바느질할 때 쟀던 치수를 모두 왕부에 두고 왔습니다. 공주께서 직접 전하의 치수를 재 보시지요. 전하께서 요즘 홀쭉해지셔서 예전 치수는 맞지 않으실 겁니다."

"사실……."

한운석은 목구멍까지 차오른 말을 삼켰다. 용비야가 살이 빠지긴 했지만 얼굴 살이 빠진 것이지 몸은 아주 건장해서 별로 여위지 않았다. 그녀는 보았을 뿐 아니라 느끼기도 했다…….

"알겠네. 나중에 줄자를 찾아서 오게."

한운석은 말하면서 두 번째 상자를 열었다.

또 신발이었다.

첫 번째 상자와 마찬가지로 모두 정교하게 만든 명품 신발이었다. 한 켤레만 해도 값이 보통이 아닌데, 한 상자 가득이면 이게 얼마야?

한운석은 쓴웃음이 나왔다. 용비야가 선물하는 방식은 정말 독보적이라 누구도 따라잡을 수 없었고 아주 깊은 인상을 남겼다!

조 할멈은 이걸 보고 더 실망했다. 이렇게 일상적인 물건이라니. 전하는 어째 흔치 않은 물건일수록 귀하다는 걸 모르실까? 공주께서 본 게 많아 무덤덤해하시면 어쩌려고?

설마 비밀 시위를 피해서 사 온 게 이런 것들이라고?

두 개의 신발 상자를 보고 꽤 안심한 한운석은 곧바로 남은 여덟 상자를 빠르게 열었다. 역시 그녀의 예상대로 용비야가 보낸 물건은 모두 옷과 노리개들이었다.

한운석은 손가락으로 치마 하나를 집어 들어 흥미롭다는 듯 살펴봤다. 아주 아름다운 치마였으나 아주 보수적이었고, 옷깃이 턱까지 올라올 정도로 높았다.

조 할멈은 슬쩍 훑어보고는 너무 실망한 나머지 울고 싶었다. 하지만 그래도 입꼬리를 잡아당겨 최선을 다해 웃으며 말했다.

"아이고! 아이고! 아이고!"

한운석이 돌아봤다.

"배가 아픈가?"

조 할멈은 우는 것보다 더 보기 싫은 웃음을 지었다.

"아닙니다! 소인은 감탄하고 있는 거랍니다! 전하는 어쩜 이리도 공주를 총애하실까요? 비밀 시위 말이, 이게 다 전하 혼자 한나절을 돌아다니시며 사 온 것들이랍니다. 열 상자나 선물하셨으니 앞으로 공주는 전하가 주신 옷과 장식만 하고 다니시겠어요!"

조 할멈은 헤헤 웃으며 목소리를 낮추고 야릇하게 말했다.

"전하는 어려서부터 이러셨습니다. 패기가 넘치시지요! 소인이 장담하건대 앞으로 전하가 선물한 옷을 입고 신발을 신지 않으시면, 전하가 언짢아하실 겁니다."

"켁켁……."

물을 마시던 한운석은 바로 목이 막혔고 온몸에 닭살이 돋았다. 그러나 올라가는 입꼬리를 막을 수 없어 조용히 아주 달콤한 미소를 지었다.

용비야가 직접 고른 거라면, 그게 무엇이든, 얼마나 많든, 그녀는 행복했다.

조 할멈은 공주의 입가에 서린 달콤함을 보고 안심했다. 아무래도 전하와 선물 문제로 이야기할 필요가 있다고 생각했다. 하지만 이런 음흉한 생각은 속으로만 할 뿐, 그럴 용기는 없었다.

여자라면 누구나 새 옷을 보면 오직 한 가지 생각만 들었다. 바로 입어 보는 것! 한운석도 예외는 아니었다.

“조 할멈, 옷을 다 걸어 주게. 하나씩 입어 봐야겠네!”

밤에 모닥불 야외 연회에는 다들 근사하게 차려입고 나올 게 분명했다. 그녀가 머리부터 발끝까지 용비야가 보낸 선물로 치장하고 나갔을 때도 그가 여전히 그녀를 참석시킬 방법을 생각해 내지 못할지 두고 볼 생각이었다.

“예!”

조 할멈은 이런 일을 가장 좋아했다.

내실이 너무 좁아 조 할멈은 물건들을 모두 바깥으로 옮겨 정리해야 했다. 신발을 다 바닥에 놓고 옷도 다 걸고 나니, 외실 대부분이 선물로 가득 찼다.

한운석은 내실에서 옷을 입어 보고 있었다. 연이어 몇 벌 입어 보니 모두 몸에 딱 맞았다. 그녀는 밖으로 나와 생각 없이 물었다.

“조 할멈, 전하께 내 치수를 말씀드렸나?”

조 할멈은 그녀를 한 번 훑어보고는 연신 칭찬을 했다.

"전하의 안목이 정말 훌륭합니다. 옷도 아름답지만, 사람은 더 아름답군요!"

"전하께 내 치수를 말씀드렸나?"

한운석이 또 물었다.

"아닙니다. 전하께서 직접 재셨겠지요. 아니, 공주께서 모르셨습니까?"

조 할멈이 헤헤 웃으면서 말했다.

"같이 잰 적이 없는데? 줄자가 어디서 나서?"

한운석이 진지하게 말했다.

그녀를 구해 낸 후부터 지금까지 두 사람이 함께한 시간은 많지 않았다. 그녀가 자고 있을 때 쟀다고 해도 줄자가 있어야 가능했다. 이렇게 몸에 딱 맞는 걸 보면, 절대 눈짐작이 아니라 줄자로 잰 것이 분명했다.

"그럼요, 군에 어디 줄자 같은 것이 있겠습니까."

조 할멈이 교활한 웃음을 지었다.

"공주, 소인은 줄자를 찾아 드릴 방법은 없습니다. 하지만 아주 정확하게, 한 치의 오차도 없이 재는 방법은 가르쳐 드릴 수 있습니다!"

한운석은 거울에 몸을 비춰 보며 몸에 걸친 이 연보라색 비단 치마를 마음에 들어 하고 있었다. 그녀가 생각 없이 물었다.

"무슨 방법인가?"

조 할멈은 바로 가까이 다가와 엄지와 중지를 벌리며 말했다.

"자, 이게 한 뼘입니다."

그녀는 말하면서 한운석의 몸에 손짓을 해 가며 재기 시작했다.

"공주, 전하는 분명 이렇게 재셨을 겁니다. 잘 모르시겠으면 가르쳐 달라고 하세요. 공주께서 전하의 옷을 지어 드리려고 한다는 사실을 아시면, 아주 기뻐하실 겁니다."

용비야가 언제 이렇게 쟀지? 설마 온천에서 정신을 잃었을 때?

용비야가 그녀를 온천에서 안고 나와 몸에 묻은 물을 닦고 옷을 입혀 주었을 그 세세한 상황을 떠올리니, 그녀는 더 생각을 이어갈 수 없었다.

지금 그가 손을 줄자 삼아 그녀의 몸 전체 치수를 쟀다고 다시 생각하니, 정말 상상이 가지 않았다.

그 인간, 대체 옷을 입혀 놓고 잰 거야, 아니면 잰 후에 입힌 거야? 그녀는 하나도 아는 게 없었다!

조 할멈에게 치수 이야기를 꺼내지 않았다면, 그녀는 이런 일이 일어난 줄도 몰랐을 것이었다.

이 일 말고, 그녀가 혼절한 동안 용비야 그 인간은 또 무슨 짓을 했을까?

여기까지 생각하자 한운석의 얼굴이 갑자기 확 달아올랐다. 그런데 안색과 말투를 살피는 데 일가견이 있는 조 할멈이 한운석의 이 표정을 알아차리지 못했다. 상자 바닥에서 기다란 비단 상자 하나를 끄집어냈기 때문이었다.

"공주, 이게 무엇입니까?"

조 할멈이 수상해하며 물었다.

한운석은 단번에 비단 상자를 알아보았다. 용비야가 전에 그녀의 찢어진 보라색 면사 옷을 담았던 것과 똑같은 비단 상자였다.

그 비단 상자와 보라색 면사 옷은 영승 병영에 남겨 두었지만, 아홉 장의 서신은 그녀가 늘 지니고 다녔다.

설마 용비야가 특별히 그녀를 위한 칠석 선물을 준비한 걸까?

조 할멈은 감히 멋대로 열어 볼 수 없어 얼른 한운석에게 가져다주었다. 한운석이 조심스레 열어 보니 안에는 아주 정교한 귀걸이 한 쌍이 들어 있었다!

연보라색을 띤 봉황 깃 모양의 귀걸이였다. 차르르 떨어지는 수술이 달려 있고, 봉황 깃에는 작은 수정석이 박혀 있어 어렴풋이 연보라색 빛을 머금고 있었다.

언뜻 보면 천사의 날개 같지만 자세히 들여다보면 이 봉황 깃이 그녀 몸에 있는 모반과 똑같이 생긴 것을 알 수 있었다.

한운석은 너무 기뻤다. 자세히 살펴보니 봉황 깃 뒷면에는 '야夜' 자가 새겨져 있었다.

그녀에게 천하를 주고 강산을 예물로 준다 해도, 봉황 깃 뒤에 새겨진 이 '야' 자만 못했다.

용비야, 운석은 영원히 당신을 저버리지 않아!

한운석이 봉황 깃 귀걸이에 깊이 감동하고 있는데, 조 할멈은 그 비단 상자를 만지작거리더니 이중 공간 사이에서 적포도주색 두두를 꺼냈다.

"공주, 전하께서 이것도…… 보내셨습니다."

조 할멈은 말하고 나서 결국 웃음을 참지 못했다.

"공주, 속적삼입니다."

한운석이 보니 그 두두는 아주 융통성 없고 보수적인 모양으로 현대에서 입던 조끼와 다를 바 없었다. 그러니 정말 속적삼이라 할 만했다.

이 물건은 정말이지 부끄럽기는커녕 도리어 웃음만 나왔다. 용비야는 이런 걸 보내면서도 비단 상자 이중 공간에 꼭꼭 숨겨 두었다!

그의 못된 모습을 직접 경험하지 않았다면, 남녀 간의 정에 대해 모르는 사람이라고 철석같이 믿었을지도 몰랐다. 이 물건은 가게에서 어떻게 산 것일까.

조 할멈은 이미 속으로 수백 번은 탄식했다.

"공주, 입어 보시지요. 전하의 성의를 헛되게 하지 마시고요."

이런 남자가 어디 있을까

조 할멈은 거의 절망 상태였지만, 한운석은 용비야의 크고 작은 선물과 비밀스러운 선물까지 모두 마음에 들었다.

그렇게 냉정하고 보수적인 남자가 가게에 가서 그녀를 위해 이것들을 사 오다니, 그 성의가 얼마나 대단한가!

이렇게 힘들여서 준비했으니 반드시 다 입어 봐야 했다.

한운석은 내실에 들어가 적포도주색 속옷을 입어 보았다. 놀라울 정도로 몸에 딱 들어맞는 게 마치 맞춤옷 같았다!

두두라고 불리는 옷이었지만 입었을 때 전혀 두두 같지 않았고 속적삼 같은 느낌도 없었다. 적포도주색은 그녀의 백옥 같은 피부와 어우러져 더 매혹적이고 존귀한 데다 신비로운 느낌마저 들었다. 마치 적포도주처럼 탐스러우면서도 그 속에 취할 만큼 매력적이었다.

역시 용비야가 직접 고른 선물다웠다. 한운석은 정말 이 옷이 마음에 들어서 용비야에게 보여 주고 싶었다.

조 할멈은 들어와서 맥없이 한운석을 살펴본 후 무심코 말했다.

"조금이라도 작으면 몸에 끼고, 조금이라도 크면 너무 헐거웠을 텐데, 전하께서 정말 정확하게 재셨습니다."

그 말에 한운석은 멍해졌지만 조 할멈은 흠칫 놀랐다. 쭈그러진 귤처럼 시들해 있던 조 할멈의 얼굴이 갑자기 환해졌고, 보조개가 꽃처럼 피어났다.

"공주, 전하가 분명 아주 자세하게 재신 것 같습니다. 헤헤, 이건…… 정말이지 몸에 딱 맞아요! 전하께서 언제 치수를 재신 건지 공주는 모르십니까?"

조 할멈은 의미심장하게 한운석의 봉긋한 봉우리를 슬쩍 본 후에 입을 가리고 웃기 시작했고 얼굴마저 새빨개졌다.

몸에 붙는 옷은 가슴둘레 치수가 가장 중요했다!

조 할멈처럼 노련한 궁인조차 얼굴이 붉어지는데, 당사자인 한운석은 어떠하랴?

방금 내가 무슨 생각을 했더라? 보수적이고 성의가 대단해? 입은 모습을 보여 주고 싶어?

한운석은 정말 어디 구멍이라도 파서 들어가고 싶었다.

용비야, 이게 당신이 보낸 대단한 선물이구나! 이 나쁜 놈! 조 할멈보다 더 야해!

"공주, 방금 그 보라색 치마를 입으세요. 오늘 밤 모닥불 야외 연회에서 이렇게 입으시면 전하가 분명 기뻐하실 겁니다."

조 할멈은 다시 웃느라 입을 다물 수 없는 상태로 돌아왔다.

황자가 성년이 되면 경사방敬事房에서 사람을 보내 성인의 법도를 가르쳤다. 전하는 다른 황자들처럼 새파란 나이에 여색을 탐하고 풍류를 즐기지는 않았지만, 그래도 궁중에서 자란 분이었다. 어찌 세상 물정을 모르시겠는가?

공주가 입은 이 성의 가득한 선물을 보면서, 조 할멈은 전하를 많이 걱정할 필요가 없음을 깨달았다.

한운석은 조 할멈의 말을 못 들은 척하고 내보내려는데, 밖에서 발걸음 소리가 들려왔다.

두 사람은 깜짝 놀랐다. 조 할멈은 나왔다가 의외의 인물을 보고 입을 떼려 하였으나 저지당했다. 조 할멈은 웃고 싶었지만 감히 웃지 못한 채, 허리를 굽힌 뒤 조용히 물러갔다.

밖에 아무 소리가 들리지 않자 한운석이 물었다.

"조 할멈? 누가 왔는가?"

말이 떨어지자마자 또 발걸음 소리가 났다. 일부러 그녀 들으라는 듯 발을 무겁게 디디며 한 걸음씩 그녀를 향해 다가왔다.

한운석이 겉옷을 입기도 전에 그 사람이 들어왔다. 바로 선물을 보낸 사람, 용비야였다.

방금 목욕을 마친 그는 하얀 비단의 편복으로 옷을 갈아입고 허리에 옥대를 맨 후 검은 머리카락을 높이 묶었다. 밤새 달린 피로를 씻어 내니 기분이 상쾌해서 평소 차갑고 오만하며 진중한 모습이 좀 줄어들었다. 마치 고결한 귀공자 같았다.

그는 들어오자마자 그녀가 겉옷을 반쯤 걸친 모습을 마주했다. 그녀는 놀라서 순간 동작을 멈췄다. 그는 벽에 기댄 채 앞으로 팔짱을 끼고 입가에 웃음을 지으며 흥미롭다는 듯이 살펴보았다. 겉옷과 속적삼 모두 그가 선물한 것이나, 그중 무엇을 살펴보고 있는지는 알 수 없었다.

한운석은 곧 정신을 차리고 황급히 겉옷을 입었다. 그녀는 아무것도 모르는 척 일부러 앞으로 나가 몸을 굽혔다.

"전하, 홍복을 누리소서. 은혜를 베풀어 주셔서 감사합니다."
"어떻게 감사하겠느냐?"
용비야가 눈을 치켜뜨며 물었다.
한운석은 바로 일어나서 그를 흘겨보았다.
"뭘 이렇게 많이 보내요. 다 입지도 못할 텐데."
"귀걸이는?"
용비야가 물었다. 그 물건은 그가 정말 애써서 만든 것이었다. 자신의 이름을 새기기 위해 망가뜨린 게 한두 개가 아니었다.
검을 쥐고 사람을 베는 손, 권력을 쥐기 위해 권모술수를 펼치는 이 손으로 처음 그런 섬세한 작업을 해 보았다. 한운석이 달지 않으면 정말 기분이 좋지 않을 것 같았다.
다른 건 몰라도 그 봉황 깃 모양 귀걸이는 한운석의 마음에 쏙 들었고, 진심으로 감동했다. 그녀는 봉황 깃 모양 귀걸이를 꺼내 용비야에게 말했다.
"달아 줘요."
그녀는 경대 앞에 앉아서 용비야가 뒤에 선 것을 보고 몸을 숙였다.
용비야는 물론 어떻게 다는지 몰랐지만, 조심스레 시도하며 열심히 고민했다. 잘못해서 아프게 하거나 제대로 달아 주지 못할까 걱정스러웠다.
한운석도 가르쳐 주지 않고 가만히 앉아 그가 알아서 해 주길 기다렸다.
거울 속에는 눈을 내리뜬 채 상냥하기 그지없는 모습으로 조용히 집중하고 있는 그의 모습이 보였다. 그녀는 그가 이렇게 참을성이 있는 줄 생각도 못 했다.

살짝 찌푸려진 그의 미간과 물처럼 부드러운 눈빛을 보면서 한운석은 문득 이 순간이 영원하기를 바랐다.

용비야, 3천 년의 시간을 넘어서 당신을 만나고 당신에게 시집오다니, 얼마나 행운인가요.

한운석은 자신도 모르게 손을 뻗어 그의 준수한 얼굴을 부드럽게 어루만졌다. 용비야가 거울 쪽을 보니 그녀가 거울 속 그에게 웃어 주고 있었다. 그는 아무 소리도 내지 않고 그녀가 쓰다듬게 놔둔 채 계속 귀걸이에 집중했다.

한운석의 손길은 그의 귀와 콧날을 쓰다듬다가 입술에 머물렀다. 마침내 그가 낮은 목소리로 말했다.

"착하지, 그만하거라. 아직 다 달지 못했다."

그녀가 손을 내리고 담담하게 물었다.

"용비야, 지난번 당신에게 말한 일……."

용비야의 손이 뻣뻣해졌다. 지난번 그녀가 그에게 말한 일, 바로 그녀가 몇천 년 후의 세상에서 왔다는 이야기였다.

최근 그도 생각하지 않은 것은 아니었다.

"쉿, 아직 다 달지 못했다."

그는 대답을 피했다.

그녀는 그의 말대로 말을 멈추고, 계속해서 이 고요하고 행복한 시간을 즐겼다. 그는 마침내 봉황 깃 귀걸이를 양쪽 귀에 다 달았다.

거울 속에 비친 그녀는 쪽진 머리에 귀걸이를 늘어뜨리고 옷깃이 높이 솟은 옷을 입고 있었다. 단정함과 아름다움이 하나가 되어 아주 자연스러웠다.

용비야는 그녀의 귓가로 몸을 숙여 거울 속 그녀를 바라보면서 손가락으로 귀걸이의 수술을 살짝 건드렸다.

"마음에 드느냐?"

"아주 마음에 들어요."

한운석이 사실대로 대답했다.

"마음에 든다니 됐다."

용비야는 아주 기뻤다.

"위에 있는 글자는 더 마음에 들어요."

한운석이 또 말했다.

"그럼 더 잘됐구나."

용비야는 아주 만족스러운 웃음을 지으며 부드럽게 다가왔다. 그는 봉황 깃 모양에 살짝 입 맞춘 후 미끄러지듯 내려와 그녀의 귓불에 입을 맞췄다.

전에 밀어내던 것과 달리, 한운석은 움직이지 않고 거울 속의 그를 보고 있었다. 물처럼 부드러운 모습에서 점차 넋을 잃어 가며 빠져드는 남자를 두 눈으로 보고 있었다. 원래 차갑기만 했던 얼굴이 넋을 잃기 시작하자, 그 모습은 반할 만큼 매력적이었다! 절세의 미모를 자랑하는 고칠소라고 해도, 그와 비교하면 3분의 1도 못 되었다.

천하에 이런 남자가 어디 있을까?

그녀는 그의 이런 얼굴을 보는 것만으로도 충분히 점령당했다. 하물며 사랑에 허우적대는 그를 직접 경험하면 어떻겠는가.

옷깃은 이미 풀렸고, 그의 입술은 점점 하얀 목 아래의 깊은 골짜기 속에 빠져 들어갔다. 그는 가볍게 입을 맞추며 그녀의 부드러움과 아름다움을 깨물고 있었다.

"야夜……."

그녀는 저도 모르게 놀라서 소리쳤다. 이미 충분히 친밀해졌다고 생각했지만, 이 정도로 친밀해질 수 있을 줄은 몰랐다.

"아야阿夜……, 그만……."

그녀는 더 이상 거울 속 그의 모습을 보지 않고, 고개 숙여 실제 존재하는 그를 바라보았다. 그녀는 가만히 그의 머리를 안으며 저지하려 했으나, 거절하고 싶으면서도 그러고 싶지 않았다.

주변은 점차 흐트러졌고, 그의 하얀 비단 도포와 그녀의 연보라색 치마가 흩날리며 떨어져 이리저리 뒤엉켰다. 그와 그녀 역시 한데 엉켜서 누가 누구인지 구분되지 않았다.

흐릿한 촛불 가운데 거울 속으로 아름다운 장면이 펼쳐졌다. 그녀는 몇 번이나 경대 쪽으로 밀리면서 얼음처럼 차가운 거울에 등이 닿았다. 그 차가움이 뼛속까지 스며들었지만 도저히 정신을 차릴 수 없었다.

경대에서 낮은 침상까지 갔다가 다시 돗짚자리에 이르면서 그녀는 그의 품속에서 거의 녹초가 되었다. 술을 마신 것만 같았다. 맑은 정신과 취한 상태 사이, 선명한 기억과 망각 사이에 있는 듯했다.

그러나 그의 한마디 말만은 선명하게 기억했다.

그가 한 유일한 한마디였다. 가쁘게 숨을 몰아쉬는 거친 목소리였지만, 아주 확신에 찬 말투였다.

“운석, 네가 떠나지 않을 것을 믿는다.”

그녀가 떠나지 않을 거라고 말했으니, 그는 믿었다. 그녀가 무슨 말을 하든, 그는 다 믿었다! 그는 다시는 이 화제에 관해 이야기하고 싶지 않았다.

그는 베개에 팔을 괴고 반쯤 기대고 있었고, 그녀는 그의 품에 기댄 채 쉬고 있었다.

“옷이 다 맞더냐?”

그가 나른하게 물었다.

그녀는 바로 고개를 돌려 노려보았다.

“나빴어요!”

그는 하하 소리를 내며 크게 웃었다. 이렇게 대답하는 걸 보니 분명 그의 뜻을 알아차린 듯했다.

그가 웃자 그녀는 더 부끄럽고 분한 나머지 몸을 돌려 그를 간지럽혔다. 그가 막으면서 아주 진지하게 말했다.

“더 움직이면, 나도 가만있지 않겠다.”

그녀는 바로 멈췄다. 여기서 기절하여 저녁에 있을 모닥불 야외 연회를 놓치고 싶지 않았다.

그가 진지하게 말했다.

“이따가 시중들 시녀를 보내 주겠다. 군 생활은 다른 곳만 못하니, 부족한 게 있으면 시녀에게 말해라. 성에 가서 사다 줄 거다."

"예."

한운석은 고개를 끄덕이다가 갑자기 웃기 시작하더니 작은 목소리로 말했다.

"그것이 부족하면, 직접 가서 사다 줄 건가요?"

그것이란, 바로 적포도주색 속옷을 말했다.

그녀는 그를 빤히 쳐다보며 대답을 기다렸다. 역시 그는 민망해하며 그녀의 눈빛을 피하다가, 한참 후에야 그녀의 귀에 대고 속삭였다.

그녀는 듣고 난 후 도무지 참을 수 없어 숨이 넘어갈 정도로 웃었다.

이 남자는 그녀가 전에 개인적으로 맞춤 제작한 그 가슴 가리개를 좋아했지만 같은 모양을 찾아내지 못했다. 그녀가 싫어할까 걱정되어 아쉬운 대로 다른 것으로 사 온 것이었다.

존귀한 동진의 태자, 저 높은 자리에 있는 용비야! 그가 이런 일도 한다는 걸 세상 사람들이 안다면 어떤 반응을 보일까?

한운석은 용비야의 품 안에서 깔깔거리며 웃었다. 용비야는 이마를 찌푸린 채 말이 없다가 아예 자세를 뒤집어서 그녀를 몸 아래 눕혔다.

그녀의 웃음을 멈추게 하는 일이 뭐 그리 어려울까?

한운석은 웃으면서 발버둥치다가, 왜 그랬는지 팔을 뻗어 베개를 들고 밀어냈다. 그러자 그 검은 표지의 비밀스러운 책 두

권이 바로 모습을 드러냈다.

"이것은 무엇이냐?"

용비야가 그녀를 놓아주며 책 한 권을 집어 들었다.

한운석은 깜짝 놀라서 황급히 손을 뻗어 뺏으려 했다. 하지만 용비야는 바로 피하면서 더 궁금해했다.

"무엇이냐?"

"아무것도 아니에요. 보지 말아요!"

당황한 한운석이 몸을 일으켜 달려들었다. 예상치 못한 상황에 용비야는 그대로 뒤로 넘어갔다.

그러나 그는 여전히 검은 그 비밀 서적을 쥐고 놓지 않았다.

한운석은 그의 몸 위에서 손을 뻗어 뺏으려고 했다. 하지만 그녀의 팔은 용비야만큼 길지 못했다. 아무리 노력해도 닿지 않았다.

그의 몸 위에서 이렇게 뒤척거리며 움직이는 것은 정말이지 그의 자제력을 향한 도전이었다.

그녀의 도전이 마음에 든 용비야의 입가에 사악한 미소가 떠올랐다. 그는 일부러 검은 책을 줄 것처럼 하다가 한운석이 잡을라치면 바로 뺐었다. 놀림을 당하는 한운석은 초조하기도 하고 화도 났지만, 어찌할 방법이 없었다.

"대체 무엇이냐?"

그가 물었다.

"줘요. 주면 말해 줄게요."

거짓말이었다.

그리 쉽게 속을 용비야가 아니었다.

"말해라, 그럼 주겠다."

"부탁이에요, 돌려줘요."

그녀는 거의 울 지경이었다. 속으로 조 할멈에게 욕을 얼마나 퍼부었는지 몰랐다. 만약 용비야가 이게 무엇인지 알게 된다면, 앞으로 정말 얼굴을 들고 다닐 수 없을 것이었다.

"보아하니 좋은 물건인 것 같구나."

용비야가 다른 손을 높이 들고 펼쳐 보려는 순간, 한운석은 대체 어디서 힘이 났는지 갑자기 그의 손을 확 잡아끌어 검은 책까지 손을 뻗쳤다.

예상치 못한 상황에 용비야는 자신도 모르게 손을 휙 내저었고, 그대로 날아간 검은 책의 절반은 가리개 밖에, 절반은 가리개 안에 펼쳐졌다.

가리개 밖에 펼쳐진 부분은 뭐가 그려져 있는지 몰랐다. 하지만 가리개 안에 펼쳐진 그 그림을 보자 한운석은 바로 용비야 품속에 얼굴을 파묻었고, 다시는 고개를 들고 싶지 않았다.

바로 이때, 가리개 밖에서 분노에 찬 백리원륭의 고함 소리가 들렸다.

"서동림, 잘 들어라, 이 일이 더 지체되면, 네가 모든 책임을 져야 할 거다!"

거리낌 없이

백리원륭은 긴급한 일로 용비야를 찾았다. 전하가 본부 막사에서 쉬고 있을 것이라 생각했는데 침소에 그 모습이 보이지 않았다. 주변을 한바탕 찾아보았지만 역시 찾을 수 없었다. 그렇다면 남은 곳은 한운석 처소뿐이었다.

서동림은 한사코 들어오지 못하게 했다. 사실 백리원륭은 이미 서동림과 한바탕 말다툼을 한 상태였다. 하지만 목소리가 지금만큼 크지 않았고 방금 용비야와 한운석도 서로에게 너무 깊이 빠져 있어 밖에서 나는 소리를 알아채지 못했다.

지금은 백리원륭이 서동림 때문에 너무 화가 나서 고함을 쳤기 때문에, 용비야와 한운석이 듣지 않을 수 없었다. 사실 서동림도 자신이 막지 못할까 봐 걱정된 나머지, 일부러 백리원륭을 자극해 고함을 치게 해서 막사 안 두 사람에게 알리고자 했다.

"백리 장군, 소신이 못 들어가게 하는 게 아니라, 실제로 불편한 상황이라 그렇습니다. 장군, 노여움을 푸시고 용서하십시오."

서동림은 열 번은 넘게 이 말을 계속하고 있었다.

"불편하다고 해서 이렇게 오래 불편할 수도 있단 말이냐? 당장 나오라고 해라!"

똑똑한 백리원륭은 용비야를 찾지 못하자 바로 한운석을 찾아왔다.

군에서 오랜 세월을 보낸 그는 군사들을 늘 이렇게 강경하고 난폭하게 다루었다. 그도 바보는 아니었다. 한운석을 나오라고 하는 것은 일종의 시험이었다!

"백리 장군, 소신이 공주를 부르지 않는 게 아니라, 실제로 불편한 상황이라 그렇습니다. 장군께서……."

서동림의 융통성 없는 태도에 백리원륭은 정말 화가 나서 까무러칠 것 같았다. 그가 노한 목소리로 말을 끊었다.

"화를 풀지도 않고 용서도 하지 않겠다! 서동림, 지금 불러내지 않으면, 본 장군은 네게만 책임을 묻겠다!"

"장군은 당연히 소신에게 책임을 물으실 수 있습니다. 다만 장군께서 소신을 심문하시기 전에 태자 전하께 알려 주십시오."

서동림은 허리를 쭉 폈다. 그는 초서풍의 뒤를 이은 비밀 시위들의 대장이었다. 백리 장군의 병권만큼 큰 권세는 없어도 그의 지위 역시 낮지 않았다! 절대 만만한 자가 아니었다!

"멀리 나온 군대에서는 군주의 명을 따르지 않는 경우도 있는 법이다! 하물며 고작 너 같은 시위 하나 처리하는 일쯤이야!"

백리원륭은 말을 마친 후 서동림과 쓸데없는 말을 섞지 않고 그를 밀어냈다.

이때 갑자기 조 할멈이 한쪽에서 쪼르르 달려 나와 백리원륭 앞에 서서는 두 팔을 벌려 막았다.

"백리 장군, 서진의 공주는 지금 옷을 갈아입는 중입니다. 공주가 요청했던 옷 열 상자가 방금 들어갔기 때문에 지금 정말 불편한 상황입니다. 백리 장군, 서진의 공주가 인질이기는 하나…….”

조 할멈은 목소리를 낮추며 말했다.

“그래도 예전에는…….”

말이 끝나기도 전에 백리원륭은 자신을 향해 다가오는 서동림 쪽으로 조 할멈을 홱 밀쳤다. 서동림은 조 할멈이 넘어지지 않게 붙잡을 수밖에 없었다.

백리원륭은 이 틈에 막사 안으로 성큼성큼 걸어 들어갔다. 조 할멈은 서동림을 보았다가 다급한 마음에 바로 쫓아 들어갔다.

막사 안은 한운석의 옷과 신발로 가득했지만 사람은 보이지 않았다.

백리원륭은 꼼짝도 하지 않고 서서 가리개 쪽을 주시했다. 거칠게 나섰지만, 그래도 이곳까지만 난입할 수 있었다. 더 안으로 들어가면 한운석의 침소였기 때문에, 어찌 됐든 그는 들어갈 수 없었다.

지금에서야 백리원륭은 이곳에 시녀를 배치하는 게 정말 시급하다는 생각이 들었다.

조 할멈은 백리원륭 뒤에 서 있었다. 나이가 들었어도 눈이 얼마나 예리한지, 들어오자마자 가리개 오른쪽 아래에 책 하나가 끼여서 절반 정도 삐죽이 나와 있는 것을 한눈에 발견했다. 그리고 단번에 그 책이 바로 공주에게 준 궁중 규방의 비급임을 알아챘다.

순간 조 할멈은 울어야 할지 웃어야 할지 알 수 없었다. 조 할멈은 그저 백리원륭이 제 명에 못 죽겠구나 싶었다!

백리원릉은 바보가 아니었다. 그와 서동림이 그렇게 큰 소리로 싸웠는데도 한운석이 놀라지 않았다고? 한운석 성격에 진작 나오고도 남았지, 절대 그가 여기까지 들어왔는데도 겁쟁이처럼 숨어 있을 리 없었다.

백리원릉은 한운석에게 뭔가 꿍꿍이수작이 있다고 확신했다. 그리고 십중팔구 전하가 이곳에 있을 거라고 생각했다.

전하가 이곳에, 그것도 내실에 있다면 보통 일이 아니었다. 백리원릉이 이렇게 생각한 건 진작부터 의심하고 있었기 때문이었다. 그렇지 않았다면 그도 급한 일 하나 때문에 이렇게까지 화내지는 않았다. 발생할 수도 있는 일을 생각하자 거의 뒤로 넘어갈 것 같았다!

그러나 백리원릉은 이곳에 서서 갈팡질팡하고 있었다. 들어갈 수도 물러설 수도 없으니, 어찌하면 좋단 말인가?

물러서자니 안심도 안 되고, 내키지도 않았다. 게다가 보고해야 할 급한 일이 있었다.

들어가자니 그러면 안 되었고, 엄두도 낼 수 없었다.

안 되는 것은 예법 때문이었다. 사실 한운석이 아니라 보통 시녀의 침소도 들어가서는 안 되었다.

엄두도 내지 못함은 신분 때문이었다. 전하가 안에 있다고 해도 그는 감히 뛰어들 수 없었다. 어쨌든 그는 임금이었고, 주인이었다.

백리원릉도 눈이 흐리지는 않았다. 결정을 내리지 못하고 망설이는 찰나, 그 역시 가리개 아래쪽에 있는 물건을 발견했다.

다만 책이라는 것만 알 뿐 무슨 책인지는 알지 못했다.
제대로 보기 위해 그가 한 걸음 앞으로 나섰다.
그런데 갑자기, 책장이 넘겨졌다!
막사 안에는 바람이 불지 않았다! 설사 바람이 불었다 해도, 바람이 이 책의 책장을 넘기기란 힘들었다. 책이 가리개 아래 끼여 있어 바람으로는 책장을 넘기기 쉽지 않기 때문이었다. 분명 사람이 한 짓이었다.
그렇다면 가리개 뒤에 있는 사람이 책장을 넘기고 있는 걸까?
이때, 용비야와 한운석은 가리개와 아주 가까운 돗짚자리의 가장자리에 누워 있었다.
용비야는 옆으로 누워 한 손으로 머리를 받치고 다른 한 손을 살짝 들고 있었다. 그가 손을 가볍게 휘두르면, 바람 같은 무형의 힘이 정확하게 검은 책 위에 가해져 책장을 넘겼다. 책장이 넘어가면 또 새로운 내용이 나타났다. 심장이 벌렁이고 얼굴이 귀밑까지 빨개질 것 같은 내용이었다!
용비야는 그 내용을 흘끗 보기만 할 뿐 전혀 흥미를 보이지 않았다. 그의 흥미는 모두 품속에 있는 이 여자의 얼굴에 있었다.
그녀의 표정은 이 책의 어떤 내용보다 다채로웠다!
부끄러움에 새빨갛게 달아오른 한운석의 얼굴은 잘 익은 사과 같았다. 고개를 숙이고 있는 그녀는 너무 부끄러워서 울고 싶은 지경이었다. 쥐구멍이 있어도 그녀는 그곳으로 숨어들지 않을 것이다. 왜냐하면, 그냥 땅에 머리를 박고 죽고 싶은 심정이었으니까!

너무 창피해! 이제 어떻게 살아?

그녀도 백리원륭이 밖에 있다는 것을 알았고 용비야를 말리고 싶었다. 하지만 어떻게 막는단 말인가?

용비야도 백리원륭이 밖에 있는 걸 알잖아? 그런데도 일부러 책장을 넘겨 인기척을 내다니 대체 뭘 어쩌려는 거지?

한운석은 지금 자기 모습을 보고 용비야가 절대 백리원륭을 안에 들어오게 놔두지 않을 거라 확신했다. 백리원륭도 그럴 배짱은 없었다. 그러나 이렇게 책장 넘기는 모습을 보여 주는 것은 그녀 얼굴에 먹칠하는 게 아닌가?

백리원륭은 용비야가 안에 있는지는 확신하지 못해도, 그녀가 안에 있는 것은 확실히 알 텐데! 백리원륭이 자신을 어떻게 보겠는가?

한운석은 일생의 명예가 조 할멈 손에 망가졌고, 용비야의 손에서 완전히 무너졌다는 생각만 들었다!

용비야는 재미있다는 듯이 여전히 말도 못 하고 고개를 숙이고 있는 그녀를 바라보았다. 그가 손을 가볍게 흔들자 검은 책은 또 다음 장으로 넘어갔다.

그리고 이때 가리개 밖에 있던 백리원륭이 마침내 책의 내용을 확인했다. 그 순간, 무식쟁이인 그도 얼굴이 벌게졌다. 부끄러움 때문인지 아니면 화가 나서인지는 그 자신만 알 뿐이었다.

붉어졌던 그의 얼굴은 곧 새카맣게 변했고, 순간 양손에 주먹이 쥐어졌다. 화가 머리끝까지 치밀어 올라 두 눈을 부릅뜬 채 가슴이 오르락내리락하는 모습은 영락없이 얼굴이 새까만 염라대왕 같았다.

그는 심호흡을 하면서 냉정함을 찾으려는 듯했다. 여러 번 입을 벌려 뭐라고 말하려는 것 같았으나, 너무 화가 난 나머지 말이 나오지 않았다.

그는 자신의 추측이 틀렸기를 간절히 바랐다.

전하는 안에 계시지 않아. 안에 있는 것은 비천한 한운석뿐이야!

결국 어찌할 바를 모르던 그는 조 할멈에게 분노의 눈길을 던졌다. 조 할멈은 원래 어떻게든 백리원륭의 주의를 끌어서 발로 그 검은 책을 밀어 넣을 생각이었다. 그런데 안에 있는 두 사람이 이렇게 놀 줄 누가 알았으랴!

누군가 들어온 소리를 들었으면서도 저리 태연하게 책을 넘기다니!

아직도…… 보고 있는 걸까?

조 할멈의 생각은 완전히 뒤집혔다. 전하에 대해서는 평가할 수 없으나, 공주에 대한 인상은 정말 180도 바뀌었다!

겉으로는 그렇게 단정해 보이는데, 남이 보지 않을 때면 이렇게 방탕하고 부끄러움을 모를 줄이야! 그 두 권의 책은 분명 개인적으로 보라고 준 것인데, 어찌……, 어찌 꺼내서 전하와 함께 볼 수 있단 말인가? 아니 보는 건 그렇다고 쳐도, 가리개 밖에 사람이 있는데도 이렇게 거리낌 없이 책장을 넘겨?

조 할멈은 눈물이 나온 것도 아닌데 자신도 모르게 눈가를 닦았다. 마음고생의 표현이랄까!

알고 보니 전하와 공주는 전혀 걱정할 필요가 없었다. 공연한 걱정을 해서 무엇하겠는가? 본분을 지키며 돌아가 닭이나 고아야지.

분노의 불길이 활활 타오르는 백리원륭의 시선 속에서 조 할멈은 고개를 숙이고 허리를 굽힌 후 조심스럽게 물러갔다.

서동림이 아주 초조해하며 다급하게 물었다.

"조 할멈, 무슨 일입니까? 대체 무슨 일이에요?"

백리원륭은 감히 안으로 돌진했지만, 서동림은 막사 외실도 감히 들어갈 수 없었다.

조 할멈은 그의 어깨를 두드려 주며 의미심장하게 말했다.

"서가야, 잘 들어라. 전하와 공주는 해내지 못하실 일이 없으니 쓸데없이 걱정하지 않아도 된다!"

조 할멈은 말을 마친 후 놀란 표정의 서동림만 남기고 가 버렸다.

막사 안은 고요했다. 오로지 가끔 책장을 넘기는 바스락 소리만 들릴 뿐이었다. 백리원륭은 흉악한 악귀처럼 꼼짝도 하지 않고 그곳에 서서 그 책을 주시하고 있었다.

내실에 있는 용비야는 아주 기분이 좋았다. 백리원륭도 그에게 전혀 영향을 주지 못했다.

부끄러워하는 한운석의 표정을 감상하던 그의 입꼬리가 거듭 올라가더니, 잠시 후 결국 참지 못하고 큰 소리로 웃기 시작했다.

"하하! 하하하!"

그는 이제 책을 넘기지 않고 두 손으로 그녀를 안아 자신의 몸 위에 엎드리게 했다. 그는 그녀를 바라보며 큰 소리로 웃었고 멋대로 굴며 흐뭇해했다!

그의 호방한 웃음소리는 가리개 밖에 있는 백리원륭에게는 비보나 다름없었다! 백리원륭은 더는 자신을 속일 수 없었다. 동진의 태자 전하, 동진 황족의 유일한 후예가 서진 공주의 규방에 깊이 빠져서 예법에 구애받지 않고 멋대로 굴고 있었다.

한운석은 도저히 참을 수 없어 주먹으로 용비야의 가슴을 두드리며 작게 외쳤다.

"그만해요! 대체 어쩔 생각이에요?"

"저 책은 어디서 났느냐?"

용비야가 반문했다.

"날 놔줘요! 그만해요!"

한운석은 화가 나서 어쩔 줄을 몰랐다. 이대로 가다가는 두 사람이 어떻게 연극을 이어갈 수 있단 말인가? 정말 그녀를 갇혀 지내게 할 생각일까? 아니면 백리원륭과 척을 지고 내란이라도 일어나게 할 셈일까?

"말하지 않을 것이냐?"

그는 그녀의 저항과 걱정은 무시하며 말했다.

"한 번 더 묻겠다. 누가 주었느냐?"

"당신……."

그녀의 말이 끝나기도 전에 그가 갑자기 몸을 뒤집으며 그녀를 아래쪽에 눕히고는 차갑고 매혹적인 눈빛을 드러냈다.

한운석은 정말 놀란 나머지 낮게 경고했다.

"용비야, 미쳤어요?"

용비야가 그녀의 경고를 무시하자, 한운석은 항복할 수밖에 없었다.

"이틀 전에 조 할멈이 줬어요!"

"다 보았느냐?"

용비야가 다시 물었다.

나쁜 물이 들까 걱정

가리개 밖에 서 있는 백리원륭이 어떤 표정일지, 한운석은 정말 상상이 가지 않았다!

그러나 지금은 그녀도 여러 생각 할 여유가 없었다. 그녀 코가 석 자였으니까!

그녀는 이 두 권의 책을 봤다. 저도 모르는 사이에 다 읽었다. 그녀는 본 것만 후회되는 게 아니라 어쩌다 부주의하게 대충 베개 밑에 집어넣었는지 후회스러웠다.

아니! 아니! 아니야! 가장 후회되는 것은 바로 조 할멈에게 이 두 물건을 받은 일이었다!

가리개를 사이에 두고 백리원륭이 서 있는데도, 용비야는 인내심을 발휘하며 눈썹을 치켜뜬 채 그녀를 바라보았다.

"다 보았느냐?"

방에서 나누는 밀담이니 백리원륭은 당연히 듣지 못했다. 들었다면 아주 피를 토했을 것이다.

한운석은 어떻게 대답해야 할까?

봤다……는 말을 어떻게 해?

안 봤다……는 말을 누가 믿어! 베개 밑에 넣어 둔 책을 안 봤다고?

입가에 미소를 머금고 있던 용비야는 수줍어하는 그녀의 모습을 보다가 결국 참지 못하고 그녀의 턱을 가볍게 세우며 실소했다.

"한운석, 아주 못됐구나!"

한운석은 반박도 변명도 하지 않고 그의 품속에 얼굴을 파묻었다. 부끄럽고 분한 마음에 계속 그를 때렸지만, 손에는 힘이 전혀 들어가 있지 않았다. 때리고 때리다가 결국 그를 꼭 끌어안았다.

용비야는 그녀의 이런 소녀 같은 모습을 가장 좋아했기 때문에 기분이 더할 나위 없이 좋았다. 그는 흐트러진 한운석의 머리카락을 어루만지며 다시 한번 큰 소리로 웃었다. 맑고 시원스러운 웃음소리가 막사 전체에 울려 퍼졌다. 나지막하면서도 사람을 끌어당겼고, 육감적이면서도 매력적인 목소리였다.

마침내 백리원륭이 참지 못하고 분노한 목소리로 외쳤다.

"태자 전하!"

한운석은 돌연 용비야의 가슴에서 일어나 놀란 표정으로 그를 바라봤다. 용비야는 여전히 웃으면서 사랑스럽다는 듯이 그녀의 코를 쓸어내리며 부드럽게 말했다.

"쉬고 있다가 밤에 모닥불 야외 연회에 참석하거라. 재미있는 볼거리가 있다."

"저기……."

한운석은 밖을 가리켰다. 걱정스럽고 막막했다.

"내게 맡겨라. 걱정할 필요 없다."

그는 말하면서 마침내 그녀를 놔주고 일어났다.

백리원릉이 밖에서 기다리고 있으니 한운석도 더 물어보거나 시간을 지체하게 할 수 없었다. 그녀는 비단 이불로 몸을 감싼 후 한쪽으로 물러났다.

용비야는 속적삼을 입고 머리에 관을 쓴 후 흰 비단 두루마기를 둘렀다. 그리고 옷깃을 여미고 허리띠를 매면서 밖으로 나갔다. 앉아서 그 모습을 구경하던 한운석은 볼수록 그의 몸매가 장대하다고 생각했다.

백리원릉은 단정치 못한 옷차림으로 나오는 용비야를 보는 순간, 화가 머리끝까지 치밀어 올라 말도 나오지 않았다. 용비야가 태연하게 옥대를 차고 옷차림을 정리한 후 그를 보자, 그제야 분노한 목소리로 말했다.

"태자 전하, 소장은…… 전하께 정말 실망했습니다!"

"백리 장군 말은 본 태자가 자네를 만족시켜야 한다는 뜻인가?"

용비야가 차분하게 반문했다.

좀 전까지 큰 소리로 웃고 즐거워하던 모습과 달리, 지금 그의 깊고 검은 두 눈동자는 소름 끼칠 정도로 차가워서 노하지 않고도 위엄을 드러냈다!

백리원릉은 그의 시선에 바로 두려움을 느꼈고, 마음 가득했던 분노가 절반으로 줄어들었다. 비록 아직 제위에 오르지는 않았지만, 지금 이 순간 그가 뿜어내는 존엄과 패기는 현재 운공대륙의 그 어느 제왕보다 강렬했다. 백리원릉은 과거 대진제국 시절 황족이 가졌던, 누구도 닿을 수 없고 감히 범접할 수도 없는 위용을 본 듯했다.

그는 얼이 빠져 있었다.

"백리 장군, 본 태자가 자네를 만족시키지 못하면 어쩔 생각인가?"

용비야의 말투에는 여전히 어떤 감정도 느껴지지 않았으나, 백리원륭은 갑자기 한쪽 무릎을 꿇었다.

"소장은 절대 그런 뜻이 아닙니다! 제가 어찌 감히! 전하, 용서해 주십시오!"

"절대 그런 뜻이 아니라고?"

용비야가 냉소를 지었다.

"그럼 '실망했다'는 것은 무슨 뜻인가?"

백리원륭은 입이 열 개라도 할 말이 없었다.

"소장이 실언하였습니다! 전하, 벌을 내려 주십시오!"

방금 그는 정말 너무 분노했고, 너무 실망했던 나머지 그런 말을 뱉었다.

"서동림, 들어와라!"

용비야가 돌연 성난 목소리로 말했다.

백리원륭은 가슴이 쿵 하고 내려앉았다. 허둥대며 안으로 들어온 서동림 역시 전하의 분노에 두려워 떨었다.

"본 태자가 네게 지키고 있으라 명하였는데, 누구 허락을 받고 들여보냈느냐?"

용비야가 물었다.

서동림은 얼른 무릎을 꿇었다.

"소신이 오랫동안 막았으나, 백리 장군이 군대에서는 군주의 명을 따르지 않는 경우도 있다고 했습니다. 하물며 소신은 일개 시위에 불과한 것을요."

백리원륭이 갑자기 그를 노려보자, 서동림도 떳떳하게 그를 노려봤다. 없는 사실을 꾸민 것도 아니었다.

"군대에서는 군주의 명을 따르지 않는 경우도 있다?"

용비야는 냉소를 금할 수 없었다.

"백리원륭, 그런 뜻이었군. 하하, 본 태자가 이제야 알았다!"

"전하!"

백리원륭은 정말 식겁해서 나머지 한쪽 무릎도 꿇고 두 손을 땅에 댔다.

"소장이 순간 어리석음을 범하여 실언하였습니다. 전하, 살려 주십시오! 인어족이 동진 황족을 주인으로 섬긴 지 3백여 년입니다. 저희의 충성심은 하늘의 해와 달이 증명합니다! 전하, 인어족이 대대에 걸쳐 충성을 바친 점을 생각하시어, 소장을 한 번만 용서해 주십시오! 소장이 잘못했습니다!"

가리개 뒤에서 이 애원하는 소리를 듣자 한운석은 마음이 불편했다. 백리원륭은 사실 큰 잘못을 저지르지 않았다. 다 용비야를 위하는 마음에서 비롯된 것이었다.

"무엇을 잘못했느냐?"

용비야가 차갑게 물었다.

백리원륭은 그제야 고개를 들었다.

"소장이 전하께 불경을 저질렀습니다. 군주의 뜻이 곧 군주의 명령이요, 군령입니다! 군인인 소장이 복종하는 것은 당연한 이치입니다!"

"하하, 보아하니 자네가 노망이 든 것은 아니로군!"

용비야는 그제야 만족했다.

오늘 그가 거리낌 없이 백리원륭 앞에서 한운석을 향한 총애를 드러낸 것은, 군주의 위엄을 세워 백리원륭에게 자기 신분을 깨닫게 하고, 군주와 군대 사이에서 복종이 가장 우선임을 알게 하기 위해서였다!

최근 한운석의 신분 때문에 백리원륭이 제대로 규율을 지키지 않은 게 이번이 처음이 아니었다.

용비야는 줄곧 인어족과 백리원륭이 평생 충성과 책임을 다한 것을 생각하여 화내지 않았다. 그러나 백리원륭이 오늘 보여 준 한 가지 행동이 그를 노하게 했다.

오늘 그가 돌아왔을 때 서동림은 한운석이 벌주로 사죄하라는 말을 했다고 전했다. 그런데 그가 말하기도 전에 백리원륭이 주제넘게 나서서 바로 거절해 버렸다. 그때 용비야는 아무 말 하지 않았지만 그렇다고 백리원륭의 거절을 허락했다는 뜻은 아니었다.

전하의 노기가 좀 사그라지자, 가슴을 졸이고 있던 백리원륭도 겨우 한숨을 돌릴 수 있었다. 반평생 위풍당당하게 살아온 자신이 이 나이가 되어서 그동안 쌓은 명성을 바닥에 떨어뜨릴 줄은 생각도 못 했다. 어쩔 수 없이 인어족 선조들을 내세워 인정을 호소하게 될 줄이야.

그는 굳게 가려진 가리개를 보면서, 지금 당장 한운석을 끌어내 돼지 운반통에 넣어 익사시키고 싶었다. 그 여자는 저 뒤에 숨어서 자신을 비웃고 있을 게 틀림없었다!

서로의 입장만 생각하지 않는다면, 그는 한운석의 능력과 기풍을 마음에 들어 했고 탄복하기도 했다. 하지만 오늘 그 책을 보고난 후 그녀에 대한 인상은 완전히 뒤집혔다. 이 여자가 이 정도로 방탕하고 뻔뻔할 줄은 몰랐다! 정말!

전하의 자율성과 자제력은 어려서부터 혹독한 훈련과 갖은 고생을 겪으면서 기른 것이었다. 전하는 앞으로 동진 재건의 대업을 이루고, 동진 제국 황위를 이으며, 동진 황족을 번성케 하실 분이었다. 만약 이 여자 때문에 일을 망치고, 이 여자에게 나쁜 물이 들어서 방탕하게 변하시면 어쩐단 말인가?

그런 생각이 들자, 백리원륭은 더 한운석이 미웠다.

그도 자신이 전하께 불경을 저질렀고, 주제넘게 나서서 월권을 행사하며 본분을 잊은 것은 큰 잘못이라는 것을 알았다. 그러나 한운석 일에 있어서는 그는 한 치도 양보할 수 없었다.

전하의 노기가 가시고 나면, 대체 오늘 어찌 된 일인지 제대로 물어야 했다. 전하가 왜 아직도 이 여자와 연을 끊지 못하는지 물어야 했다!

용비야도 더는 백리원륭을 꾸짖지 않고 크게 걸으며 자리를 떠났다. 백리원륭은 감히 더 남아 있을 수 없어 그 뒤를 쫓아 본부 막사까지 따라갔다.

용비야가 자리에 앉자마자 백리원륭은 모든 시종을 밖으로 보냈다. 그는 두 무릎을 꿇고 양손을 얼굴까지 높이 든 후 공손하게 읍을 했다.

"전하, 소장이 외람되이 말씀 올리는 것을 용서하십시오. 간언드릴 것이 있습니다!"

용비야는 당연히 백리원륭이 한운석에 대해 말할 것을 알고 차갑게 말했다.

"말하라."

"한운석은 서진의 공주요, 동진의 최대 원수입니다. 과거에 전하께서 그 신분을 알지 못하고 비로 들이신 것은 이해할 수 있는 일입니다. 하지만 지금 그 신분을 알고도 관계를 이어가시면, 첫째, 위험한 일이요, 둘째, 사람들의 신망을 얻을 수 없으며, 셋째, 선조들을 볼 면목이 없고, 넷째, 나라 재건의 대업을 위태롭게 합니다. 그로 인한 재앙이 끝이 없으니 전하께서 심사숙고해 주십시오!"

백리원륭이 진지하게 말했다.

그는 주제넘게 나설 권리는 없으나, 솔직한 간언을 올릴 권리는 있었다.

"본 태자가 싫다면?"

용비야가 물었다.

"전하의 결정에 소장은 간섭할 권리가 없습니다. 전하의 명령에 소장은 절대복종할 것입니다. 허나 전하께서 끝까지 고집하신다면, 소장은 자리에서 물러나 조상의 묘를 지키며 살겠으니 전하께서는 다른 장군을 찾아 주십시오!"

백리원륭의 태도는 단호했다.

용비야의 눈동자에 기쁨과 안도의 눈빛이 스쳤다. 백리원륭은 수중에 보유한 병사를 가지고 그의 권위에 도전하거나 압박을 주지 않았다.

"일어나게."

그가 담담하게 말했다.

백리원륭은 크게 기뻐했다.

"전하, 참으로 현명하십니다!"

"본 태자는 약속하지 않았다."

용비야가 언짢은 듯 말했다.

"전하!"

백리원륭은 초조한 마음에 일어나지 않았다.

"전하, 한운석은 독술에 뛰어나니, 함께 있으면 너무 위험합니다! 군대 전체의 반대도 상관하지 않으실 수 있으나, 전하의 목숨은 소중하게 생각하셔야 합니다. 절대 한운석에게 속아 넘어가시면 안 됩니다! 여자가 필요하시면 소장이 더 아름다운 여자를 찾아낼 수 있습니다!"

백리원륭은 전하가 한운석의 아름다운 외모에 미혹되고 여색의 유혹을 이겨 내지 못한 것이기를 바랐다. 절대 한운석에 대해 진심이 아니기를 바랐다. 하지만 말하면서도 그 자신조차 스스로와 다른 사람을 기만하고 있다는 생각이 들었다. 한운석을 만나기 전에 전하는 한 번도 여색에 넘어간 적이 없었다. 한운석을 만난 후에는 더더욱 그녀 한 사람만 아끼고 다른 여자는 건드리지도 않았다. 전하가 어찌 단순히 여색 때문에 한운석을 만나시겠는가?

용비야는 몸을 굽혀 그를 향해 한 자씩 말했다.

"백리원륭, 본 태자는 그녀의 손에 죽는다 해도 기꺼이 죽을 수 있다."

백리원륭은 대경실색했다.

"태자 전하!"

그는 큰 소리를 지르며 낙담한 나머지 땅에 주저앉았다.

"태자 전하, 어찌……, 어찌하여……. 동진의 열조들을 어찌 뵈려고 하십니까. 동진을 위해 희생한 병사들은요! 태자 전하, 완비마마가 어떻게 돌아가셨는지 잊으셨습니까?"

"본 태자는 다 기억하고 있다! 백리원륭, 안심해라. 본 태자는 맡은 책임과 동진의 대업을 잘 알고 있다. 반드시 나라를 다시 일으켜 풍족을 무너뜨린 후 서진과 다시 전투를 벌일 것이다. 한운석과 싸워야 한다고 해도, 그녀 때문에 조금이라도 양보할 일은 절대 없어! 허나, 승부를 떠나서 본 태자는 이 여자를 원한다. 본 태자가 전사하지 않는 한!"

용비야가 차갑게 대답했다.

그 말은 바로 한운석이 전에 영승에게 했던 말이었다.

어찌 살면서 원하는 것을 다 얻을 수 있으랴?

이들은 각자 짊어져야 할 책임이 있었고, 동시에 서로를 사랑했다. 그렇다면 방법은 하나뿐이었다.

최선을 다해 살아가는 것!

약속을 지키고, 맡은 소임을 다하며, 민족과 천하를 저버리지 않고 살아가야 했다. 그리고 난 후에 서로를 저버리지 않을 것이었다.

두 사람은 주어진 삶에 충실해야 했다.

백리원륭은 자신이 오랫동안 섬긴 주인을 바라보았다.

당한 기분

백리원릉은 자신이 오랫동안 섬긴 주인을 바라보았다. 가슴이 답답한 게 속에 하고 싶은 말이 가득한 듯했다. 하지만 어떻게 말해야 설득할 수 있을지 알 수 없었다.

용비야는 이미 서진과 싸워야 한다고 해도, 절대 한운석 때문에 조금도 양보할 일은 없을 거라고 말했다.

떳떳하게 사랑을 고백하면서도, 이토록 모질게 전쟁을 하겠다고 말했다.

이렇게 말하는 데 누가 원망할 수 있을까? 누가 승복하지 않을 수 있을까?

백리원릉은 주인의 성미를 너무 잘 알았다. 그가 이렇게 결정했다면 절대 바꿀 리 없었다!

다른 사람이었다면 용비야가 동진 황족의 혈통을 생각해야 한다고 충고했을지도 몰랐다. 그는 나라 재건의 대업이라는 막중한 책임만이 아니라 동진 황족의 자손을 번성시켜 혈통을 이어가는 중대한 사명도 어깨에 짊어지고 있는데 어떻게 이토록 이기적으로 한운석을 선택할 수 있단 말인가?

그가 한운석을 선택해도 한운석이 동진의 후사를 낳게 해서는 안 되었다. 게다가 서진의 공주인 한운석도 절대 동진을 위해 이런 일을 할 리가 없었다!

후사란 황족을 이어가는 아주 중요한 사안이었다. 그러나 백리원륭은 입도 뻥긋하지 않았다. 그가 아무리 어리석어도, 방금 전하가 한 말의 의미는 알았다.

동진과 서진의 전쟁 승부가 어떻게 나든지, 그는 죽음에 이르지 않는 한 한운석을 원했다.

다시 말해 그는 동진을 위해 한운석과 맞서 싸울 수 있었다. 그러나 승부가 난 후에도 그를 계속 압박하여 한운석과 함께할 수 없게 하면, 그는 죽음을 선택할 것이었다.

정말 확실한 위협이었다!

백리원륭은 한참 동안 멍하니 있다가 마지막으로 한 가지 질문을 했다.

"전하, 대체 한운석의 어디가 좋으십니까?"

"다 좋다."

용비야가 담담하게 답했다.

"전하, 전하의 정은 이토록 깊다지만, 한운석은요?"

백리원륭이 다시 물었다.

그러자 용비야가 웃었다.

"훗날 정말 전쟁이 일어나면, 그녀가 본 태자에게 손대지 못할 거라는 기대는 버려라."

주인이 웃는 모습을 보면서, 철석같이 단단하던 백리원륭의 마음이 갑자기 약해지고 아팠다. 지금 그는 이 젊은 주인의 위엄, 엄숙함, 존귀함만 본 게 아니라, 그의 미간 사이로 드러나는 초췌함과 어쩔 수 없다는 표정도 읽었다.

그는 약하고 미숙했던 어린 시절부터 지금까지 동진의 중대한 책임을 어깨에 지고 살아왔다. 20여 년 동안 그 무게를 감당해 오면서 한순간도 긴장을 푼 적이 없었다. 아무리 강인한 마음이라도 피곤하고 지칠 수 있었다!

그러나 지난 20여 년간 쌓인 피로도 오늘 그가 보여 준 저 초췌함만 못했다. 막중한 책임을 포기할 수 없기에 어쩔 수 없었고, 한 여자에게 마음을 쓰느라 초췌해졌다.

어쩔 도리가 없는 상황임에도, 그의 눈빛은 여전히 확고했다. 기꺼이 바라고 원했기에 확고할 수 있었다!

백리원륭이 뭐라고 할 수 있을까? 뭘 어쩐단 말인가?

어찌 진짜 이대로 자리에서 물러나 고향으로 돌아갈 수 있겠는가?

전하와 한운석이 여전히 몸과 마음이 떨어질 수 없을 정도로 사랑하는 사이라고 공개적으로 밝히는 일은 더더욱 할 수 없었다.

누구에게 밝힌단 말인가? 병사들이 알게 되면 전하보다 자신이 더 곤란해졌고, 사령관으로서 전하 대신 사태를 수습해야 했다!

두 사람 일을 폭로할 수 없음은 물론 비밀을 지켜 주기 위해 애써야 했다. 만일 전하가 일시적인 충동으로 군대 전체에 진상을 밝히려 하면 그가 어떻게든 말려야 했다!

백리원륭은 이 주인을 안타까워하면서도, 뒤늦게 자신이 당했다는 생각이 들었다.

그는 침묵을 지키며 울분을 참았다!

그리고 한참 후에야 입을 열었다.

"전하, 어찌 되었든 이 말씀만은 드려야겠습니다!"

용비야가 돌아보자 백리원륭이 아주 진지하게 말했다.

"사람을 보내 서진 공주에게 약을 내려 주십시오."

총애를 받은 후 약을 보내라니, 후사를 남기지 않겠다는 뜻이었다.

용비야는 못 들은 척했으나, 백리원륭이 다시 권했다.

"전하, 소장이 모르는 척한다고 해도, 지금 이 중요한 시기에 정말 회임이라도 하면, 그 결과는 참담합니다!"

용비야는 여전히 말이 없었다. 백리원륭이 또 권고하는데 용비야가 고개를 들고 급격히 차가워진 눈빛으로 말했다.

"어디 그러기만 해 보거라!"

"전하!"

사내대장부인 백리원륭은 거의 울 것만 같았다. 하지만 용비야가 천천히 주먹을 쥐는 모습을 보자 그는 결국 입을 다물었다.

백리원륭은 전하에게 동진 재건의 대업을 이룰 마음이 있고, 한운석과 싸울 준비가 되었으니, 그것만으로도 족하다고 자신을 위로했다. 다른 일들은 상황을 봐서 그때그때 생각하며 처리할 수밖에 없었다.

용비야는 잠시 복잡한 눈빛이 되었다가, 비밀 시위를 불러 작게 몇 마디 분부했다. 그러자 비밀 시위가 한운석의 막사로 향했다.

백리원릉을 눌러서 한운석을 더 자유롭게 해 주고, 두 사람 사이를 보다 더 거리낌 없고 당연하며 떳떳하게 만드는 것. 그가 잠시 한운석에게 해 줄 수 있는 건 이것들뿐이었다. 어쨌든 많은 장병을 실망시키고 군대 사기를 떨어뜨릴 수는 없었다.

주인과 종, 두 사람이 침묵하자 커다란 막사는 정적에 휩싸였다.

밤이 되어 모닥불이 피어오르고 병사가 와서 모닥불 야외 연회가 곧 시작한다는 말을 전했을 때, 백리원릉은 비로소 자기 생각 속에서 빠져나와 정신을 차렸다.

백리원릉이 말했다.

"전하의 사적인 일에 소장이 간섭할 권리는 없습니다. 허나 전하, 그래도 대국을 돌아보시어 사적인 감정으로 군의 사기가 떨어지는 일은 없게 해 주십시오."

"알겠다."

용비야가 담담하게 대답했다.

주인과 종의 이번 충돌은 백리원릉의 양보로 끝이 났다. 어떻게 해야 하는지는 용비야가 여러 말 하지 않아도 백리원릉은 잘 알았다.

잠시 후면 모닥불 야외 연회가 곧 시작되기에 백리원릉은 관련 사항을 준비하기 위해 물러갔다. 이번 모닥불 야외 연회는 용비야가 처음으로 직접 참석하여 장병들을 만나는 행사이기도 했지만, 무엇보다도 볼거리가 준비되어 있었다.

용비야는 항상 연회 참석을 싫어했고, 다른 사람과 함께 식사하는 것은 더 싫어했다. 만약 며칠 전 성에서 첩자를 발견하지만 않았어도, 한운석을 데리고 일찍 떠났을 것이었다.

북려국에 있는 군역사 세력을 상대하는 일은 아주 골치가 아파서 여러 방면에서 힘을 동원해야 했기 때문에 서둘러 판을 벌일 수 없었다. 하지만 백언청을 잡는 일은 그와 한운석 두 사람이 힘을 합치면 충분했다.

그가 백리명향을 천산에 불러들여 구현궁 첩자 앞에서 연극한 것은 늙은 여우를 함정에 빠뜨리기 위해서였다. 그런데 이 늙은 여우가 계속 모습을 드러내지 않고 작은 움직임 하나 보이지 않을 줄은 몰랐다.

의성에서 군으로 돌아온 이후 그는 특별히 여자인 백리명향을 영내에 남겨 두겠다고 강력하게 주장했다. 백리명향이 백리씨 집안에서 처음으로 병영에 발을 들인 여자라며, 지금까지 시집가지 않은 것도 군에 들어오기 위해서였을 가능성이 크다는 소식을 일부러 퍼뜨리기도 했다.

이런 이야기가 전해지자 사람들 사이에 의론이 분분했다. 늙은 여우가 백리명향을 주시하고 있었다면 분명 그 이야기를 듣고 쌍수를 위해 백리명향을 군에 남겨 둔 게 아닐까 더욱 의심했을 것이었다.

하지만 며칠 전까지도 늙은 여우가 조금도 움직임을 보이지 않자, 그는 한운석을 데리고 군에서 나올 계획을 세웠다. 늙은 여우가 오지 않는다면 그가 단서를 가지고 찾으러 갈 생각이었다.

그러나 그날 오후, 그와 백리원룡이 훈련장에 있는데 갑자기 비밀 보고가 전달되었다. 비밀 시위가 성에서 첩자를 잡았다는 내용이었다. 그가 직접 가서 심문하여 알아낸 단서에 따르면, 늙은 여우가 칠석 모닥불 야외 연회를 주시하고 있었다!

반 시진 후 용비야가 본부 막사에서 나왔다. 이미 군장으로 갈아입은 뒤였다. 하얀 도포에 황금빛 갑옷을 입은 그의 멋진 자태는 마치 신이 강림한 듯했다! 곁을 지키는 비밀 시위도 처음으로 그가 군장한 모습을 보고 하나같이 놀라 두려움에 떨었다.

용비야가 앞에 공터를 보니 이미 활활 타오르고 있는 모닥불이 보였다. 연회에 참석하는 장병들 대부분이 자리를 잡았고, 백리명향도 그곳에 있었다. 그는 또 저 멀리 병사들의 야영지 쪽을 바라보았다. 그곳 불길은 더 높이 타올랐는데, 불빛으로 가득한 광경이 아주 장관이었고, 병사들은 다 그를 기다리고 있었다.

백리원룡이 곧 다가왔다. 늠름한 군인의 풍채를 자랑하는 전하를 보니 마음속 가득했던 안개가 조금 걷히는 듯했다. 전하가 직접 군대를 이끌고 출정하신다면, 언제 누구와 전투를 벌이든 승리가 확실했다!

“전하!”

백리원룡이 공손하게 인사를 올렸다.

용비야는 고개만 끄덕였다.

“전하, 모든 준비를 마쳤습니다. 가시지요.”

백리원룡이 낮은 목소리로 말했다.

"잠깐."

용비야는 줄곧 백리명향 쪽을 바라보고 있었다. 백리원륭은 그의 시선을 따라가 보았지만, 아무것도 발견하지 못했다. 백리원륭은 이해가 되지 않았다.

전하께서 누굴 기다리셔야 하나?

그가 모든 준비를 마쳤다고 한 말은 야외 연회만이 아니라 그들의 작전도 가리켰다!

한운석을 기다리시는 걸까?

그가 모른 척할 수는 있으나, 그래도 군사들의 사기는 건드리지 않기로 하셨는데! 전하는 곧 병사들의 야영지로 가셔야 했다. 설마 한운석을 데리고 가실 셈인가?

동진의 병사들은 태자의 존안을 한 번이라도 볼 수 있기를 기대했다. 그런데 그가 적군인 한운석을 데리고 가는 것은 병사들의 사기를 떨어뜨리는 행동일 뿐 아니라, 동진 병사들에 대한 모욕이었다!

이런 일을 어찌 참을 수 있을까?

백리원륭이 입을 열려는데, 용비야는 이미 시선을 거두었다.

"가자."

용비야가 병사 야영지로 오자 넓은 장소가 아주 떠들썩해졌고, 서른 곳 넘게 있는 모닥불 자리의 병사들이 모두 환호성을 지르기 시작했다. 동진의 태자는 그들의 염원이자 희망이었고 미래였다.

용비야가 무리를 지나 중앙 모닥불 자리에 서서 병사들을 향해 술잔을 높이 들자, 전체적인 분위기가 또 뜨겁게 달아올랐다. 그의 곁에 서 있는 백리원륭은 눈가에 뜨거운 눈물이 차올랐고, 감격과 억울함, 슬픔과 괴로움을 함께 느꼈다. 뭔가 말하고 싶었지만 오랫동안 망설이다가 결국에는 아무 말도 못 하고 연이어 술을 들이켰다!

스스로 벌을 주는 것 같았다. 전하를 뵐 낯이 없어서인지, 아니면 충성심에 불타는 병사들을 볼 면목이 없어서인지 알 수 없었다.

흰 도포에 황금빛 갑옷을 입은 용비야의 얼굴은 한결같이 차갑고 엄숙하며 화내지 않아도 위엄을 드러냈고, 감히 범접할 수 없는 존귀함이 느껴졌다. 그는 중앙의 모닥불 자리에 서서 동서남북으로 각각 술잔을 들었다. 그가 잔을 들 때마다 장내가 조용해졌고, 그가 잔을 높이 들고 나서 단숨에 들이키면, 좌중도 그 답례로 다 같이 단숨에 술잔을 비웠다.

모든 과정 속에서 용비야는 한마디도 하지 않았다. 술을 다 권하고 나서야 그가 입을 열었다.

"너희가 동진을 저버리지 않았으니, 본 태자도 절대 너희를 저버리지 않겠다!"

말이 끝나자 모든 병사가 무릎을 꿇고 엎드려 절했고, 환호성이 천지를 뒤흔들었다!

이때, 한운석은 이미 변장하고 그 안에 앉아 장병들의 열정과 정열에 둘러싸여 있었다. 그녀의 마음속에 책임이라는 것이 용솟음쳤다.

동진이든 서진이든 상관없는, 한 사람의 책임감이었다.

그녀는 진정한 서진의 공주가 아니었다. 그녀가 서진에 가지는 책임감은 그녀가 이어받은 '서진 공주'라는 신분과 영승 남매의 헌신에 대한 감동에서 비롯된 것이었다.

그런데 오늘 밤 천지가 요동치는 환호 소리 가운데 있으니, 이제야 책임의 무게를 실감할 수 있었다. 그리고 용비야가 얼마나 많은 짐을 지고 있는지, 그녀를 위해 얼마나 많은 것을 저버렸는지도 깨달았다.

한참 후에야 용비야는 본부의 모닥불 자리로 돌아왔다. 밖에서 있는 그의 시선은 계속해서 백리명향 쪽을 향해 있었다. 백리원륭이 그의 시선을 따라가 보니, 곧 본 적 없는 낯선 사람을 발견할 수 있었다.

그 사람은…….

무슨 볼거리가 있다고

그 낯선 사람은 백리명향 곁에 서 있는 젊은이였다. 뛰어난 용모에 키는 작았고 몸은 야위었다. 정확한 나이는 알 수 없었지만, 언뜻 보기에는 서동림과 비슷할 듯싶었다.

"전하, 저분은……."

백리원륭이 낮게 말했다.

"그녀다."

용비야가 솔직하게 말했다.

백리원륭은 깜짝 놀랐다. 가까이 다가가 자세히 살펴보니 그제야 낯이 익었다. 한운석이 남장까지도 이렇게 감쪽같을 줄이야, 그조차 알아보지 못했다.

여자로 있을 때도 아름다웠지만, 남장했을 때는 또 잘생겨서 두 모습 다 시선을 끌었다.

시위로 꾸며서 일부러 눈에 띄지 않으려고 한 듯하나, 자연스레 몸에서 풍기는 기질은 숨겨지지 않았다.

"전하, 오늘 행사는 그래도 우리 군의……."

백리원륭의 말이 끝나기도 전에 용비야가 차갑게 말했다.

"늙은 여우가 독을 쓴다면, 자네가 어찌할 수 있겠는가?"

이 질문에 백리원륭은 바로 말문이 막혔다!

이전에는 늙은 여우의 신분을 몰랐으나 지금은 늙은 여우가 풍족의 후예이자 독종의 후손이라는 것을 알고 있었다. 용비야가 아무리 빈틈없는 작전을 짜도, 백언청의 독을 막아 낼 수는 없었다!

천하에 한운석이 아니면 누가 백언청의 독술에 맞설 수 있겠는가?

용비야는 백리원륭을 곁눈질하며 계속 그가 반대할 줄 알고 기다렸지만, 백리원륭은 고개를 숙이고 아무 말도 하지 못했다.

한운석은 용비야와 백리원륭이 다가오는 것을 보자, 그 두 권의 검은 책이 떠올라 귀뿌리까지 뜨거워졌다.

곧 백리원륭이 백리명향의 오른쪽에 앉았지만, 그는 시종일관 한운석 쪽은 눈길 한 번 주지 않았다. 백리원륭이 용비야의 한마디에 말문이 막혔다는 것을 한운석이 어찌 알까. 그녀는 다만 백리원륭이 그 검은 책 때문에 그녀를 완전히 경멸해서 다시는 보고 싶어 하지 않는 거라고 생각했다.

흑…….

한운석이 원망스러운 눈길로 용비야를 봤더니, 용비야는 그녀를 향해 몰래 웃음을 짓고 있었다. 그녀는 바로 그를 노려보았으나, 그는 노려보든 말든 상관치 않고 그녀 앞으로 다가갔다.

맞은편에서 그가 걸어오는 그 느낌이 너무도 익숙해서 한운석은 하마터면 여기가 어딘지도 잊고 맞으러 나갈 뻔했다.

그러나 용비야가 얼른 돌아서서 앉자, 한운석은 그제야 지금 있는 장소와 자신의 신분을 깨달았다.

용비야는 백리명향의 왼쪽, 바로 한운석의 앞쪽에 앉아 있었다.

아까 한운석이 용비야와 백리원륭이 한바탕 크게 싸우는 건 아닐까 걱정하고 있을 때, 비밀 시위가 찾아와 말을 전했다. 용비야가 오늘 밤 모닥불 야외 연회에 참가하라고 했다며, 대신 신분이 드러나지 않도록 남장을 하고 시위 신분으로 참석하라는 이야기였다. 오늘 밤 암살 사건이 일어날 수도 있기 때문이었다. 용비야는 이미 준비를 마치고 독 안에 든 쥐를 잡으려고 기다리고 있었다.

그녀와 용비야가 함께한다는 비밀은 절대 백언청에게 들켜서는 안 되었다. 안 그러면 용비야의 장계취계가 물거품이 되기 때문이었다.

한운석은 정말 궁금했다. 이곳은 병영 본부요, 군사 요충지였다. 만약 첩자가 숨어들었다면 백리원륭도 체면이 말이 아니었다! 자객이 어떻게 이곳까지 암살을 하러 올 수 있을까?

가능성은 하나뿐이었다. 암살하러 온 자객은 무공이 지극히 뛰어나고 아주 비범한 능력을 갖춰야 했다.

용비야가 앉자 한운석이 바로 낮은 목소리로 말했다.

"늙은 여우가 직접 왔나요?"

"모른다. 잠깐 볼거리를 구경하고 있거라."

용비야가 낮게 말했다.

사실 한운석은 묻고 싶은 게 더 있었지만, 백리명향과 백리원륭이 근처에 있어 많이 물어볼 수 없었다. 게다가 지금은 '시위' 신분인 그녀로서는 너무 가까이 다가갈 수도 없었다. 그저 잠시 참을 수밖에 없었다.

모닥불의 불길이 활활 타올랐고, 술과 안주가 끊임없이 나왔다. 백리원륭은 잔을 들어 용비야에게 술을 청했고, 그다음에 장병들이 모두 일어나 술을 청해 현장은 점점 더 떠들썩해졌다.

하지만 앉아 있는 사람이나 떠들썩하게 보낼 뿐, 한운석처럼 용비야 뒤에 서 있는 '시위'는 아무것도 할 수 없었고 물어볼 수도 없었다. 술과 안주조차 손에 닿지 않아 그녀는 지루하기 짝이 없었다. 그저 용비야가 말한 볼거리나 얼른 시작했으면 하고 바랐다!

한운석 외에 자리에 있는 또 다른 여자는 바로 백리명향이었다. 한운석과 달리 백리명향은 유일하게 자리가 마련된 여자였고, 그것도 용비야 옆이었다.

진왕비는 이미 전하에게 돌이킬 수 없는 과거였고, 장병들 대부분은 진실을 알지 못했기 때문에 최근 백리명향이 자주 전하의 곁을 지키자 다들 속으로 추측하기 시작했다. 게다가 현장에 있는 대부분은 인어족 사람이었다. 백리명향이 전하의 은총을 얻어 비빈, 아니 심지어 황후로 세워져 황족의 후사를 낳는다면, 인어족에게는 더할 나위 없는 영광이었다!

"명향 낭자, 이곳에서 낭자만 전하에게 술을 올리지 않았구려. 허허. 전하의 책망이 두렵지 않소?"

사 부장이 입을 열었다. 은근히 야릇한 말투였다.

백리명향은 대갓집 규수답게 전혀 당황하지 않고 대답했다.

"일개 부녀자인 명향이 어찌 여기 계신 장병들과 같이 전하께 술을 올릴 수 있겠습니까? 황송한 일이지요."

이 말은 현장에 있는 사람들을 아주 높여 주고 자신을 낮추면서도, 예의범절에 어긋남이 없었다. 그 말을 들은 장내 사람들의 귀와 마음이 모두 편안해졌다. 일부러 괴롭히려는 마음이 있었어도 더는 곤란하게 만들고 싶지 않을 정도였다.

하지만 지금은 다들 일부러 괴롭히려는 게 아니라 두 사람을 맺어 주고 싶어 했다!

조 부장이 웃으며 말했다.

"명향 낭자가 전하를 곁에서 모시는 공이 결코 작지 않은데, 어찌 우리 같은 야인들과 비교할 수 있겠소? 당연히 우리와 함께 술을 올릴 수 없지! 허허, 전하께 따로 술을 올려야 하지 않겠소?"

그 말이 떨어지자 많은 사람이 함께 떠들어 댔다.

"명향 낭자, 전하가 처음으로 군의 연회에 참석하셨는데 낭자 한 명만 데리고 오셨소. 뭔가 보여 주지 않으면 재미가 없지요!"

"하하, 명향 낭자, 우리 백족의 아가씨가 술도 못 마시는 건 아니겠지요?"

"백리 장군, 명향 낭자가 정말 군에 들어오는 것은 아니겠지요? 장군은 원하셔도, 전하께서는 차마 그러시지 못할 겁니다."

다들 즐겁게 웃고 떠들자, 백리명향도 더는 참을 수 없어 얼른 술을 따랐다.

"전하, 명향이 술 한 잔 올립니다. 칠월 칠석의 밤, 명향은 다만 전하의 평안만을 기원합니다!"

이곳은 해명하기 적당한 장소가 아니었고, 해명하기도 힘들었다. 그녀가 전하 곁에 남아 있는 진정한 이유는 본래 너무 많은 사람에게 알려 줄 수도 없었다.

그저 서둘러 이 술잔을 올려야 다른 사람들이 더는 이 화제를 꺼내지 않을 수 있었다. 이대로 계속 가다간 그녀 뒤에 있는 저 '시위'가 어찌 생각할지 감히 상상할 수 없었다.

백리명향이 술을 올리자, 용비야는 고개만 끄덕일 뿐 그녀와 함께 마시지 않았다.

백리명향은 처음부터 이럴 줄 알았다. 전하는 차를 좋아했고, 술은 즐기지 않았다. 특별한 장소가 아니라면, 그녀의 아버지 같은 지위에 있는 사람도 전하와 술을 마시는 일은 드물었다. 게다가 전하는 절대 여자와 술을 마시지 않았다.

백리명향은 술잔을 들고 혼자 단숨에 잔을 비웠다. 총명하고 영리한 그녀는 이미 모든 것을 다 꿰뚫어 보고 있었다.

그러나……, 그러나 이 향긋하고 맛 좋은 술이 입에 들어가니 너무 써서 삼키기 힘들었다.

백리명향은 참지 못하고 몰래 고개를 돌려 한운석을 바라보았다. 그런데 그녀는 조금도 개의치 않아 하며 고개를 숙이고 몸에 찬 칼을 만지작거리고 있었다.

사실 용비야는 벌써 두 번이나 돌아보았다. 조금도 개의치 않아 하는 한운석을 보고 안 그래도 살짝 모여 있던 그의 양미간이 단숨에 일그러졌고 다시는 돌아보지 않았다. 깊은 그의 눈동자에 언짢은 기색이 비쳤다.

술이 세 순배 정도 돌자 저 멀리서 시끌벅적한 연주 소리가 들려왔다. 사람들이 소리 나는 곳을 보니, 화려하게 치장한 아리따운 여자들이 몇몇 병사들의 안내를 받으면서 춤추고 노래하며 들어왔다.

군에서는 정기적으로 가무 공연을 준비해 병사들을 위로했다. 칠석의 밤 모닥불 행사에서도 당연히 빠질 수 없었다. 다만 오늘 밤 이 무희들은 평상시와 달리 하나같이 노출이 심한 옷차림을 하고 있어 사람들의 눈길을 끌었다.

한운석도 이 여자들의 옷차림이 대담하다고 느꼈다. 긴 치마를 입었지만 치마 옆이 허벅다리 끝까지 찢어져 있어, 눈처럼 하얀 피부에 쭉 뻗은 다리가 보일 듯 말 듯 아주 매혹적이었다.

그녀는 궁금해졌다. 이들은 대체 누구일까?

무희들은 무대 한중간에 멈춰서 용비야를 향해 무릎을 꿇고 엎드려 절했다. 그중 유독 요염한 한 여자가 몸을 숙이니 부드럽고 아름다운 봄 경치가 훤히 드러났다.

백리원륭 옆에 앉아 있던 낙洛 군수가 얼른 일어났다.

"전하, 이들은 낙하洛河강에서 가장 유명한 가무단, '낙신무단洛神舞團'입니다. 특별히 전하의 흥을 돋우고자 '답가踏歌'를 준비했으니 감상해 주십시오."

낙신무단이었구나!

이 가무단은 낙하강 지역에서만 이름을 떨치는 게 아니라, 운공대륙을 통틀어 아주 유명했다. 한운석도 이름을 들어 본 적이 있었으나 직접 본 것은 처음이었다.

용비야 군대가 주둔한 이 지역이 바로 낙하강 지역이었다. 원래는 천녕국에 속해 있었지만 동진 군대에게 점령당한 후 낙 군수가 투항했다.

'답가'는 춤의 이름일 뿐 아니라, 춤의 한 종류이기도 했다.

안 그래도 지루하던 차였다. 볼거리가 아직 시작되지 않았으니 춤을 감상하는 게 멍청히 앉아 있는 것보다는 낫겠지?

용비야는 백리원륭을 흘끗 쳐다본 후, 말없이 손을 들어 시작하라고 지시했다.

낙 군수는 아주 기뻐하며 서둘러 일어나 낙신무단의 대표 무희를 향해 손뼉을 세 번 쳤다.

"전하 앞에서 공연할 수 있는 것은 너희 평생의 복이다. 잘하거라!"

무희들은 모두 고개를 끄덕이며 풍악이 다시 울려 퍼지기를 기다렸다. 이들은 일어나 몸을 한들거리고 발을 덩싯거리더니 풍악에 맞춰 춤을 추기 시작했다.

'답가'는 보통 사람이 출 수 있는 춤이 아니었다. 어깨 모으기, 턱 당기기, 팔 가리기, 등 보이기, 무릎 힘 풀기, 허리 꼬기, 엉덩이 기울이기 등의 동작은 기본으로 해야 했다.

이 무희들은 그 명성에 걸맞게 때로는 단아하게 손짓하는 듯하다가도 경쾌하게 움직였고, 미끄러지듯 춤추다가도 사뿐사뿐 걸으며 소녀 같은 매력을 드러냈다. 거기에 대담한 옷차림이 더해져 언뜻언뜻 보이는 야릇한 요염함까지 드러났다. 많은 병사가 그 모습을 보고 다들 얼이 빠져 정신을 차리지 못했다.

남자들이 좋아하는 여자의 아름다움은 사실 우아함과 농염함, 이 두 가지인데 이 무희들은 둘 다 갖추고 있었다.

한운석은 속으로 군대에 들어올 수 있는 가무단은 모두 엄격한 심사를 거쳐 선발된다는 것이 정말 다행스러웠다. 그렇지 않았다면, 여자 몇 명으로 대군도 무너뜨릴 수 있었을 것이다!

남자는 세상을 정복할 수 있으면서도, 여자에게 쉽게 정복당하는 존재였다!

한운석이 속으로 남자들을 업신여기고 있을 때, 가장 미모가 빼어났던 대표 무희가 갑자기 용비야 쪽으로 춤을 추며 다가왔다. 그녀는 요염한 몸짓을 선보이며 한 걸음씩 다가와 용비야 앞에서 열 걸음 정도 떨어진 곳에서 멈추었다.

열 걸음이 가장 가까운 거리였다. 외부 사람은 절대 열 걸음 이내로 용비야에게 다가갈 수 없었다.

그녀는 용비야를 향해 한삼을 두 번 떨구었다. 길고 긴 비단 소매가 용비야의 탁자 아래를 스치는 것이 유혹이자 초대 같았다. 한삼을 거둬들이면서 그녀가 던진 것은 교태 가득한 눈빛이었다.

용비야가 보고 있는지 어떤지 몰라도, 한운석은 이렇게 가까운 거리에서 보니 이 여자가 얼마나 어여쁜지 알 수 있었다. 그녀의 행동 하나, 눈짓 하나에 사람의 마음이 마구 미혹되었다.

이게 무슨 춤이야, 대놓고 용비야를 유혹하는 거잖아!

이 여자가 용비야 앞에서 춤을 추는 동안, 뒤에 있던 무희들이 모두 앞으로 나와 다른 장병들 앞에 섰다. 그중 가장 키 큰 여자가 백리명향 앞에 섰다.

한운석은 궁금해졌다. 이 무희들은 어째서 여자인 백리명향도 빼놓지 않았을까?

그런 생각이 떠오르자 그녀는 갑자기 위험을 감지했고, 볼거리가 이미 시작되었음을 깨달았다!

그러나 바로 이때, 대표 무희의 한삼이 또다시 용비야의 탁자 위로 떨어졌다. 아까처럼 닿자마자 바로 거둬들이는 게 아니라, 그곳에 멈춰 있었다.

대표 무희는 애교 넘치게 고개를 끄덕였고, 그녀의 시선은 자기 팔을 쭉 따라가다가 용비야의 탁자에 이르렀다. 그러고는 눈을 들어 지극히 요염하게 용비야를 바라봤다.

한운석이 잔뜩 경계하면서 위험한 쪽이 용비야인지 백리명향인지 판단하고 있을 때, 예상치 못한 일이 벌어졌다. 용비야가 대표 무희의 한삼을 잡더니 단숨에 그녀를 잡아끌었다.

볼거리라는 게 이거야?

용비야는 대표 무희의 기다란 한삼을 잡고 단숨에 그녀를 끌어당겼다.

한운석은 순간 눈이 휘둥그레져서 이 무희들 속에 첩자가 매복해 있지 않을까 생각할 겨를도 없었다. 그녀는 멍하니 용비야가 무희를 끌어당기는 모습을 보고 있었다.

얼마나 익숙한 동작인가. 그는 수차례 이렇게 갑작스레 그녀를 자신의 품속으로 잡아당겼었다.

한운석의 시선은 곧 대표 무희에서 용비야에게로 옮겨졌다.

이 인간이 뭘 하려는 거지?

용비야의 속도는 그녀의 생각보다 빨랐다. 한운석이 제대로 생각하기도 전에 대표 무희는 용비야 앞에 있는 탁자에 심하게 부딪혔다!

대표 무희의 아름답고 가냘픈 허리가 탁자에 부딪혀 상체가 기울어지면서 몸이 용비야의 탁자 위에 딱 붙어 버렸다.

방금 그 충격으로 대표 무희는 허리가 너무 아팠다. 너무 고통스러운 나머지 교태를 부리던 표정마저 일그러졌다. 동진 태자가 힘껏 그녀를 잡아당긴 게 탁자를 지나 품에 안으려고 그런 줄 알았는데, 이렇게 나올 줄 누가 짐작이나 했을까!

한운석도 생각지 못한 상황이었다. 하마터면 웃음이 터져 나올 뻔했지만, 다행히 참아 냈다.

한 줄기 의심이 대표 무희의 눈동자를 스쳤다가 곧 사라졌다. 그녀는 여전히 태연하게 용비야를 바라보면서 애교를 부리기 시작했다.

"전하……, 저 아파요! 너무너무 아파요!"

순간 계속 춤을 추던 무희들을 제외한 모든 사람의 이목이 집중되었다. 다들 전하가 이 무희를 어떻게 '손댈'지 궁금해했다.

자리에 있는 장병들은 전하를 어느 정도 잘 알았다. 전하가 오랜 세월 여색을 가까이하지 않았다는 사실은 군에서도 유명했다.

용비야는 차가운 표정으로 무희를 훑으며 말이 없었다. 자세히 들여다보는 듯도 했고, 흥미로워하며 희롱하는 것도 같았다. 아무도 그의 속내를 짐작하지 못했다.

대표 무희라고 어찌 짐작할 수 있을까?

"전하……, 이건 무슨 뜻인가요? 몰라요, 몰라. 그래도 설명은 해 주셔야죠."

대표 무희의 목소리는 뼛속까지 말랑거릴 정도로 부드러워서, 자리한 많은 사람의 몸에 닭살이 돋고 마음이 울렁거렸다!

이 대표 무희는 요물 중의 요물이었다! 아무 짓도 안 하고 멀리 서 있기만 해도 많은 사람을 망상에 빠뜨릴 수 있는데, 하물며 지금 이렇게 아양을 떨고 애교를 부리니 어떻겠는가?

어쩌면 전하가 정말 저 여자에게 '손을 대고' 싶어 하시는 걸지도 몰랐다.

이전에 전하는 한운석만 총애했다. 하지만 한운석의 신분이 드러난 후에 전하도 마음의 상처를 받으셨을 테니, 이런 잔치 자리에서 자유를 누려 보는 것도 불가능한 일은 아니었다.

비록 전하 곁에 백리명향이 있지만, 백리명향은 정식으로 혼인하여 황후마마가 될 여자이고, 이런 무희는 아무리 아름다워 봤자 그저 잠깐의 즐거움만 줄 뿐이었다.

대표 무희는 용비야의 뜻을 짐작할 수 없자 곧 몸을 한들거리며 용비야에게 요염한 눈빛을 던졌다.

"전하, 말씀하세요, 소인을 잡아당겨서 뭘 하시려고요? 말씀 안 하실 거면 놔주세요, 소인의 이 춤이 아직 끝나지 않았답니다."

그녀는 말하면서 다른 손으로 한삼을 잡고 시험하듯 당겨 보았지만, 용비야가 바짝 당기고 있어 조금도 움직일 수 없었다.

이제 장병들은 더 의심스러운 눈빛을 보내며 하나같이 못된 미소로 이 모습을 쳐다봤다. 어렵사리 전하가 여자에게 '손을 대는' 장면을 보게 생겼는데, 누가 흥분하지 않을까?

대표 무희는 소매를 당길 수 없자, 아예 탁자 위에 몸을 붙이고 아름다운 몸매를 흐느적거렸다. 다른 한 손으로는 계속해서 우아하고 아름다운 춤 동작을 선보였고, 두 발의 걸음걸이도 달라졌다.

탁자에 기댄 채 춤을 출 수 있는 것도 놀라운데 그 자태 또한 아주 우아했다! 우아함 속에는 요염함까지 서려 있었다!

대표 무희의 깊이 파인 옷깃은 무엇 하나 제대로 가리지 못했다. 게다가 일부러 몸을 낮추니 가슴 위로 펼쳐진 아름다운 풍경과 유혹적인 봄기운이 그녀의 움직임을 따라 출렁이며 용비야 눈앞에 모습을 드러냈다.

춤을 추면서 한삼을 잡아당기는 그녀의 자태는 거절하고 싶지만 그럴 수 없는 듯한 모습이었다.

"전하, 놔주시어요! 전하, 싫어요!"

애교가 뚝뚝 떨어지는 목소리였다.

"전하, 이러지 마세요……."

모르는 사람이 들으면 이곳에 차마 눈 뜨고 못 볼 상황이 벌어진 줄 오해할 수도 있었다!

이 모습을 보는 장병들은 하나같이 안절부절못했다. 용비야와 백리원륭이 자리를 지키고 있지 않았다면, 진작에 달려들어 사람을 채 갔을지도 몰랐다!

전하는 시종일관 말이 없고 차가운 표정이었지만, 계속 놔주지 않는 것도 사실이었다!

많은 사람이 이 무희에게 가망이 있다고 생각했다! 전하가 오늘 밤 이 여자를 군에 남기고 시중을 들게 할지도 몰랐다. 원래 가무단이 군에 들어와 공연하는 것은 장병들을 자유롭게 풀어 주기 위해서였고, 가무 공연이 끝나면 선택받은 무희들은 모두 하룻밤 머물 수 있었다.

풍악 연주가 빨라지면서 사람들도 덩달아 흥분하고 긴장했다. 다들 음악이 절정에 달했을 때, 전하가 이 여자를 품속으로 당길 거라고 생각했다.

그런데 백리원릉과 백리명향 부녀는 약속이라도 한 듯 뒤에 있는 그 수려하게 잘생긴 시위를 바라보았다. 그 시위는 차가운 눈빛을 발하며 두 눈을 가늘게 뜨고 전하의 등 쪽을 노려보고 있었다!

용비야는 앉아 있고, 한운석은 서 있었다. 한운석의 각도에서는 대표 무희의 옷깃 안으로 드러난 아름다운 풍경이 더 선명하게 보였다.

그녀는 하마터면 앞으로 나가서 용비야의 눈을 가릴 뻔했지만 끝내 참았다. 자신의 신분, 그리고 장소 때문이었다.

용비야, 이 나쁜 놈. 대체 뭘 하려는 거지?

그렇게 오랫동안 잡아당긴 채로 있으면서 다음 행동은 하지 않다니. 그렇게 오래 보고도 부족해?

당신이 말한 볼거리라는 게 이거야?

챙채래챙! 챙챙!

반주는 곧 절정에 도달했고, 무희들의 동작도 점점 더 빨라졌다!

대표 무희는 백리명향 앞에 선 무희를 흘끗 보더니 망설이는 듯했다. 하지만 결국 결연하게 허리띠를 풀어 치마와 기다란 한삼을 벗어 던지면서 용비야의 손에서 벗어났다!

그녀는 치마 안에 긴 바지와 두두 하나만 입고 있었다. 그녀의 자신만만한 몸매는 바로 모든 사람의 눈길을 끌었고, 순간 다들 넋을 잃고 바라보았다. 백리원륭조차 멍하니 있을 정도였다.

그런데 바로 이때, 백리명향 앞에 있던 키 큰 무희가 갑자기 백리명향을 향해 한삼을 던졌다!

계속 경계하고 있던 백리명향이 바로 몸을 뒤로 젖히자 한삼 속에서 갑자기 암기가 날아들었다. 옆에 있는 사람이 보지 못할 정도로 빠른 속도였으나, 다행히 백리명향의 반응이 빨랐다. 그녀가 소리쳤다.

"자객이다! 저들 중에 자객이 있다!"

말이 떨어지자마자 암기가 그녀의 뺨을 스쳤다. 백리명향이 일어나 검을 뽑자, 키 큰 무희도 지지 않고 맨손으로 싸움에 나섰다!

무희가 백리명향에게 한삼을 던진 것이 춤 동작 중 하나라고 생각했던 사람들은 놀라고 당황하면서 자리에서 일어났다. 거의 동시에 대표 무희를 제외한 모든 무희가 깜짝 놀란 나머지 비명을 지르며 사방으로 도망쳤고, 현장은 갑자기 아수라장이 되었다.

그러나 혼란도 잠시뿐이었다. 모든 무희가 한쪽으로 도망치자 장병들과 서둘러 달려온 몇몇 비밀 시위들이 키 큰 무희를 포위하며 백리명향과 함께 맞섰다.

이때 대표 무희는 계속해서 용비야 앞에 서 있었고, 용비야는 꼼짝도 하지 않고 그녀를 주시했다.

갑자기 용비야가 일어났다.

대표 무희가 입가에 냉소를 지으며 무희 복장을 주워 입고는 한삼을 무기로 삼아 용비야를 공격했다. 용비야는 몸을 옆으로 기울이며 대표 무희의 공격을 피했다.

"전하, 검을 받으십시오!"

한운석이 검을 던졌다.

"전하, 백리 낭자 쪽이 더는 버틸 수 없습니다!"

용비야가 그쪽을 바라봤다. 뜻밖에 키 큰 무희는 고수였고, 잠깐 사이에 많은 장병이 부상을 입었다. 비밀 시위가 보호해 주지 않았다면, 백리명향도 일찌감치 죽은 목숨이었을 것이다.

용비야는 장검을 받고 바로 대표 무희를 겨냥했다.

"본 태자를 언제까지 잡아 둘 수 있을 것 같으냐!"

"그거야 전하의 선택에 따라 달라진답니다!"

대표 무희가 아주 요염하게 웃었다.

"이곳이면 전하의 능력에 달렸지만, 침상이라면 소인의 능력에 달렸지요! 전하, 이곳입니까, 아니면 침상입니까?"

이것은 용비야를 도발하는 것일까, 아니면 희롱하는 것일까?

정말 죽음을 자초하고 있었다!

한운석은 화가 치민 나머지 독을 쓸 뻔했다. 신분이 탄로 나서 자신이 시위로 위장해 야외 연회에 참석한 사실을 장병들이 알게 되고, 그녀가 용비야 곁에 있음을 백언청이 알게 되는 게 두렵지 않았다면, 진작에 용비야와 함께 나섰을 것이었다.

하지만 유감스럽게도 그녀는 그저 갑갑하게 참고 있을 뿐이었다.

"본 태자를 도발한 죄는 아주 무겁다."

용비야의 말이 떨어지자마자 검을 든 열 명의 비밀 시위가 날아와 대표 무희를 에워쌌다.

용비야는 대표 무희를 공격할 필요도 없이 가볍게 그곳을 벗어나 백리명향 앞으로 날아왔다.

그 모습을 본 키 큰 무희가 갑자기 뒤로 물러나더니, 자신의 몸을 방패 삼아 장병들의 검날에도 아랑곳하지 않으며 놀라 떨고 있는 무희들 쪽으로 도망쳤다.

"악……."

"꺄악……! 살려 주세요!"

"자객이에요, 살려 주세요!"

무희들은 또 모두 비명을 지르기 시작했고 미친 듯이 도망치다가 백리명향과 용비야 쪽으로 왔다. 혼란 가운데 녹색 옷을 입은 한 무희가 갑자기 검을 뽑더니 백리명향을 향해 겨누었다. 순간 너무 빠르게 벌어진 공격에 다들 넋이 나갔다.

모두 깜짝 놀랐다. 백리명향도 순간 정신을 차리지 못하고 그 자리에 멍하니 있었다!

그러나 검날이 백리명향의 가슴에 박히려는 순간, 용비야가 갑자기 다리를 들어 상대를 세차게 발로 차 버렸다!

녹색 옷의 무희는 검과 함께 저 멀리 날아갔다가 땅에 떨어졌고 선혈을 토해 냈다.

키 큰 무희는 이미 근처에 매복해 있던 수많은 궁수에게 포위되었고, 대표 무희는 열 명의 비밀 시위 고수들에게 에워싸였다. 남은 무고한 무희들은 옆에 숨어 있던 병사들에게 둘러싸여 이리저리 도망칠 수 없게 되었다.

아주 혼란스럽던 상황이 단숨에 평온을 되찾았다. 혼란도 용비야가 허락했기 때문에 가능했다. 혼란이 없었다면 진짜 백리명향을 죽이려 했던 자객이 행동에 나섰을까?

진짜 백리명향을 죽이려고 했던 사람을 잡아내지 않고 키 큰 무희와 대표 무희만 잡았다면, 반드시 후환이 생겼을 것이다!

용비야는 이 무희들에게 눈길 한 번 주지 않고 차갑게 말했다.

"모두 물 감옥에 집어넣어라. 내일 본 태자가 직접 심문하겠다!"

옆에서 지켜보던 한운석은 정말 너무 놀랐다. 대표 무희와 키 큰 무희 말고 또 한 사람이 숨어 있을 줄은 생각도 못 했다. 만약 용비야가 매의 눈길로 잡아내지 않았다면, 이 녹색 옷을 입은 무희가 기회를 노리고 있다가 아주 쉽게 백리명향을 죽일 수도 있었다!

야외 연회에 참석한 장병들은 주변에 매복해 있던 병사들과 비밀 시위를 보고 난 후에야 전하가 오늘 밤 자객이 올 것을 미리 알았음을 깨달았다. 용비야와 백리명향은 사람들이 진짜 혼란을 느끼게 해서 자객들을 실감 나게 속이려 따로 알리지 않은 것이었다.

백리원륭이 얼른 다가와 낮은 목소리로 물었다.

"전하, 오늘 밤에 심문하지 않으십니까?"

"오늘 밤은 칠석이니 병사들의 흥을 깰 수 없다. 저들을 다 가두고, 다들 연회를 계속해라!"

용비야가 큰 소리로 말했다.

"전하 만세!"

장병들이 기쁨의 환호성을 질렀다.

용비야는 한운석을 본 후 다시 원래 자리로 되돌아갔다. 그가 자리에 앉자 다들 제자리에 앉았다.

서동림은 바로 깨끗한 물을 가져와 전하 옆에 한쪽 무릎을 꿇고 두 손으로 물을 받들어 올렸다. 깔끔한 전하 성격에 무희 옷을 만졌으니 분명 손을 씻어야 했다.

용비야는 물에 손을 넣고 담근 후 움직이지 않았다. 서동림이 계속해서 한운석에게 눈짓을 보냈지만, 한운석은 무슨 뜻인지 알아채지 못했다.

황후라니, 자격 없다

용비야는 손을 청동 대야에 담근 채 씻을 준비를 하고 있었다.

현장에 있는 모든 사람이 당연히 이쪽을 바라봤다. 용비야가 젓가락도, 술잔 하나도 움직이지 않았는데 누가 감히 제멋대로 먹고 마시며 웃고 떠들 수 있겠는가? 당연히 다들 조용히 기다려야 했다. 그가 시작해야 다들 마음 놓고 계속 연회를 즐길 수 있었다.

장내 모든 사람이 지켜보는 가운데 용비야는 주변에 아무도 없는 것처럼 인내심을 갖고 손을 담그고 있었다. 하지만 서동림은 초조해서 식은땀이 흘렀다. 그는 전하처럼 그렇게 태연할 수 없었다. 공주가 오지 않으면 정말 더는 버티기 힘들었다!

한운석은 서동림이 왜 저러는지 정말 알 수가 없었다!

용비야가 손을 씻으면 씻었지, 그게 나랑 무슨 상관이야? 서동림처럼 무예에 뛰어난 사람이 설마 저 대야 하나 제대로 못 들라고? 아니면 용비야가 손을 닦을 수 있게 수건을 갖다 줘야 하나?

한운석이 가려고 하자 결국 서동림이 참지 못하고 작은 목소리로 말했다.

"비운飛雲, 멍하니 서서 뭘 하느냐, 어서 와서 시중을 들지 않고!"

'비운'은 용비야가 한운석에게 지어 준 가명이었다. 용비야의 '비非' 자와 같은 음인 '비飛', 한운석의 '운芸' 자와 같은 음인 '운雲'을 합쳐서 만든 이름이었다.

"예!"

한운석이 빠른 걸음으로 와서 서동림 어깨에 걸쳐진 손수건을 들려는데, 서동림이 작은 소리로 말했다.

"손, 손, 손을 씻겨 드려야지요!"

한운석만이 아니라 용비야도 선명하게 들었다. 그는 눈을 내리깔고 자기 손을 바라보며 침묵을 지키고 있었으나, 그의 입가에는 아주 보기 좋은 호가 그려졌다.

한운석은 어찌 된 상황인지 알 것 같아 속으로 욕을 했다.

용비야 이 인간, 정말 너무 편한 거 아니야. 손을 씻는데도 두 사람이나 시중을 들어야 하다니. 한 사람은 대야를 들고, 한 사람은 씻겨 주고 말이야.

이건 궁에서 호사스럽게 사는 주인 같잖아!

하지만 한운석은 곧 자신이 틀렸음을 깨달았다. 이 인간은 원래 황궁의 주인이었지, 전장에서 싸움을 일삼는 남자가 아니었다. 두 사람이 그의 손 씻기 시중을 드는 것은 아주 정상이었다. 시녀에게 시중받는 게 익숙하지 않은 사람이니, 그녀와 서동림 두 시위가 시중드는 것 역시 정상이었다.

그녀는 마침내 사태를 파악했다. 그리하여 많은 사람이 보는 앞에서 아주 태연하게 몸을 구부려 가냘프고 고운 손을 차디찬 물속에 집어넣은 후 아주 조심스럽게 그의 큰 손을 잡았다.

손이 닿자마자 어째서인지 그녀의 심장이 쿵 내려앉으며 형언할 수 없는 감정이 밀려왔다. 분명 아주 친밀한 사이인데, 손 한 번 잡았다고 심장이 왜 이리 빠르게 뛰는 걸까.

그녀가 무심코 고개를 들자 그의 깊고 검은 눈동자와 마주쳤다. 웃는 듯 아닌 듯한 그의 표정은 서로의 손이 담긴 물처럼 부드러웠다. 그녀도 웃었다가 얼른 고개를 숙였다. 혹여나 들통이 날까 두려웠다.

보는 눈이 이렇게 많으니 반드시 자제해야 했다!

그런데 그녀가 고개를 숙이자마자 그가 열 손가락으로 그녀의 손가락을 얽으며 깍지를 끼고 놓지 않았다!

한운석은 깜짝 놀라서 살며시 저항해 보았지만, 그는 놔주지 않았다.

대야가 충분히 깊어서 다행이지, 안 그랬으면 현장 사람들이 다 보았을 것이었다. 이 인간, 정말 이제 그만하라고!

이 모든 것을 다 지켜본 서동림도 전하가 정말 너무 지나치시다는 생각이 들었다!

사람들이 다 지켜보며 기다리고 있는데! 이대로 가다간 들통나기 딱 좋았다!

비운이 한운석이라는 사실을 알고 있는 백리원륭과 백리명향 부녀도 모두 이 모습을 보고 있었다! 백리원륭은 부글부글 끓어오르는 화를 숨기기 힘들었다. 전하께서 정말 지나친 장난을 치고 계셨다!

이 여자에게 잘해 주는 일이야 막을 수도 없고 막기도 귀찮았다. 그렇지만 사람들 앞에서 이렇게 장난을 쳐서는 안 되었다!

하지만 백리명향은 씁쓸한 얼굴로 고개를 숙였다. 그녀는 전하가 정도를 모르고 주색에 빠져 헤어 나오지 못하는 사람이 아님을 알았다.

방금 장병들이 그녀와 전하를 이어 주려고 놀린 일이 전하의 불만을 산 게 틀림없었다. 전하의 이런 행동은 그녀의 아버지에게 수하 장병들 입을 잘 관리하라고 경고하는 것에 불과했다.

사실 장병들이 놀릴 수 있었던 것도 다 아버지가 허락했으니 가능한 일이었다. 그렇지 않다면 누가 감히 이런 일로 전하를 놀릴 수 있겠는가? 전하가 멍청하신 것도 아닌데, 당연히 한눈에 알아챌 수 있었다.

공주의 신분이 밝혀지고 그녀가 계속 전하 곁에 머무르자, 아버지는 그녀가 항상 전하 옆에 함께하기를 바라기 시작했다.

"정말 말도 안 된다! 전하께서 저렇게 터무니없이 구시는 거야 그렇다고 쳐도, 저 여자도 삼갈 줄을 모르는구나! 이곳은 우리 동진의 병영인데!"

백리원륭은 도저히 참을 수 없어 낮은 소리로 욕했다.

"아버지!"

백리명향은 놀라서 그의 손을 붙들었다. 다행히 탁자의 길이가 길어서 앉은 자리가 멀리 떨어져 있었기에 그 소리는 저쪽까지 들리지 않았다.

백리원륭이 그녀를 노려봤다.

"너도 좀 보고 배워라!"

백리명향은 울 수도 웃을 수도 없었다. 아버지는 전하 때문에 괴로워서 정신이 오락가락하시는 게 아닐까. 공주를 욕하면서 또 그녀에게는 공주를 보고 배우라니? 공주의 무엇을 배울 수 있단 말인가?

옷차림이며 단장하는 방법이야 배울 수 있고, 해독 능력도 배울 수 있었다. 하지만 타고났기에 영원히 배울 수 없는 것들이 있었다!

백리명향이 작게 말했다.

"아버지, 전하께서는 공주가 아니면 안 되십니다. 게다가 공주는 소녀의 생명을 구해 주신 은인입니다. 저는……."

"그게 뭐 어떻단 말이냐? 나중에 양쪽 간에 전쟁이 일어나면, 우리 동진은 반드시 저 여자의 서진 무리를 모조리 섬멸해 버릴 것이다. 전하가 저 여자를 남겨 둔다고 해도 기껏 귀비 자리나 줄 뿐, 황후는 절대 불가능하다!"

적국의 공주를 비로 삼는 일이 선례가 없지는 않았다. 그러나 이름만 그럴 뿐 실제는 전쟁 포로로 적국을 모욕하는 데 사용되었다. 전하가 저 여자가 아니면 안 되고 모욕할 뜻이 없다고 해도, 황후로 세우는 것은 절대 불가능했다.

황후는 국모요, 정실이자 나라의 어미로 천하를 주관하는 자리였다. 절대 조금의 오점도 허락할 수 없었다.

백리원륭의 눈에는 남녀 간에 애틋한 정이며, 진실한 마음이며, 서로를 향한 사랑 따위는 존재하지 않았다. 오직 신분이 비슷하고 자격과 지위가 걸맞아야 했다.

자신의 딸은 한운석보다 훨씬 자격이 있었다.

아버지의 말에 반박할 수 없는 백리명향은 고개를 숙이고 더 말하지 않았다.

그런데 이때, 서동림이 결국 참지 못하고 낮은 소리로 일깨웠다.

"전하, 분부하신 술이 준비되었습니다."

그러자 용비야가 바로 손을 놔주었다. 한운석은 한숨을 돌리며 몰래 그를 흘긴 후, 수건을 가져와 그의 손에 올리고는 바로 뒤로 한 걸음 물러나 기다렸다. 그를 닦아 주지는 않을 생각이었다!

용비야도 더는 곤란하게 만들지 않았다. 그는 손을 두 번 닦은 후 수건을 대야 안에 던지고는 서동림에게 물러가라고 표시하고 나서 말했다.

"본 태자가 준비한 맛 좋은 술을 대령해라. 오늘 본 태자가 장병들을 위로하고자 한다! 모두 한껏 취하거라!"

백리원륭이 마침내 속에 가득했던 울분을 토해 냈다. 그는 일어나 술잔을 높이 들며 큰 소리로 외쳤다.

"오늘 병영 경비는 본 장군이 이미 다 마련해 두었다. 오늘 전하께서 처음으로 병영에 행차하셨으니, 다들 마음 편하게 술잔을 들어라. 전하의 흥을 깨는 사람은 본 장군이 절대 용서치 않겠다!"

그는 말을 마치고 단숨에 술잔을 비운 후 바닥에 잔을 세게 내던졌다.

"마셔라, 취할 때까지!"

뒤이어 쨍그랑 소리가 나면서 술잔들이 부서졌고 무리는 환호하기 시작했다. 좋은 술이 상에 오르자 곧 다들 서로 잔을 나누며 즐거운 시간을 보냈다.

술을 잘 마시지 않는 용비야도 아주 기분이 좋아서, 술을 올리러 나온 부장들과 함께 몇 잔 정도 술을 들이켰다. 주방장들은 모닥불에 구운 맛난 요리를 용비야 앞에 공손히 올려놓았다.

용비야는 손을 흔들어 맛있는 요리를 장병들에게 나누어 주게 했다. 향긋하고 고소한 기름진 양고기, 겉은 바삭하고 속은 야들야들한 돼지 구이, 맛 좋은 산짐승의 고기까지 다들 모두 즐거워했다.

용비야는 한 주방장을 불러 당부했다.

"저 양고기는 야경을 서느라 고생하는 형제들에게 나눠 주어라!"

그 말을 듣고 사람들은 입이 마르도록 칭찬했다. 전하는 까마득히 높은 자리에 앉은 고고한 분처럼 보이지만, 사실은 백성을 가까이하는 분이셨다!

주방장이 양고기 구이를 자르자, 조 부장이 가장 맛있는 다리 살을 골라낸 후 첫 그릇을 서동림에게 주었다.

"서 시위, 요즘 비밀 시위들이 고생이 많았소!"

서동림은 전하의 총애를 한 몸에 받는 사람인데, 누군들 비위를 맞추려 하지 않을까?

서동림은 냉큼 받아서 가장 좋은 부분을 골라 한운석에게 건네며 아주 진지하게 말했다.

"자, 전하께서 주시는 상이다!"

한운석은 전하의 유일한 여자였다! 서동림이 어찌 잘 보이려 하지 않을까?

이렇게 돌아 돌아 용비야가 하사한 상 중 가장 바삭하고 부드러운 부분은 한운석 차지가 되었다. 용비야는 그녀를 돌아보고 입꼬리를 한껏 올리고 웃으며 아주 만족스러워했다!

다들 배불리 먹고 술이 몇 순배 돌자, 누군가가 칼춤 이야기를 꺼냈다.

흥을 돋우는 무희와 가녀가 없으니, 백리원륭이 먼저 검을 뽑아 칼춤을 추며 흥취를 돋우었다. 그러자 몇몇 병사들이 바로 사람을 시켜 악기를 내오게 하더니 백리원륭의 춤에 맞춰 격앙된 음악을 연주하기 시작했다. 곧이어 부장들도 백리원륭과 함께 춤을 추었다. 그들의 춤 자태는 웅장하고 아름다웠다!

용비야도 감동하여 일어나 장검을 뽑았다!

그 모습을 보고 한운석은 자신도 모르게 더불어 감동하기 시작했다. 그녀의 머릿속에 시 한 구절이 떠올랐다.

"취중에 등불을 들어 검을 살피고, 꿈에서는 호각 소리 진영에 가득하네. 소를 잡아 휘하 장병에게 고기를 먹이고, 거문고로 비장한 군가를 연주하네. 가을이 된 전장에 점호 소리 들리네!"醉裏挑燈看劍，夢迴吹角連營，八百裏分麾下炙，五十弦翻塞外聲，沙場秋點兵(신기질辛棄疾의 《파진자破陣子》 중에서)

본부의 시끌벅적한 분위기는 주변으로까지 번졌고, 병영 전체가 대낮처럼 환해 아주 떠들썩했다.

밤이 깊은 후에야 야외 연회는 끝이 났다. 모두 술에 취했지만 특히 백리원릉은 아주 곤드레만드레로 취했다. 오랜 세월을 보내면서 이렇게 마음 놓고 놀아 본 적은 참으로 오랜만이었다.

아버지를 부축해 돌아가던 백리명향은 참지 못하고 뒤를 돌아봤다. 술을 몇 항아리나 마시고도 전혀 취하지 않은 전하는 본부 막사 쪽으로 돌아가는 중이었고, 서동림과 '비운'이 그 뒤를 따라가고 있었다.

가던 길을 계속 가야 했음에도 백리명향은 자제하지 못하고 걸음을 멈췄다. 전하 일행이 본부 막사에 도착하자, 서동림은 입구에서 기다렸고, '비운'은 따라 들어갔다.

이 모습을 본 후에야 백리명향은 고개를 돌리고 조용히 아버지를 부축하며 자리를 떠났다. 어두운 밤 가운데 그녀는 조용히 쓰라린 눈물을 흘렸지만, 누구도 알아채지 못했다.

전하, 명향은 진심으로 전하를 좋아한답니다.

그러나 명향은 그럴 수 없고, 그래서도 안 되며, 감히 그러지 못한답니다…….

한운석은 용비야와 함께 본부 막사에 들어왔다가, 호화롭고 패기 넘치는 모습에 깜짝 놀랐다. 용비야 의자 위에 있는 호랑이 가죽만 해도 아주 값비싼 물건이었다. 본부 막사는 그녀의 막사처럼 내실과 외실로 구분되었는데, 내실은 용비야의 침소였고 외실은 회의 장소였다. 다른 게 있다면 외실 하나 크기가 그녀의 막사만 했다.

용비야는 낮은 평상에 나른하게 앉아서 눈을 들어 한운석의 남장한 모습을 훑어보았다. 오늘 그녀의 이 모습을 제대로 감상할 기회가 없었다.

한운석은 그를 신경 쓰지 않았다. 그녀는 오늘 밤 할 일도 없고 한가해서 그가 마시는 술을 세어 보았다. 총 여덟 단지였다. 이렇게 마시면 몸을 해칠 수 있었다.

가장 좋은 숙취 해소 방법은 따뜻한 물이었다. 물을 많이 마시면 알코올을 몸 밖으로 배출할 수 있었다.

한운석은 얼른 손을 씻고 용비야가 마실 물을 준비하려 했다. 그런데 그녀가 막 손 씻는 곳에 도착하자 용비야가 따라와 뒤에서 그녀를 안았다.

손에 물이 닿자마자 그가 큰 손으로 그녀의 작은 손을 대야 바닥까지 내리눌렀다.

"그만해요. 마실 물을 따라 주려고 하는 거니까. 당신 오늘 밤 술을 너무 많이 마셨어요."

한운석이 진지하게 말했다.

용비야는 대답하지 않고 그녀의 가느다랗고 하얀 손가락을 잡고 하나씩 씻겨 주며 낮은 목소리로 말했다.

"내가 취한 것 같으냐?"

청혼, 생사를 건 약속

지나치게 영리한 사람은 늘 걱정이 많기 마련이었다. 한운석이 그랬다.

용비야는 분명 취하지 않았으니 바로 '취하지 않았다'고 대답하면 될 텐데, 그녀는 굳이 고민하기 시작했다.

왜 이렇게 묻는 걸까?

분명 특별한 의도가 있는 게 분명했다. 그렇지 않다면 자신이 취하지 않은 걸 알면서 이렇게 묻는 것은 쓸데없는 소리가 아닌가?

다른 뜻이 있다면 함부로 대답할 수 없었다. 잘못 대답했다간 그의 속임수에 걸려 넘어갈 게 뻔했다.

한운석은 침묵했다. 용비야는 참을성을 갖고 기다리며 계속 그녀의 손을 씻겨 주었다. 아까 그녀가 형식적으로 했던 것과 달리, 그는 아주 열심히 정성을 다해 그녀의 손을 씻겨 주었다.

열 손가락을 하나씩 씻겨 주며, 손가락 사이사이 놓치지 않고 부드럽게 문질러서 한운석은 마치 안마를 받듯이 아주 편안했다. 그다음에는 손바닥에 동그라미를 그렸다가 살짝 긁어 주기도 했다.

그녀의 손이 더러운 것도 아닌데 이렇게 정성 들여서 손을 씻을 필요가 왜 있겠는가? 그는 손을 씻겨 주는 게 아니라 안마

하며 시중들고 있었다.

한운석은 원래 이런 사소한 일로 시중을 받는 데 거부감이 있었다. 그런데 막상 받아 보니 정말 편안해졌다. 두 손에 힘을 풀자 전체적으로 긴장이 풀렸고, 용비야가 영원히 멈추지 말아 주길 바라게 되었다.

보아하니 시중드는 시녀를 곁에 두는 게 꼭 필요한 듯했다. 전에는 왜 그리도 어리석었을까? 한운석은 자신이 또 용비야에게 총애를 받다가 나쁜 버릇이 들었구나 싶었다.

그는 그녀의 손을 깨끗하게 닦아 준 후 허리를 안고 좀 전의 담담한 어조로 말했다.

"내가 취한 것 같으냐?"

한운석은 뒤돌아서 손가락 하나를 세우며 말했다.

"이게 몇으로 보여요?"

"하나다."

용비야가 사실대로 대답했다.

한운석은 손가락 하나를 더 세우며 말했다.

"이건 얼마예요?"

"둘이다."

용비야가 다시 대답했다.

"그럼 하나 더하기 하나는 얼마예요?"

한운석은 말하면서 세 번째 손가락을 세웠다.

용비야는 순간 대답하지 못하다가, 그녀의 손가락을 보며 말했다.

"셋!"

한운석은 바로 풉 하고 웃음을 터뜨렸다. 이런 어린애 같은 장난은 언제나 효과가 있었다! 용비야도 걸려들다니!

"하나 더하기 하나가 셋이라고요? 취했군요!"

한운석이 하하 소리를 내며 크게 웃었다!

용비야는 어쩔 수 없다는 듯 고개를 가로저었다. 그녀에게만은 늘 무방비 상태라 이리도 쉽게 속아 넘어갔다!

"취하지 않았다!"

그가 진지하게 말했다.

"분명 취했어요!"

한운석이 궤변을 늘어놓았다.

이 인간이 정말 술에 취한 모습을 한번 보고 싶다는 못된 생각이 들기는 했다. 대체 술 단지를 얼마나 많이 비워야 취하게 만들 수 있을까?

"그래! 취했다면?"

용비야는 갑자기 그녀를 안아 올려 내실 쪽으로 가려고 했다. 한운석은 다급해졌다. 장난친 건데! 그와 이야기해야 할 중요한 일들이 있었다. 오늘 밤 자세하게 이야기하지 못하면, 또 언제 기회가 있을지 몰랐다.

"용비야, 의논할 일이 있어요."

"본 태자는 취해서 이야기할 수 없다."

용비야가 대답했다.

"안 취했잖아요!"

한운석이 다급해졌다.

"용비야, 좀 진지해져 봐요. 난 정말……."

말이 끝나기도 전에 그는 가리개를 넘어 그녀를 안고 내실로 들어갔다. 그 순간, 그녀는 깜짝 놀라서 하려던 말이 입속으로 쏙 들어갔다.

내실은…….

내실은 해바라기로 가득 차서 온통 찬란한 황금빛이었다.

바닥에는 손바닥만 한 해바라기가 가득 깔려 있었다. 탁자와 궤 위에는 커다란 꽃병 여러 개가 놓여 있는데, 그 안에는 만개한 꽃이 가득 꽂혀 있었다.

넓은 돗짚자리 옆 바닥에는 큰 꽃병 두 개가 있는데, 거기에는 두세 송이만 꽂혀 있었다. 하지만 이 두세 송이는 화반이 솥뚜껑만 할 정도로 엄청나게 컸고, 인간 세상 것이 아닌 듯 아름다웠다.

한운석이 가장 좋아하는 꽃이 바로 해바라기였다! 용비야가 어떻게 알았지?

이렇게 큰 해바라기는 난생처음 보았다. 게다가 한밤중에 이토록 눈부시게 핀 해바라기를 본 것도 처음이었다.

용비야가 지금…… 꽃을 선물한 거야?

전에는 꽃 바다를 선물하더니, 이번에는 꽃 방을 선물하는 거야?

한운석은 이것이 그녀가 당리에게 알려 준 방법이라는 사실도 잊은 채, 눈부신 방을 보면서 감동한 나머지 할 말을 잃었다.

"마음에 드느냐?"

용비야는 그녀 뒤에 서 있었다.

한운석은 뒤돌아서서 갑자기 까치발을 하고 잘생긴 그의 옆얼굴에 진한 입맞춤을 남겼다.

"마음에 들어요!"

용비야는 만족해하며 큰 소리로 웃었다.

"마음에 든다니 됐다."

그는 소매 안에서 동그랗고 작은 비단 상자 하나를 꺼내 한운석에게 건넸다. 한운석이 열어 보니 안에는 반지 하나가 들어 있었다. 반지 장식은 아주 작고 깜찍한 해바라기였다. 작고 깜찍했지만 아주 정교해서 생동감이 넘쳤고, 색과 꽃잎도 실제와 똑같아서 언뜻 보면 진짜 해바라기 같았다!

정성스레 준비한 선물에 감탄하던 한운석은 용비야의 한마디에 하마터면 심장이 멎어 버릴 뻔했다.

"한운석, 앞으로 어떤 상황이 벌어지든, 너와 내가 살아 있는 한, 다시 내게 시집와 주겠느냐?"

어떻게 이런 사람이 있을 수 있지! 어떻게 이럴 수 있을까!

다시 시집오라고?

세상에 혼인했으면서 지아비에게 또 시집가는 사람이 어디 있을까!

아마 이 두 사람뿐일 것이다!

한운석은 용비야를 바라보면서 아름다운 입술을 굳게 다물었다. 가슴 가득 감정이 벅차올라 뭐라고 해야 좋을지 몰랐다.

한참 지난 후에야 그녀는 중얼거리듯 말했다.

"용비야, 진짜 취하지 않았어요?"

"시집오겠느냐?"

용비야가 다시 물었다. 초조해졌는지 말투에 은근히 경고의 의미가 느껴졌다.

"당신이 끼워 주지 않으면 시집가지 않을래요!"

한운석이 웃으면서 조건을 제시했으나, 용비야는 허락하지 않았다.

"잘 간직하고 있어라. 너와 내가 모두 살아 있다면, 네 손에 끼워 주겠다."

한운석은 심장이 쿵 하고 내려앉았다. 군에서 지낸 기간은 보름도 안 될 정도로 짧았지만, 너무 행복한 시간을 보내고 있었다. 그가 일깨워 주지 않았다면 두 사람이 앞으로 칼을 들고 서로 맞서야 할 수도 있다는 사실을 잊을 뻔했다.

"좋아요, 약속할게요!"

그녀가 진지하게 대답하며 청혼 반지를 잘 간직했다.

칠석의 밤, 그녀의 지아비이자 그녀의 남자이면서 그녀의 숙적인 그가 청혼했다. 생사를 걸고!

"백리원륭은 다 알고 있나요?"

그녀가 물었다.

"그래."

그는 그녀를 잡아당겨 침상에 앉힌 후, 그녀를 안고 팔걸이에 기댄 채로 있었다. 아무것도 하지 않고 오직 안고만 있으면서 말했다.

"저들이 놀린 일에 대해서는 어찌 생각했느냐?"

한운석은 순간 어리둥절해졌다가 곧 무슨 뜻인지 이해했다. 장병들이 놀리면서 백리명향을 용비야에게 떠맡기려 했던 것을 그녀도 물론 다 듣고 있었다. 하지만 별로 신경 쓰이지 않았다.

우선, 그 장병들은 백리명향이 용비야 곁에 있는 진상에 대해 모르니 당연히 놀릴 수 있었다.

또한, 백리명향이 용비야를 싫어하는 게 도리어 이상한 일이었다. 이런 남자를 앞에 두고 누가 저항할 수 있을까? 처음 그에게 미움을 받았을 때를 돌이켜 보면, 자신 역시 기꺼이 괴롭힘을 당했고, 그를 보기만 해도 정신을 못 차리지 않았던가.

백리명향뿐 아니라, 전에 진왕부에 있던 시녀 아무나 붙잡고 물어도 다들 용비야를 좋아해서 난리였을 텐데, 그녀도 그 정도로 속이 좁지는 않았다.

백리명향은 단목요 같은 여자와 전혀 달랐다. 그녀는 지금까지 도를 넘는 행동을 한 적이 없었고, 늘 본분을 지켰다.

그녀는 백리명향에게 시녀로 힘들게 지내지 말고 떠나라고 설득할 수는 있었다. 그러나 백리명향이 용비야를 흠모한다고 쫓아낼 수는 없었다.

누구나 자신만의 생각과 비밀을 가질 권리가 있었다. 그녀가 백리명향이 조심스레 숨기고 있던 흠모하는 마음을 들춰내 버린다면 모욕하는 셈이 아닌가?

물론, 백리명향이 나중에 상식을 벗어난 행동을 하며 '흠모'

의 도를 넘어선다면, 그녀 역시 절대 인정사정 봐주지 않을 것이다!

한운석은 눈썹을 치키고 용비야를 보고는 웃으며 말했다.

"용비야, 내가 어떻게 생각했으면 좋겠어요?"

용비야는 눈살을 찌푸리며 한참 그녀를 바라보다가 아무 말도 하지 않고 그녀를 쓰러뜨려 간지럽혔다.

"너란 여자는 정말!"

그는 그녀가 신경 쓰기를 바랐고, 질투로 한바탕 소동을 벌이는 모습을 기대했다. 그런데 그녀는 도리어 그를 놀리고 있었다.

한운석은 간지럼에 약했다!

"하지 말아요! 내가 잘못했어요! 화났어요, 화났어, 됐죠!"

이 말을 하고 나서 그녀는 또 참지 못하고 하하 큰 소리를 내며 웃기 시작했다.

"용비야, 당신……, 당신…… 너무 유치해요!"

그 말이 나오자 용비야의 손이 갑자기 멈추었다. 한운석은 웃지도 발버둥치지도 않은 채 의심스러운 눈빛으로 그를 바라봤다. 그의 표정이 아주 심각하게 변한 것이 '유치함'과는 아주 거리가 멀었다.

아무래도…… 말을 잘못한 것 같았다.

그가 한마디도 하지 않고 그녀를 뚫어져라 바라보자, 그녀는 입을 살짝 오므리고 조심스럽게 그를 밀어냈지만, 그는 비키지 않았다.

그녀는 입을 새침하게 모으고는 조심스럽게 말했다.

"용비야, 나……, 나 정말 화났어요, 질투 났어요!"

그녀는 웃지 않는데, 그가 결국 참지 못하고 웃음을 터뜨렸다.

그가 아무리 무섭게 굴어도 그녀가 무서워할 리 없었다! 그녀는 호랑이 앞에서도 대놓고 코털을 뽑을 수 있는 사람이었다.

그는 웃으면서 가까이 다가가더니, 점점 부드러운 모습이 되어 입을 맞추기 시작했다. 그녀를 제압하려면 이 방법을 써야 했다!

그러나 이번에는 한운석이 힘껏 그를 밀어내며 진지하게 물었다.

"용비야, 그 대표 무희는 예뻤어요?"

용비야는 웃기만 할 뿐 말이 없었다.

"아주 오랫동안 보고 있던데, 충분히 봤어요?"

한운석이 또 물었다.

용비야가 여전히 웃고 있자 한운석이 그를 꼬집었다.

"말해요! 예뻤냐고요?"

그 대표 무희가 은밀한 봄 경치를 갑자기 드러냈던 모습을 떠올리자, 한운석은 온몸에 소름이 돋았다. 용비야가 봤을 장면을 생각하니 마음이 불편해졌다.

신경이 쓰였다!

"말해요!"

그녀는 정말 좀 화가 났다.

"잘 못 봤다."

용비야는 사실대로 대답한 후, 한운석이 추궁하기도 전에 말을 계속했다.

"정말 잘 못 봤다. 나는 계속 그 녹색 옷을 입은 무희를 주시하고 있었다. 그 여자의 무공이 가장 뛰어났으니까."

"정말요?"

사실 한운석은 이미 납득했다. 아마 현장에서 용비야만 녹색 옷의 무희가 바로 백리명향을 진짜 공격할 사람이라는 사실을 알아챘을 것이었다.

그녀는 더 묻고 싶었으나, 용비야가 갑자기 낮은 목소리로 말했다.

"너보다 어여쁘진 않았을 것이다."

말을 마친 후 그는 아래로 얼굴을 파묻었고, 언제부터였는지 한운석은 두 손이 붙들려 전혀 반항할 수 없었다…….

한운석은 그의 사랑을 받다가 의식을 잃기 직전에, 한 가지 질문이 떠올랐다. 그녀가 용비야를 더 사랑하는 걸까, 아니면 용비야가 그녀를 더 사랑하는 걸까?

아직 답을 찾지 못했지만 그녀는 그의 거친 힘 가운데 깊이 빠져들었고, 그는 그녀를 감당할 수 없는 환희 속으로 데려다주었다.

한운석이 눈을 떴을 때, 그녀는 이미 돗짚자리 위에 누워 있었다. 막사 안은 아직 등불이 켜져 있어 지금이 언제쯤인지, 동은 텄는지 알 수 없었다.

옆에 잠들어 있는 용비야는 한쪽 팔로 그녀를 감고 있었다.

그녀가 일어나려 하자 그가 바로 그녀를 눌렀다. 그는 몸을 돌려 그녀를 안으며 말했다.

"자거라, 착하지……."

그녀는 순순히 그의 품속으로 들어갔지만 어디 잠이 오겠는가? 바닥에 어지러이 흐트러진 옷들을 슬쩍 봤다가, 이불 속을 몰래 들여다보고는 얼굴이 빨갛게 달아올라 웃지 않을 수 없었다.

이렇게 한운석은 용비야의 품 안으로 들어가 눈을 뜬 채 그가 깨어나길 기다렸다. 그녀는 계속 그의 높은 코를 만졌다가, 길고 긴 속눈썹을 건드리곤 했다.

이 인간은 언제 깨어날까, 물어봐야 할 게 있는데!

〈천재소독비〉 18권에서 계속